중국의 차문화

중국의 차문화

촌안 박영환

문현

중국은 세상이 개벽한 이래 가장 먼저 차茶를 마실 줄 아는 민족이었으며, 또한 세계에서 가장 먼저 음차문화飮茶文化와 이론을 세운 나라이기도 하다. 차엽茶葉이 중국인에 의해 발견된 후에도, 장구한 역사적 발전 과정 중에서 음차문화는 매우 장원長遠한 '상시嘗試의 단계'와 결코 짧지 않은 '긍정肯定의 시기'를 거치게 되면서 그들은 중국의 음차문화를 훌륭한 예술의 경지로까지 승화시켰다. 아울러 황제와 귀족을 중심으로 한 지배층에서부터 하층부의 서민에 이르기까지 생활차를 널리 보급하였다. 그 결과, 그들은 "차라리 하루 양식이 없이는 살 수 있을지언정寧可一日無糧以生, 하루도 차가 없이는 살 수 없을不可一日無茶以生" 경지에까지 이르렀다. 중국 어딜 가도 그들의 생활차를 즐기는 모습은 쉽게 볼 수 있으며 그렇게 폭넓고 두터운 저변 층의 형성은 중국차문화 발전의 모태이자 원동력이 되었으며, 이렇게 발전한 중국차문화는 도기陶器와 자기瓷器에까지도 지대한 영향을 미치게 되었다. 특히 경덕진景德鎭의 자기瓷器와 의흥宜興의 자사

호紫砂壺는 이미 세계 어디에도 그 명성이 미치지 않은 곳이 없을 정도이
다.

그들이 일상생활 중에도 수시로 드나드는 차관茶館은 각 시대와 지방의
풍속 및 특색에 따라 각기 '차관茶館', '차루茶樓', '다방茶房' '차방茶坊' 등의
명칭으로 불리어지며 중국 도처에 산재되어 있다. 이제 중국 사회에서
없어서는 안 될 민간사교장으로 발전·정착되었다. 이렇게 중국 어딜
가도 흔히 볼 수 있는 차관은 그들의 정신문화 생활과 취미생활 및 여가
생활에 있어서는 반드시 없어서는 안 될 아늑한 휴식의 공간이다. 차관은
또한 북경의 경극京劇과 사천의 천극川劇 등의 중국 전통극과도 상호 영향
을 주게 됨은 물론 연극의 발전을 촉진시켰다. 중국의 전통극이 공연되는
극장의 명칭이 노사차관老舍茶館, 길상다원吉祥茶園, 천낙다원天樂茶院, 순흥차
관順興茶館 등으로 되어 있다는 사실이 바로 이를 뒷받침하고 있다.

당대唐代에 겨우 열 손가락에 꼽히던 명차名茶들이 세월의 변화에 따라
이제는 수백, 수천 종으로까지 개량 발전되었다. 어떤 것은 도태되고,
어떤 것은 새롭게 창출되고, 어떤 것은 명맥을 이어 오면서 그들이 내
놓은 숱한 종류의 차들은 정말로 신기할 정도로 제각각의 특색과 향,
그리고 맛을 지니고 있어 차를 사랑하는 세계의 다인들을 매료시키기에
충분하고도 남음이 있다. 작금에 이르러 중국은 차의 종주국답게 그 위상
을 자리매김하고 세계 속에 중국차와 중국의 다문화를 널리 전파·보급
하고 있다. 일찍이 서양에서 선풍을 일으킨 기문홍차를 비롯해 동서양을
열풍처럼 몰아친 오룡차·용정차·철관음 등은 결코 적지 않은 시간에
우리나라 사람들의 입맛을 매료시켰다. 뿐만 아니라 홍콩과 대만에서부
터 불기 시작한 보이차 열풍은 지금 우리나라에서는 그야말로 걷잡을
수 없는 선풍을 일으키고 있다. 이러한 중국차에 대한 열풍은 그 인기

못지않게 또한 여러 가지 부작용도 함께 동반한 것도 사실이다.

어쨌든, 아직 차문화의 이론적 정립이 여전히 불분명한 채, 각파의 이론異論이 난립하고 있는 우리나라의 과도기적인 차문화계를 감안해 볼 때, 일찍이 당대부터 고대 원시농경사회의 자급자족의 범주를 탈피하여 산업사회의 분업화에 걸맞게 빠른 적응력을 보이며 차농茶農, 차공茶工, 차상茶商, 차관茶館, 차학茶學, 차문화, 다예茶藝, 다도茶道 등으로 다양하게 분업화·전문화되어 심도 깊게 연구되고, 광범위하게 발전해 온 중국차문화계를 보노라면 참 부러운 생각이 들기도 하며, 한편 질투심을 감출 길이 없다.

필자가 중국차문화를 본격적으로 접한 지도 어언 20여 년이 넘어간다. 멋모르고 그저 이국적이고 고풍古風적인 멋에 빠져 중국차를 접한 세월까지 합친다면 25여 년이 넘는다. 그동안 많은 종류의 차를 접하고 마셔봤지만, 아직 마셔 보지 못한 차가 더 많다. 대만과 중국에서의 오랜 유학생활을 끝내고 귀국하여 맨 처음 가본 곳이 인사동의 찻집이었고, 또 맨 처음 참가해 본 모임이 인터넷상의 차동호인들의 카페모임이었다. 인터넷상에서 젊은 층으로부터 불기 시작한 중국차와 중국 의흥자사호宜興紫沙壺에 대한 열풍은 대단했다. 많은 이들이 '다도茶道'라는 경직된 고정관념으로부터 자유롭게 벗어나 여유로운 차의 취미생활을 즐기는 걸 보고 깜짝 놀라면서도, 한편으로는 굉장히 흐뭇한 마음을 가눌 길이 없었다. 그 후, 필자는 그 묘한 '차茶 동호회'의 매력에 이끌려 모임이 있는 날이면 만사를 제쳐놓고 어디든 달려갔다. 이렇게 급작스런 차에 대한 열풍은 우리의 전통차와 전통다도가 오랜 세월을 두고도 해내지 못했을 뿐만 아니라 경험조차 못한 일들이기에 더욱 충격적인 일이 아닐 수 없었다. 중국차와 중국차문화의 수입으로 인사동 거리의 찻집에서는 중국의 차향이 넘실거리고, 거기에 매료된 젊은이들로 북적였다. 10여 년 전 만해도 겨우 아마추어의 상식 수준에 머물러 있던 그들의 중국차에 대한 지식은 날로 증폭하고 심화되어 이제는 어느 찻집엘 가든 젊은이들뿐만 아니라 중년·장년층 할 것 없이 거의 전문가적 수준의 차의 지식을 갖춘 이들의 모임을 쉽게 찾아볼 수 있다.

근자에 이르러 약간 소강상태의 국면을 맞이한 듯하나 그 열풍은 여전히 식을 줄 모르고 있다. 물론 개중에는 중국차에 대한 잘못된 인식과 중간유통과정에서 일부 몰지각한 차상茶商 ─ 중국과 한국의 차상들을 모두 포함 ─ 들로 인해 건전한 중국차문화의 보급이 저해 받기도 한다. 심지어 일부 왜곡된 몇몇 극소수의 다인들의 부정확한 중국차에 대한 지식의 무분별한 남발과 중국다기에 대한 의도적인 사치 조장에 의해 많은 이들의 건전한 음차생활이 위협받기도 했다. 그러나 차를 사랑하는 더 많은 이들이 중국차에 대한 인식과 의식을 바르게 정립시키고 보급하려고 애쓰고 있어 우리의 다도계茶道界는 절망적이기보다는 더 희망적이라고 본다. 근래 몇 년에 들어서는 이들의 지적 호기심은 단순히 중국차문화에만 멈춘 것이 아니라 그 영향이 우리나라 차문화에까지 확대·보급되고 있다. 어찌 보면 서운한 점도 없지 않아 있지만, 그 시작이 어디에서 출발했던 간에 필자는 일단 긍정적 현상으로 보고 있다.

필자는 이 책의 저술을 제의 받고서 처음에 많이 당황하기도 하고 망설이기도 했다. 한국에서 쉽게 다도에 접하지 못하는 가장 큰 요인 중의 하나가 앞에서 거론한 딱딱한 다도이론교육 및 엄격한 다도예절에 있음을 잘 알고 있기에 지나치게 전문적이고 학술적 경향의 저술은 가급적 피하는 게 좋다는 생각이 들었다. 인터넷의 보급·확산으로 모처럼 불어닥친 대중차문화의 열기가 저해 받아서는 안 되기 때문이다.

　이 책에서는 차에 대한 흥미의 유발을 일반 세속적 상식이 아닌 역사적·문헌적 근거를 토대로 차문화에 막 입문하려는 초심자나 혹은 차를 취미생활로 즐기려고 하는 독자들에게 정확하고도 부담 없이 흥미롭게 읽을 수 있도록 노력하였다. 동시에 중국차문화사에 대한 지식을 보다 체계적으로 정립할 수 있도록 여러 분야에서 다양하고도 흥미로운 주제를 선별하여 가능한 많은 부분을 소개하고자 노력하였다. 물론, 일부 내용에서는 부득이하게 약간 딱딱하게 서술한 면이 없지 않아 있는 것도 사실이다. 아울러 되도록 한자를 피하도록 노력하였지만, 다도와 중국차문화라는 한자문화권의 용어 성격상 다른 종류의 책에 비해 한자漢字를 자주 사용할 수밖에 없는 고민이 있었다. 그러나 차에는 일반 독자들에게 생소한 용어들이 많기 때문에 한자를 사용하지 않으면 뜻이 통하지 않는 부분들이 많다. 이러한 부분들은 괄호를 이용하여 한자를 집어넣었다.

　이 책의 내용들은 필자가 수년 동안 몇몇 대학의 다도대학원과 사회교육원 등에서 중국차문화에 대해 강의한 내용을 비롯해, 다도전문 잡지인 계간 『다담茶談』과 월간 『다도茶道』 및 불교잡지인 월간 『선원禪苑』에 발표한 차 논고 및 몇몇 학술지에 발표했던 논문, 그리고 인터넷상에 올린 차에 관한 논고 등을 중심으로 수정하고 보완하여 재구성하였거나, 또는 새로운 주제를 추가로 정리해 쓴 것도 적지 않게 있다. 중국차문화의 범위 자체가 엄청나게 방대할 뿐만 아니라, 지면의 제한으로 인해, 모두 상세하게 다 거론할 수 없음은 물론 일부 내용에서는 생략할 수밖에 없는 부분도 적지 않게 있음을 밝혀둔다. 간혹 내용을 생략해야 할 부분들은 대강의 흐름이나마 파악하기 쉽도록 표를 이용하여 정리하였다.

　삼가 바라건대, 이 책을 접하는 이들이 중국차문화에 대해 보다 많은 지식과 견문을 넓히고, 더 나아가 차를 애호하고 연구하는 이들과 차를 처음 접하는 초심자들의 차생활 입문의 동기와 초석이 되었으면 한다. 여름 장맛비 쏟아져 서재 창문을 밤새도록 두드리고 지나간 그 자리에, 비구름이 용龍처럼 솟아올라 불암산 정수리를 쓰다듬고 지나가는 모습을 바라보며 떨리는 마음으로 강호江湖 제현諸賢들의 매서운 질정을 기다린다.

서울 불암산 자락 우소寓所에서

촌안村顔 박영환朴永煥 쓰다.

1 | 세계 최초 찻잎의 발견과 차나무 기원의 논쟁

1) 최초 찻잎의 발견자 신농씨神農氏의 전설

일찍이 중국에는 "신농神農이 백百 가지의 풀을 맛보며 매일 72가지의 독毒을 발견했는데, 차茶로써 그것을 모두 해독했다."는 전설이 있다. 이러한 까닭에 중국인들은 신농씨神農氏를 최초로 차茶를 발견하고 이용했던 사람으로 보고 있다. 중국에는 예부터 이미 "신농神農과 차茶"에 관한 다음과 같은 고사故事가 민간에 널리 전해져 내려오고 있었다.

신농神農은 수정같이 투명한 배腹를 가지고 있어서 무엇을 먹든지 간에 사람들은 그의 위장 속을 자세하게 훤히 들여다 볼 수가 있었다. 당시의 사람들은 아직 불로써 음식을 익혀 먹는 법을 몰랐었다. 그래서 그들은 화초花草나 들판에 열린 과실果實、 또는 독이 든 생선이나 짐승 등을 잡아 날것으로 먹을 수밖에 없었다. 그러다 보니 자주 병에 걸리게 되었다.

찻잎을 맛보는 신농상차도(神農嘗茶圖)

이에 신농은 사람들을 음식물을 통한 중독中毒이나 질병으로부터 벗어나게 해주기 위해 눈에 띄는 식물은 무엇이든 닥치는 대로 모두 맛을 보게 되었고, 이 식물들이 배腹:위장 속에서 어떠한 변화를 일으키게 되는지를 관찰하게 되었다. 그리고 사람들로 하여금 독이 없고 먹을 수 있는 식물이 어떤 것이며, 또 어떤 식물이 독이 있어 먹을 수가 없는 것인지를 알게 해 주었다. 이렇게 하여 신농은 백초百草를 맛보게 되었다.

하루는 우연히 '흰 우유빛乳白色·유백색'의 꽃송이가 열린 나무 위에 싹튼 연한 나뭇잎을 맛보게 되었다. 그때 그는 이 푸른 잎綠葉이 매우 희귀한 것임을 발견하고 한입에 뱃속으로 삼키고는 가만히 지켜보았다. 위장胃腸에 들어간 그 녹엽綠葉은 들어가자마자 곧 위에서 아래로, 아래에서 위로, 위장胃腸의 곳곳을 유동流動하며, 위장의 내부를 깨끗하게 세정洗淨하는 것이었다. 마치 뱃속에서 무언가를 검사檢査라도 하듯이 위장을 깨끗이 청소하였던 것이다. 신농은 이에 곧 그 신비한 녹엽綠葉을 가리켜 '査사,chá'라고 불렀고, 이에 후대後代 사람들은 '査사,chá'와 동음同音인 '茶차,chá'로 바꾸어 부르게 되었다는 전설이 있다.[1]

신농神農은 오랜 세월 동안 천하의 산하山河를 두루 돌아다니며 온갖

---

1 중국어 발음으로 '사(査)'와 '차(茶)'는 모두 "차(cha)"로 발음됨.

종류의 풀들을 다 맛보았다. 하루에도 수차례씩 중독되기가 일쑤였는데 그때마다 차茶로써 해독하였던 것이다. 후인들의 전설 중에 "신농神農이 백百가지의 풀을 맛보고, 날마다 일흔 두 가지에 중독되었는데 차茶로써 해독했다."[2]라는 말은 바로 여기에서 비롯된 것이다.

그러나 결국에는 신농도 미처 찻잎茶葉·차엽을 챙겨 먹지 못하는 바람에 독초毒草에 중독되어 죽게 되었다. 기록에 의하면 당시에 신농은 조그만 노란 꽃이 피어있는 풀을 발견하게 되었는데, 그 꽃받침이 벌어졌다 오므려졌다 하며 움직이고 있는 것이 너무 신기하여 그 잎을 따서 입안에 넣고 천천히 씹어 보았다. 잠시 후, 그는 배가 몹시 아파 옴을 느끼고 차茶를 먹어 해독하려 했으나 차茶를 먹을 겨를도 없이 곧 그의 위장은 한 마디 한 마디씩 동강이나 끊어져 버리고 말았다.

신농은 이렇게 인류를 구제하기 위해 자기를 희생했던 것이다. 후인後人들은 신농을 죽음에 이르게 한, 이 황색의 독초를 가리켜 '단장초斷腸草'라고 부르게 되었다.

이것은 전설에 불과한 이야기일 뿐만 아니라, 또한 세상이 개벽한 이래 신농이란 사람도 실제로 존재했었는지의 여부도 아직 불분명하다. 어쩌면 후인後人들은 누군지는 분명치 않지만, 농업과 의학을 발명한 누군가 무명無名의 발명자가 있을 것이라고 믿게 되었고, 그 믿음은 후인들로 하여금 그 무명의 발명자의 공적功績을 숭상하고 기리기 위해 마침내 '신농神農'이라는 하나의 우상偶像을 창출해내게 되었던 것은 아닐까? 비록 신농이 역사의 사실적인 인물이 아닌 전설적인 인물에 불과하지만, 그렇다고 그 전설의 배경조차 아무런 근거도 없이 조작된 터무니없는 이야기

---

2 神農嘗百草, 日遇七十二毒, 得茶而解 (신농상백초, 일우칠십이독, 득차이해)

라고는 할 수 없을 것이다. [3]

2) 차나무 기원의 논쟁

차나무茶樹는 원래 대자연 속에서 자라난 일종의 야생식물野生植物이다. 그러나 최초의 인류는 차의 공능功能과 용도를 결코 알지 못했다. 한참 후에야 중국인에 의해 발견되고, '음료의 공능'을 가진 차로써 인정肯定的을 받게 되었다. 근세에 와서 차가 세계적인 음료로서의 자리매김을 하게 된 후부터, 세계 각국의 전문가 및 학자들은 비로소 차의 원산지原産地 및 차가 최초로 전파된 시기에 대한 문제로 한바탕 논쟁論爭을 불러일으키게 되었다. 논쟁은 "서기 1824년 당시 인도에 머물고 있던 영국 장교 브루스R · Bruce 소령에 의해 인도의 동북부지역인 아삼Assam주의 사디야Sadiya에서 야생차수野生茶樹를 발견한 이후, 차수茶樹가 파생派生된 원산지는 인도이다"라는 주장에서부터 시작되었다.[4]

이후, 발생된 논쟁의 관점을 종합적으로 귀납해 보면, 대략 다음의 네 부류의 주장으로 집약해 볼 수가 있다.

- 제일설第一說 : 인도가 차수茶樹의 원산지라는 주장
- 제이설第二說 : 중국이 차수의 원산지라는 주장
- 제삼설第三說 : 소엽종 차의 원산지는 중국이고, 대엽종大葉種 차의 원산

---

3 唐·陸羽『茶經』六之飮.程啓坤外3人共著『飮茶的科學』(上海科學出版社) 5쪽
4 姚國坤<茶樹原産地之爭的由來>, 文載於陳宗懋 主編『中國茶經』(上海文化出版社) 6쪽

지는 인도라는 주장

● 제사설第四說 : 각기 자연조건이 허락하는 지역은 모두 차수茶樹의 원산
지이다.[5]

최근 수많은 전문가들은 점차적으로 "중국이 차수茶樹의 원산지다"라는 주장을 인정하는 쪽으로 기울고 있다. 실제로 중국에는 지금까지 차수가 가장 많이 존재하고 있으며, 그 연대年代가 아주 오래된 거대한 야생차수野生茶樹가 많이 남아 있다.

그리고 일찍이 고대古代에 발견된 차수는 중국의 남방뿐만 아니라 북방에서도 있었다. 당대唐代 육우陸羽의 『다경茶經』, 송대宋代의 『태평환우기太平寰宇記』에는 일찍이 발견되었던 야생차수의 기록이 있다.[6] 아울러, 서남지구의 방지方志 등에 기록된 것은 더욱 많다. 1939년, 어느 한 중국인에 의해 귀주貴州 무천婺川 노응암老鷹岩에서 거대한 야생차수가 발견된 이래, 잇따라 또 사천四川·운남雲南·귀주貴州 등지의 심산유곡 중에서도 모두 대량의 차수茶樹가 발견되었고, 심지어 복건福建, 안휘安徽, 대만臺灣에서도 발견되었다. 1960년에는 또 운남 맹해勐海 대흑산大黑山 원시삼림 중에서 거대한 차수 한 그루가 발견되었는데, 그 높이가 무려 32.12미터이고, 나무 직경은 무려 1.03미터에 달했으며, 수령은 약 천 수백여 년에 이르는 그야말로 세계 최대의 차수茶樹였다. 중국인들은 곧 이 거대한 차나무를 가리켜 「차수왕茶樹王」이라고 부르게 되었다.[7]

---

5 吳智和『中國茶藝』2쪽.(正中書局) / 臺北. 又更詳見於『中國茶經』6쪽
6 唐·陸羽『茶經』卷上, <一之源>에 "茶者,南方之嘉木也.一尺二尺乃至數十尺;其巴山陝川有兩人
   合抱者,伐而掇之"라고 기록하고 있다.
7 吳智和『中國茶藝』3쪽(正中書局 / 臺北)

차수는 식물분류학상에 있어서 산다과山茶科 차속茶屬에 속하며, 조사 자료에 나타난 것에 의하면 전 세계에 분포하는 산다과山茶科 식물은 모두 23속屬 380여 종種이 있다. 중국에 소속된 토지상에는 15속屬 260여 종種이 있는데, 대부분 운남雲南 · 귀주貴州 · 사천四川 등의 삼개 성省 일대에 집중되어 있으며, 이미 발견된 산다속山茶屬만 약 100여 종이며 그 중 운남雲南에서 발견된 것이 약 60여 종으로 가장 많아 전 세계 차속茶屬 분포의 중심을 이루고 있다.[8] 이와 같은 조건을 구비하고 있었던 까닭에 중국인이 최초로 차나무를 발견할 수 있었던 것이다.

2 | 중국 음차飲茶의 시작과 전개

자고로 문자를 사용해서 역사를 기록한 이래 차를 마시기 시작한 기원에 대한 기록은 각종의 역사문헌 기록에서 대단히 많이 나타나고 있고, 또한 이에 대해 이론異論이 분분한 것도 사실이다. 이러한 까닭으로 김명배金明培선생은 자신의 저서인 『중국中國의 다도茶道』 첫 장, 첫 문장에서 "결론적으로 말하자면 중국에서 차를 마시기 시작한 기원飮茶의 起源은 알 수가 없다."[9]라고 명쾌하게 자신의 견해를 밝히는 한편 또 다른 한쪽으로는 문헌적 고증을 통해 그 기원을 추적하고자 굉장히 애쓰고 있는 흔적을 볼 수가 있었다. 그 기원이야 정확히 알 수는 없을지라도 문헌적 고증의 방법을 통해 가능한 최대로 사실적으로 근접한 음차기원의 시기를 유추

---

8 胡先驌 『植物分類學簡編』에 자세히 밝힘(陳宗懋 主編 『中國茶經』에서 再引用)
9 김명배 역저 『中國의 茶道』(明文堂) 21쪽.

해 볼 수는 있으리라는 생각으로 각종 문헌상에 나타나는 음차기록에 대해 간략히 살펴보기로 하겠다. 신농씨의 『식경食經』에는 "차를 오래 마시면 힘이 있게 하고 마음이 즐거워진다." [10] 송나라 왕관국王觀國의 『학림學林』에는 "주례周禮에 '장도掌茶'는 차를 모아서 상례에 제공하는 일을 맡아 본다."[11] 『중국풍속사中國風俗史』에서는 "주周나라 초에서 중엽에 이르기까지 음물飮物로는 술酒, 단술醴, 미음漿, 갱즙潽 등이 있는데, 이외에도 또한 각종의 음료가 있는데 그 중에서 차가 가장 으뜸이다."[12] 청나라 고염무의 『일지록日知錄』에는 "진秦나라 사람들은 촉蜀을 얻은 뒤에 비로소 차를 마시는 일이 있었다."[13] 송나라 구양수歐陽修의 『잡록雜錄』에는 "차는 전대前代의 역사에 보이는데, 대저 위나라와 진나라 때부터 있었다." 송나라 『다술茶述』에서 배문裴文은 "차는 동진東晉에서 비롯되어 본조松나라에 성행되었다."[14] 이외에도 무수히 많은 크고 작은 문헌상에 음차에 대한 기록들이 많이 보이고 있다. 어떤 것은 신빙성이 없기도 하지만, 또 어떤 것은 사실을 토대로 꾸며지기도 했고, 또 어떤 것은 대단히 믿을 만한 것으로 보인다.

대략 서한西漢:BC·206~219시대 장강長江/楊子江 상류의 파촉巴蜀지구에는 이미 음차의 기록이 있었는데 바로 왕포王褒의 『동약童約』이다. 이는 일종의 '노비문서'로서 노비가 해야 할 일들을 조목조목 기록해 놓은 것인데 그 내용 중에는 집에서 "차를 다리고 다기를 씻어서 정리해 두는 일과

무양武陽까지 가서 차를 사오는 일"烹茶盡具, 武陽買茶[15] 등도 포함되어 있다.
삼국시대三國時代：BC. 220~280에도 장강長江/양자강 하류의 오吳나라에 음차의
기록이 보인다. "오나라 군주 손호孫晧는 주연酒宴할 때마다 연회에 참가한
신하들에게 최소한 7되의 술을 마시게 하는데 유독이 위요韋曜라는 자만
은 술 2되도 제대로 마시지 못하자 손호는 특별히 그를 우대하여 술
대신 몰래 차茶를 주었다."[16] 이상의 기록을 볼 때 삼국시대의 남방에서는
차를 음식으로서가 아닌 일반적인 음료로서 마셨음은 확실히 추정해 낼

당(唐) 염립본(閻立本) - 투다도(당대조기화가)

---

15 淸·顧炎武『日知錄』拳七<茶>條."武陽：현재 중국 사천성(四川省) 팽산현(彭山縣)으로 중국
  도교(道敎)의 시조인 팽조(彭祖)의 분묘가 있다. 1999년 필자가 답사했을 때, 그곳엔 차의 집
  산지였던 강구고진(江口古鎭)을 따라 형성된 차를 팔던 점포들이 좁은 길을 따라 즐비하게
  늘어서서 노변 촌(路邊村)을 이루었음을 짐작케 하던 흔적과 차의 유통을 관리했던 사찰 유
  적지가 아직 일부 남아 기록과 함께 전해지고 있었다.
16 『二十五史·三國志』「吳志 卷二十·韋曜傳>(上海人民出版社)

수 있음은 물론이거니와 그보다 훨씬 앞선 서한시대 때부터 차가 보편적인 음료로서의 위치에 있음을 알 수 있겠다. 물론 그것을 마시던 계층이 왕공귀족에만 제한적으로 전파된 것인지 혹은 평민과 천민에 이르기까지 널리 보급된 음료였는지에 관해서는 아직 더 연구해야 할 숙제로 남아 있다.

이상의 여러 가지 문헌적 기록에서 우리는 다음과 같은 사항을 정리해 볼 수가 있다. 첫째, 차나무의 기원이나 차를 마신 기원에 대한 기록들이 대부분 시대가 빠를수록 모두 중국 서남부에 집중되어 있다는 것이다. 둘째는 시대가 현재와 가까워질수록 그 기록은 모두 서남쪽에서부터 동쪽으로까지 확대하여 분포해 가고 있다는 것이다. 셋째 서남쪽에서 동쪽으로까지 널리 확대되어가던 기록들을 좀 더 자세히 살펴보면 중국 북쪽 지방의 음차에 대한 기록들이 잘 보이지 않는다는 것이다.

일반적인 역사적 개념과 통념적인 관점으로 중국차를 살펴볼 때 서한西漢시대로부터 당대唐代 중엽의 시기는 차음茶飮의 '상시嘗試의 단계'를 거쳐 '긍정肯定의 단계'로 진입하는 '추진推進의 시기'였다.[17] 이 분기점은 바로 세계 최초로 차의 전서專書인 육우의 『다경茶經』이 쓰여진 시기로 삼는다. 아울러 차나무 생장生長의 자연환경과 차풍茶風의 전개는 불가분의 밀접한 관계임을 감안해 볼 때, 지금의 중국 사천四川에서부터 강소江蘇·절강浙江에 이르는, 장강長江 유역을 연沿하는 지역과 아울러 사천四川에서 한중漢中 지구에 이르는 지역이 모두 중국의 식차植茶와 차풍茶風의 시원始原일 가능성이 매우 크다.

---

17 吳智和 『中國茶藝』(正中書局) 6~8쪽 참고

이 시기의 차는 여전히 왕공귀족王公貴族들만의 일종의 소일거리였지, 민간에서 일반적인 생활음료로 마시는 것은 아직 극소수에 불과한 단계였다. 동진東晉: 서기 317~420년에 이르러서 차는 남방에서 점차적으로 일종의 보편적인 일상 생활품으로 자리 잡게 되었으며, 문헌 중에도 차茶와 관련 있는 기사記事가 상대적으로 현저하게 증대하게 되었다.

그러나 이러한 음차습관은 단지 부분적으로 '남방인'들에게만 있었을 뿐이다. '북방인'들에게는 이러한 음차의 습관이 없었을 뿐만 아니라, 그들은 또 늘상 차茶를 마시는 남방인들을 비웃기까지 하였다. 북조北朝: 서기 386~581년 때에는 고관대작들의 연회석 상에서 간혹 때에 따라 차를 마시는 일이 있기는 하였지만, 그러나 북방인들은 자기본위주의의 관념이 매우 강해, 모두 수치로 여겨 먹지 않았다. 단지 멀리 장강 이남지역에서 북조北朝로 투항해 온 남방인들만이 차를 즐겨 마시는 오랜 생활습관을 고치지 못하고 여전히 차茶를 좋아하였다.

수隋나라가 남북조南北朝를 통일하고, 이어서 중국문화의 최고 전성기를 맞이한 당나라가 출현하게 되자, 그동안 중국대륙에서 둘로 갈라져 발전하였던 남북의 문화는 다시 한바탕 대혼란기를 맞이하게 된다. 이로 인해 둘로 나뉘어졌던 남북지역의 생활습성은 서로 영향을 미치게 되고, 이로 인해 남방 한족漢族들의 '음차풍기飮茶風氣'는 오로지 기름진 버터와 치즈만을 즐겨 먹던 북방 호인胡人들로 하여금 점차 차茶를 기호하는 습관에 물들게 하였다.

호북胡北의 한족漢族들 및 북방에 남아 있는 남방인과 같은 종족인 한족漢族들의 경우는 더욱 쉽게 그 영향을 받게 되었고, 이후로는 그야말로 원근동속遠近同俗의 국면이 자연스럽게 형성되었다. 더욱이 차를 기호하는 자가 많아짐에 따라 '음차의 풍기' 또한 점점 더 확산 전개되었으며, 마침내 대중화된 음료로 발전하게 된 차는 당시의 사회·경제·문화에까지 매우 커다란 영향을 미치게 되었다.

3 | 중국 다풍茶風의 흥기와 형성

1) 중국 다풍 양성과 흥기의 배경

중당中唐 이후, 차를 마시는 풍속은 그야말로 장강楊子江 이남과 이북을 휘몰아치며 최고 극성기에 이르게 되었을 뿐만 아니라 백성들에게 있어서는 차를 마시는 일은 더할 나위 없이 매우 새롭고도 신선한 충격이었다. 심지어, 가난한 백성들에게까지도 차는 하루도 없어서는不可一日無茶以生[18] 안 될 생활필수품이 되었으며, 이러한 찻잎茶葉의 대량소모로 인해 차를 심고 재배하는 지역 또한 상대적으로 증가 확산되어 갔다. 이후, 찻잎은 곧 정부의 국가 재정을 충당하는 거대한 재원財源의 하나가 되었다. 또한 잡세雜稅 중에서도 단지 소금을 제외하고는 가장 높은 세금을 거둬들이는 '조세의 일급 품목'이 되었다.[19]

당나라 중엽 이후, 차를 마시는 풍속은 해가 중천에 떠서 세상을 두루 비추듯이 미치지 않은 곳이 없을 정도의 전성기를 맞이하게 된다. 그 원인을 다음의 네 가지로 간단히 요약해 볼 수가 있는데, 첫째는 교통의

---

18 『續文獻通考』(臺北, 新興書局, 1963年 10月 初版), 卷22, 「榷茶」, 2982쪽 참조.
19 중국의 正史 『二十五史』의 唐代 이후의 <食貨志>를 보면 가장 먼저 '염법(鹽法)'이 기록되어 있 고 그 다음으로 '차법(茶法)'이 기록되어 있음을 봐도 중국의 역대왕조가 얼마나 차세(茶稅)를 중요시 했는가를 알 수가 있다.

(당) 궁락도(회명도) 견본설색 – 종48.7, 횡69.5(대북고궁)

발달로 운송·판매가 민첩해졌고, 둘째는 제다製茶방법이 나날이 개량改良되었으며, 셋째는 승도僧·道[20]생활의 간접적인 자극이 있었고, 넷째는 세계 최초의 다서인 육우의『다경茶經』이 저술됨으로써 당시 사람들에게 차를 마시는 풍속을 직·간접적으로 고취시켰기 때문이다.

그 중에서도 육우는 중국다예中國茶藝의 발전에 있어 가장 공로가 많은 창시자였다. 그는 중당中唐시기에 일생 동안 쌓아 온 차에 대한 지식으로『다경茶經』세 권을 찬술하여 음다飮茶의 품격을 한층 높임으로써 마침내, 중국 정신문화의 한 영역을 구축하였다. 육우의『다경』이 나오게 되자, 도처에서 이를 흠모하여 좋아하는 자들이 잇따라 다투어 배우고 차를 받들지 않은 자가 없었다. 바로 이러한 점에 있어 육우의 중국문화에 대한 공헌은 정말로 후세에 길이 남을 업적이며, 후인들에게 대서특필될 만한 것이라 하겠다.

다성(茶聖) 육우(陸羽)의 초상화

---

20 승도(僧道) : 불교(佛敎)와 도교(道敎)를 합칭하여 가리키는 말

2) 당대唐代 이전의 음차방식飮茶方式

당대唐代 이전의 음차방식飮茶方式은 다음과 같은 네 종류로 귀납해 볼 수가 있다.

(남송)유송년(劉松年)-」(茗園賭市圖)-투다(鬪茶)모습

一. 품명品茗 : 순수한 품다品茶를 가리키는 말이다.

二. 다과茶果 : 품명品茗과 다과茶果가 어울려 배치되는 것을 말한다.

三. 분차分茶 : 차찬茶餐・다과茶果・품명品茗이 함께 어울려 배치되는 것을 말한다.

四. 모차芼茶 : 이것은 즉, 차죽茶粥을 말하는데, 가루차末茶를 자기瓷器에 넣고 끓는 물을 부어 휘저은 다음, 다시 파나 생강 등을 넣고 조미하여 만든 죽을 말한다.

당대唐代의 주요한 명다茗茶 제조법에는 ① 추차㧬茶, ② 산차散茶, ③ 말차末茶, ④ 병차餅茶 등의 네 종류가 있는데, 육우陸羽는 전자 세 종①②③은 그냥 놓아두고, 후자④ 한 종의 제다법製茶法만을 개량하였다. [21]

---

21 ① 추차(㧬茶) : 거친 차를 말하며 중국에서는 현재 '조차(粗茶)'로 통용됨 ② 산차(散茶) : 떡차 (餅茶)의 반대말로 잎차를 가리키는 말 ③ 말차(末茶) : 가루차를 가리키는 말 ④ 병차(餅茶)는 떡차를 가리키는 말이며 현재 제다법의 분류에서 대부분 녹차(綠茶)와 흑차(黑茶)로 분류

3) 당대唐代의 음차법飲茶法

당대唐代의 음차법飲茶法에는 대략 다음의 세 종류가 있다.

一. 암차庵茶 : 뜨거운 탕湯을 다완茶碗 속에 있는 말차末茶 : 가루차 위에 붓고 차를 우려 마시는 법인데, 이러한 방식은 후에 오대五代와 송대宋代의 표준음차법標準音茶法이 되었다.

二. 자다煮茶 : 이미 끓은 물이 담겨져 있는 솥에 말차末茶를 넣고 다시 한 번 더 달여서 다완茶碗에 따라서 마시는 방법이다. 이것은 바로 당대唐代의 정통음차법正統飲茶法이다.

三. 모차毛茶 : 이것은 당대唐代 이전의 음차법으로 단지 일반 민간에만 남아 있을 뿐이다.上文(<당대唐代 이전의 음차방식飲茶方式> 참조)

4) 송대宋代의 음차문화飲茶文化

송대宋代는 문풍文風이 홍성하고, 학문과 기예技藝가 크게 발전하여 '음차문화飲茶文化'는 송대 사회에서 그야말로 정치精緻한 면모를 나타내게 되었다. 이로 인해 차와 관련된 상관지식相關知識 또한 폭넓고 심도深度 있게 나타났던 것이다.

① 투다풍기鬪茶風氣의 전개, ② 다기제작의 정교함, ③ 식차植茶지식의 진보, ④ 제다製茶기교의 강구講究, ⑤ 다서茶書·시화詩畵의 창조 등에 걸쳐

되고 있다.

군선집축도(群仙集祝圖) - 왕승패(淸)

어느 한 분야라도 송나라 사람들의 지혜가 출중하게 나타나지 않은 것이 없었다.

중국의 음차문화는 송대에 이미 그 심후한 기초를 건립되었으며, 아울러 음차飮茶의 수준을 한층 더 높은 단계에까지 끌어올렸다. 그리고 그 영향은 후대에까지 미치게 되어 '명·청 양대兩代의 음차풍상飮茶風尙'을 열게 되었던 것이다.

송대宋代의 인물들은 대부분이 사랑스럽고 존경할 만한데 그 중에서도 특히, 문인들은 더욱 그러하였다. 그 원인은 바로 당시 문인들의 문화적 소질이 높고 후실厚實한 데서 비롯된 것이었다.

당시 송대의 명인대가名人大家들을 살펴보면 일단은 모두 차茶와 연분이 있었다. 그 중에서도 채양蔡襄같은 이는 서예에 뛰어나 일찍이 그 명성을 세상에 드러냈으며, 특히 차의 감정에 대해 아주 주도면밀하여 『다록茶錄』을 저술하였는데, 『다록』에는 건안建安:지금의 복건수길福建水吉지방의 투다풍속鬪茶風俗[22]을 상세하게 소개하였다. 이후, 위로는 조정으로부터, 아래로는

대관다론을 저술한 송대의 휘종황제 조길(趙佶)

송대 소용단차(小龍團茶)를 창제한 차 감별의 명인
채양(蔡襄)

민간에 이르기까지 모두 이를 본받아 투다의 풍속이 널리 행해지게 되는 풍조를 이루게 되었다.

송대에 투다의 풍조가 성행한 것 이외에도, 또 하나 제고할 만한 가치가 있는 것은 바로 차나무의 생물학적 특성에 대한 인식이 당대唐代보다 한층 더 심화·발전되었을 뿐만 아니라, 그들은 또 일찍이 다도를 통해 좀 더 거시적인 정신세계를 이루는 것이 가능한 것이라고 깊이 인식하고 있었다.

중국 다문화사상 최고조에 이른 송대의 차풍茶風은 일본에까지 크게 영향을 미치게 된다. 일본의 승려 에이사이明菴榮西선사는 남송南宋 광종光宗 소희紹熙 2년서기 1193년에 중국의 차씨茶種子를 가지고 바다를 건너 일본으로 돌아갔으며, 묘우예明惠 스님에 의해 차茶 재배가 성공하였다. 이후, 일인日人들은 차를

---

22 투다(鬪茶) : 차 겨루기, 중국에서는 '싸울 투(鬪)'자의 간체자를 중국어 발음이 같은 '말 두 斗'의 자형을 빌려 쓰기 때문에 '투다'를 '斗茶(dòu cha)'로 표기하지만 한국어로 읽을 때 '두 다'로 읽어서는 안 되고 '투다'로 읽거나 '투차'로 읽어야 한다.

심고, 차를 마시는 것을 점
차 전개해 나감으로써 마침
내 일본의 「다도茶道」를 성
취하였으니, 이는 모든 사
람이 다 아는 사실이다. 중
국과 이웃하고 있는 우리나
라의 차씨茶種子 또한 그 연
원淵源을 중국에 두고 있다.

(원)趙原－육우팽다도－종27.0, 횡77.0cm(대북고궁박물원)

5) 명대明代의 음차문화

송나라 때 최고조에 이르
렀던 중국음차문화의 왕성
한 기운은 명대明代에 이르
러 그야말로 또다시 극성에
달한다. 명대에는 당唐·송
宋시기의 복잡하고 번잡스
러운 음차방식을 지양하고,

(명)文徵明－惠山茶會圖－종21.9, 횡67Cm－북경고궁박물관 소장)

산차散茶:잎차로 우려내어 마
시는 간편한 방식으로 대체하게 된다. 이는 명나라 태조 주원장의 차법茶法[23]

---

23 주원장은 명나라 건국이전(원나라 至正21년, 서기 1361년)에 이미 차법을 설립하여 "私茶出
境禁止(개인적으로 차를 국경 밖으로 수출하는 행위를 금지)"를 비롯하여 여러 가지 차에
관한 정책을 실행하였으며, 명나라 건립이후 차법은 여러 각 분야에서 더욱 구체화되어 실

명태조 주원장(명나라의 차법을 제정하여 단차(團茶)를 산차(散茶)로 개혁한 장본인)

의 개혁으로부터 시작되는데 몽고족의 원元나라를 멸망시키고 한족漢族의 왕조인 명나라를 건립하면서 가장 중요시했던 정책 중의 하나가 바로 차법茶法이다. 명대에 이르러 이렇게 획기적으로 개량된 음차방법泡茶法은 오늘날에까지 그 영향을 미치게 되었다.

명대에는 다서茶書의 저술 분야에 있어서는 수數적인 면에 있어서 그 어떤 왕조보다도 월등히 많았으며 음차생활에 있어서는 가히 본받을 만한 방향을 확립하였다. 차와 관련된 전서專書들은 당나라 초기에서 청나라 말기618년~1897년에 이르기까지 이미 발견된 것만 해도 100여 종이 넘는다. 당나라 때에 육우의 『다경茶經』 등 7종이 있고, 오대五代 때에는 전촉前蜀의 모문석毛文錫이 쓴 『다보茶譜』, 송대의 휘종황제 조길趙佶이 쓴 『대관다론大觀茶論』 등 26종, 명대에 이르러 허차서許次紓의 『다소茶疏』, 나름羅廩의 『차해茶解』 등 56종, 청대淸代 진감陳鑑의 『호구다경주보虎丘茶經注補』 등 11종이 있다.[24]

명대는 이뿐만 아니라 음차의 모식模式에 있어서도 이미 공통적으로 인식하는 표준을 마련하게 된다.

이는 음식문화飮食文化에 왕성한 욕구를 보이는 중국의 한족漢族에게 있

행된다. 특히 차세와 변방민족 과의 차마무역(茶馬貿易)에서는 실로 가관이다.
24 朴永煥 <中國 古代의 茶書小考>－차업(茶業)의 각 분야별 성격과 직능별로 살펴 본 차 관련 고문헌(古文獻)에 대해(계간 『다담(茶談)』 2005년 가을호)

어서, 송대의 까다롭고 사치
스럽게 말차(가루차)방식으로 마
시던 병차(餠茶)를 대신하여 출
현한 간결한 잎차방식의 녹
차 음용(飮用)법만으로는 도저
히 차에 대한 욕구를 충족시
킬 수 없었기 때문이다.

고차수 분포도

　그래서 이때부터 오룡차를
대명사로 출발하는 반발효차가 등장을 하게 된다. 이는 또 하나의 참신한
차엽의 탄생을 알림과 동시에 새로운 양식의 다기의 출현을 예고했다.
음차법의 개혁으로 인한 다기(茶器)의 개량은 그야말로 획기적이고도 참신
한 국면을 창조하였는데 그것은 바로 의흥(宜興)의 '자사호(紫砂壺)'이다.[25] 명
대의 문인들은 일상생활에 있어서 실생활과 예술과의 조화와 배치에도
그 능력이 아주 뛰어나 「아(雅)」를 추구하고 「적(適)」을 추구하는 동시에 「정
(靜)」과 「취(趣)」를 강구하였다. 그러므로 중국의 전형적인 문사(文士)라면 당연
히 다예(茶藝)에도 마음이 끌리지 않을 수가 없었으며, 또한 실지로도 그들
은 상당한 시간과 정열을 다예에 쏟기도 했다.

4 │ 각종 문헌상에 나타난 차(茶)자의 명칭과 유래

　고대 중국에서 차(茶)자에 대한 기록들은 여러 고문헌에서 어렵지 않게

---

25 박영환 <중국 의흥(宜興)의 자사호(紫砂壺)>－각 시기(時期)의 대표적 도공(陶工)과 그 작품
　의 특성을 중심으로(계간 『다담(茶談)』 2001년 가을호)

년차도 일부분－송대 유송년(劉松年)

많이 보이고 있다. 그 기록들을 종합해 보면 대략 다음과 같은 글자들이 문헌에서 출현하고 있음을 알 수가 있다. '도茶'·'타詫'·'가櫃'·'천荈'·'설蔎'·'명茗'·'고로皋蘆'·'차茶' 등의 여덟 글자가 모두 '차茶'자의 의미를 가지는 글자들이다. 이 글자들을 순서에 따라 그 문헌의 출전을 하나하나 짚어 가며 간단하게 살펴보기로 하겠다.

1) 도茶 — 音 : 涂, tú

이 글자가 맨 먼저 보이는 문헌은 『육경六經』[26] 중의 하나인 『시경詩經』이며, 『이아爾雅』나 『신농본초神農本草』, 『동약僮約』 등에서도 각기 보이는데 그 내용들을 대략 살펴보면 다음과 같다.

① 『시경詩經』:

"수위도고誰謂茶苦" — "누가 씀바귀茶를 쓰다했나?",

"채도신저採茶薪樗" — "씀바귀茶 캐고따고 개똥나무 베어…."

---

26 『六經』: 易,詩,書,春秋,禮,樂을 통칭하는 말

② 『이아爾雅』:

　　"가檟, 고도苦荼" — "가檟는 쓴 씀바귀차이다."

③ 『신농본초神農本草』

　　"도생익주, 삼월삼일채荼生益州,三月三日采" — "도荼는 익주益州에서 나며, 삼월 삼일에 딴다."

④ 『동약僮約』

　　"팽도진구烹荼盡具" — "도荼:차茶의 옛 글자를 다릴 도구를 깨끗이 씻는다."일설에 의하면 '盡'은 '淨'이다.

　　"무양매도武陽買荼" — "무양지금의 팽현에서 도차를 사다."

고대에 '도荼'자의 뜻은 매우 여러 가지이므로 반드시 차茶를 가리킨다고 할 수는 없다. 특히, 우리나라에서 출간된 대부분의 『시경詩經』 번역서들을 보면 하나같이 '도荼'자를 씀바귀 정도로만 번역이 되어 있지 그것을 '차茶'라고 번역한 책은 극히 보기 드물다.

진晉나라의 곽박郭璞: 276-324년이 『이아爾雅』 「석목釋木」편의 "가檟, 고도苦荼"라는 문구를 설명한 주석을 보면 다음과 같다.

"나무는 마치 치자와 같고, 겨울에도 푸르게 살며, 잎은 삶아서 국을 만들어 마실 수가 있다. 지금에 부르기를 일찍 딴 것은 도荼라고 하며, 늦게 취한 것은 명茗이라 하고, 일명 천荈이라 하며, 촉蜀땅의 사람들은 이것을 고도苦荼라고 이름한다."[27]

27　"樹小似梔子,冬生靑, 葉可煮羹飮. 今呼早采者爲荼, 晚取者爲茗, 一名荈, 蜀人名之苦荼."

다신전(茶神殿) - 최초의 식차재배자 오리진(吳理眞 - 普慧禪師)을 모신 사당 - 몽정산

이것은 '도茶'가 바로 차나무였다는 사실을 최초로 명확하게 지적한 기록이라 하겠다. 아울러, 이것은 최초로 차나무의 특징과 특성을 묘술함과 동시에 차의 채적시기의 이르고 늦음에 따라 각기 다른 명칭으로 불리어지고 있음을 잘 설명해주는 기록이기도 하다.

남북조南北朝 : 420~589년에 이르러 차를 마시는 풍조는 민간에까지 보급되었다. 아울러 많은 뜻을 동시에 가지고 있던 '도茶'자는 이미 민간의 음차 풍속 속에서 '차茶'자의 대체 문자로 제대로 정착되지 못하고 서서히 도태되어 갔으며, 이에 따라 '차茶, chá'자와 '도茶, tú'자의 함의含意는 점점 구분되기에 이른다.

당唐나라 고조高祖 때의 국학박사國學博士 육덕명陸德明 : 618~626년이 저술한 『경전석문經典釋文』과 『제경독음諸經讀音』에서 '도茶,tú'자의 독음讀音은 이미

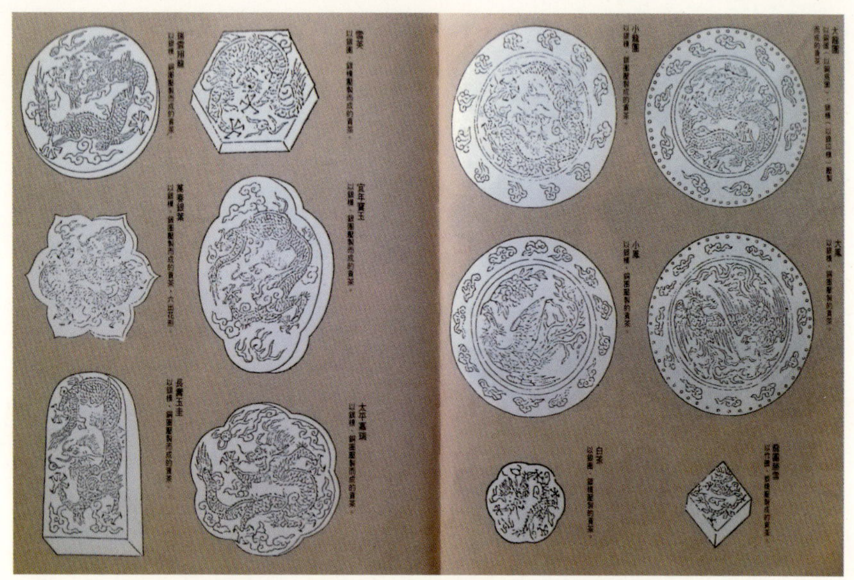

송대 공차도형(貢茶圖形)－청대 왕계호교본선화북원공다록(汪繼壕校本宣和北苑貢茶錄)

'차茶,chá'자로 바뀌었다. 그러나 이것도 발음만 바뀐 것이지, 글자가 '도茶'
자에서 '차茶'로 바뀐 것은 아니었다.

2) 타詫－音 : du

이 글자 역시 고대古代의 '차茶'자 중의 하나이다. 고증에 의하면 '도茶'
자보다 그 역사가 더 오래된 것 같다. 서한西漢의 사마상여司馬相如 : BC
179~118년가 지은 『범장편凡將篇』[28]에 '원화芫華'·'패모貝母'·'누로漏蘆'·
'천타舛詫'·'창포菖蒲' 등의 20여 종의 약물藥物이 기재되어 있다. 『범장

---

[28] 약 기원전 130년 전후에 지어짐.

송대 말차(末茶)음차도(출처 : 중국다도, 대만)

편『凡將篇』은 후세의 계몽잡자啓蒙雜字 같은 교과서와 비슷한 것이며, 동시에 또 일종의 고자서古字書이기도 하다. '타詫'자는 차茶자의 옛날 정자正字이다. 음운학音韻學상으로 분석해 보면 '타詫'자와 '도茶'자는 같은 소리로 발음되는 글자同聲字이다.

'타詫'의 원래 뜻은 뚜껑과 그릇 받침이 있는 마실 거리의 도구이다. 그 음은 '도茶'와 동음이다. 이것은 바로 고대의 다기를 가리키는 말로써, 아마도 후대의 뚜껑과 차탁茶托이 있는 다완茶碗, 즉 개완찻잔蓋碗茶杯에 해당하는 다기였을 것이다. 이 부분에서 홍콩의 차학연구가 진문회陳文懷씨는 자신의 저서『차의 품음예술茶的品飮藝術』에서『서경書經』의「고명顧命」편에 나오는 "왕삼숙王三宿, 삼제三祭, 삼타三咤"조를 인용하여 서주西周에서 술을 대신하여 차茶로 제사를 지냈다는 주장을 하고 있다.[29] 그러나 필자가 당나라 공영달孔穎達 소疏의『상서정의尙書正義』본을 확인한 결과, 진씨는 우선 '타咤'자를 '타詫'자로 오용誤用하였고, 게다가 원문의 본문과 주석 어디에도 "술酒을 대신해서 차茶를 제사에 바쳤다"는 기록은 나오지 않음을 확인했다.

---

29 "王三宿, 三祭, 三咤"를 "王三宿, 三祭, 三詫"로 잘못 引用한듯 함. 陳文懷『茶的品飮藝術』(時報文化出版社) 24쪽

3) 가檟 ― 古音 : 古 gǔ, 今音 : 假 jiǎ

이것은 유일한 '목木'변의 고대 차자茶字이다. 『이아爾雅』「석목釋木」편의 "가檟, 고도苦茶"조에 처음으로 보인다. 『광아廣雅』에는 다음과 같은 기록이 보인다.

"형파荊巴지구에서는 가도의 잎을 구워, 콩잎콩의 어린잎·생강·귤껍질 등을 넣어 명茗:차을 만들어 그것을 마셨다."[30]

이 단락은 육우의 『다경茶經』에서 인용된 『광아』의 내용에 비해 문장이 간단할 뿐만 아니라 글자의 내용이 약간 다르다. 유소서劉昭瑞의 『중국고대음차예술中國古代飮茶藝術』에서는 현존하는 『광아』와 여러 가지 참고문헌을 들어 육우의 『다경』에서 인용된 『광아』가 잘못 인용된 것이 아닌가 하고 의심하고 있다.[31]

육우의 『다경』에도 이 글자는 보인다. 육우는 『다경』에서 말하기를, "기미감其味甘, 가야檟也―그 맛이 달으니, 가

송대 審安老人의 茶具圖贊 중 十二器

30 "荊巴間炙檟茶之葉, 加入菽·薑·橘子等爲茗而飮之."
31 劉昭瑞 『中國古代飮茶藝術』(博遠出版社) 6쪽

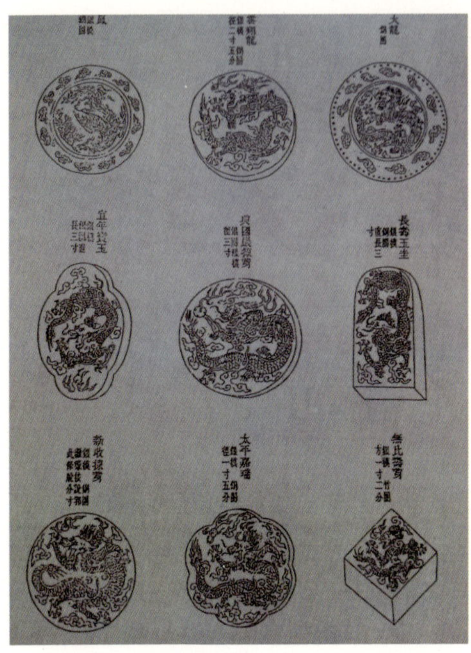

송대 용병단차 선묘도(線描圖)

檟이다.”라고 하였다.

가檟의 고음古音은 ‘고古,gǔ’와 같이 읽는데, 이것은 ‘고苦,kǔ’와 ‘도茶, tú’의 합음合音이다. 이렇게 가檟자가 ‘고, 도苦·茶’ 두 글자를 합음合音한 가차자假借字에서 말미암았고, 게다가 사람들이 ‘도茶’자만을 주로 많이 사용하였다. 그러다보니 자연스레 차사茶事에 대한 역사 기록 중에서는 오직 ‘고도苦茶’ 두 글자만이 많이 보이고, ‘가檟’자의 사용은 매우 드물게 보이게 되었다.

4) 천荈 ─ 音 : 喘 chuǎn

이 글자는 ‘초艸’변으로 오직 차엽茶葉만을 가리키는 ‘고대의 차茶’자이며 『범장편凡將篇』에서 제일 먼저 보인다.[32] 그 외에도 이 글자는 다음과 같은 문헌 등에서 보인다.

『삼국지三國志·오지吳志』「위요전韋曜傳」에는 다음과 같은 기록이 있다.

---

32 陳文懷 『茶的品飲藝術』(時報文化出版社) 24쪽

"…위요韋曜는 주량酒量이 겨우 두 되밖에 되지 않으므로 손호孫皓는 처음부터 요曜에게 예를 달리하여 몰래 차茶荈를 하사하여 술을 대신하게 하였다."[33]라고 기록되어 있다.

또, 진晉나라 『손초가孫楚歌』에 보면 "생강·계피·차는 파촉巴蜀에서 난다."[34]라는 기록이 있다. 이상에서 나타난 '도천茶荈'은 지금의 '차茶'이고, '파촉巴蜀'은 현재 사천성 '성도成都'와 '중

송대 투대(鬪茶)도

경重慶'을 합칭合稱하는 말로써 삼국시대 때의 촉나라 영토를 말하는데, 지금의 사천성四川省 일대가 된다.

이 글자의 원래 뜻은 정제되지 않은 '거친 차粗茶' 혹은 늦게 딴 차茶를 가리키는 말이다. 『이아』에 이를 잘 입증하는 기록이 있는 것은 이미 앞에서 서술한 본문 '(1) 도茶'조에서 언급하였다. 이로 미루어 보아 대체로 동한東漢 때부터 시작하여 '천荈'이란 글자가 차츰차츰 '명茗'이란 글자를 대신하여 '차茶'라는 글자의 의미로 쓰이지 않았나 생각된다.

---

33 "…曜飮酒不過二升, 皓初禮異, 密賜茶荈以代酒."
34 "姜桂茶荈出巴蜀"

5) 설鼓 ─ 音 : 設shè

양웅楊雄의 『방언方言』에 다음과 같은 기록이 보인다. 즉, "촉蜀땅의 서남인西南人들은 도茶를 일러 설鼓이라고 한다."[35]라 하였다. 이는 사천성 서남부에서 차를 칭하는 속어임을 입증하는 기록이라 하겠다. 육우의 『다경』에서도 '설鼓'자를 일러 '차의 별명別名'이라 하였다.

송대의 투다도(원나라 조맹부 작)

6) 명茗 ─ 音 : 酩, mǐng

『신농식경神農食經』에 이르기를, 즉 "차를 오래 복용하면 사람으로 하여금 힘 있게 하고, 뜻을 기쁘게 한다."[36]라고 하였다. 또 『이아』에도 이 글자의 기록내용 생략, 上文 참고 바람이 보이며, 당唐『옥편玉篇』에 이르기를 "명茗은 차의 싹茶芽이다."라고 하였다. 차의 발상지인 사천성四川省의 방지方志인 『화양국지華陽國誌』에는 다음과 같이 기록하고 있다. "파촉四川지방의 뜰에는 향기로운 부들 싹이 있으니, 향명香茗이라 ……."[37]

---

35 "蜀西南人謂茶曰鼓."
36 "茶茗久服, 令人有力悅志"
37 "巴蜀園有芳蒻, 香茗……."

이상에서 살펴 본 '명茗'자
는 비교적 그 '도茶'나 '천荈'
보다 훨씬 늦게 출현한다. 한
漢나라 허신의 『설문說文』에
보면 이 글자를 새로 추가로
첨부하였기 때문에 '명茗'자
의 해석이 없다. 어떤 이는 추
측하기를 "이 글자가 동한東漢
시기에 차엽茶葉을 표시하는

송대-차판매(茶販賣)－(책표지)

글자로 쓰이지 않았을까?" 하고 조심스럽게 의견을 내놓는다. 그러나
어원에 근거하여 보면 '명茗'자는 운남성 일대에서 주로 사용하던 차茶자
의 토착어이다. 혹자들은 태국어의 차茶의 독음讀音은 아마 이 '명茗'자에
서 유래된 것이라고 주장하기도 한다.

7) 고로皐蘆

『동군록桐君錄』[38]에 보면 다음과 같은 기록이 보인다.

"남방에 과로목이 있는데, 이 또한 명茗과 같이 아주 쓰고 떫다. 그것을
가루로 취하여 끓여 마시면, 또한 밤새도록 잠을 잘 수 없다."[39]

---

38 성서(成書)년대가 불확실하다. 춘추(春秋)설과 동한(東漢)설이 있다.
39 "南方有瓜蘆木,亦似茗,至苦澀,取爲屑,煮飮,亦通夜不眠."

운남 고차수(古茶樹)

운남 고차수 사진(항주차엽박물관)

남북조南北朝 심회원沈懷遠이 쓴『남월지南越志』 557년~589년에는 다음과 같은 기록을 남기고 있다.

"용천현에 '고로'가 있어, '과로瓜蘆'라 이름하는데, 잎사귀는 마치 '명茗'과 같다. 토착인들은 그것을 일러 '과라過羅' 혹은 '물라物羅'라고 하는데 모두가 오랑캐의 말이다."[40]

당대唐代『본초本草』에는 또 다음과 같은 기록을 남기고 있다.

"고로는 일명 '과로'라고도 한다. 지금 남방 사람들이 그것을 쓰는데 '고등'이라고 이름하며, 잎사귀가 마치 '명茗'과 같다."[41]

고증에 의하면 '고로皐蘆'는 '고도苦茶'의 회역음回譯音 문자이다. 그러니까 이것은 중국 남방雲南·四川일대에서 야생野生하는 대엽형大葉型의 차나무를

---

40 "龍川縣有皐蘆,名瓜蘆,葉似茗,土人謂之過羅,或曰 : 物羅,皆夷語也."
41 "皐蘆,一名瓜蘆,今南人用之,名曰苦登,葉似茗."

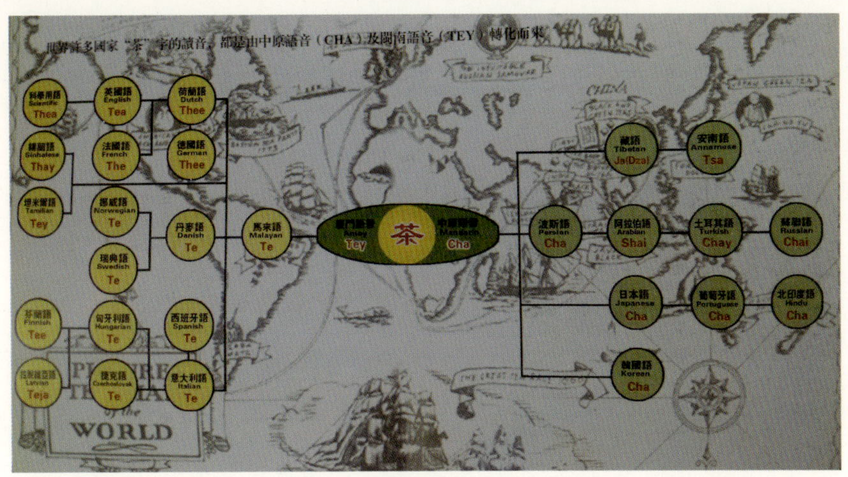

중원의 음 차자와 민남어의 음 다자의 전파(출처 : 〈세계차문화대관〉, 천복차박물원)

광범위하게 통칭하는 말로써, 가끔씩 차茶를 나타내는 말로 사용되기도 했다. 근대의 식물분류학자들은 역사에 나타난 '고로皐蘆'라 하는 것을 아예 차나무의 유형을 대표하는 일종의 차수의 변종變種이라 결론짓고 있다.[42]

8) 차茶

'차茶'자가 최초로 보이는 것은 당대唐代 소공蘇恭의 『본초本草』에서이다. 당唐 『본초本草』는 당나라 고종高宗 영휘永徽 연간650~655년에 이적李勣 등이 편찬한 것인데, 현경顯慶 연간656~660년에 소공蘇恭·무기無忌 등이 주석注釋을 단 것이다.

---

42 1958년 J.R.Sealy란 학자가 "Camellia sinensis var. macrophylla".이라 명명(命名)하였는데, 이는 곧 "중국대엽변종(中國大葉變種)"이란 뜻이 된다.

소공蘇恭이 당唐『본초本草』를 중수重修한 이후, 차사茶事에 대한 기술은 모두 '차茶'자를 사용하기 시작하였으며 더 이상은 '도荼'자로써 '차茶'자를 대신하는 일은 없었다. 『당운唐韻』에 "도荼는 중당부터 또한 차茶자로 했다."[43]는 기록이 보인다. 당나라 문종文宗:827~840년과 선종宣宗:841~859년 기간 동안에는 이제까지 차茶자를 대신하여 사용해 오던 일체의 모든 별명別名을 폐용廢用하고, 오직 '차茶'자 하나만을 사용하도록 통일하였다.

세계에서 사용되는 차茶자의 독음은 거의 모두 중국의 '차茶'자나 '차엽茶葉'이란 글자에서 그 어음語音이 전역轉譯된 것들이다. 현재의 중국어는 '보통화普通話:북경어'를 대표로 하여 국어國語를 형성하고 있기 때문에 언어가 비교적 통일된 상태이다. 그러나 예부터 중국의 방언方言은 매우 복잡하기 이를 데 없어 중국 자체에서도 지방이 다르면 마치 서로 외국어 대하듯 할 정도이며, 겨우 문자文字에 의해서 의사소통이 이루어질 정도이다. 게다가 역사상 외국과의 언어교류는 대부분이 항구도시를 중심으로 한 지방의 방언으로 이루어졌다. 이러한 까닭에 세계 각국에서 사용되고 있는 '차茶'자의 독음은 대부분 중국 방언의 영향을 받아 제각기 그 방언의 색채를 그대로 보존하고 있는 것이다.

즉, 세계 각국에 최초로 전해진 '차茶'자의 지방음地方音은 제각기 다르기 때문에 세계 각국에서 현재 사용하고 있는 '차'자의 독음讀音 또한 각기 다를 수밖에 없는 것이다. 현재 세계 각국에서 사용되고 있는 '차茶'자의 어음語音은 크게 '민남어계閩南語系'와 '광동어계廣東語系'로 나누어 볼 수 있다.

---

43 "茶自中唐, 亦作茶."

(1) 민남어계閩南語系

중국 복건성福建省의 민남어閩南語이다. '차茶'자를 [té]로 읽는다. 이는 하문어廈門語로써 민남어의 대표로 삼은 예이다. 하문은 중국 역사상에 있어서 매우 중요한 대외항구도시이며, 해운업海運業이 일찍이 발달한 곳이다.

중국의 비단이 외국으로 전파되면서 비단길실크로드이 생겨났듯이, 차엽茶葉이 세계로 전파되면서 '차의 길茶之路'이란 것 또한 생겨났다. '차로茶路'에는 크게 둘로 나누어 해로海路와 육로陸路가 있다. 이러한 사실은 '차茶'의 독음讀音에서 분명하게 구분이 되고 있다. 민남어계는 바로 해로海路상에서 주로 전용專用되던 독음讀音이다. 네덜란드, 영국, 독일, 프랑스, 이탈리아, 서반아, 덴마크, 스웨덴, 노르웨이, 핀란드, 체코슬라바키아, 헝가리 및 라틴어, 영어英語 등이 모두 이 민남어계閩南語系에 속하며 '차茶'자의 '민남어閩南語의 독음인 '[té]'에서 유래하였다.[44]

(2) 광동어계廣東語系

광동어에서 '차茶'자는 '查, Chá'로 읽는다. '차로茶路' 중 육로陸路의 독음은 광동어계廣東語系와 화북어계華北語系를 함께 채용하고 있다. 일본, 러시아, 인도, 이란, 터키, 아랍에미레이트, 포르투갈 등이 모두 광동어계에 속하며, 그 독음讀音은 모두 차茶자의 광동계 독음인 '[Chá]'에서 유래하였다.[45]

---

44 영어의 'Tea', 프랑스어의 'Thé', 독일어의 'Tee', 라틴어의 'Thea' 등등이 그러하다.

천년차수왕(사천성 몽정산)

45 스웨덴의 식물학자인 린네(Carl von Linne)는 최초로 차나무의 학명(學名)을 정하였는데,
"Thea Sinensis" 라고 하였다. 이 또한 중국차에서 유래한 것으로써, 그것은 곧 "중국차나무
(中國茶樹)"라는 뜻이다.

현대인의 음차문화를 아끼고 사랑하는 이들이라면 한번쯤은 반드시 명대 인사士들의 음차생활에 대한 공헌을 되새겨 보아야 할 것이다. 아울러 동시에 명대明代의 음차문화의 혁혁한 성취는 반드시 당대唐代 육우陸羽의 창시의 공로功勞와 송대宋代 인사士들의 '음차飮茶 열기' 및 '투다풍기鬪茶風氣의 조성造成'의 공으로 귀결되어야 마땅할 것이다.

烹茶洗硯圖(淸, 錢慧安, 立軸紙本設色-세로62.1, 세로 59.2cm)-1871년 그림

독자들의 역대 중국다예中國茶藝의 변천 과정과 발전 및 그 흐름에 대해 이해를 돕기 위해 중국다예의 시대적 구분과 그 변천내용의 요지를 아래 도표로 간략히 정리해 보았다.

중국음차발전의 시대별 변천과정

시기의 구분	변 천 내 용
몽매시기曚昧時期	선진先秦이전, 주로 제사품祭祀品이나 채식菜食 : 요리, 음식으로 사용
맹아시기萌芽時期	진秦에서 동한東漢까지, 요리料理로부터 음료飮料로 발전하여 사용
상시시기嘗試時期	삼국三國 : 魏·蜀·吳에서 남북조南北朝까지, 궁정宮廷의 고귀한 음료로 사용
긍정시기肯定時期	수隋에서 초당初唐까지, 점차 보통음료普通飮料로 사용하기 시작
개전시기開展時期	중당中唐에서 명초明初까지, 음차飮茶·제다법製茶法의 건립
발황시기發皇時期	중명中明에서 청말淸末까지, 음차飮茶와 생활이 서로 밀접한 불가분不可分의 관계를 형성함.

| 부흥시기復興時期 | 민국民國이래 지금까지, 음차문화飮茶文化의 재출발과 도약의 시기로 접어듦. |

※ 자료출처 : 吳智和 『中國茶藝』臺北, 正中書局

1 │ 세계 최초 다서茶書 — 육우陸羽의 『다경茶經』

1) 육우陸羽의 생평生平과 다경茶經의 산실 '육우천陸羽泉'

중국의 '다도茶都'라 불리어지는 항주杭州는 천하 최고의 명차 서호西湖 용정차龍井茶 유명하지만, '명천名泉'의 유적지가 많기로도 유명하다. 그 중에서도 특히 용정차龍井茶의 유래가 된 '용정龍井', 명대 이래 지금껏 용정차와 항주쌍절을 이루고 있는 천하제삼천인 '호포천虎跑泉', 그리고 세계최초의 다서인 『다경茶經』의 산실産室인 육우천陸羽泉 등이 바로 그러한 곳들이다. 필자는 육우의 『다경茶經』을 소개하기에 앞서 육우와 육우천陸羽泉에 얽힌 이야기부터 먼저 소개하고자 한다.

육우陸羽:733~804년의 자字는 홍점鴻漸이며 일명 계자季疵이다. 자칭 쌍저옹雙苧翁이라 일컬으며 또한 경릉자竟陵子라고도 한다. 당대 복주復州 경릉현, 湖北 天門縣사람이다. 당·현종 개원開元 15년727년, 용개사龍蓋寺 부근 갈대밭에 버려진 아이를 이 절에 있던 승려 '지적선사智積禪師'가 가엾이 여기고 거두어 키웠다. 절에서 자란 인연으로 어려서부터 불경을 배웠으나 별로 흥미를 못 느끼고 유교儒敎에 더 흥미를 가지게 되어 지적선사의 만류에도 불구하고 틈틈이 글을 익혔다. 자라서는 스스로 이름을 짓기 위해 『역경易經』을 가지고 점을 보아 <건지점蹇之漸>괘를 얻고 풀이를 찾아보니 "기러기鴻가 뭍陸으로 나아간다. 그 깃羽은 거동에 쓸 수 있으니 길하다."라고 적혀 있었다. 그래서 그는 곧 성을 '육陸'씨로 하고 이름을 '우羽'라 하고 자字를 '홍점鴻漸'이라 하였다 한다. 또한 일설에는 용개사의 지적선사의 속성이 '육陸'씨였기 때문에 그의 성을 따랐다고도 한다. 그러던 중, 당·현종 천보天寶 연간742~755년에 우연히 하남도河南道의 부윤府尹으로 있던 이제물李齊物의 눈에 띄어 그의 도움으로 산을 내려와 그의 소원이던 유학儒學과

육우가 말년에 다경을 집필한 곳—항주 여항(餘杭)의 육우천

문학을 공부하게 되었다.

스물한 살 때부터 중국 천하를 두루 돌아다니며 차생산지를 무려 32주州나 고찰하였다. 그리고 평생 동안 찻잎의 종식種植, 제다製茶, 팽다烹茶, 음차飮茶 등에 관한 연구를 위해 엄청난 자료들을 수

각종 고대 다서(茶書)

집하였다. 당나라 상원上元：760년 초에는 초계苕溪에 은거하며 26년 동안이나 찻잎의 연구와 저술에만 몰두하였고, 영태永泰 원년765년 이후에 세계 최초의 『다경茶經』을 초고 완성하고, 대력大曆 10년775년에 다시 증보하였으며 대력大曆 14년 후에야 비로소 완성하여 세상에 그 모습을 드러내게 되었다.

그는 당시에 단지 약용藥用으로만 사용되던 차를 좀 더 광범위하게 음용할 것을 주장하였으며 마침내 그의 이러한 주장은 당시 사람들에게 크게 각광을 받았음은 물론 당대唐代 차업茶業의 흥성과 중국 다문화의 정립에까지 지대한 영향을 미치게 되었다. 정원貞元 19년803년, 향년 71세에 병으로 생을 마감하니 호주湖州 천저산天杼山에서 장례식이 치러졌다. 그는 죽은 후에 후인들에 의해 다성茶聖으로 추존되었고, 사람들은 그를 다신茶神의 예禮로써 제사를 지냈다.

다경茶經을 저술하기 전에 육우가 초계에 은거할 때 차와 샘을 고찰하고자 천목산天目山을 찾은 적이 있는데, 그때 그가 이른 곳이 바로 천목산의 지맥인 경산徑山 북쪽 자락에 있는 쌍계雙溪였다.[1] 육우가 천목산 주변의 흐르는 계곡의 물을 살펴보니 천목산 주위를 흐르는 모든 계곡 물들이

모두 두 시내溪를 통과하여 흘러서 초계의 상류에 모이고 있었다. 더욱 자세히 살펴보니 계곡의 바닥이 투명할 정도로 물이 맑을 뿐 아니라 주위의 산수 또한 수려하고 토양이 비옥하여 차를 심기에 아주 적합한 곳이라 여겨졌다.

그는 곧 야생차나무의 씨를 따서 그곳 시골 노인들에게 심도록 하였다. 그리고 자신은 곧바로 산 밑을 흐르는 시냇가에다 갈대를 엮어 초옥草屋을 짓고 『다경茶經』의 저술에 몰입하였다. 그때 마침 육우의 초옥 옆에서는 아주 맑은 샘물이 솟아올랐다. 육우는 그 샘물을 길러다 차를 다려 마시며 전국 각지의 명차들을 세심하게 품명하였다.

육우천陸羽泉은 절강성 항주시 여항구余杭區 경산진徑山鎭 쌍계雙溪에 위치하며 속칭 '육가정陸家井'이라고도 한다. 그 규모는 평면 장방형이며 남쪽 너비가 2미터이고 북쪽 너비가 1.1미터이며 동서 길이가 3.5미터이다. 수질이 달콤하고 청량淸凉하며 물이 마르지도 넘치지도 않는다. 현재 육우의 초옥은 남아 있지 않고 샘물만이 옛날처럼 맑게 남아 있어 당시 다경의 저술에 몰입하던 육우의 마음을 전해주고 있다. 당시에 차씨를 따고 뿌리던 곳이 있는데 현지에서는 이곳을 '다자오茶籽塢'라고 부른다. '육우천'은 1986년 항주시의 '시급문물보호단위市級文物保護單位'로 지정되었다

---

1 쌍계(雙溪)는 당대(唐代)에 오흥군(吳興郡)에 예속되었음

2) 육우陸羽의 『다경茶經』

(1) 『다경茶經』의 명명命名

'다경'의 내용이 어떠한가를 거론하기 전에 우선 '다경茶經'이란 명칭이 "어떻게 생겨났는지?" 또 "어느 시기에 누가 붙인 것인지?" 에 대해 먼저 살펴보기로 하겠다. 육우와 동시대에 살았던 봉연封演은 자신의 저술한 『봉씨견문기』에서 "초나라 사람 육우가 다론茶論을 지어 차의 공능을 말하고…"[2]라고 하여 '다론茶論'이란 말만 거론하였지 '다경茶經'이란 말은 결코 언급하지 않았다. 그리고 『숭문총목崇文總目』 제3권상에도 "육우의 다기茶記"라고 기록하고 있을 뿐이다. 그런데, 『다경』의 「십지도十之圖」의 끝부분에 육우는 자신이 저술한 다서에 대해 결론을 내려 "이에 다경茶經의 시작과 끝이 모두 갖추어진 셈이다."[3]라고 말하여 스스로 저술한 다서를 가리켜 서슴없이 『다경茶經』이라고 칭하였다.

『다경茶經』에서의 '경經'은 경전經典의 뜻으로 유가儒家의 경전에 비유하여 지은 이름이다. 그가 이렇게 한 의도는 자신이 지은 『다경』이 그냥 단순하게 차를 보통음료의 차원에서 해설한 게 아니라 차와 연관된 각 분야를 총망라하여 학문적 해설을 가함으로써 자신의 다서茶書가 '차茶의 경전'으로써 충분한 가치가 있다는 자신감에서 서슴없이 『다경茶經』이라 명명하였을 것이다.

---

2 "楚人陸羽作茶論, 說茶之功能"
3 "…於是茶經之始終備焉"

(2) 『다경茶經』의 내용

    현존하는 『다경』은 상·중·하 총3권으로 나누어져 있다. 상권은 다시 「일지원一之源」, 「이지구二之具」, 「삼지조三之造」 등의 세 편으로 나누어져 있고, 중권은 「사지기四之器」 1편만이, 하권은 「오지자五之煮」, 「육지음六之飮」, 「칠지사七之事」, 「팔지출八之出」, 「구지략九之略」, 「십지도十之圖」 등의 6편이 있어, 총 3권 10편으로 구성되었다. 『다경茶經』의 내용만 다루어도 이내 곧 엄청난 분량의 독립된 한권의 전서專書가 만들어질 수도 있기 때문에, 여기에서는 『다경』이 어떤 내용을 기록하고 있는 책인지에 대해서만 개략적 설명만 하고자 한다.

    일지원一之源:차의 근원에서는 맨 먼저 차의 식물학적 설명을 하였고, 둘째는 차의 문자적 표시 설명하였고, 셋째는 차가 생장하는 토양을 설명, 넷째는 차를 기르는 방법을 설명, 다섯째는 차의 효능을 설명, 여섯째는 차와 고려인삼을 비교하여 설명하였다.

    이지구二之具:차 만드는 도구, 또는 연장에서는 채다하는 바구니다루:茶簍와 차를 찌는 부뚜막조:竈과 시루증:甑, 차를 빻는 절구구:臼와 공이저:杵 그리고 끝으로 차의 본모형을 뜨는 거푸집속칭,模子 등 차를 만드는 도구에 대해 설명하였다.

    삼지조三之造:차 만들기에서는 채다찻잎 따기에서부터 고형차固形茶의 제법에 이르기까지 설명하고, 그 다음은 이미 제품화되어 출시된 차의 종류와 또 차의 좋고 나쁨에 대한 감별법에 대해 설명하였다.

    사지기四之器:차 마시는 그릇에서는 물을 끓이고, 차를 다릴 갖가지 준비도구에서부터 차를 마시고, 다기 정리함에 이르기까지 대해 상세히 설명하고 있다. 풍로風爐, 거筥:숯 광주리, 탄과炭檛숯 가르게, 화협火筴:부젓가락, 교상交床:솥 걸치게, 협夾 : 차를 구울 때 쓰는 집게, 지낭紙囊 : 차를 보관하는 종이 주머니, 연碾〈불말(弗末) : 연 가루 털게), 나합羅슴 : 가루차를 거르는 체와 보관하는 합, 칙則 : 차의 양을 조절하여 떠서 넣는 도구, 녹수낭瀘水囊 : 물 거르는 자루, 표瓢 : 표주박, 죽협竹筴, 차궤鹾簋 : 소금단지, 숙우熟盂 : 익은 물 사발, 완盌 : 주발, 분畚 : 차 사발을 담아놓는 일종의 삼태기 같은 바구니, 찰札 : 큰 붓 모양의 대나무솔, 척방滌方 : 찻그릇을 씻고 남은 더러운 물을 담아두는 8되짜리 개수통, 재방滓方 : 차 찌꺼기를 담아두는 5되짜리 찌꺼기통, 건巾 : 행주, 구열具列 : 모든 차 도구를 수납하여 진열하는 대나무로 만든 평상이나 선반, 도자都煮 : 다기를 수납하여 정리하는 대나무 광주리로 도람(都籃이라고도 한다) 등에 대해 그 쓰임새와 모양 그리고 재료에 대해 상세히 전하고 있다.

오지자五之煮 : 차 달이기에서는 자다煮茶하는 방법을 상세히 설명하고 있는데, 여기에서 설명하는 자다법煮茶法은 제1장에서 거론한 당대 이전의 자다법과는 사뭇 다르다. 육우의 '자다법'은 당시 보편화된 일반음료로서의 자다법을 한층 넘어선 다도茶道로서의 의미를 지닌 차를 달이는 방법을 구체적으로 제시하였다. 고로, 육우의 자다법은 결코 쉽지 않으며 현대인에게 있어서는 더욱 아리송하고 까다롭기만 하다. 이것이 바로 다도의 행다법行茶法의 효시이며, 많은 다도를 하는 다인들이 흠모하여 배우고자 하는 바이기도 하면서 또한 제대로 이해하고 습득한 사람은 도리어 보기 드물 정도이다. 내용은 '차 굽기炙茶'를 시작으로 하여 찻잎 쪄서 빻고 가루내기, 목탄의 품질, 최상급의 물 선택하기, 물의 끓는 정도에 따른 구분과 차를 끓이는 등의 복잡한 절차가 상세히 기록되어 있다.

육지음六之飮 : 차 마시기에는 음차飮茶의 역사적 기원과 차를 마시며 주의해야 할 방법인 '음차의 구난九難 : 9가지 어려움'에 대해 기록하고 있는데, 다도라는 목표를 달성하기 위해 거쳐야 할 일종의 '육우陸羽식 점다법點茶法'[4]이라

---

4 점다법(點茶法) : 당송시대에 크게 유행한 일종의 팽다법(烹茶法)이다.

할 수 있다. 육우가 주장한 '음차의 아홉 가지 어려움'은 다음과 같다. 첫째 '차 만들기', 둘째 '분별하기', 셋째 '그릇', 넷째 '불', 다섯째 '물', 여섯째 '굽기', 일곱째 '가루내기', 여덟째 '달이기', 아홉째가 '마시기'이다.

칠지사七之事: 차의 일에서는 역사에 기록된 차에 얽힌 이야기들을 풍부한 문헌을 통해 고증하고 있다. '차의 효능'에서부터 '차의 명칭', '차의 습속習俗', '차 판매', '차에 얽힌 갖가지 역사적 사실과 전설' 등등 차에 얽힌 이야기와 사실들이 수록되어 있다.

팔지출八之出: 차의 산출에서는 육우가 살았던 당나라 때의 각종 차의 생산지에 대해 지역별로 분류하여 상세히 밝히고 있다.

구지략九之略: 차의 생략에서는 차 마시는 때와 장소, 그리고 마시는 사람이 처한 상황에 따라 생략해도 무방한 몇 가지 다기와 절차를 상황에 따라 설명해 놓았다. 이어서 맨 끝에 부분에서 "그러나 성읍城邑 안에 사는 왕공王公의 귀족들은 24가지 다기 중, 어느 한 가지만 없어도 차를 마시지 않는다."[5]라고 하였다.

십지도十之圖: 차의 그림에서는 위에서 설명한 여러 가지 문제들을 다시 열거하면서 모두 차에 관한 일임을 다시 설명하고, 이로써 『다경茶經』의 시작과 끝이 모두 완성되었음을 알리고 있다.[6]

---

5 『茶經』「九之略」: "… 但城邑之中, 王公之門, 二十四器闕一, 則茶廢矣."
6 육우의 『다경』에 대한 원문과 상세한 풀이는 金明培, 『韓國의 茶書』,부록편 「다경」을 참조하기 바람.

(3) 육우陸羽의 다도茶道정신

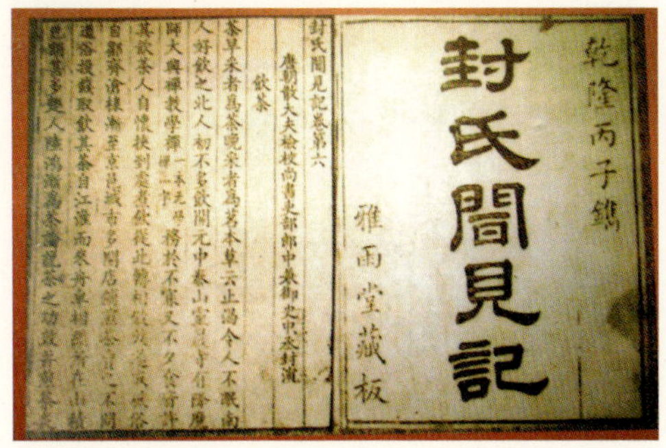

봉씨견문기

　육우의 다도정신을 살펴기 이전에 우선 '다도茶道'란 말의 어원에 대해 알아보는 것이 순서인 듯하다. 여러 다서를 보다 보면 '다도'에 대해서는 참으로 많이 언급되어 있는데, 그 내용들은 대부분이 '다도'의 추상적이고 철학적 내용을 담고 있어, 현실적으로 누가 언제부터 '다도'란 용어를 사용하였는지에 대해서는 거의 언급되지 않은 것을 많이 본다. 중국에서 '다도'란 용어를 최초로 사용한 문헌은 아마도 당대 봉연封演의 『봉씨문견기封氏聞見記』로 추정된다. 『봉씨문견기』는 당나라 천보天寶 연간742~756년에 진사 봉연이 저술한 것이다. 그는 육우의 『다경』을 가리켜 '다론茶論'이라 말하고, 차 마시는 행위에 대해서 '다도茶道'란 용어를 사용했다. 그 내용에 "초楚지방의 사람인 육홍점陸鴻點[7]이 다론茶論을 짓고 차의 효능과 함께 차 달이기, 차 굽는 법을 말하고, 다구 24종을 만들어서 이를 수납 바구니에 담으니, 멀고 가까운 곳에서 마음을 기울여 사모하고, 호사가는 한 벌을 집에 간직하였다. 상백웅常伯雄이라는 자는 또한 홍점鴻漸의 이론을 널리 윤색하였고, 이에 다도茶道가 크게 성행되어 고관대작들과 조정의 관리들은 차를 마시지 않는 자가 없었다."[8]

---

7 육홍점(陸鴻點)은 육우(陸羽)이다. 홍점(鴻漸)은 그의 호이다.
8 원문의 내용이 길므로 생략하였다. 林治『中國茶道』4쪽을 참조 바람.

라고 기록하고 있다. 이를 근
거로 우리는 당대唐代에서부터
시작된 '다도'의 창시자는 육
우陸羽이지만, '다도'란 용어를
처음 사용한 자는 '봉연封演'임
을 알게 되었다.

　육우는 자신의 저술인 『다
경』에서 "차는 맛이 지극히

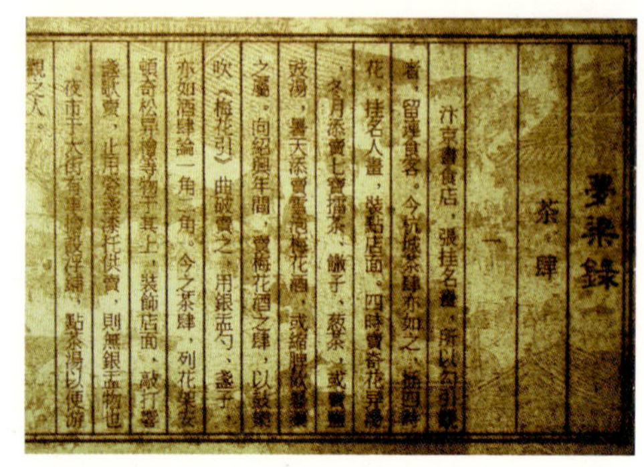

몽양록(夢粱錄) 차사(茶肆)(항주차엽박물관)

차서 행실이 정련되고 검소한 덕망 있는 사람이 마시기에 가장 적합하다
."[9]고 했으며, 또한 "차의 성질은 검소하다."[10]고 말하고 있다. '검儉'자에
대해서 상고해 보면, 논어의 「학이편」에서 공자가 주장한 사람의 인격형
성의 다섯 가지 덕성이 되는 "온溫 · 양良 · 공恭 · 검儉 · 양讓"에서 볼 수가
있다. 또한 『설문해자說文解字』에 의하면, "검儉은 약約이다."라 하였고, 일반
적으로 '약約'은 예절에 밝고, 공손하며 근면하다는 뜻이다. 단옥재段玉裁
: 1735-1815년의 주해에는 "약約은 함부로 사치하지 않는다."[11]라고 풀이했다.
이상에서 보듯 육우의 다도정신은 '사치'를 완강히 거부하는 '검소한 덕德'
이라고 볼 수 있다. 육우의 '검소한 다도정신'은 아마도 그가 어린 시절을
사찰에서 보냈던 성장배경과도 어느 정도 관련이 있을 것으로 추측된다.
그렇다고 '육우의 다도'가 무조건 검소하기만을 강조하고 '형식과 예절'에
있어서 완전히 무시해 버린 것은 아니다. 앞서 거론한 『다경』 <구지략九之

---

　9 『茶經』<一之源> : "茶之爲用, 味至寒, 爲飮最宜, 精行儉德之人…."
10 『茶經』「五之煮」: "茶性儉, 不宜廣". 김명배, 『韓國의 茶書』의 부록, 「다경(茶經)」편에서는 "검
　　(儉)은 차의 소박한 맛이고, 광(廣)은 차의 진한 맛이다."고 설명하고 있다.
11 『說文解字』: "儉約也, 約者纏束也, 儉者不敢放侈之意."

略>에서 그는 '이십사기二十四器'를 모두 응용하고 사용했을 때 비로소 완전하게 정식의 차를 마시는 것임을 규정하고 있는데, 이는 최소한의 다도의 형식과 예절을 강조한 것이다. 반면에 또 다기를 다 갖출 수 없는 산이나 들에서 거친 차를 마실 경우에는 굳이 규정된 '이십사기'를 다 사용하지 않아도 됨을 함께 언급하였다. 즉, 차를 마시는 사람이 처해진 환경과 상황에 따라 몇 가지 생략할 수도 있음을 설명한 것이다. 이는 형식에만 너무 얽매여서 차의 내면적 정신을 잃지 말라는 뜻으로 해석된다.

『다경』의 곳곳에서 나타나는 '검지덕儉之德'이야말로 진정한 '육우의 다도정신'이라 할 수 있다. 물질과 정신이 둘이 아닌 하나, 그러면서도 어느 한 쪽으로도 치우치지 않는 중용의 도리, 형식을 따라 예절을 익히고, 정신을 수양하면서도 굳이 그 형식에만 얽매이지 않는 걸림 없고 자유로운 검소한 덕성, 이것이야말로 현대를 살아가는 우리가 본받아야 할 참된 다도정신이 아닐까 생각한다.

2 │ 〈다선일미〉의 정신과 다도

1) '다선일미茶禪一味'의 연원淵源

차를 마시는 일은 참으로 즐겁기도 하거니와 바쁘거나 또는 지루한 일상생활 속에서의 유일한 탈출구이며 활력소가 되기도 한다. 이런 의미에서 필자에게서의 '차 생활'이란 이미 하루도 없어서는 안 될 생활필수품처럼 된 것 같다. 뿐만 아니라 나와 더불어 차를 마시는 여러 지인들의 생활 속에서도 어느덧 깊이 뿌리를 내리어 이제는 없어서는 안 될 기호품

내지는 취미생활로 정착한 모습을 자주 보곤 한다.

이렇듯 차를 즐겨 마시는 이나 혹은 음차생활에 심취한 나머지 아예 차학茶學의 연구에 몰두하는 이들, 더 나아가 정식으로 다도를 전공하는 이들에 이르기까지 늘 차상을 마주하고 있노라면 편안하고 즐거운 마음 한구석에는 어느덧 찻잔 속에 피어나는 수연水煙처럼 어느새 알 듯 모를 듯 묘연한 화두로 뇌리 속을 맴도는 문구가 하나씩 있기 마련이다. 20여 년의 음차생활은 현실 생활 속에서 피어나는 숱한 번민으로부터 나를 편안하고 즐겁게도 해주었지만, 또 한편으로는 나를 끊임없는 정신세계로 향하도록 매섭게 채찍질하는 화두가 하나 있었다. 그것은 바로 '다선일미茶禪一味' 혹은 '선다일미禪茶一味'였다.

비록 불가佛家에서 비롯된 화두이긴 하나 필자 개인적인 견해로 볼 때,

항주 여항 경산사(徑山寺) 뒷산 차밭

기본적인 음차생활에서부터 다도생활에 이르기까지 다인이라면 한번쯤
은 반드시 짚어보고 생각해 볼 필요가 있다고 여기고 있다. 많은 다인들
이 '차 모임'을 갖거나 '차 문화행사'를 하거나 혹은 다도에 관한 연구
토론을 할 때면 심심찮게 자주 거론되었을 뿐만 아니라, 불가佛家의 다실
이 아님에도 불구하고 적지 않은 일반 다실에 '다선일미'라고 쓴 편액이
나 족자가 걸려 있는 것을 아주 많이 보게 된다.

그러나 실제로 그 의미를 알고 걸어 놓거나 또 그 실체를 진정으로
깨닫고 걸어놓은 이들은 오히려 그리 많지 않을 것이다. 그렇다고 필자가
그 심오한 의미를 이해했거나 깨닫거나 한 것은 더더욱 아니다. 그 심오
한 뜻이나 깨달음은 각자의 개인적인 근기根器에 따라 맡기도록 하고,
필자는 단지 '다선일미'의 문구가 나오게 된 배경이라도 알아보고 싶은

다선일미의 본고장—항주 여항의 만수선사(경산사)

마음에 서툰 식견으로 감히 '다선일미'의 연원이나마 간략하게 살펴볼까 한다.

우리나라에서의 일반적인 상식 속에서 자주 거론되는 '다선일미'는 대저 그 뿌리를 '일본다도'에서 자주 찾을 뿐 아니라 심지어는 마치 '일본다도'의 전유물인 것처럼 고정 관념화되어 있음을 쉽게 볼 수 있다. 물론, 다도에 전문으로 종사하거나 연구하는 이들은 제외되지만 그 이유는 아마도 일본이 동양 삼국한·중·일 중에서 '다선일미' 일구를 가장 널리 선양하고 체계화한 나라이기 때문일 것이다.

일반적으로 '다선일미'의 정신은 그 기원을 중국 송宋나라 때로 보지만, 그러나 사실 그 기원은 훨씬 더 거슬러 올라가 당나라 때로 볼 수 있다.

'다선일미' 정신을 일본에 직접적 영향을 준 근원지는 중국 절강성 항주시 여항余杭의 경산사徑山寺이다. 경산사의 '다선일미' 정신은 다시 당나라 때의 고승이자 협산夾山[12]의 개산종조開山宗祖이며 협산사夾山寺의 주지로 있던 '선회선사善會禪師'로까지 거슬러 올라가며, 선회로부터 계속 이어져 내려온 '다선일미'의 정신은 송나라 때에 이르자 협산사에서 선회선사의 '다선일미'의 법통을 이어 받은 '원오·극근圓悟·克勤'스님에 의해 더욱 일어나게 된다.

원오·극근 선사는 20여 년간 협산사 주지로 있으면서 '차茶와 선禪의 관계'에만 몰두하여 마침내 '다선일미'의 참뜻을 깨닫고는 그 자리에서 일필휘지一筆揮之하여 '다선일미茶禪一味'라는 네 글자를 썼으며, 이로 인해 중국의 선풍은 크게 일어나게 되었다. 이때 원오선사의 문하에 크게 촉망받는 제자가 두 명 있었는데 바로 대혜종고大慧宗杲:1089~1163선사와 호구소

---

12 협산(夾山): 호남성(湖南省) 상덕시(常德市) 석문현(石文縣)에 있는 산

릉虎丘紹隆 : 1077~1136선사였다. 이 두 사람은 모두 어려서 출가하여 협산사에서 원오 선사를 20여 년이나 스승으로 모시며 정진하였다.

　그 뒤, 남송南宋 소흥紹興 7년1137년 '종고宗杲'선사는 승상 장준張浚의 추천으로 황명皇命을 받들어 항주 여항의 경산사徑山寺의 주지가 되었으며 아울러 '다선일미'의 선풍을 크게 일으키게 된다. 종고선사가 경산사의 주지로 온 이듬해 여름에는 설법을 듣고자 참가하는 승속僧俗이 무려 1,700여 명에 이르렀다. 이로 인해 수많은 승려와 신도들을 위한 각종의 다연茶宴이 베풀어지고, 이에 따라 『선원청규禪院淸規』를 바탕으로 한 각종의 사찰 다례의 의식 등이 생겨나게 되었으며, 이로써 바로 그 유명한 '경산다연徑山茶宴'이 탄생하게 되었다. 이는 또 일본에도 아주 지대한 영향을 미치게 되는데, 남송말년 일본다도의 비조鼻祖격인 에이사이榮西禪師 : 1141~1215는 두

항주 여항 경산사 전경

차례나 중국을 다녀가게 되고, 에이사이선사는 이때 원오선사가 지은
『벽암록』과 함께 원오선사가 친필로 쓴 '다선일미'의 묵적까지 함께 가
지고 일본으로 돌아갔다. 뿐만 아니라 1191년에는 일본의 '다경茶經'이라
할 수 있는 『끽다喫茶양생기』를 저술하여 광범위하게 선도와 다도를 전파
하였다. '다선일미'의 선풍과 함께 크게 성행했던 '경산다례'는 그 맥이
끊어져 현재 실체를 알 길이 없다. 단지 일본의 다도와 다례가 항주 여항
의 경산다례를 전승하였다고는 하나 이미 오랜 세월을 사이에 두고 일본
의 환경에 맞게 적절히 변화하여 고착되었기 때문에 본래의 '경산다례'
실체라고는 할 수 없다.

그러나 해마다 일본의 많은 다인과 차문화답사단이 '경산사徑山寺'를
잊지 않고 찾는 이유는 아마도 다도생활을 통해 참된 자아와 그 뿌리를
찾기 위한 열정, 그리고 일본 다도의 최고 경지로 일컬어지는 '다선일미'
의 발원지를 친견하고 싶은 흠모의 마음과 존경심의 발로가 아닐까" 생
각한다. 필자가 중국 유학시절 '다선일미'의 중흥조 격인 원오·극근 선
사의 묘소를 어렵게 찾았을 때, 거기에도 어김없이 일본인 방문시찰단들
이 몰려 와 있었던 것을 기억하고 있다. 묘소를 돌보고 있는 스님의 말에
의하면 참배자들 중에 한국인은 필자 일행이 최초라는 말을 들었다. 그
순간 솔직히 마음 한편으로는 스스로 자랑스럽기도 하였지만, 또 한편으
로는 씁쓸한 마음을 숨길 길이 없었다.

2) '다선일미'의 내재적 뿌리인 조주선사의 '끽다거喫茶去'

중국 당나라 때는 도교와 함께 불교가 크게 흥기했던 시기라고 볼 수가

있다. 이때 불가佛家에서는 승려들의 참선수행 중에 일체의 간식을 금지하고, 오직 차 마시는 것만은 허락하였다. 뿐만 아니라 불가에서는 청규淸規를 지키고, 차를 마시며 불경에 대해 논하고, 불교와 인생의 철학적 연구와 수행 등이 모두 하나로 융합되어야 비로소 '화상가풍和尙家風'을 실행하는 것이라 여기었다. 이러한 시대적 배경으로 인해 '다선일미'의 정신은 자연스럽게 형성되었다. 선승禪僧들에게 있어 '선미禪味'와 '다미茶味'는 결코 둘이 아닌 동일한 흥미興味였다. 즉, 품다品茶를 하는 것은 참선의 전주前奏였고, 또한 참선은 품다하기 위한 목적이었다. 곧 두 가지가 일체를 이루는 것이다. 또한 '다선일미'의 정신은 선종의 기봉어機鋒語[13]인 '끽다거喫茶去'와도 내면적으로 깊이 연계하고 있다.

'끽다거'라는 말은 당대唐代 고승이었던 '종심從諗'[14] 선사에서 비롯된 말이다. 종심선사가 조주趙州 관음사에 상주常住하였던 까닭에 사람들은 그를 '조주고불趙州古佛'이라 칭하였다. 그래서 '종심'선사란 이름보다 '조주선사'란 이름으로 우리에게 더 익숙하게 알려져 있다. 조주선사의 '끽다거'에 얽힌 일화를 보면 다음과 같다.

어느 날 조주선사는 자신을 찾아 조주선원에 새로 온 학인에게 물었다. "여기를 온 적이 있느냐?" 학인이 답하여 말하기를 "온 적이 있습니다." 하자, 조주선사는 "차나 먹고 가게!"라고 하였다. 다른 학인에게 또 물었다. "여기 온 적이 있는가?" 학인이 "온 적이 없습니다."라고 하자 조주는 또 "차나 한잔 마시게!" 라고 하였다. 이를 보고 있던 주지가 괴이하게

---

13 기봉어(機鋒語) : 선가(禪家)에서 남을 깨우치게 하는 법어
14 종심(從諗 : 778~897년) 선사는 산동성 조주부(曹州府)에서 출생했으며 속성 학郝씨, 법명은 종심(從諗)이다.

여겨 조주에게 물었다. "스님은 어째서 온 적이 있어도 '차나 한잔 마시게' 하시고, 온 적이 없다고 해도 '차나 한잔 마시게!'라고 하십니까?" 그러자 조주는 주지에게도 "차나 한잔 마시게"라고 답하였다.[15]

조주선사가 세 번씩이나 똑같이 "차나 마시게!"라고 한 의도는 학인들의 망상분별妄想分別을 제거해 주기 위함이었다. 즉, "불법은 다만 평상平常 중에 있는 것이니, 기이하고 특이한 생각을 짓지 말라."는 뜻이다. 왜냐하면, 일단 한번 망상분별에 빠지게 되면 곧 '본성本性'과 더불어 상응할 수 없기 때문이다. 그럼, 선종에서 자주 말하는 '평상심'은 과연 무엇인가? 그것은 바로 "차를 보면 차를 마시고, 밥을 먹을 때는 밥을 먹으면 되는"[16] 평상시의 자연스러움인 것이다. 이것이 바로 참선參禪의 첫걸음을 내딛는 것이다. 선종에서는 또한 '자오自悟'를 강조한다. 즉, 스스로 깨달으란 것이다. 외부의 힘을 빌리지 않고 이로理路:이치에 빠지지 말고, 순전히 자신의 힘에만 의지하여 참선수행을 하다가 문득 마음의 꽃이 피게 되면 곧 전혀 다른 신천지와 통하게 된다는 것이다. 오직 평상심平常心만이 청정무구한 마음의 경지에 도달하는 유일한 길이요, 오직 청정淸淨한 심경에 도달하는 것만이 비로소 스스로 선기禪機를 깨닫게 된다는 것이다.[17] 이후, '끽다거' 세 글자는 불가와 다도에서뿐만이 아니라 널리 승·속僧俗을 초월하여 많은 세인들의 입에 회자되는 명구가 되었다.

---

15 『五燈會元』卷4.
16 『祖堂集』卷10. "遇茶喫茶, 遇飯喫飯"
17 葛兆光 『佛影道踪』

3) 일본의 에이사이榮西 선사와 『끽다양생기喫茶養生記』

중국에서 '다신茶神', '다성茶聖', '다선茶仙' 등으로 불리어지는 당대唐代의 육우陸羽 : 733~804)나, 우리나라에서 다성茶聖으로 널리 알려진 조선시대의 초의艸衣,1786~1886년 선사처럼, 일본에서도 '차조茶祖'로 불리어지는 에이사이榮西 : 1141~1215 선사가 있었다. 여기서 잠깐 한·중·일의 차의 시조 격이라 불리는 위의 세 인물들의 각각의 출생연대와 그들이 각기 저술한 다서茶書들의 연대를 가만히 비교하여 살펴보면, 우리나라의 다도문화가 왜 동양 삼국 중에서 가장 뒤떨어질 수밖에 없는가 하는 이유와 그 역사적 배경을 조금이나마 짐작할 수 있지 않을까 생각된다.

에이사이榮西 선사는 송宋나라 때, 중국으로 건너 가 불교를 배우고 돌아간 일본의 유학승 중의 한 명이었다. 에이사이 선사禪師는 남송南宋, 효종孝宗의 건도乾道 4년1168년에 중국으로 건너가 절강浙江의 천태산天台山과 육왕산育王山 등에서 불교를 공부하고, 아울러 장강長江 : 양자강 이남의 유명사찰들을 두루 찾아 다녔다.

에이사이선사가 중국에 유학하고 있던 기간은 마침 남송南宋의 사회경제가 소강상태에 놓여 있었다. 당시 중국에는 이미 음차풍속이 널리 보급되어 있었음은 물론, 장강 이남의 각지에는 종차種茶, 재차制茶, 음차飮茶 등의 풍속이 도처에 흥행하여 실로 가관可觀이었다. 에이사이榮西는 폭넓게 불경을 연구하면서도 남는 시간에는 차의 연구에 흥미를 느끼고 몰두하였다.

남송 광종光宗의 소희紹熙 2년1191년에 이르러 에이사이 선사는 드디어 유학을 마치고 중국을 떠나 일본으로 귀국길에 올랐다. 그때, 그는 수많은 불교경전을 가지고 왔음은 물론, 동시에 대량의 차수茶樹 종자種子까지도 함께 가지고 일본으로 돌아왔다.

에이사이 선사는 귀국 후, 가져온 차씨茶種子를 비전肥前 : 현,佐賀縣의 세부
리산背振山에 심었다. 동시에 차씨를 도가노오栂尾에 있는 고우잔사高山寺의
묘우에상인明惠上人에게 주었다. 묘우에상인은 에이사이 선사의 지도에 따
라 차씨를 도가노오栂尾[18]에 심었다. 『日本의 茶道』에 의하면, 도가노오차
栂尾茶는 그 후로 "본차本茶라는 명성을 얻었고, 다른 고장의 차는 비차非茶

에이사이(영서)선사

라고 부르게 되었다."고 한다. 아울
러, 우지宇治에서 생산되는 '옥로차玉
露茶'는 이미 일본에서는 명차名茶로
이름을 날리고 있다.

에이사이 선사는 그 밖에도 차에
관한 저술을 남겼는데, 1211년에 그
가 쓴 『끽다양생기喫茶養生記』는 당시
일본 국내에서는 광범위하게 전래
되었다. 이후, 일본의 독특한 다도는
점차적으로 그 학술적 체계를 확립
해가며 발전되어 갔다.

『끽다양생기』의 저술 시기는 비
록 중국 당나라의 육우陸羽의 『다경茶
經』서기 780년에 저술보다 약 400여 년이
나 늦긴 해도, 그러나 그것은 오히려
일본 내에서 음차건강법을 널리 보

18 현재의 우지(宇治)지방

급하고 선전하는 선구자적 역할을 하게 되었다. 『끽다양생기』는 상·하 두 권으로 편찬되었는데, 상권 제일 첫머리에 이런 말을 하고 있다. "차는 말세末世에는 양생의 선약仙藥이요, 사람으로서 누려야 할 목숨을 연장하는 기묘한 술법이다. 산골짜기에 이것이 자라면 그 땅은 신비스럽다. 이것을 따는 모든 사람은 목숨이 길어진다."[19]

이어서, 에이사이는 음양오행陰陽五行의 변증법을 이용하여 끽다喫茶가 강심强心과 오장五臟의 건전은 물론 양생에 유익한 도리를 논술하였다.

그는 책 속에서 차茶 및 차의 공능과 효능에 관계있는 중국 고문헌들을 대량으로 인용하여 논술하였다. 하권에서는 당시 일본에서 유행하는 각종 질병에 대해 중점 분석하고, 그 예방과 치병治病의 묘술妙術로 '끽다법喫茶法 : 차를 마시는 법'과 '상죽법桑粥法 : 뽕죽을 쑤어 먹는 법'을 제시하였다.

에이사이 선사는 차茶가 능히 만병을 치료할 수 있다고 생각했다. 그런 까닭에 그는 자신이 『끽다양생기』「하권·끽다법」에서 당나라 진장기陳藏器의 『본초습유本草拾遺』를 인용한 뒤, 자신의 생각을 이렇게 말하고 있다. "귀貴하느니 차茶로다. 위로는 여러 천상계의 신령에 통하고, 아래로는 배불리 먹어서 침해를 받는 모든 사람을 도와준다. 다른 약들은 오직 한 가지 병만을 치료할 뿐이나, 차는 만병萬病의 약일 뿐이다."[20]

당시 '에이사이' 선사는 손수 직접 찻잎을 이용하여, 당뇨병으로 고생하고 있는 대장군을 치료하였는데, 치료한지 얼마지 않아 오랫동안 낫지 않던 그의 당뇨는 곧 완치되었다. 이로 인해 에이사이 선사의 『끽다양생

---

19 金明培 譯著, 『日本의 茶道』(서울, 保林社)의 115쪽에서 재인용함. 이 책에는 『끽다양생기』의 원문과 해석 및 주석이 상세함으로 참조 바람

20 전게서(前揭書) 135쪽~136쪽. 원문 : "貴哉茶乎, 上通神靈諸天境界, 下資飽食侵害之人倫矣, 諸藥唯主一種病, 各施用力耳, 茶爲萬病之藥而已." 166쪽~167쪽.

기』는 일본에서 더욱 널리 알려지게 되었음은 물론 당시의 일본인들은 신분의 귀천을 막론하고 모두들 "차가 도대체 무엇인가?" 하며 그 실체를 무척 궁금해 하고 알려는 욕망이 고조高潮되었다. 이런 것을 볼 때, 비록 중국으로 전래받은 일본의 다문화가 현재 일본만의 독특한 '다도茶道'로 발전된 것은 조금도 이상하게 여길 일이 아닐 것이다.

3 | 도교와 중국 다도

일반적으로 중국인들은 중국의 다도茶道에 대해 도교道敎가 미친 영향은 유교나 불교에 비해 내용적인 면에서도 더욱 심오할 뿐만 아니라, 역사적인 면에 있어서도 훨씬 오래되었다고 생각한다. 도교는 중국 고유의 토착 종교일 뿐만 아니라 중국의 대표적인 철학사상의 하나이며, 또한 오랜 역사를 통해 수많은 왕조의 교체에도 불구하고 전체 중국인과 중국 전역에 있어 그 어떤 종교나 사상보다도 지대한 영향을 미쳤기 때문일 것이다. 비록 중국의 다도가 유·불·선의 사상과 정신을 함께 융합하여 조화롭게 발전해 왔지만, 그러나 역시 중국다도의 저변에 가장 깊게 깔려 있는 정신과 사상의 기본 틀은 역시 도교사상이라 할 수 있을 것이다.

1) 도교道敎다도의 기본 정신

도교다도에서는 '도법자연道法自然'을 강조하고 있는데, 이 사상은 중국의 도교다도의 핵심사상이기 전에, 도교 본래의 기본 사상이다. 차의 발상지이며 도교의 발상지로도 유명한 도교 4대 성지 중 하나인 중국 사천성四川省 성도시成都市의 외곽에 위치한 청양궁青羊宮을 가보면 들어가는 입구를 막고 있는 서 있는 안쪽 벽에 대문 크기만 하게 써놓은 네 글자가 눈에 띄는데, 바로 '도법자연道法自然'이다. 이 말은 "도道라는 것은 자연을 본받는 것이라"는 뜻이다. 즉 도가道家의 '무위자연無爲自然설'을 뜻하는 것이다.

그래서 도교에서는 명예名譽나 교리敎理에 구애받지 않고 자연스럽게 차를 마시는 것을 최고의 미덕으로 친다. 차를 마시는 행위뿐만 아니라, 모든 행위에 있어서도 마찬가지이다. 그것이 동적動的이든 정적靜的이든 모두 자연스러워야 한다. 동적動的인 것은 마치 하늘에 구름이 절로 두둥실 떠가듯이, 물이 높은 곳에서 낮은 곳으로 흘러가듯 하는 것이고, 정적

도교사원(사천성 성도의 青羊宮) 내의 차관

靜的이란 바로 산이 본래의 자리에 말없이 우뚝 서 있는 것 같은 모습이다. 웃음은 마치 봄에 꽃이 절로 피어나듯 하고, 말하는 것은 마치 산속의 샘물이 솟아나듯 자연스러워야한다. 사람의 일거수일투족의 행동과 웃고 찡그림의 표정이 모두가 본래의 자연스런 마음에서 표출되어야지 억지로 어떤 의도에 의해 인위적으로 조작되어서는 안 된다. 그래서 "도법자연"이란 곧 '청정무위淸靜無爲'[21] 하여, 본래의 순박함과 진실함으로 돌아가는 것이다.

　이러한 도교의 사상을 바탕으로 차를 마시면 심성心性은 완전히 자유를

청양궁(靑羊宮)에서 차 마시는 도사

---

21 몸과 마음이 맑고 고요하며, 인위적으로 조작하지 않은 자연 그대로의 상태를 뜻한다.

얻고, 심경心境은 풍진風塵에 찌든 세속을 초월하여 마음이 청정淸靜해지고 온갖 세상의 물욕이 없어지며 조용하고 쓸쓸한 가운데 그대로 무위無爲의 상태로 젖어 들며, 심령心靈은 은은한 차향을 따라 표일飄逸하며, 사람의 정서는 차의 정취情趣를 따라 절로 평안해진다. 이렇게 사람과 자연이 하나로 융합할 때 비로소 도를 깨우치고 무아無我의 경지에 이르게 된다는 것이다. 이것이 바로 도교다도道敎茶道의 기본 정신이다.

2) 도교다도의 핵심사상

도교다도에서는 비록 귀생貴生 · 낙생樂生 · 양생養生 · 연생延生 · 장생長生[22]을 숭상한지만, 그러나 이상의 네 가지 공덕을 이룬 후에도 그 어떠한 공리功利도 내세우지 않을 뿐만 아니라 자신의 모든 공리를 완전히 소멸시킨 상태에서 자연 본래의 공허空虛와 적막寂寞의 상태로 돌아가서 도道와 하나로 합일하게 된다고 주장하고 있다.

이것은 바로 도교의 '천인합일天人合一'[23] 사상이 다도에 반영되었음을 잘 입증해주는 것이며, 또한 중국다도의 핵심이고 영혼인 셈이다. "차를 마시며 나를 잊어버리는 무아無我의 지경에 이르니 내가 곧 맑은 차요, 맑은 차가 곧 나이니, 차와 내가 하나로 합쳐졌도다." 이것이 바로 도교다도의 깊은 경지이다. 그들이 주창하는 높은 경지에 도달한 다도란 바로 "물질과 나를 모두 잊어버린 상태物我皆忘"이다.

---

22 귀생(貴生) : 생명을 소중히 여김, 낙생(樂生) : 삶을 즐김, 양생(養生) : 심신(心身)을 건강하게 오래 살기를 꾀함, 연생(延生) : 목숨을 연장함, 장생(長生) : 오래도록 삶.
23 천인합일(天人合一) : 또는 '천인화일(天人和一)'이라고도 한다.

그래서 도교의 다도의 핵심은 바로 인간의 '자아초월'이라고도 할 수 있다. 인간 자아의 한계를 뛰어넘어 우주 삼라만상의 자연만물 하나하나를 모두 인격화하여 사람과 동일하게 볼 뿐만 아니라, 반대로 사람을 자연의 일부로 간주하는 자연친화적인 사상,[24] 이것이 바로 도교에서 주장하는 최고 이상형의 자연경계인 것이다.

3) 도교의 수행방법 — '좌망坐忘'

이러한 경지에 이르기 위한 수행방법으로는 도교의 수행 방법의 하나인 '좌망坐忘'이 이용되고 있다. 노장사상의 정수精髓인 '좌망'은 중국 불교의 좌선과도 일치될 뿐만 아니라 유교에도 영향을 미치었던 것 같다.[25] 도교는 다도茶道에서 공허의 극치를 이루고 편안하게 진실을 지키는 고요함의 경지, 즉 '정靜'에 도달하도록 하기 위해 '좌망'을 제시하였다. 현재 중국다도에서 일반적으로 품다品茶의 네 가지 요체로 내세우는 '품다사체品茶四諦'는 "화和 · 정靜 · 이怡 · 진眞"이며, 여기의 '정靜'은 바로 도교의 사상과 수행방법의 하나인 '좌망'에서 직접적인 영향을 받은 것이라 할 수 있다.

---

24 도교에서는 자연만물의 모든 개체를 인격화하여 사람과 동일시하여 생명을 존중하는 것을 '자연화인(自然化人)'이라 하고, 사람도 자연의 일부로 간주하는 것을 '인화자연(人化自然)'이라고 함.

25 좌망(坐忘) : 도교의 수행방법 중 하나로 앉은 채로 모든 잡념을 버리고 현실 세계를 모두 잊어버린 상태에서 무차별의 경지에 들어가는 일인데, 吳經熊의 『禪學的黃金時代』에서는 중국불교의 참선수행법이 바로 노장사상의 좌망과 일치하며, 장자의 진인(眞人)사상은 후대 선사들에게 깊은 영향을 미쳤다고 말하고 있다. p.3~5

그래서 도교의 다도에서는 품명品茗할 때에 조금도 사사로운 마음과 감정을 남기지 아니하며, 털끝 만큼도 세속에 오염됨도 없고, 추호의 망령됨도 없으며, 한 생각도 일어나지 않는 공령空靈의 경계에 도달하려면 곧 '좌망'의 법문을 수련하여 자아自我 및 자아와 관련된 일체의 것들을 잊어버려야 한다는 것이다. 다도를 제창하는 사람과 자연의 상통相通함은 물아物我의 한계를 초월하여 서로 융화하고, 세속의 망상됨을 깨끗이 씻어버리고 마음의 청정清靜을 가져다주는 '징심상澄心象'을 찾는 길은 모두 '좌망'의 수련을 통해서만 실현가능하다는 것이다.

명분名分과 교화敎化에 얽매이지 않고, 모든 것을 순전히 자연에 맡기며, 매사에 광달소요曠達逍遙[26]하는 도교의 이러한 처세 태도는 곧 중국다도의 '처세處世의 도道'라고 말할 수 있다. 도가에서 말하는 '무기無己'는 곧 중국의 다도가 추구하는 '무아無我'이다. 여기에서 말하는 '무아'란 결코 육신상의 자아를 없애는 것이 아니라 정신적 내면세계에서 물아物我의 구분과 대립을 없애고 자연과 부합·일치하여 마음이 만물을 받아들이는 것을 의미한다. 그러므로 '무아無我'는 중국다도가 추구하는 최고의 심적 경지心的境地라 할 수 있다.

4) 도교가 '차의 공능功能'에 미친 영향

앞에서 거론한 도교의 귀생貴生·낙생樂生·양생養生·연생延生·장생長生 사상의 영향을 받은 중국다도는 자연스레 차의 공능, 즉 차의 보건양생의

---

26 광달소요(曠達逍遙) : 어떠한 것에도 구애됨이 없이 활달하고 유유자적하며 즐김

기능 및 효능에 중점을 둠과 동시에 인간의 온화한 품성을 기르는 것을 목적으로 하고 있다.

실지로 도교의 여러 시사詩詞 중에 차에 대한 도교의 사상이 아주 잘 나타나 있다.

남송 때의 유명한 도사 마옥馬鈺[27]이 지은 『장사인차長思仁茶』중에 보면 "일창차一槍茶, 이창차二槍茶는 간교한 심보를 가진 명리가名利家에게는 주지 말라. 차는 잠을 없게 하여 잘못을 짓지 않네. 무위차無爲茶와 자연차自然茶는 하늘이 아름다운 마음을 가진 이들과 도가道家에 내리신 것이며, 잠을 없애주어 공덕과 선행을 더욱 행할 수 있네."[28]라 하였다.

이는 도교의 다도생활을 통한 심신청결의 논리를 강조함과 동시에 차가 주는 공능에 대해 극찬한 것이며 아울러 차가 도가道家 수련의 능력을 증진시켜주는 좋은 촉진제임을 말해주고 있다.

또 도교 남종南宗 오조五祖 중의 하나인 백옥섬白玉蟾[29]이 지은 『수조가두水調歌頭·영다咏茶』란 사詞에는 다음과 같이 기록하고 있다.

"이월에 한바탕 비 내리더니, 어젯밤에는 천둥소리 들렸네. 기창旗槍이 앞을 다투어 전개되니, 건계建溪의 봄을 제일 먼저 알리네. 차나무 끝의

---

27 마옥(馬鈺 : 1123~1183년) 본명은 종의(從義), 자(字)가 의보(宜甫), 후에 옥(鈺)으로 개명, 자를 현보(玄宝)라하고 호(号)를 단양자(丹陽子)라 하였다. 고로 마단양(馬丹陽)이라 칭하기도 한다. 산동성 영해(寧海 : 지금의 산동성 모평牟平)사람이다. 원나라 세조 지원(至元) 6년 (1269)에 '단양포일무위진인(丹陽抱一無爲眞人)'이란 칭호를 받아서 속칭 '단양진인(丹陽眞 人)'이라고도 부른다.

28 "一槍茶, 二槍茶, 休獻机心名利家, 无眠未作差. 无爲茶, 自然茶, 天賜休心与道家, 无眠功行 加."

29 백옥섬(白玉蟾) : 중국 남송 때의 유명한 도사. 본명은 갈장경(葛長庚)이고, 자는 백수(白叟) 본관은 복건성 민청(閩淸)이다. 후에 출가하여 도교에 입문 후 백씨의 후계자가 되었으므로 성명을 백옥섬으로 개명하였다. 자는 중보(衆甫) 호는 해경자(海琼子), 해남옹(海南翁), 경산 도인(琼山道人), 자청(紫淸), 충빈암(虫賓庵), 무이산인(武夷散人), 신소산리(神霄散吏) 등으로 불리어진다.

작설을 따서, 이슬과 연기가 뒤섞인 채로 함께 찧어 빻아 자금(紫金)빛의 덩이차를 만드네. 한없이 봄 햇차를 찧어 빻으니 녹색먼지가 푸릇푸릇 일어나네. 새 샘물을 길어다 살아있는 불에 다린 차를 토끼털 문양의 하얀 사발[30]에 부으니 맛이 혀끝에 감돌고 술(靑州從事 : 술의 대명사)이 깨고, 온갖 마구니들을 다 물리치며, 남녀 간의 운우(雲雨)의 정분 따위는 꿈도 꾸지 않게 되네. 양쪽 겨드랑이 사이로 맑은 바람이 이니, 나는 이제 봉래산에 오르고자 하네.[31]

우리는 이 사(詞)를 통해 도교다도에서 행한 품다의 전 과정이 선다(選茶, 팽다(烹茶), 품다(品茶), 평차(評茶)의 네 단계로 진행되고 있음을 엿볼 수 있음은 물론 당시 도교의 도사(道士)들의 음차행위가 상당히 깊이 연구되고 체계화되어 있음을 알 수가 있겠다. 즉, 도교 다도의 품다 행위는 엄격한 차의 선별과 제다(製茶) 그리고 샘물의 선별에서부터 섬세한 다기의 선택과 실용성 및 차의 효능뿐만 아니라, 심신의 모든 감각을 동원해 차가 가져다주는 색·향·미의 미묘함까지도 느끼면서도 오히려 거기에 집착하지 않고, 모든 것을 다 잊은 채 그야말로 좌망의 상태에서 유유자적하게 신선의 경지로 들고자 하는 도교의 정신인 것이다.

이것이 바로 귀생(貴生)·낙생(樂生)·양생(養生)·연생(延生)·장생(長生)을 추구하면서도 그것에 연연하거나 집착하지 아니하고 물아(物我)의 구분을 뛰어

---

30 아래 주11)의 원문에는 '토호구자(兎毫甌子)'로 나오는데, 이것이 복건성 덕요현 건요(建窯)에서 생산된 '건요토모화(建窯兎毛花)' 즉, 토끼 털 문양의 찻사발을 일컫는 말인지는 불확실하지만 필자의 견해로는 그럴 가능성이 높은 것으로 판단된다. 허차서의 『다소(茶疏)』 '구주(甌注)'조에 '건요토모화(建窯兎毛花)'란 말이 나온다.
31 "二月一番雨, 昨夜一聲雷.旗槍爭展, 建溪春色占先魁.采取枝頭雀舌, 帶露和烟搗碎, 煉作紫金堆.碾破春无限, 飛起綠塵埃.汲新泉, 烹活火, 試將來, 放下兎毫甌子, 滋味舌頭回.喚醒靑州從事, 戰退睡魔百万, 夢不到陽台.兩腋淸風起, 我欲上蓬萊."

넘어 무아無我와 무기無己의 경지로 들어가 자연과 사람이 하나가 되려고 하는 천인합일의 도교다도의 사상이며, 중국 다도의 기본 정신인 것이다.

4 │ 다도의 각 분야별로 살펴 본 중국의 고대다서古代茶書

중국에서 차와 관련된 전서專書들은 당나라 초기에서 청나라 말기618 ~1897년에 이르기까지 이미 발견된 것만 해도 100여 종이 넘는다. 만약 그동안 유실된 크고 작은 문헌까지 더해진다면 아마 이 숫자를 결코 많은 것이 아닐 것이며 이보다도 훨씬 더 많았을 것이라는 것은 당연지사일 것이다.

어쨌거나 다행히도 이렇게 유실되지 않고 후대에까지 온전하게 전하여 내려온 문헌들은 중국이나 한국 그리고 일본을 막론하고 차학茶學과 차문화계에 있어 더할 나위 없는 귀중한 보고寶庫요, 또 대단히 소중한 연구 자료일 것이다. 그중 가장 주요 전서로는 당나라 때에 육우의 『다경茶經』등 7종이 있고, 오대五代 때에는 전촉前蜀의 모문석毛文錫이 쓴 『다보茶譜』, 송대의 휘종황제 조길趙佶이 쓴 『대관다론大觀茶論』등 26종, 명대에 이르러 허차서許次紓의 『다소茶疏』, 나름羅廩의 『차해茶解』등 56종, 청대清代 진감陳鑑의 『호구다경주보虎丘茶經注補』등 11종이 있다. 동서東西

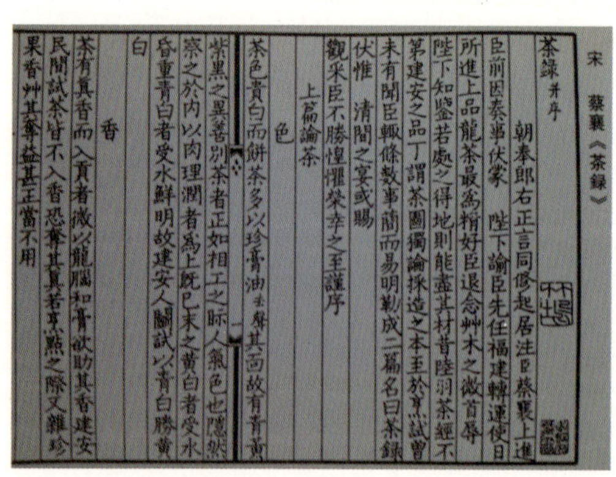

송대 채양의 다록(茶錄)

를 막론하고 이미 세상에 널리 알려진 세계 최초의 차학茶學 전서專書인 당나라 육우의 『다경茶經』은 차학茶學 입문의 좋은 지침서일 뿐만 아니라 차를 연구하고 차사茶事에 종사하는 차업茶業 각 분야의 전문가들에게 있어서도 없어서는 안 될 필독서이다.

이상의 전서들 외에도 역대 사적史籍, 필기筆記, 잡고雜考, 자서字書, 류서類書에서 문예文藝 등에 이르기까지 차에 관한 수많은 기록들이 산재되어 있는데 이러한 자료들만 해도 수백 종에 이른다. 이러한 다서와 산문들은 다문화茶文化의 수많은 지류支流를 파생시켰으며, 아울러 다시 합쳐져서 마침내 중국 다문화의 중대한 분지를 이루게 되었다.

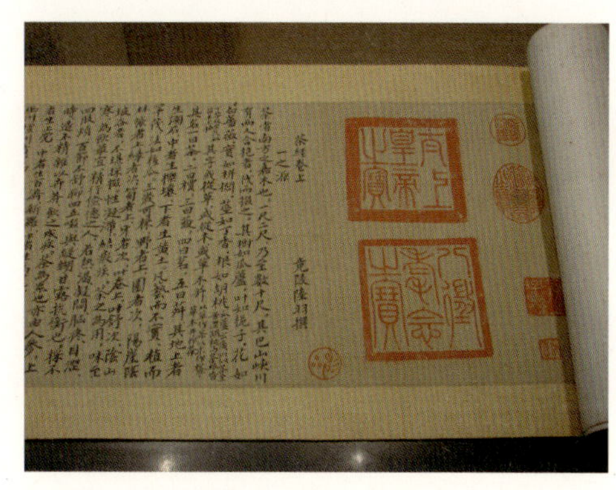

당대 소이의 십육탕품(十六湯品)

육우의 다경(항주차엽박물관 소장)

1) 종합성의 다서茶書와 지방성地方性의 다서

종합성 다서로는 육우의 『다경茶經』과 오대五代 전촉 때의 모문석의 『다

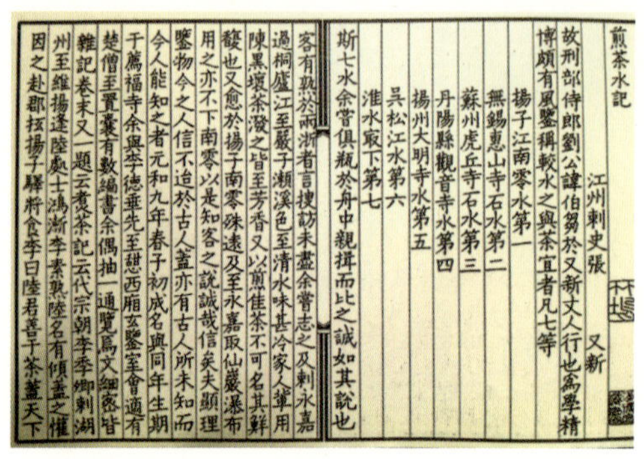

당대 장우신의 전다수기(煎茶水記)

보茶譜』를 그 대표로 들 수 있겠다. 이 두 권의 책에는 차나무의 식물적 형태의 특징과 차명의 집성 고찰, 차나무 생태환경의 조건, 종차種茶: 차 심기, 채다採茶: 찻잎 따기, 제다製茶: 차 만들기기술, 자다煮茶: 차 달이기의 기교, 채다採製용구, 팽다烹茶에 쓰이는 물, 음차용기, 차의 종류와 특징, 찻잎의 품질, 음차의 풍속, 차사茶史, 차사茶事: 차 살림 등에 대한 지침과 설명이 종합적으로 다루어져 있다.

각 지방의 다문화 풍속과 이에 따라 발달된 다문화의 특색을 지닌 다예와 음차방식을 중심으로 기록된 지방성이 현저한 다서들이다. 송대宋代에는 송자안宋子安의 『동계시다록東溪試茶錄』, 황유黃儒의 『품다요록品茶要錄』, 웅번熊藩의 『선화북원공다록宣和北苑貢茶錄』 등이 있는데 주로 복건성 건안建安의 차 문화가 전문적으로 반영되어 있는 다서茶書들이다. 명대 웅명우熊明遇의 『나개다기羅岕茶記』와 주고기周高起의 『동산개다계洞山岕茶系』 및 청대淸代 모양冒襄의 『개차회초岕茶匯鈔』 등은 모두 개차岕茶와 관련된 것들을 주로 다루고 있다. 또 청대 완복阮福의 『보이기普洱記』는 보이차의 특색에 관련된 내용을 전문적으로 다룬 문헌이다.

이러한 종류의 다서들은 모두 어느 특정한 지역 혹은 어느 특정한 명차의 역사와 생산 상황이나 그 찻잎의 특색 등을 전문적으로 다루고 있다.

2) 종차種茶와 다원茶園의 관리에 대한 문헌

오대五代 한악韓鄂의 『사시비요四時備要』, 원元나라 왕정王禎의 『농서農書』, 원나라 노명선魯明善의 『농상촬요農桑撮要』, 명明나라 풍응경馮應京·대임戴任의 『월령광의月令廣義』, 청淸나라 송경번宋景藩의 『종차설십조種茶說十條』등의 문헌 등에는 종차에 대한 논술 및 차씨의 보관, 차 심기의 적합한 계절 그리고 차 재배에 대한 기술 등이 상세히 언급되어 있다.

실제로 다원의 관리에 관한 자료는 수많은 종류의 문헌에 산재되어 보인다. 『건안부지建安府志』에는 무더운 여름철에 다원의 잡초를 어떻게 효율적으로 제거하는가에 대한 기록이 보이며, 송나라 조여려趙汝礪의 『북원별록北苑別錄』에는 차나무에 햇볕을 차단하여 그늘을 어떻게 만들어 주는지에 대한 조치와 그 방법에 대해 기록되어 있으며, 이를 위해 차의 추위로부터의 보호 및 햇볕 차단의 효과로 오동나무를 거론, 차와의 미묘하게 조화로운 관계임을 잘 설명하여 놓았다. 명나라 정용빈程用實의 『다록茶錄』에는 다원의 경작과 차밭에 물대기에 대해, 청나라 황종희黃宗羲의 『광노유록匡蘆游錄』과 방이지方以智의 『물리소식物理小識』 등에는 모두 차나무의 보수와 가지치기, 늙은 나무를 갱신하는 조치 등이 잘 반영되어 있다.

3) 채다採茶와 제다製茶 관련의 문헌

채다찻잎 따기와 제다에 관련된 자료는 예나 지금이나 차와 관련된 모든 논저論著와 문헌文獻에서 광범위하게 다루어지고 있다. 명나라 허차서許次紓

의 『다소茶疏』에서는 중국의 전통적인 채다採茶 방식인 춘차春茶와 하차夏茶의 채다 이외에도 당시에 추차秋茶의 채적採摘도 아울러 점점 성행되어지고 있었다는 사실을 기록하고 있다. 아울러, 찻잎의 채적시기와 채적의 표준, 채적의 기술을 세부하게 기록하고 있다. 더구나 다른 모든 다서들이 육우의 『다경』에 나타난 전통적인 채적의 시기인 2, 3, 4월 춘차의 기록만을 고집하는데 반해 이 책에서는 각 지역의 기후와 환경 그리고 지형적 배경에 따라 채적의 시기를 달리할 수 있음을 주장함과 동시에 굳이 육우의 전통적인 방법에만 의해 채다採茶할 필요는 없다는 견해를 밝히고 있다. 원나라 노명선魯明善의 『농상촬요農桑撮要』, 명나라 심장경沈長卿의 『심씨일단沈氏日旦』, 명나라 도륭屠隆의 『다설茶說』 등에도 채다의 기록이 보인다. 이외, 당나라 『문종본기文宗本紀』에는 겨울에 채다하는 기록이 보이며, 송나라 소철蘇轍의 『논촉차사해상論蜀茶四害狀』에는 추차秋茶, 노차老茶, 황차黃茶 등을 채다했다는 기록이 나타나고 있다.

제다製茶에 관련된 문헌은 더욱 많다. 역대 적지 않은 전서와 논문, 자료, 그리고 차학茶學 저술 중에 반영된 당대唐代에 가장 유행했던 제다법製茶法은 찌고, 비비고 하여 압착하여 만든 단병차團餠茶이다. 그러나 찌고蒸製하고 덖은炒菁 잎차散茶의 제조는 각 지역에 따라 가끔씩 행해지곤 하였다. 『문헌통고』에는 당대의 전통방식과는 약간 달라진 송대의 제다방법을 반

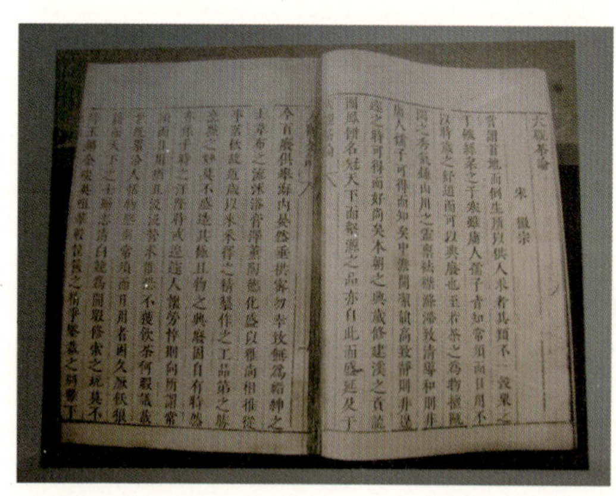

송대 휘종의 대관다론

영하고 있는데, 당대의 단병차를 편차片茶로 개조한 기술은 제다사製茶史에 있어 결코 적지 않은 창신創新과 발전을 가져다주었다. 『북원별록北苑別錄』에는 송대의 단차團茶 제작에 있어 적지 않은 개진改進이 있었음을 잘 기록하고 있다. 특히, 송대의 단차

신농본초(항주차엽박물관 소장)

의 외형을 굳히는 모구模具는 정밀하게 조각되고 섬세하게 조각되어 있어 단차와 병차의 외형은 갈수록 화려해진다. 특히 조정에 진상되는 공차貢茶들은 용봉의 형태를 찍어 내어 송대 단병차團餠茶의 화려함의 극치를 보여준다. 이렇듯 화려함의 극치를 달리던 단병차와 편차도 송대 말기에 이르러서는 점점 산차散茶:잎차에 그 주도권을 내어주기 시작한다. 원나라 왕정王禎의 『농서農書』에는 산차散茶의 제작이 이미 점차적으로 독특하고 완정한 기술로 형성되어 가고 있음을 보여주고 있다. 이는 곧 이때 이미 근대와 매우 흡사한 증청蒸靑의 제작과정이 출현하게 되었다는 것을 입증한다 하겠다.

이후 명나라 서유徐𤊿의 『차고茶考』, 심덕부沈德符의 『야획편보유野獲篇補遺』 등의 문헌에 의하면 명대제다법이 이미 비교적 많이 발전하여 '증청蒸靑'에서 '초청炒菁'으로 전환하는 것이 거의 보편화되었음을 알 수가 있다. 이로서 단병차의 제다는 기본적으로 사라지게 되었고, 산차散茶가 대대적으로 발전하여 절대 우세의 위치에 놓이게 되었다. 명나라 도륭의 『다설茶說』, 문룡聞龍의 『차전茶箋』, 허차서의 『다소茶疏』, 나름羅廩의 『차해茶解』 등 다서에 의하면 중국 각지의 초청제다과정은 모두 초차炒茶식 제다의

중국의 현대 다서(茶書)

경향이 지배적이며 그 방법 또한 초청경험의 감성적 인식을 과학적인 단계로까지 이끌어 올리고 있다는 사실을 알 수가 있다.

이 시기는 중국 제다의 이론과 발전에 있어 매우 중요한 단계이며 또 과도기이기도 하며 아울러 중국 각종 차류茶類의 제작에 있어 그야말로 창신創新의 시기요 발전의 시기이다. 청나라 장정옥張廷玉의 『명사明史』, 명나라 주권朱權의 『다보茶譜』, 유기劉基의 『다능비사多能鄙事』, 고원경顧元慶의 『운림유사雲林儒事』, 왕초당王草堂의 『다설茶說』등은 모두 중국의 풍부하고도 다채로운 각종 차류茶類 ― 흑차黑茶, 오룡차烏龍茶, 화차花茶, 홍차紅茶 등 ― 이 모두 전통 녹차의 기초 위에서 창조되고 발전되었음을 기록으로 반영하고 있다.

4) 수질水質 품평과 차탕茶湯 조제에 관한 전서專書

현대 중국의 다서를 보다 보면 심심치 않게 보이는 문구文句가 있다. 바로 "차적수이발茶籍水而發 즉, 차는 물의 힘을 빌어서 피어난다."이다. 그렇다. 차를 마시는 데 또 하나 빼 놓을 수 없는 중요한 구성요소가 바로 물이다. 물은 차만큼이나 중요한 것임을 잘 나타낸 문구라서 필자는 이 말을 즐겨 감상하고 또 애용하고 있다. 실지로 중국 역대 다인들에게 있어 차와 샘물은 그들의 음차생활에 있어서 영원불변의 화제이기도 하다.

당나라 장우신張又新이 쓴 『전다수기煎茶水記』, 명나라 전예형田藝衡의 『자천소품煮泉小品』, 명나라 서헌충徐獻忠의 『수품水品』, 청나라 탕두선湯蠹仙의 『천보泉譜』등은 모두 차탕茶湯을 준비하기 위해 좋은 물을 선택하는 요결을 일러놓은 전서들이다. 이들 문헌에는 수질水質은 물론 수원水源과 명천名泉에서부터 중국 각지에 분포되어있는 유명한 샘물의 등급에 이르기까지 물에 대해 전문적으로 다룬 전서專書라 할 수 있다.

차탕의 조제調製에 관한 전서로는 당나라 소이蘇廙의 『십육탕품十六湯品』, 송나라 엽청신葉淸臣의 『술자다천품述煮茶泉品』,명나라 육수성陸樹聲의 『차료기茶寮記·전다칠류煎茶七類』등이 있는데, 모두 팽다烹茶, 전다煎茶의 기예를 언급하고 있다. 그 내용에서는 팽다기예의 행다行茶 과정과 탕후湯候, 화후火候, 주탕注湯, 탕기湯器, 연료, 환경오염 등 모두 상세히 서술되어 있다.[32]

5) 품다品茶와 팽다 및 음차 용기用器에 대한 문헌

송나라 당경唐庚의 『투다기鬪茶記』, 채양蔡襄의 『다록茶錄』 등은 모두 당송 시기에 유행했던 '투다鬪茶'에 대한 비교·평가와 그 세부 사항 등이 잘 기재되어 있으며, 송나라 황유黃儒의 『품다요록品茶要錄』은 당시의 차의 품질과 특성을 잘 반영하고 있다. 이러한 문헌들은 항목의 비교와 평가,

---

32 탕후(湯候)는 차탕(茶湯) 살피기, 화후(火候)는 불의 세기(강약의 정도)이며, 주탕(注湯)은 차탕 따르기, 즉 차 따르기를 뜻한다.

물의 묵은 것과 새것, 제다의 정교함과 거침 등의 내용을 모두 언급하고 있다. 또한 품다品茶의 환경, 다우茶友와 지교知交의 선택, 쓰는 물과 연료 및 다기의 선택까지 언급하여 놓았다.

팽烹·음飮 용기에 관한 대표적 문헌으로는 송나라 심안審安노인의『다구도찬茶具圖贊』이 있는데, 당시의 주된 '팽다烹茶와 음차飮茶'의 용기 12종류를 설명과 함께 그려놓았다. 그 외, 당나라 봉연封演의『봉씨견문기封氏見聞記』에는 육우의 전다煎茶, 구다炙茶, 조다造茶, 다기茶器[33] 24종 등에 대해 언급되어 있으며, 송나라 채양의『다록』에는 당송이래의 다기와 명자기 및 그 품질의 특성에 대해 서술하였다. 명나라 풍가실馮可實의『개차전芥茶箋』에 언급된 다기 자료 중에는 특히 차호茶壺의 형식과 차호에 대해 요구되는 바를 거론하였다. 또한 명나라 주권朱權의『성선신은腥仙神隱』에는 중국고대의 팽다 용기에 대해 언급되어 있다.

---

[33] '전다(煎茶)'는 차 다리기, '구다(炙茶)'는 차 굽기, '조다(造茶)'는 차 만들기이다.

1 │ 다성茶聖 육우의 품수品水와 천하제일천

1) 다성 육우의 품수品水

고대 문헌 기록에 보이는 중국의 명천名泉들은 매우 많다. 모르긴 해도 중국다도의 범주에서 샘물에 관한 영역만 따로 떼어내어 전문적이고 심도 깊은 연구가 이루어져야 할 만큼 그 영역이 방대함은 물론 그것이 차에 미치는 영향 또한 대단히 크다.

중국의 곳곳에 산재되어 있는 명천들은 제각기의 특성과 우수한 수질을 자랑하며 숱한 고사를 안은 채 유구한 차의 역사와 함께 면면히 이어져 내려왔다. 이는 수질에 따라 차의 맛이 달라지고 있음을 반증함이 아니겠는가? 특히 다성茶聖 육우陸羽는 중국 전역을 편력하면서 차에 관한 조사와 연구뿐만이 아니라 샘물에도 지대한 관심을 갖고 심층적으로 조사하고 연구하여 중국 전역의 명천들을 20등급으로 나누었다. 그 외,

당대의 차를 찌는 증차(蒸茶)기구

당대의 차를 찧는 도차(搗茶)기구

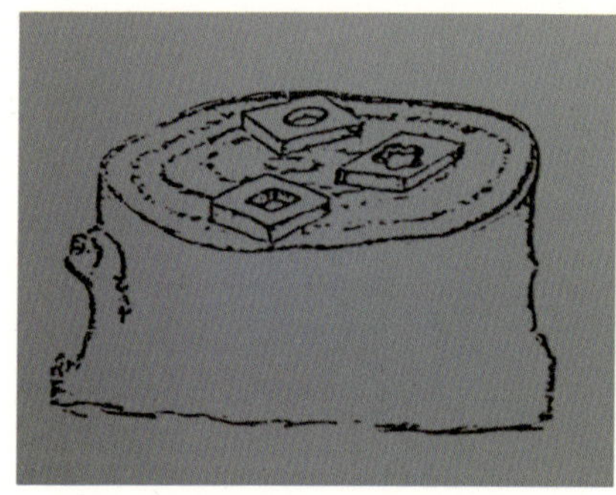

당대의 차의 형태를 찍어내는 성형(成形) 기구

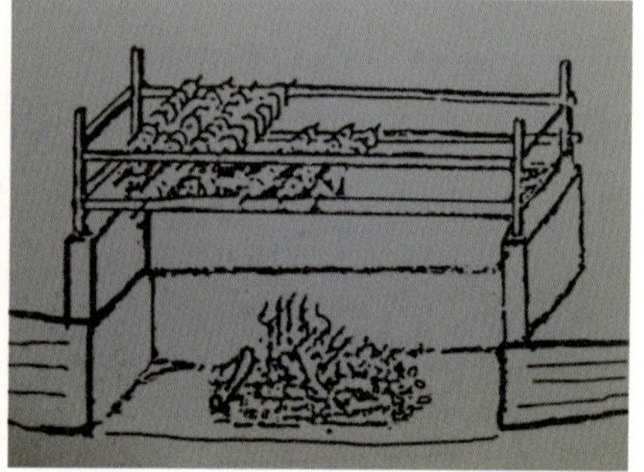

당대의 차를 불에 쬐어 건조하는 배건(焙乾)기구

당대唐代의 저명한 품다가品茶家 유백추劉伯芻도 전국각지의 차를 다리는 물의 수질을 맛보고 감정하고 차에 적합한 샘물을 일곱 등급으로 나누어 평가하였다. 특히 청대의 건륭제乾隆帝는 차가 없이는 하루도 살 수 없을不可一日無茶以生 정도로 차를 사랑했음은 물론 샘물에 대한 품평 지식도 실로 전문가를 능가할 정도였다. 지금도 그가 매겨놓은 천하명천의 등급은 여러 문헌에서 전하여져 후세 다인들의 차에 적합한 샘물의 선정에 훌륭한 지침서가 되고 있다.

중국에서 차에 관련된 유적지를 돌아보다 보면 '천하제일천天下第一泉'이라 불리어지는 명천名泉들은 꽤나 많다. 사람들은 "천하에 하나밖에 없어야 할 천하제일천이 중국에는 왜 이리도 많은가?" 하고 의아해 한다.

고대의 차맷돌

필자 또한 그중의 한 명이었지만 또 한편 곰곰이 생각해 보면 시대에 따라 수질이 변하고, 품평하는 자들의 입맛과 그 기준에 따라 달라질 수도 있다는 점을 감안하면 오히려 적다는 생각이 들기도 한다. 어쨌거나

사천성 성도 망강공원 내의 설도정

공부차 포다(泡茶) 장면

여러 문헌을 통해 그 중에서 가장 대표적이고 지명도가 높은 천하제일천天下第一泉으로는 대략 네 곳으로 압축하여 볼 수가 있다.

첫 번째로 들 수 있는 곳이 육우가 자신의 저술인 『다경』에서 천하제일로 꼽은 여산廬山 강왕곡康王谷의 곡렴천谷簾泉이고, 두 번째로 들 수 있는 곳은 장우신張又新의 『전다수기煎茶水記』중에서 유백추劉伯芻가 천하제

용정(1) – 용정촌에 있는 가장 오래 된 노용정(老龍井)

용정(2) - 옹가산(翁家山) 아래 용정다실(龍井茶室)에 있는 용정(龍井)

용정(3) - 옹가산의 가짜 노용정(老龍井)

일로 꼽은 진강鎭江 중령천中冷泉이다. 그리고 세 번째와 네 번째로 꼽을 수 있는 곳은 건륭제가 천하제일로 꼽은 북경의 옥천玉泉과 제남濟南의 박돌천趵突泉이다.

2) 여산廬山 강왕곡康王谷의 곡렴천谷簾泉

당唐 태종太宗 때 육우陸羽, 733~804는 오랜 벗이자 신임 홍주洪州, 지금의 南昌 어사御史인 소유蕭瑜의 권유에 의해 신성信城에서 홍주 옥지관玉芝觀으로 이사하였다. 한번은 육우와 소유가 함께 여산廬山을 등산한 적이 있었는데 그때 그들은 산행 도중에 여러 차를 품미하고 또 여러 곳의 샘물을 함께 품평品評하기도 하였다. 육우는 산행 중에 여산 동남東南 관음교반觀音橋畔의 초은천招隱泉과 여산 용지龍池의 산정수山頂水를 차례로 맛보고 평가한 뒤 하늘을 우러러 돌연 감탄하고 곡렴천을 칭송하여 말하기를 "여산 곡렴천谷簾泉의 물맛이 천하제일명천으로 손색이 없구나!" 그러자 옆에 있던 소유蕭瑜가 육우를 비아냥대며 말하기를 "천하의 명천이 수도 없이 많은데 어찌하여 곡렴천을 제일이라고 단정할 수 있겠나?" 하였다. 이에 육우가 씨-익 웃으며 말하기를 "자네가 직접 곡렴천의 샘물을 길어다 한 번 맛보면 곧 알게 될 것이다." 하였다. 그 말을 들은 소유蕭瑜는 즉시 병사들에게 명하여 한양봉漢陽峰 아래 강왕곡康王谷으로 가서 곡렴천谷簾泉의 물을 길어 오게 하였다.

이틀 후, 병사들이 곡렴천의 물을 길어 돌아왔다. 육우는 그들이 길어 온 곡렴천의 물을 가지고 여산의 특산품인 운무차雲霧茶를 다리었다. 천하제일의 명천인 곡렴천의 아름다운 물맛을 여러 사람들에게 맛보이게 할 작정으로 안진경顏眞卿을 비롯한 많은 지기들을 초청하였다. 사람들은 청순하고 향기 부드러운 운무차를 마시며 이구동성으로 "육우는 진정 평천評泉의 명수로 손색이 없네. 여산 곡렴천의 물맛은 정말로 아름답구나!"하고 감탄하였다. 그러자 육우는 이에 맞장구쳐서 "그렇다네. 곡렴천의 물맛은 초은천招隱泉과 용지산정수龍池山頂水보다 맑고 차가우며 또 향기롭고 달지!" 그리고 득의양양하게 찻잔을 들어 맛을 보았다. 그 순간 갑자기 육우의 표정이 일그러지고 말았다. "이 물은 아무래도 여산 곡렴천의 물이 아닌 것 같은데?" 육우의 말을 들은 모든 사람들은 아연실색하여 멍하니 바라보았다. 육우 곁에 있던 소유蕭瑜는 황급히 물을 길러 온 병사들을 불러서 "너희들 분명히 곡렴천의 물을 길러온 것이냐?"하고 다그치자 그 병사는 사실이 들통 날 것을 두려워하여 시치미 떼면서 "나리, 이것은 곡렴천의 물이 확실합니다."하고 황급히 둘러대었다. 근데 그때

꿍푸차(工夫茶) 기본다기

노용정(老龍井)-항주 용정촌

마침 강주江州, 지금의 九江市 자사刺史 장우신張又新 : 『전다수기(煎茶水記)』의 저자이 도착하였다. 장우신은 육우가 여산 곡렴천의 물을 가장 좋아한다는 사실을 일찍이 알고 있었다. 그래서 특별히 여산 곡렴천의 물을 한 단지 길어서 육우의 다회에 참가하러 왔던 것이다. 이에 엉터리 샘물을 길어 온 병사들은 그만 들통이 나고 말았다. 곡렴천의 샘물을 길어서 돌아오다가 파양호鄱陽湖를 건너는 도중에 거센 바람과 큰 파도를 만나 그만 실수로 곡렴천의 샘물을 호수에 다 쏟아버리고 말았던 것이다. 그래서 하는 수 없이 곡렴천 샘물 대신에 파양호의 호수 물을 한 단지 가득 채워서 돌아왔던 것이다.

앞에서 거론 한 바와 같이 육우는 그의 저서 『다경』에서 천하의 명천 20종을 품평하였는데, 여산 관음교반의 초은천招隱泉을 천하제육천天下第六泉, 여산 용지산정수龍池山頂水를 천하제십천天下第十泉으로 서열을 정하고 오직 여산 곡렴천만을 '천하제일천天下第一泉'이라 하였다.

곡렴천은 강서 여산廬山의 최고봉인 한양봉漢陽峰 서쪽의 강왕곡康王谷 : 여산 삼대협곡 중의 하나 아래에 위치하며 여산 도화원桃花源 경구景區의 주요경관지이다. 곡렴천은 한양봉에서 발원하여 강왕곡 절벽아래로 곧장 떨어지

는데 그 길이가 무려 삼백오십장三百五十丈 : 약 1100미터에 이른다. 실로 장관이
아닐 수가 없다.

3) 진강鎭江의 중령천中冷泉

또 하나의 천하제일천은 윗글에서 밝힌 바와 같이 장우신張又新이 『전다
수기煎茶水記』에서 극찬한 중령천中冷泉으로서 일명 남령천南冷泉 혹은 南零泉이
라고 한다. 중령천은 강소성 진강시鎭江市 금산金山의 서쪽에 위치한 석탄산
石彈山 아래에서 발원한다. 이곳은 양자강 밑바닥의 지하수가 솟아올라
석회암의 틈새를 따라 흐르는 샘물로서 양자강에서 유일무이하게 샘물
이 솟는 천안泉眼을 가지고 있는 곳이다.

기록에 의하면 고대에 샘물이 강 가운데에 있을 때, 장강은 서쪽에서
동쪽으로 흘러가다가 석해산石解山과 골산鶻山에 막히어 물의 흐름이 세
굽이를 돌아 흐르게 되었는데 세 굽이를 돌아 흐른다 하여 북령北冷, 중령
中冷, 남령南冷의 '삼령三冷'으로 나누어 부르게 되었다.[1] 이 삼령의 강 밑바
닥에서 모두 샘물이 솟아올랐다. 그 가운데 중령에서 샘물이 가장 많이
솟는다 하여 '중령천中冷泉'으로 통칭하여 부르게 되었다. 그래서 중령천中
冷泉을 가리켜 '남령천南零泉' 또는 '남령수南冷水'[2]라 하는 것도 이러한 까닭
이다.

이 샘은 이미 당대에 그 명성을 천하에 드날리게 되었다. 당대唐代의

---

1 '령(冷)'은 "물이 굽이쳐 흐른다."는 것을 뜻한다.
2 '남령천(南零泉)'와 '남령수(南冷水)'는 모두 '영(零)'자를 령(冷)자로 바꾸거나 령(冷)자를 영(零)
   자로 바꾸어 써서 '남령천(南冷泉)' 또는 '남령수(南零水)'라고 표기하기도 한다.

유명한 품다가_{品茶家} 유백추_{劉伯芻}는 전국 각지의 수질을 품평하고는 차와 잘 어울리는 물을 7등급으로 나누었는데 그중 양자강의 남령수_{南泠水}를

천하제일천 – 진강의 중령천

제일등이라 평가·감정하였다. 이후, 중령천은 천하제일천天下第一泉으로 세상 사람들에게 회자되기 시작했다. 뿐만 아니라 다성 육우陸羽도 유백추劉伯芻보다 앞서 중령천中泠泉을 가리켜 천하제일천이라고 극찬하기도 하였다. 여러 고문헌에 의하면, 이후 무수히 많은 역대의 문인학사 및 고관대작들이 모두 중령천中泠泉 명성을 듣고 흠모하여 직접 이곳의 물을 길어다가 차를 다려 마시기 위해 구름같이 몰려들었다 한다. 송나라 때의 『태평광기太平廣記』에 보면 당나라 때의 재상 이덕유李德裕는 사람을 시켜 금산의 중령천을 길어오도록 차를 다려 마셨다는 기록이 있다. 또한 원나라에 항거해 싸웠던 중국의 민족영웅인 남송 때의 명장 문천상文天祥은 1276년 원나라 군사와의 담판에서 인질이 되었다가 진강 부근에서 간신히 탈출한 후 중령천의 샘물을 마시고는 그 물맛에 감동하여 즉석에서 시를 짓고 중령천中泠泉을 "천하제일천天下第一泉"이라고 극찬하였다. 이외에도 북송의 유명한 시인 소동파蘇東坡：蘇軾, 남송의 애국시인 육방옹陸放翁：陸游 등도 중령천을 찬양하는 시를 짓기도 하였다.

옛날엔 이 샘물을 긷기가 결코 쉽지 않았던 것 같다. 『금산지金山志：金山의 역사를 기록한 地方志』에 의하면, 일정한 시간을 정해 놓고 길러야 했는데, 자시子時：밤 11시~밤 1시와 오시午時：낮 11시~오후 1시에만 가능했다. 물을 길을 때도 특수한 용기만을 사용하였다. 중령천은 파도가 높고 거센 양자강의 강 깊숙한 소용돌이 속에 위치하고 있어서 접근조차 쉽지 않았다. 동질銅質의 구슬과 덮개가 달린 동질의 호로병을 일정한 길이의 밧줄에 묶어서 강 한복판에 가라앉게 한 뒤 샘물이 솟는 굴구멍에 이르면 밧줄을 흔들어서 덮개를 연 다음 중령천의 샘물을 길었다. 이렇게 강 밑바닥에서 길은 샘물이 과연 진짜 중령천의 샘물이었을까? 전하는 말에 의하면 동전銅錢류의 금속화폐를 물을 가득 채운 잔속에 넣었을 때 물이 잔

입구 위로 2 내지 3센티미터까지 올라도 밖으로 넘치지 말아야 진짜 중령천 샘물이라고 한다. 이로 인해 중국 민간에는 "영배불일盈杯不溢 : 잔은 차도 넘치지 않는다"이란 말이 전해져 내려오고 있다. 이는 지하수가 강 밑바닥의 석회암층의 무수한 틈새를 따라 구멍으로 흘러나오면서 진흙이 여과되고, 여러 종류의 광물질이 용해됨으로써 그 표면장력이 증대된 것이라 한다. 이렇듯, 중령천은 거대한 강 한복판에서 발원한 까닭으로 일 년 내내 수온이 비교적 낮은 편이다. 아울러 여러 종류의 광물질을 함유하고 있기 때문에 샘물은 비취翡翠처럼 녹색을 띠며 짙을 땐 마치 경장琼浆 : 옥으로 만든 즙, 美酒 같아 그 순후함을 가히 알 만하다. 이 샘물로 차를 달이면 맑은 향기와 시원하며 감미롭기 그지없다.

그러나 청대에 이르러서 근 백 년 동안 양자강 강변은 사토가 퇴적되어 모래톱이 높아짐에 따라 금산과 중령천은 곧 육지와 서로 연결되게 되었다. 중령천이 강안江岸으로 올라오게 된 지 얼마 동안 그 모습을 잃어버리게 되었다. 그러던 중 청나라 동치同治 8년1869년에 이르러 후보도候補道, 설서상薛書常 등에 의해 다시 발견되었다.

현재 천안泉眼 : 샘이 솟아나는 구멍 사방 주위엔 섬돌로 쌓아 만든 난간이 방형의 연못을 에워싸고 있다. 아울러 그 정면 돌 난간에는 청말清末 장원 진강지부鎭江知府였던 왕인감王仁堪이 제자題字하여 써놓은 '천하제일천天下第一泉'이란 글씨가 중령천의 명성을 자랑이라도 하듯 힘차게 써져 있다. 돌난간에 기대어 샘의 연못을 내려다보면 마치 하나의 명경明鏡과도 같아서 은하수 흐르는 달밤이면 더할 나위 없이 흥취興趣 있는 감상이 될 것이다. 연못의 남쪽에는 또 정자亭子가 하나 서 있어 이름하여 '감정鑑亭'이라 하는데, "물과 샘을 거울삼아 비추어 본다."는 뜻이다.

정자 가운데는 유람객들이 잠시 쉬어갈 수 있도록 석조로 된 탁자가 놓여 있으며 바람 또한 상쾌하여 그 운치가 그윽하다. 연못의 북쪽에는 이층의 누각이 있으며 위, 아래층 모두 다실茶室로 사용되고 있다. 이곳 또한 경치가 그윽하여 유람객들이 차를 마시며 전원의 멋을 음미하기엔 더할 나위 없이 아름다운 곳이다. 누각

잘 타진 말차(가루차)

아래층 맞은편 벽 좌측에는 심병성沈秉成이 쓴 '중령천中冷泉'이란 글씨가, 우측에는 설서상薛書常이 쓴 '중령천'이란 글씨가 각각 석각石刻되어 있다. 샘과 연못 주위는 숲이 무성하고 풍경이 수려하여 그윽하니 아름다운 것이 마치 별천지에 있는 느낌이 든다.

4) 북경의 옥천玉泉

중국의 청나라 황제 중에 십전무공十全武功을 자랑하던 건륭황제는 평생 차를 좋아했을 뿐만 아니라 샘물에도 무척 조예가 깊어 중국 천하를 두루 편력하면서 방방곡곡의 유명한 샘들을 맛보고는 서슴없이 북경의 '옥천玉泉'과 제남濟南의 '박돌천趵突泉'을 동시에 천하제일천天下第一泉이라 정하였다.

문헌에 의하면 건륭황제는 차를 마실 때 반드시 물을 가려서 썼다고 한다. 중국 전역에 산재되어 있는 수많은 명천들을 찾아다니며 직접 물맛을 보았을 뿐만 아니라 은두銀斗 : 은으로 만든 국자 같은 것를 가지고 다니며 물의

경량輕量을 측정한 뒤, 그 결과를 가지고 천하샘물에 등급을 손수 결정하였다고 한다. 건륭이 북경의 옥천玉泉 샘물을 은두銀斗로 측정해 보니 "옥천의 물은 어리고 비중이 가장 작았으며 똑같은 은두로 측정한 다른 샘물에 비해 그 무게가 가장 가벼웠다."라고 평가하였다. 건륭은 이에 서슴없이 옥천의 샘물이 차를 우려 마시기에 가장 적합한 물이라고 칭찬한 뒤 천하제일천天下第一泉으로 정하였다.

이외에도 건륭은 『옥천산천하제일천기玉泉山天下第一泉記』에서 "무릇 산 밑에서 나오는 찬 샘물 중에서는 정말로 경사京師:지금의 북경의 옥천玉泉만한 것이 없다. 그래서 천하제일천이라고 정했다."라고 하였다.

실제로도 옥천의 수질은 상등에 속하며, 이 물로 차를 우려내면 우려낸 찻잎에서 빛이 날 정도이다.

옥천은 북경의 서쪽 교외에 있는 옥천산玉泉山 동쪽 자락에 위치하고 있다. 명대의 학자 장일규蔣一葵가 천진天津의 풍물에 대해 기록한 『장안객화長安客話』란 문집에는 "만수사萬壽寺를 나와 시내를 건너면 서쪽 십오 리에 옥천산玉泉山이 있는데 샘물옥천:玉泉의 이름에서 유래하였다."라고 기록하고 있다. 이로 미루어 당시 옥천의 명성이 어떠했는지를 가히 짐작할 수 있겠다.

5) 제남濟南의 박돌천趵突泉

산동성 제남濟南은 역대로 좋은 샘물이 많기로 유명한 도시인데, 명천名泉의 수가 무려 72곳이나 된다. 그래서 제남을 일컬어 '천성泉城:샘물의 도시'라고 한다. 박돌천趵突泉은 제남의 72명천名泉 중에서도 단연 으뜸이다. 박돌천釣突泉은 또 일명 '함천檻泉'이라고도 하며 낙수濼水 : 산동성에 있는 강의 발원지로서 이미 2,700년이란 유구한 역사를 가지고 있다.

박돌천의 수질은 청정할 뿐만 아니라 그 물맛이 달고도 차갑다. 이 물을 오랫동안 마시게 되면 신체건강에 유익하고 물을 다려 차를 우려 마시면 그 향이 그윽하고 맛 또한 진하고도 부드럽다.

박돌천은 천지泉池 : 샘물이 솟아올라 못을 형성한 곳의 물 밑바닥에서 솟아 나오는 샘물로서 천안泉眼 : 샘이 솟는 구멍이 세 곳이나 된다. 그래서 더욱 사람들의 신비감을 자아내고 있다. 여기서 하루에 솟아나는 샘물의 양은 최대 16.2 평방미터까지 된다.

이 세 곳의 천안은 어느 한 곳도 마르거나 멈춤이 없이 동시에 샘물을 쏟아 올리고 있는데, 그 소리는 마치 천둥이 숨은 듯하여 이내 곧 어디선가 천둥이 칠 것만 같다. 못池의 밑바닥의 세 천안에서부터 수면 위로 솟아올라 물결을 이루는 모양이 마치 수면 위에서 세 개의 수레바퀴모양을 하고 있어 보는 이로 하여금 더욱 경탄과 신비감을 금치 못하게 하고 있다.

천지泉池는 바로 이 세 곳의 천안에서 물이 샘솟아 못池을 이룬 곳이다. 못의 길이는 30미터, 너비는 18미터, 깊이는 2.2미터이다.

박돌천의 물은 일 년 내내 항상 섭씨 18도 정도를 유지하고 있어 추운 겨울에는 수면 위로 수증기가 모락모락 피어올라 마치 얇은 운무雲霧 층을 형성하고 있는 듯하다. 천지泉池 : 샘물이 솟아 넘쳐서 못을 이루고 있음는 깊고 고요하고 물결은 맑고 깨끗하다. 또한 그 옆엔 아름다운 채색으로 장식된 누각樓閣이 있고 그 기둥과 들보엔 화려한 조각과 그림들이 그려져 있어 정말 박돌천과 잘 어울리는 마치 한 폭의 신비스러운 인간계의 선경仙境을 보는 듯하다.

천지泉池의 서편에 못 안쪽으로 돌출하여 서 있는 관난정觀瀾亭 : 물을 관람하는 정자은 명나라 천순天順 5년1461년에 지어진 것이다. 정자의 안쪽에는 관람객들이 천지를 감상할 수 있도록 돌로 된 탁자와 석등石燈이 설치되어 있다. 정자의 서쪽 벽에 새겨진 "관란觀蘭"은 명대의 서예가의 묵적이고, '제일천第一泉'이라고 석각石刻된 표석은 청나라 동치同治 연간의 서예가 왕종림王鐘霖의 친필이다. 정자의 서쪽에 '박돌천趵突泉'이라고 새겨진 석비는 명대明代 산동순부山東巡府 호찬종胡纘宗이 쓴 것이다.

박돌천은 현재 여러 명천名泉들과 함께 박돌천 공원 내부에 있다. 박돌천趵突泉공원은 산동성山東省 제남시濟南市 중심에 있으며 박돌천남로趵突泉南路와 낙원대가濼源大街중간에 위치하고 있다. 남쪽으로 천불산千佛山을 등지고 있으며, 동쪽으로는 천성泉城광장을 대하고, 북쪽으로는 대명호大明湖를 바

천하제일천－박돌천(산동성 제남시)

라보고 있다. 공원의 총면적은 9십4만 8천 평방미터이다. 박돌천공원은 샘泉 위주로 조경을 갖추어진 아주 특색 있는 풍치림 공원이다.

박돌천 천지泉池 북쪽 기슭에는 창이 밝고 깨끗한 내실內室을 갖춘 건물이 하나 있는데 이곳이 그 유명한 '봉래사蓬萊社'라는 차관이다. 이곳은 일명 '망학정차사望鶴亭茶社'라고도 한다. 일설에 의하면 청나라의 강희康熙 황제와 건륭乾隆황제가 모두 이곳에서 조용히 앉아 차를 마시며 샘물을 감상하는 등 박돌천의 온갖 풍취를 즐기었다고 한다. 그때 박돌천의 물로 차를 우려 마시고는 "봄차 박돌천 물에 적시니 그 맛이 더욱 일품이다." 라고 감탄하고는 남쪽을 순례 중에 마시려고 휴대하고 왔던 북경 옥천玉泉 샘물을 모두 박돌천의 샘물로 바꾸었다고 한다. 그래서 현지에서는 "박돌천 물을 마시지 않으면 제남濟南의 여행을 헛했다"라는 말이 있다.

공원 내에는 박돌천 외에도 물맛이 좋기로 유명한 샘물이 많이 있다. 수옥천漱玉泉, 유서천柳絮泉, 황화천黃華泉, 파우천趴牛泉, 금선천金線泉, 노금선천老金線泉 그리고 마포천馬跑泉, 계천溪泉 등이 바로 그러하다. 그리고 이곳은 역대 유명한 문인들이 많이 다녀 간 곳으로 유명하다. 그들이 박돌천을 찬미한 시와 문장, 그리고 그들과 얽힌 재미난 이야기와 그들을 기념하기 위해 세워진 건축물들이 많이 남아 있어 중국차문화사에 대한 교육뿐만이 아니라 일반관광이나 중국문학, 중국문화사적인 측면에서도 매우 좋은 역사 현장이라 생각된다.

6) 최고의 찻물 천수天水와 지수地水

● 연수軟水와 경수硬水의 구분

차를 마실 때 차와 함께 반드시 없어서는 안 될 것이 바로 물이다. 사람들은 돈이든 물건이든 간에 무언가를 아끼지 않고 마구 낭비할 때 흔히들 "마구 물 쓰듯 한다."고 말한다. 물은 생명의 발원이며 인간을 포함한 모든 생명체에게 있어 가장 소중함에도 불구하고 오히려 우리는 부정적인 의미로 더 많이 사용해 왔던 것이다. 다른 나라에 비해 너무나도 깨끗한 물을 별 어려움 없이 써왔던 터라 물의 고마움을 당연한 것으로 여기어 오히려 그 소중함과 절실함을 잊고 살아온 건 아닌지 모르겠다.

차를 마심에 있어도 많은 이들은 차의 우열優劣만을 따지기에 급급하지 그 차를 '어떤 물로 우려내어 마시는가?'에는 별 관심을 갖고 있지 않은 듯하여 차를 애호하는 한 사람으로서 안타까운 마음을 금할 길이 없다. 『다신전茶神傳』·「품천品泉」에는 "차는 물의 신神, 마음 또는 정신이요, 물은 차의 몸體이니, 제대로 된 물이 아니면 그 정신이 나타나지 않고, 제대로 된 차가 아니면 그 몸을 나타낼 수 없다." 라고 차와 더불어 물의 중요성도 함께 언급하고 있다.

우리와는 달리 수질水質이나 양적인 면으로 모두 물 사정이 좋지 않은 중국에는 더욱 물의 절실함을 느꼈기에 물에 대한 연구가 오랜 세월을 차의 발전과 함께 병행되어 온 듯하다.

과학적 근거에 의하면, 물은 일반적으로 경수硬水와 연수軟水로 분류된다.

경수硬水 : Hard Water는 물분자속에 금속물질이 포함되어 있는 것으로 '센물'이라고 하며 연수軟水 : Soft Water & Conditioner Water는 물의 생성 시 자연 상태의 순수한 자체를 말하며 '단물'이라고 한다.

오랫동안 전해져 내려오는 중국차학계의 물 구분법에 근거하여 더 자세히 정의하자면, 이른바 연수軟水는 칼슘이온과 마그네슘이온의 함유량이 물 1리터당 10밀리그램을 초과하지 않는 물을 가리킨다. 그 함유량이 10밀리그램을 초과할 경우 그 물은 곧 경수硬水가 되는 것이다. 그러나 이러한 과학적 정의는 아마도 과학계에 종사하는 사람을 제외하고는 우리 일반인들에게 있어 매우 생소하여 이해가 쉽지 않을뿐더러 그저 막연하게 추상적으로 와 닿을 것이다.

그래서 중국차학계에서는 일반인들이 간편하고 알기 쉽게 구분할 수 있도록 다음과 같이 정의하고 있다. "오염되지 않은 자연계의 상태에서 이루어진 설수雪水 : 눈이 녹아서 된 물, 빗물, 노수露水 : 이슬이 맺혀서 된 물 등은 '천수天水'라 하여 모두 '연수軟水'에 속한다. 기타 샘물, 강물, 냇물, 호수의 물과 우물물 등은 모두 '지수地水'라 하여 모두 '경수硬水'에 해당한다."

(1) 천수天水=軟水

위에서 언급한 바와 같이 옛사람들은 차를 우려낼 때 사용하는 빗물이나 설수雪水를 가리켜 '천수天水' 또는 '천천天泉'이라 하였다. 빗물과 눈雪은 비교적 순수하고 정결淨潔하기 때문에 비록 빗물이 내리는 과정 중에 먼지나 티끌 그리고 이산화탄소 등의 오염물질이 섞여 있을지라도 염분의 함량이나 경도硬度는 지수地水에 비해 상대적으로 매우 적기 때문에 사람이 차를 마시기 시작한 이래로 줄곧 오랜 세월을 차를 우리는 데 가장 적합한 물로 애용되어 왔다. 그 중에서도 특히 설수雪水는 중국 고대 문인들과 다인들에게 찻물로 널리 애용되어 왔다.

연수軟水: 즉, 天水로 차를 우려 마시면 그 차향이 그윽할 뿐 아니라 맛 또한 순후醇厚하기 그지없다. 중국의 사대四大소설 중의 하나인『홍루몽紅樓夢』에서는 귀족층의 다인들이 "격년隔年으로 불순물을 제거하여 깨끗하게 저장하여 둔 빗물雨水로 '노군미老君眉: 복건의 백차'를 우려 마시고, 또 매화꽃 위에 내린 눈을 녹여 만든 물雪水을 지하에서 5년 동안 저장해 두었다가 차를 우려 마셨더니 그 맛의 청순함이 비길 데가 없었다." 라고 묘사하고 있다.

설수雪水는 연수軟水로서 깨끗하고 시원하여 찻물로 사용하면 탕색湯色이 곱고 밝을뿐더러 그 향과 맛이 일품이다.

그 밖에도 공기가 청정할 때 내린 빗물은 찻물로 사용할 수가 있다. 그러나 계절에 따라 빗물의 수질 정도가 큰 차이를 보이기도 한다. 예를 들어 가을은 하늘이 높고 기운이 상쾌하여 공기 중에 먼지가 비교적 적고 빗물이 맑아 차를 우리면 그 맛이 상쾌하고 입안에 차향이 회감回甘한다. 장마철에 바람에 날리는 가랑비는 미생물의 번식에 유리하여 가을 찻물보다 비교적 질이 떨어진다. 또한 여름철에 천둥번개를 동반한 빗물은 항상 모래가 날리고 돌이 뒹굴기 때문에 수질이 깨끗하지 못할뿐더러 찻물로 이용을 하면 차탕茶湯이 혼탁해져서 마시기에 부적합하다.

(2) 지수地水=硬水

　대자연에 속하는 물중에서 산의 샘물, 강물, 냇물, 호숫물, 바닷물, 우물물을 통칭하여 모두 '지수地水'라고 한다.

　샘물泉水은 산의 바위 틈새나 혹은 지층 깊숙한 곳에서부터 수차례에 걸쳐 여과과정을 거쳐서 땅위로 솟아오르기 때문에 비교적 수질이 안정되어 있다. 그러나 지층에 스며드는 과정 중 비교적 많은 광물질들이 샘물에 녹아내리기 때문에 염분함량과 경도 등이 천수天水에 비해 비교적 큰 차이를 보인다. 그러므로 산에서 나는 샘물들이 모두 상등上等이라 할 수 없으며 특히 유황硫黄광천수의 경우는 마실 수가 없다.

　반면, 강물과 냇물, 호수湖水는 모두가 지면수地面水로서 광물질의 함유량은 많지가 않으며 통상 잡물이 비교적 많은 편이다. 그래서 혼탁의 정도가 심하며 비교적 오염되기가 쉽다. 그래서 강물은 일반적으로 찻물로 쓰기엔 이상적이지가 못하다. 그러나 오염되지 않은 깨끗한 강물이나 냇물 및 호수 등은 잡물雜物을 가라앉힌 후에 찻물로 사용할 수도 있다.

　우물물은 지하수에 속하며 찻물로 쓰기에 적합한지의 여부는 한마디로 단정 짓기는 어렵다. 일반적으로 볼 때, 지반이 얕은 층의 지하수는 지면에 오염되기 쉽기 때문에 수질이 비교적 떨어진다. 그래서 깊은 우물이 얕은 우물보다 비교적 좋다 하겠다. 그리고 도시의 우물물은 오염이 많이 되어 있어 짠맛이 많이 나기 때문에 찻물로는 적합하지 않다. 그러나 시골의 우물물은 오염도가 낮고 수질이 좋아 마시기에 비교적 적합하다.

　수돗물은 인공 정화과정을 거쳤기 때문에 찻물로 사용해도 무방하다. 그러나 소독약품의 냄새가 너무 짙거나 혹은 각 아파트나 집안의 물탱크의 오염의 정도가 심할 경우 차향을 제대로 낼 수 없을뿐더러 차탕茶湯이 혼탁해지기 쉽다. 이럴 경우는 찻물로 쓸 수 없으니 각자 개인이 각별히 수질의 상태를 살펴본 후 사용해야 한다.

한 잔의 좋은 차를 마시기 위해서는 반드시 차와 물과 불이 삼위일체를 이루어야 하며 이중 어느 것 하나라도 결코 없어서는 안 될 필수 3대 요소이다. 고로, 좋은 차를 마시기 위해서는 좋은 차와 좋은 물이 필요한 것은 물론 차를 다리기에 적절한 '불의 세기火候'를 살피는 것 또한 대단히 중요하다. 명나라 전예형田藝衡도 『자천소품煮泉小品』에서 "물이 있고, 차가 있어도 불이 없어서는 안 된다"[3]고 말하였다. 그만큼 이 세 가지 요소는 차를 마시는 데 있어 가장 중요한 기본적인 필수조건이면서도 오히려 모두 제대로 갖추어 내기가 어려운 것이기에 육우는 『다경』의 「5. 차 다리기」에서 차를 다리는 절차를 상세히 기록해 놓았다. 그러므로 이 기본적인 세 가지 요소를 적절히 잘 갖추어 차를 다리거나 우려내는 것만 살펴보아도 능히 그 사람의 다도의 수준이 어느 정도인가를 가늠해 볼 수가 있다. 특히 그 중에서도 불의 세기는 매우 중요하다. 차를 잘 다렸느냐 아니냐는 바로 불의 조정에 달렸기 때문이다. 현대의 포다법에 있어서도 마찬가지이다. 불은 물의 온도를 좌우하고, 물의 온도는 차의 침출에 지대한 영향을 끼치기 때문에 불은 그만큼 중요한 것이다.

---

3 "有茶有水, 不可以無火."

당대 궁중에서 사용하던 다기들

惠山寺 대나무 풍로(竹風爐)

처음 차를 마시기 시작한 고대에서부터 현대에 이르기까지 음차방법 또한 시대의 변천에 따라 변해왔다. 즉, 당대 이전의 자다법煮茶法과 전다법煎茶法, 당대의 전다법, 송대의 점다법點茶法, 명대의 포다법泡茶法 등으로 각 시대에 따라 변화를 거듭해 왔다. 아울러 각 시대의 음차방법은 또 다기의 변화에도 큰 영향을 미치게 되었다. 그러나 여전히 변하지 않는 것이 있다면 오직 '차와 물, 그리고 불의 삼합三合'이다. 각 시대별로 변화해 온 음차방법에 따라 차와 물 그리고 불의 사용이 어떻게 조화롭게 좋은 차탕의 품음을 이루어낼 수 있는지를 여러 문헌을 통해 살펴보도록 하겠다.

1) 육우의 전다법煎茶法 - 당대唐代의 표준 전다법煎茶法

옛 사람들은 차를 다리는 것을 전문적 기술성이 매우 요구되는 학문의 한 영역으로 간주하였다.

전설에 의하면, 육우는 전다煎茶의 고수였다고 한다. 육우를 주어다 기른 지적智積선사는 평생 차 마시기를 매우 좋아했을 뿐 아니라 차에 대한 요구도 무척이나 까다로웠다고 한다. 그래서 그는 육우가 다린 차가 아니면 마시지 않았다고 한다. 이러한 소식을 전해들은 당나라 대종726~779년은 이를 기이하게 여겨 지적智積선사를 황궁으로 불러들이고는 몰래 자수전다煮水煎茶의 고수를 시켜 차를 다리게 한 뒤, 지적선사에게 주었다. 지적선

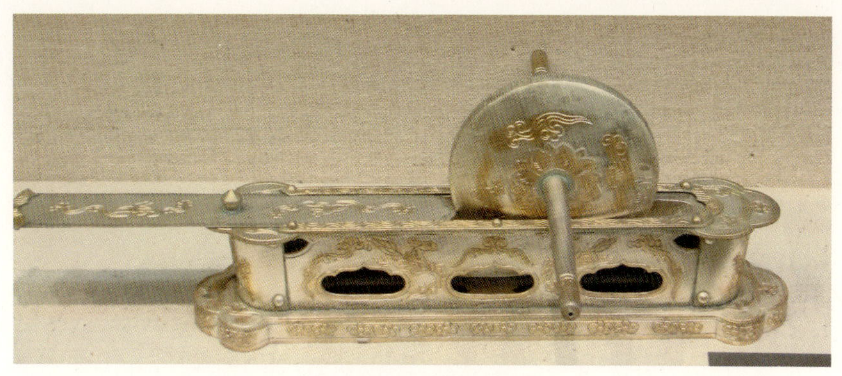

당나라 궁중의 차연자

사는 차를 한 모금 마시고는 고개를 절레절레 흔들며 찻잔을 내려놓고는 "이것은 육우가 다린 차가 아닙니다."라고 말했다. 대종은 다시 몰래 사람을 시켜 육우를 황궁으로 들어와 차를 다리게 하였다. 그리고는 육우가 다린 차를 지적선사 앞에 내놓았다. 지적은 차를 한 모금 마시고는 희색이 만연하여 말하기를 "이 차는 육우가 직접 다린 것입니다." 이에 대종 황제는 크게 감탄하며 커튼 뒤에 숨어있던 육우를 나오게 하여 지적과 상봉토록 해 주었다고 한다.

고대의 자다법煮茶法에서 가장 중요한 것은 '물 끓이기煮水'와 '차 다리기煎茶'이다. 먼저 『다경茶經·오지자五之煮』에서 육우가 설명한 전다법에 대해 간단하게 알아보도록 하겠다. 육우의 전다법은 크게 네 단계로 나누며, 그 어느 것도 소홀히 할 수는 없으나, 그 중에서도 특히 '물 끓이기'와 '차 다리기' 부분이 비교적 상세하게 다루어져 있어 육우가 이 두 부분을 얼마나 중요하게 여겼는가를 짐작케 한다.

(1) 차 굽기**구다 : 炙茶**[4]

차 굽기는 바람에 불씨가 날리어 꺼져가는 불에 굽지 않는다. 차를 구울 때는 불에 바싹대고 자주 뒤집어가며 골고루 구워지도록 한다. 차가 언덕처럼 도톰하게 부풀어져 거북등처럼 갈라지면 불에서 잠시 다섯 치 정도를 물려서 말렸다가 펴지면 다시 처음 방식대로 굽는다. 이렇게 해서 다시 불이나 햇볕에 말리는데 불에 말린 것은 불기에 데워지면 멈추고, 햇볕에 말린 것은 부드러워지면 멈춘다.

(2) 불**火**의 재료

불은 숯을 이용해서 지피고, 숯이 없을 경우 굳센 섶나무**뽕나무·홰나무·오동나무·참나무 등**를 사용해서 지핀다. 일찍이 지지거나 굽기를 겪어서 누린 기름 냄새가 나는 숯과 진이 있는 나무**측백나무·전나무 등**와 썩은 그릇은 쓰지 않는다.

(3) 물**水**의 선택

차를 다릴 때 물은 산의 물이 으뜸이요, 강물이 그 다음이며, 우물물은

---

4 당나라 때의 차는 거의 단차(團茶 : 떡 차) 위주였으므로 차 다리기에 들어가기 전에 먼저 딱딱한 단차를 불에 구워 부드럽게 하는데, 이때 불기운에 의해 잡냄새도 함께 제거되어 차 본래의 향으로 돌아온다.

하품에 속한다. 산의 물 중에서도 젖샘과 돌못에 천천히 흐르는 것을 가리어 떠낸 것을 으뜸으로 친다. 폭포의 물 솟음이나 양치질 소리가 나는 여울물은 마시면 안 된다. 오래 마시게 되면 목병이 나게 된다. 또 산골짜기에 많은 샛 줄기는 맑게 잠긴 채 흘러가지 않는 고인 물이기 때문에 물꼬를 터서 나쁜 기운을 흘려보내고 새로운 샘물이 졸졸 흐르게 한 뒤에 잘 잔질하여 쓰는 것이 좋다. 강물은 사람들이 사는 곳과 많이 떨어진 곳에서 취하며, 우물물은 사람들이 많이 길어 쓰는 것을 사용하는 것이 좋다.

(4) 물 끓이기煮水와 차 다리기煎茶

물이 끓는 상태는 삼단계로 나누어 구분하는데, 첫 번째 끓음을 일비一沸라 하고, 물고기 눈魚眼같은 물방울이 생길 때를 말한다. 두 번째 끓음을 이비二沸라하고, 구슬 같은 물방울이 목걸이를 꿰어놓은 듯 연이어 샘솟을 때湧泉連珠를 말한다. 세 번째 끓음을 삼비三沸라고 하며 이때는 솥 안의 물이 펄펄 끓어서 파도를 치듯 일렁이며 북치는 소리가 나는 상태騰波鼓浪를 말한다. 차는 삼비三沸의 단계에 이르기 전인, 이비二沸의 단계에서 다리게 된다. 삼비三沸 이상 끓이게 되면 물이 쇠어져서 먹지 못한다.

차를 다리는 과정을 간단히 요약하여 살펴보면 다음과 같다.
① 일비一沸에 물을 분량에 맞추고 소금 맛으로 고르며 간을 맛보던 것은 버린다.
② 이비二沸에서는 물 한 표주박을 떠내고 대젓가락竹筴으로 끓는 물

가운데를 세게 빙글빙글 휘저으면서 가루차 적당량을 탕의 가운데
에 떨어뜨린다.

③ 삼비三沸에서 찻물이 펄펄 끓기 시작하면 미리 떠내놓았던 물을 다
시 부어 물의 끓음을 멈추게 하고 차의 성분이 우러나도록 한다.

④ 차가 처음 끓기 시작하면 거품 위에 생겨난 검은 운모를 걷어서
버린다.

⑤ 차를 잔질하여 여러 사발에 옮겨 담을 때는 거품과 발餑[5]을 고르게
하여 따른다.

⑥ 차 맛은 첫 번째와 두 번째 잔이 제일 낫고, 세 번째 잔이 그 다음이
며, 네 번째와 다섯 번째 잔 이상은 부득이 목이 마르지 않으면
마시지 않는 게 좋다.[6]

당대에는 육우陸羽 외에도 뛰어난 다인들이 많았으며, 그 중에서도 특히
'소이蘇廙'같은 이는 『탕품湯品』을 저술하여 물 끓이기를 할 때 필요한 도
구와 연료 및 각종 끓인 물에 종류 등에 대한 모든 것을 '십육탕품十六湯品'
으로 귀납·정리하였다.

─────────────

5 김명배 『한국의 다서』의 <부록 : 다경>에서는 "거품과 발(餑)은 모두 차탕의 가루이다. 가
루의 엷은 것을 거품이라 하고, 진한 것을 발(餑)이라고 하며, 잘고 가벼운 것을 꽃이라고
한다."고 설명하고 있다. 즉, 여기에서의 거품과 발(餑)은 모두 차탕 속의 차 가루로써 가벼
운 것은 위로 떠서 거품이 되고, 무거워서 아래로 가라앉아 쉬이 엉키는 차 가루는 '발(餑)'
이라고 한다.
6 '육우의 전다법'은 독자들의 이해를 쉽게 하기 위하여 육우의 『다경』 <오지자(五之煮)>에
나온 내용 중, 차를 다리는 데 필요한 몇 가지 절차만을 발췌·요약하여 쉽게 풀어서 정리
한 것이다. 원문의 번역에 어려운 부분은 여러 권의 중국 백화문 번역 다서들과 더불어 한
국에서 출간된 다서(김명배 『韓國의 茶書』, 정상구 『中國茶文化學』) 등을 함께 대조하여 참
조하였다.

2) 송대의 차 달여 마시는 방법 점다법 : 點茶法

(1) 차 달이는 절차

차를 달이는 절차는 차 굽기 → 분쇄 → 차 맷돌질 → 체질 → 물 끓이기 → 점다 순으로 진행되는데, 당대와 다른 점이 있다면 '물 끓이기'와 '점다법'이다. 당나라 때는 어안, 용천연주, 등파고랑의 삼비三沸로 이루어지는데 비해 송나라 때 와서는 어안魚眼 앞에 해안蟹眼 : 게 눈이 한 단계가 더 추가되어 사비四沸, 즉 일비一沸 : 해안 ― 이비二沸 : 어안 ― 삼비三沸 : 용천연주 ― 사비四沸 : 등파고랑의 순으로 이루어지며, 차를 달이는 방법은 전다煎茶에서 점다법點茶法으로 바뀌게 된다.

(2) 점다법點茶法

송대 점다법에 대한 기록은 채양蔡襄의 『다록茶錄』과 휘종徽宗황제의 『대관다론大觀茶論』에서 각각 전하고 있으나, 휘종황제 조길趙佶의 『대관다론』이 비교적 더 구체적인 편이다. 『대관다론』에 의하면 점다법은 대략 정면점靜面點, 일발점一發點, 칠탕법七湯法 등의 3가지 방법이 있다.[7]

① '정면점靜面點'은 차 반죽에 끓인 물을 붓고, 손은 무겁고 찻솔은 가볍게 휘저어擊拂[8] 좁쌀무늬나 게눈이 없게 하는 것으로, '찻물의 표면이

---

7 송 휘종(徽宗 : 趙佶) 『대관다론』「점(點)」조(條) 참조

고요하게 달여진' 상태를 말한다. 이 상태는 가벼운 휘젓기격불로 인해 차의 거품을 피워 세울 수가 없다. 액체가 묽지 않아서 다시금 끓인 물을 더 붓게 되면 윤이 다 없어져서 화려한 거품도 잠기고 흩어져서 차는 세워 만들어진 것이 없는 셈이다.

② '일발점一發點'은 끓인 물을 연이어 부으면서 손과 찻솔을 모두 힘차게 격불하여 거품이 부글부글 일어나게 하는 것인데 한 번에 거품을 피워 달인다는 뜻에서 '일발점'이라고 한다. 그러나 이것은 끓인 물을 다 써버렸기 때문에 손가락이나 팔의 움직임이 원활치 못하여 미처 죽면粥面도 엉기지 않아서 차의 힘이 다 없어지게 된다. 비록 차탕의 표면에 운무雲霧가 뜨더라도 금이 갈라지기 쉽다.

③ '칠탕법七湯法'은 점다법 중에서 가장 뛰어난 방법이다.

'제일탕'은 차의 양을 재어 끓인 물을 받고, 아교를 녹여 개듯이 고루 섞은 뒤, 잔의 가장자리를 따라 탕을 따르되 차를 적셔서는 안 되며, 또한 그 기세가 세차서도 안 된다. 처음엔 천천히 차를 고르게 반죽하다가 점차 속도를 높여서 격불을 한다. 손은 가볍고 찻솔은 무겁게 하면서 손가락은 감싸듯이 하고, 팔은 돌린다. 이로써 위아래가 모두 투명하게 되어 마치 효모나 누룩에 밀가루가 부풀어 오르듯 하여, 마치 드문드문한 별과 희고 밝은 달이 찬연히 생겨난 듯하다. 이로써 차의 근본이 선 것이다.

---

8 격불(擊拂) : 찻가루가 물에 잘 섞이도록 찻솔(다선)을 움직이는 '부딪치기와 떨어버리기'로써, 쉽게 설명하면, (거품기나 수저 등으로) '휘젓는다.'는 의미로 이해하면 될 것이다.

‘제이탕’은 차의 표면에 직접 따르고 둘레를 한 줄기 돌린다. 급히 따르고 급히 멈추면 차의 표면이 움직이지 않는다. 격불을 힘차게 하면 빛깔과 광택이 점점 나기 시작하여 진주구슬 같은 거품이 많이 나타나게 된다.

제3탕은 수량의 과다는 전과 같지만, 격불은 갈수록 가볍고 고르게 하는 것을 귀히 여긴다. 한 바퀴 돌아서 제자리에 돌아와 차의 표면에 속까지 환히 통하게 되면 좁쌀무늬와 게눈이 뜨고 모여서 뒤섞이며 일어난다. 이렇게 되면, 차의 빛깔은 이미 십 중에 육칠까지는 얻어진 것이다.

제4탕은 아낌을 중시한다. 솔箟은 느슨하게 돌려야 하며 빠르게 해서는 안 된다. 그래야 차의 참된 광채가 이미 환연해지고, 점점 가벼운 구름 같은 거품이 생겨난다.

제5탕은 분량을 약간 멋대로 따른다. 솔은 가볍고 고르게 해서 통하여 뚫리게 한다. 만약에 거품 피워 세우기가 미진하면 부딪치기擊로써 일으키고 거품의 피워 세우기가 이미 지나쳤다면 떨어버리기拂로써 거둬들인다. 그리하여 깊은 아지랑이가 모이고, 눈이 엉기어 모이면, 차의 향색은 최고에 다다른 것이다.

제6탕은 거품 피워 세우기의 모양을 보고 젖 같은 액이 한도에 이르러 힘차게 일어나거든 솔로 붙여서 느슨하게 두르고 떨어버릴 뿐이다.[9]

제7탕은 가볍고도 맑은 것과 무겁고도 흐린 것을 분간하며, 묽고 진함을 살펴보아 중용을 얻도록 따르고 원하는 대로 되었으면 멈춘다. 그러면 젖 같은 안개가 솟아올라서 잔을 넘쳐서 일어나 둘레에 엉겨서 움직이지

---

9 거품이 지나치게 한도를 지나쳐 일어난 것은 다선(茶筅)으로 거품을 거둬내어 떨어버리라는 뜻이다.

않게 된다. 이것을 '잔 물림咬盞'이라고 한다. 마실 때는 그 가볍고도 맑으며 둥실둥실 떠 움직여서 겹친 것거품을 균등하게 갈라서 마신다. 『동군록桐君錄』에 이르기를 "차에는 발餑이 있는데 이를 마시면 사람에게 알맞다."고 하였다. 비록 많이 마실지라도 지나침은 없는 것이다. [10]

3) 명대 이후의 차 달여 마시는 방법 — 포다법

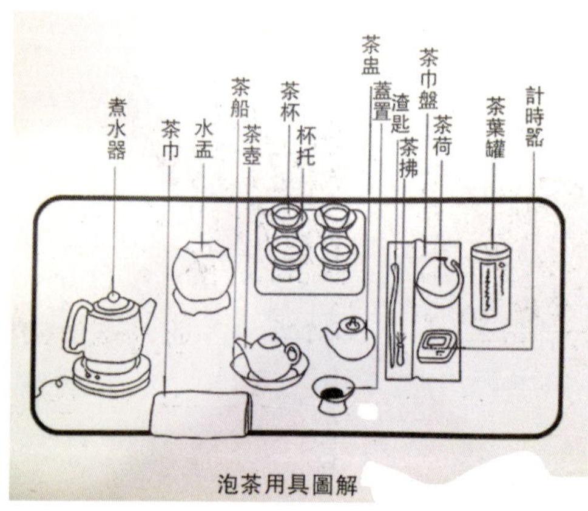

포다용구도해

명대에 이르러 태조 주원장이 새로운 차법茶法을 공포하면서 사차私茶: 개인 차 판매와 말차末茶법이 금지되고 산차散茶: 엽차의 음차법이 장려되었지만, 송대의 점다법이 완전히 없어진 것은 아니다. 예를 들어 주원장의 열일곱 번째 아들인 주권朱權: 1378~1448년같은 이는 여전히 점다법을 즐겼을 뿐만 아니라, 말년에는 직접 점다법에 대한 『다보茶譜』를 저술할 정도였다.[11] 그 형식과 절차가 독창적인 면은 있으나, 송대의 점다법과 대동소이大同小異하여 중복

---

10 이상의 송대의 점다법은 송·휘종황제 조길의 『대관다론』을 근거로 한 것이며, 원문의 해석상에 있어서는 중국의 『中華茶書選輯』 주석본과 『中國古代茶叶全書』 交點주석본, 그리고 우리나라 다서인 『中國의 茶道』(김명배 역저)를 참조하였다.
11 『中國古代茶叶全書』를 참조

되므로 생략하기로 하겠다. 명대 이래 현재에 이르기까지 소박과 검소를 목적으로 실시되었던 포다법도 세월의 흐름에 따라 점차 발전하고 강구되어 송대의 점다법 못지않은 화려함과 사치가 조성되었다. 포다법泡茶法은 말 그대로 '찻잎을 뜨거운 물에 우려 마시는 방법'이다.

그럼 포다에 필요한 기본다기와 그 절차에 대해 알아보도록 하자.

(1) 기본 다기茶器

① 차호茶壺 : 차를 우리는 주전자

② 차충茶盅 : 분차分茶용 차호

③ 자수기煮水器 혹은 전차호電茶壺 : 물 끓이는 주전자 혹은 전기포트

④ 차선茶船 : 차호 보온용 받침사발

⑤ 차건茶巾 : 차수건

⑥ 차하茶荷 : 차를 떠내는 수저

⑦ 차엽관茶葉罐 : 차 보관하는 통

⑧ 차배茶杯와 문향배聞香杯 : 찻잔과 차향을 맡는 잔

⑨ 차탁茶托 : 찻잔 받침대

⑩ 차반茶盤혹은 수반水盤 : 차를 우려마시기 위한 다반통상 양 층으로 되어있어 상층은 물이 빠지도록 그물망식으로 되어있고, 하층에는 퇴수한 물을 보관하는 퇴수기 역할을 한다.

⑪ 사시渣匙 : 우려낸 찻잎 빼내는 수저

⑫ 다차茶車 : 제반 다기 및 차관茶罐 수납장

⑬ 계시기計時器 : 포다 시간 측정하는 시계

(2) 공부차工夫茶 포다법

① 상차賞茶 : 차하茶荷를 이용해 차관茶罐 : 차통에서 꺼낸 찻잎의 빛깔과
   향을 감상한다.

② 온호溫壺 : 자수기에서 끓인 물을 차호에 넣고 차호를 데운다.

③ 치차置茶 : 차호를 데운 물을 쏟아내고 찻잎을 넣는다.

④ 온윤포溫潤泡 : 차호에 끓는 물을 넣고 차호 덮개를 이용하여 거품을
   걷어낸 뒤 차호의 물을 차선에 붓는다. 이는 차의 거품을 제거하는
   동시에 찻잎의 향이 빨리 우러나게 하기 위한 예비동작이다. 차선茶
   船을 사용하지 않을 경우에는 수반에다 그대로 쏟아 붓는다. 이를
   속칭 '세차洗茶'라고 한다.

⑤ 충포沖泡 : 온윤포를 거친 찻잎은 이내 곧 차성을 밖으로 표출하려고
   하기 때문에 온윤포세차과정이 끝남과 동시에 곧바로 이어서 끓인
   물을 차호에 부어 차를 우린다.

⑥ 충호沖壺 : 충포단계에서 차호에 끓인 물을 붓고는 곧바로 차호 뚜껑
   을 덮는다. 그리고 이어서 뜨거운 물을 차호 위에 골고루 부어준다.
   이는 차호 안의 온도를 유지시켜 줄 뿐만 아니라 안과 밖의 온도가
   상응하여 차향이 제대로 우러나도록 해준다. 이때 차선에 담겨진
   물은 찻잔을 데우는 데 사용한다.

⑦ 계시計時 : 시간 재기. 각종 찻잎의 종류에 따라 포다하는 시간이
   달라지며, 또한 포다의 횟수에 따라 포다하는 시간을 적절히 늘려
   가야 하며, 시간의 정확성에 따라 차의 맛이 좌우됨으로 시간재기
   를 하는데, 어느 정도 포다에 익숙해지면 계시기를 사용하지 않고
   감각적으로 포다하는 게 일반적이다.

⑧ 온배溫杯 : 잔 데우기는 차를 포다하는 동안에 이루어져야 하기 때문에 재빨리 이루어져야 한다. 필자는 개인적으로 온윤포溫潤泡 즉, 세차 단계에서 잔 데우기를 함께 한다.

⑨ 운호運壺 및 건호乾壺 : 차가 적절히 우러났을 시간이 되면 차선의 물속에 담겨 있는 차호를 꺼내어 차선 위의 가장자리에 차호 밑바닥을 올려놓고 차선의 가장자리를 따라 돌리게 된다. 이를 운호運壺 한다고 한다. 이는 차호의 외부에 묻은 물기를 떨어내고 차호 표면을 건조시켜 차를 따를 때 찻잔 속에 차호 표면에 묻은 물이 들어가지 않게 하기 위함이다. 만약, 차선을 쓰지 않고 수반 위에서 직접 차호를 사용할 경우는 생략된다.

⑩ 도차倒茶 : 차 따르기는 두 가지 방법이 있다. 첫째는 차충茶盅을 거치지 않고 찻잔에 직접 차를 따르는 것이다. 이때는 찻물의 농도와 사람 수에 따른 차의 양을 적절히 안배하여야 한다. 우선 찻잔을 붙여서 놓고, 각 찻잔의 농도를 고르게 하기 위해서는 상당한 수준의 요령이 요구된다. 예를 들어 첫 번째 놓인 잔에 4분지 1을 따르고, 두 번째 잔에는 4분지 2를 따르며, 세 번째 잔에는 4분지 3을, 네 번째 잔에는 4분지 4를 따르며, 다시 되돌아 따라 오면서 각 잔을 다 채우면 된다. 왜냐하면 잔을 옮겨 따를 때마다 차의 농도는 점점 진해지기 때문에 농도를 맞추기 위한 방법이다. 두 번째 방법은 차호에 우러난 찻물을 차충茶盅에 옮겨 담은 뒤, 차충에서 다시 잔으로 따르기 때문에 농도가 같다. 고로 이 방법은 간단하여 장유유서長幼有序에 따라 각 잔에 다 채워 따르면 된다.

⑪ 봉차奉茶 : 차를 권하기이다. 각 찻잔에 차가 다 채워지면 주인이 손님들에게 차 마시기를 권하면 된다.

⑫ 품다品茶 : 주인이 차를 권하면 손님은 각자 자기 앞에 놓인 찻잔을
들고 마시게 되는데, 이때 공손히 두 손으로 찻잔을 받쳐 들고 먼저
차탕을 감상하고 차향을 맡은 뒤 천천히 차를 마시면 된다.

⑬ 역위易位 : 주인과 손님이 자리를 바꾸어 각자의 다풍茶風을 교류하
는 것인데, 주인이 권하면 손님 중에 포다에 익숙한 사람이 주인과
자리를 바꾸어 포다하여 주인에게 자신 혹은 자기 집안의 다풍을
보여줌으로써 서로의 우의를 다시는 예절의 일종이다. 그러나 이
단계는 전문가나 혹은 차동호인들 사이가 아닌 이상 거의 행해지지
않는 게 일반적이다.

⑭ 차여茶餘 : 차를 다 우려 마신 뒤에는 찻잎을 꺼내어 주객이 함께
차의 엽저를 감상하며 차에 대해 다담을 주고받는다. 한편 주인은
사용한 제반 다기를 깨끗한 물에 헹구어 깨끗이 닦아 정리하여 수
납한다.

명대 왕문(王問)의 육우 전다도(煎茶圖)

이상에서 전통 공부차 포다법에 대해 알아보았다. 공부차도 각 지역에 따라 안계식安溪式, 조주식潮州式, 의흥식宜興式, 조계식詔溪式 등으로 나누어지기도 하나, 거의 대동소이大同小異하다. 이 외에도 여러 가지 포다

자사호(紫砂壺)－(약식)

법이 있는데, 북경의 대완차大碗茶, 사천의 개완차蓋碗茶, 일반 가정에서 간편하게 큰 차호에다 찻잎을 넣고 뜨거운 물을 부어 적당히 우려마시는 대호포다법大壺泡茶法, 항주의 용정龍井이나 아미산의 죽엽청竹葉靑 등의 고급 녹차의 침포浸泡과정을 감상하며 마시는 '유리잔 포다법' 등이 그것이다.

3 | 천하제일의 다기茶器 의흥宜興의 자사호紫砂壺

중국中國이나 대만臺灣을 여행해 본 경험이 있는 사람이거나 차茶에 관심이 있는 사람이라면, 대부분 중국의 대표적인 차로 '오룡차烏龍茶'를, 중국의 대표적인 다기茶器로는 의흥宜興의 '자사

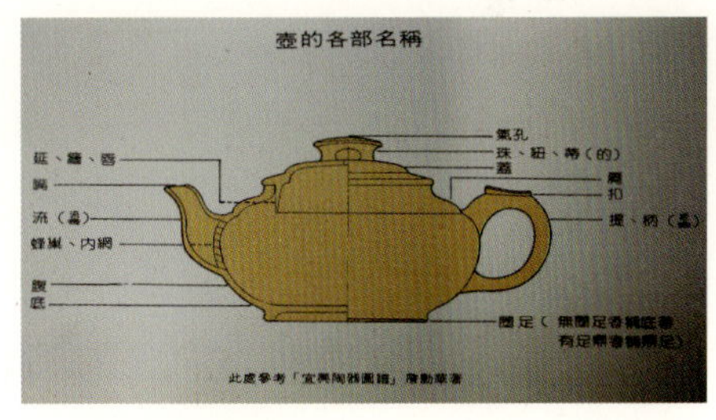

자사호의 각부 명칭도

호紫砂壺'를 거론함에 주저하지 않을 것이다. 여기에서는 독자들의 자사호에 대한 이해를 돕기 위해 자사호의 각 시기時期별 대표적 도공陶工과 그 작품의 특성을 중심으로 설명하겠다.

명대 차호통(茶壺桶)

시대빈(時大彬)의 제양호(提梁壺)

세계최초의 자사호(供春壺)

1) 의흥宜興의 지명 유래
─ 의흥義興과 의흥宜興의 차이

중국의 차호 밑바닥에 대부분 제작회사나 제작자의 인장印章이 각인刻印되어 있는 것을 볼 수가 있는데, 이것을 중국에서는 '인관印款'이라고 하고, 인관을 찍어놓은 것을 '낙관'이라고 하며, 또한 종정鐘鼎·석기石器 따위에 새겨진 문자를 관식款識[12]이라 한다. 강소성 의흥에서 생산된 차호茶壺 밑바닥에는 어김없이 '의흥宜興'이라고 각인되어 있는 것을 볼 수가 있다. 그런데 간혹 '의흥義興'이라고 각인된 것도 볼 수가 있다. 이런 것을 보면 예전에 필자는 "옳을 의義자가 새겨진 것은 분명히 가짜다."라고 경솔하게 단정하였다. 그러나 얼마 후, 우연하게 '의흥宜興의 지명유래'에 대해 바로 알게 되면서 필자의 경솔한 판단이 틀렸다는 것을 알게 되었다. 이래서 학문은 어려우면서도 재미있는 것 같다.

---

12 관식(款識) : 종정(鐘鼎)·석기 따위에 새겨진 문자를 말하며, 음각한 글자를 '관(款)', 양각한 글자를 '식(識)'이라 한다.

물론, 예나 지금이나 자사호 밑바닥에 '의흥宜興'이나 '의흥義興' 등의 관식款識이 보이는 것은 모두 진짜이거나 혹은 가짜이거나를 떠나서 '의흥義興'이란 글자의 진위眞僞를 제대로 밝히고 싶은 것이다.

송대 다완(茶碗)

자사호紫砂壺의 생산지로 유명하여 '도도陶都'라고까지 불리우는 '의흥宜興'은 현재 중국 강소성江蘇省의 무석시無錫市 서남부에 위치하며, 태호太湖를 사이에 두고 소주蘇州는 태호의 동쪽에, 의흥宜興은 태호의 서쪽에 위치하여 서로 마주 보고 있는 듯하다. 의흥은 무려 4천 년의 역사를 가진 도시로 진秦 이전에는 형계荊溪, 진秦나라 통일 이후에는 '양선陽羨'현으로 개칭되었다가, 삼국시대에 오吳나라에 속하여

의흥 도자(자사호)박물관 정문

오흥군吳興郡에 속했었다. 진晉나라 초기에는 오吳나라의 구제舊制를 그대로 따르다가 영가永嘉:307년-312년 연간에 잠시 군郡으로 승격하여 '의흥군義興郡'이 되었다. 수隋나라 때, 다시 군에서 현縣으로 강등되어 의흥현義興縣이 되었다. 당나라 초에는 '아주鵝州', '남흥주南興州' 등으로 불리다가 6년 후에 다시 옛 이름인 '의흥義興'으로 환원되었고, 송宋나라 태평흥국太平興國 원년 때 태종 조광의趙光義의 휘諱:황제의 이름를 피하여 '옳을 의義'를 '마땅할 의宜'로 고치어 '의흥宜興'이라고 불렀던 것이 줄곧 지금까지 의흥宜興으로 불리어지게 되었다.[13]

이렇게 황제의 이름과 똑같은 글자를 피하여 다른 글자로 바꾸는 것을 '피휘避諱'라고 하는데, 비단 지명뿐만 아니라 사람이름이나 서책에서도

자사 원광(原鑛) 분포도

---

13 의흥의 지명 : 『淸史稿·地理志』(中國,上海古籍出版社)와 『中文大辭典』(臺灣,中國文化大出版) 등에 상세히 보임

예외는 아니었다. 청나라 강희제 때 발행된 천자문千字文을 보면, 천자문의 첫 문구인 '천지현황天地玄黃'이 '천지원황天地元黃'으로 되어 있다. 강희제의 이름이 '애신각라愛新覺羅·현엽玄燁'이므로 황제의 이름인 '검을 현玄'자를 피해 '으뜸 원元'으로 고친 예라 하겠다.

제양호(提梁壺)-(명대 사례태감(司禮太監) 오경(吳經) 묘에서 출토-남경박물관)

2) 자사호紫砂壺와 창시자創始者

자사호紫砂壺란 자사紫砂로 만든 차호茶壺[14]를 가리키는 말이며, '자사紫砂'란 이름에서 그대로 나타나듯이 "자줏빛 나는 모래흙"이라는 뜻이다. 차호를 만드는 데 사용되는 자사紫砂는 대체로 진흙처럼 찰기가 있고, 모래의 입자는 윤택이 있으며 소조塑造에 용이하여야 한다.

정족개원호(鼎足蓋圓壺)-시대빈(時大彬) 작

자사호紫砂壺의 창제創製는 중국 다기 발달의 과정에 있어 가장 획기적인 사건이었으며 또한 중국 전체 도자기사陶瓷器史에 있어서도 매우 중요한 일획을 그었다고 할 수 있다. 의흥 자사호의 예술적 창조는 바로 중국 명나라 정덕正德 연간年間:1505~1521년에 비롯되었다. 강소성 의흥현 동남쪽 40리 밖에 위치한 금사사金沙寺란 절에 어느 한 스님이 있었는데, 그는

---

14 차호(茶壺): 찻잎을 우려내는 다기로써, 우리나라에서는 '다관(茶罐)'이라고 칭한다.

청대 개완(蓋碗)

청대 까이완(蓋碗)

청대 채자 개완

만생(曼生)18식

자사紫砂 진흙을 이용하여 차호茶壺 만들기를 좋아했다. 그런데 그는 차호를 완성 후 낙관落款이나 인장印章을 남기지 않았음은 물론 서명署名조차도 하지 않았다. 이로 인해 안타깝게도 후인들은 그의 작품을 식별해낼 길이 없었다.

최초로 차호 밑바닥에 서명署名을 한 사람은 명나라 가정嘉靖 연간年間: 1521~1566년에 살았던 의흥명호가宜興名壺家 '공춘供春'15이다. 그래서 후인들은 그를 가리켜 의흥宜興 자사호紫砂壺의 창제

---

15 '공춘(龔春)' 또는 '공공춘(龔供春)'이라고도 한다.

자라고 한다. 또 일설에 의하면 공춘供春이 금사사金沙寺의 노승老僧에게서 자사호를 만드는 기예를 익혔다고 전하고 있다. 공춘供春은 명대明代 사천성四川省 참정參政이었던 오이산吳頤山의 노비였다. 주인인 오이산이 금사사金沙寺에 공부하러 갈 때 몸종으로 따라갔던 것이다. 그는 본래 손재주가 비범하여 금사사의 노승이 차호를 만드는 것을 보고는 금방 흉내 내어 차호를 만들어 내었다. 그는 노승에게 차호 만드는 법을 열심히 배웠고, 마침내 자신만의 독특한 풍의 차호茶壺를 예술의 극치로까지 이끌어내는 데 성공하였다.

청대 대표적인 대차호

청대 소완(小碗)

3) 자사호紫砂壺의 명장名匠 계보

자사호紫砂壺의 발전 시기는 보는 사람의 각도에 따라 시대적 구분이 조금씩 달라진다. 그러나 명・청明清의 두 시대를 일단 함께 묶어서 자사호의 발전시기로 보는 데는 학자들 간에 별다른 이견異見이 없다. 그러나 학자들마다 자사紫砂의 발전시기를 미분화하는 데는 약간의 차이를 보이

청대 대호(大壺)와 차완(茶碗) 세트

고 있다. 예를 들면 세 시기로 구분한다거나, 혹은 네 시기로 구분하는 것이 그러하다. 저자는 여기에서 초창기를 포함하여 총 다섯 시기로 구분해서 살펴보기로 하겠다. 즉, 명나라를 초창기 및 제1기와 제2기로, 청나라를 제3기와 제4기로 구분하여 명인들의 계보와 그들의 자사호 제작의 특징들을 간략하게 살펴보기로 하겠다.

(1) 초창기草創期

초창기草創期에서 제일 먼저 나열할 명장名匠은 역시 앞에서 거론한 바 있는 금사사金沙寺의 노승이하 '금사승'으로 간칭과 공춘供春이다. 그 외, 주목할

차호의 각종 유형 기본 설계도

만한 인물로는 '사가四家'를 꼽을 수 있다. 금사승金沙僧은 사람들을 위해 차호茶壺 만들기를 즐겨했는데, 그의 특징은 차호茶壺 표면에 많은 지문指紋을 남길 뿐, 낙관落款을 하나도 남기지 않았다는 것이다. 그러므로 지문만이 금사승의 작품을 감상할 수 있는 유일한 증거가 되기도 한다. 공춘은 금사승의 기법 위에다 자신만의 독특한 기법을 창출하였다. 그러면서도 그는 금사승의 "지문을 남기는 방법"을 취하였는데, 차호 표면에 지문이 안보일 듯 나타나는 것이 금사승의 그것과는 사뭇 달랐다. 색채는 짙은 밤색이라 마치 고철古鐵의 빛깔을 보는 듯하다. 여기에 차를 우려 마시면 차茶 원래의 맛을 잃지 않는다. 그래서 고관대작高官大爵은 물론 고사高士·묵객墨客들까지 모두 다 투어 '공춘호供春壺'를 찾지 않는 이가 없었다. 그의 작품은 후세에 전해지는 것이 워낙 극소수라 만금萬金을 주어도 구하기가 어려울 것이다. 공춘의 뒤를 이어서 역시 많은 명가들이 배출된다. 그 중에서도 특히 '동한董翰, 조량趙梁, 원창元暢, 시붕時朋'같은 이들은 후인들에 의해 '사대천왕四大天王' 혹은 '사가四家'로 존칭된다. 이 중에서 동한董翰의 작품이 비교적 공춘의 기법을 전승하여 중후하면서도 섬세하고

청대 소우란 제작의 삼원식 차호

청대 자동온차기(紫銅溫茶器)

청대 차엽 보관통

신기新奇하다. 그 외, 삼가三家는 대체로 고아古雅하며 수수하다. 이외에도 '이무림李茂林' 같은 이도 있었는데, 그는 원형의 소형小型 차호를 잘 만들었다.

(2) 제1기

제1기는 16세기 말에서 17세기 초에 걸치는 의흥도기 발전에 있어서 제일 중요한 시기이다. 개산종조開山宗祖격인 공춘供春의 법통을 제대로 계승한 이가 있다면 바로 시대빈時大彬을 꼽을 수가 있다. 시대빈은 이중방李仲芳, 서우천徐友泉과 더불어 '3대국수三大國手' 혹은 '삼대三大'로 병칭된다. 이들은 초창기의 '사가四家'를 이어서 나온 명장名匠들로 시대빈은 바로 시붕時朋의 아들이고, 이중방은 곧 이무림李茂林의 아들이다. 시대빈은 당시에 유행하던 대호大壺:큰 찻주전자와 고신호高身壺:키가 높은 길쭉한 차호를 작은 차호茶壺로 개량하여 만드는 데 일인자一人者였다. 이 시기의 차호의 특징은 근문형筋紋型이다. 이때 제작된 대부분의 차호는 호박의 표면처럼 근육이 불룩불룩 나온 형태로 만들어진 것이다.

이들 '3대명장三大名匠'들 외에도 매우 많은 명장名匠들이 배출되었는데, 그 중에서 주목할 만한 인물은 바로 이 시기의 마지막을 장식하게 되는 혜맹신惠孟臣이다. 그가 바로 중국 '4대 명호名壺'의 반열에 들어있는 그 유명한 '맹신호孟臣壺'의 제작자이다. 그의 작품을 보면 대체로 대호大壺는 소박하고, 소호小壺는 아주 정교하여 '시대빈' 이후로는 단연히 으뜸으로 꼽힌다. 후세에 전해지는 혜맹신의 작품 중에는 소호小壺가 비교적 많다.

고로 그는 소호小壺의 대가로 유명하다. 또 하나 주목할 점은 그의 작품 중에는 이 시대의 특징인 근문형筋紋型이 거의 없다는 것이다. 그가 만든 소호小壺의 종류는 둥근 것, 길쭉한 것, 납작한 것 또는 밑이 평평한 것 등 아주 다양하다. 이것은 훗날 후세의 도공들의 소호 제작의 표준이 됨은 물론 많은 이들이 그의 작품을 모방하여 만들었다.

청대 차호통

(3) 제2기

제2기는 17세기 말부터 18세기 말까지에 걸치는 시기로 대략 청나라 강희康熙 연간에서부터 가경嘉慶 연간에 이르는 시기이다. 이 시기의 가장 중요한 도예가는 '진명원陳鳴遠'으로서 그는 제1기의 명장名匠인 진자휴陳子畦의 아들이기도 하다. 진자휴陳子畦가 만든 남과호南瓜壺 : 호박형의 차호는 근문筋紋과 자연自然의 멋을 겸비한 것이 특색이다. 대략 17세기 말부터 18세기 초에 걸쳐 활약한 진명원陳鳴遠은 시대빈時大彬의 뒤를 계승한 '최고 위대한 의흥도인宜興陶人'으로 추앙받고 있다. 그의 자연형 차호는 그야말로 입신入神의 경지에 이르렀을 정도이다. 고로, 제2기의 주류主流는 대체로 자연형自然型이 그 주류를 이루게 된다.

제2기 시대는 진명원의 자연형 차호가 유행의 최대 주류를 이루고 있는 특색 외에도, 기타 여러 가지 형태의 차호特히 幾何型도 함께 유행의 주류를 이루고 있는 것이 또 다른 특색이라 할 수 있다. 이것은 당시 다인茶人

들의 차호에 대한 관심의 초점이 어디에 있었는지를 잘 알 수가 있겠다. 즉, 그들은 차호의 표면의 문식紋飾에 대해 대단히 주중注重했다는 것을 알 수가 있다.

이 시기에서 또 한명의 주목할 만한 인물은 제2기 말기에 나타나 제1기 때와 같이 '사대명호四大名壺' 중의 하나인 '일공호逸公壺'를 제작한 혜일공惠逸公을 꼽을 수 있다. 그는 18세기에 주로 활약한 명장名匠으로 차호제작의 기법 면에 있어 혜맹신惠孟臣과 거의 쌍벽을 이루고 있다. 그래서 세상에서는 그들 두 사람을 가리켜 '이혜二惠'라 칭송하고 있다.

오대 때의 백자 풍로와 차복

(4) 제3기

제3기는 19세기 초에서 19세기 중엽 혹은 말엽에까지 이르는 시기이다. 이 시기에는 두 가지 특징이 있는데, 하나는 문인과 도공들의 결합이고, 또 하나는 기하형幾何型의 차호가 유행의 주류를 이룬다는 것이다. 문인들과 결합한 도공들은 차호의 표면에 시화詩畫를 새기고, 갖가지 형태의 장식을 위한 차호의 몸체를 특별히 설계하기도 하였다.

비록 근문형이나 자연형의 제

작이 중단되지는 않았지만, 이 시기의 유행의 주류를 이룬 것은 역시 기하형의 차호였다. 기하형幾何型의 유행을 주도적으로 이끌고 나간 대표적 명장名匠은 '진만생陳曼生'이다. 그의 본명은 진홍수陳鴻壽이고 '만생'은 그의 호이다. 그는 일찍이 의흥宜興에서 관리로 있은 적이 있었다. 그는 어느 한가로운 때 양팽년楊彭年과 소이천邵二泉을 위해 18개의 호식壺式을 설계하기도 하였다. 양팽년과 소이천은 당시 가장 유명한 도공陶工들이었다. 문인과 도공의 합작 결정체로써는 '만생호曼生壺'가 탄생하였다. 만생호는 양팽년이 제작하고 진홍수가 제자題字를 낙관落款하였다. 그래서 사람들은 이를 가리켜 '만생호曼生壺'라고 한다.

제3기의 시기 중에서 진만생 이후 또 하나의 중요한 인물로 꼽을 수 있는 자는 바로 '구응소瞿應紹'이다. 도광道光 연간의 인물로 자字를 '자치子治'라고 하며 호號를 '월호月壺'라고 한다. 그의 작품엔 매죽梅竹이 차호 표면에 새겨진 것이 자주 보인다. 제호題壺로는 행서行書가 주로 많이 보이고,

역대 자사호 명장들의 사진 설명도(의흥 도자 박물관)

간혹 해서楷書도 보인다. 낙관으로는 '자치子治'와 전장篆章으로는 '월호月壺'
와 '길안吉安'을 함께 사용한다.

　이 시기에도 기하형幾何型의 차호 외, 소호小壺 계통의 차호도 끊임없이
여전히 만들어졌다. 더구나 말기에 이르러서는 소호小壺 계통의 걸작품이
하나 출현하였다. 그것은 바로 '4대명호四大名壺' 중의 하나로 육사정陸思亭
이 제작한 '사정호思亭壺'이다.

　(5) 제4기

　제4기는 19세기 말엽부터 20세기 초까지 걸치는 시기이다. 이 시기에
는 의흥차호宜興茶壺의 생산이 점점 상업화 추세를 보이기 시작하더니, 마
침내 대량생산의 단계에 이르게 되었다. 이로 인해 예전과 같이 전심전력
으로 만들어 내던 예술적 가치를 지닌 차호는 상대적으로 감소하게 되었
다. 그러다가 20세기 초에 이르러, 의흥의 자사호가 세계 여러 국가에서

현대식 자수호(煮水壺)와 화로(火爐)

현대식 전기 자수기(煮水器)

개최한 국제박람회에
참가하여 입상을 하게
되자, 이에 자극을 받
은 도공들은 자연형,
근문형筋紋型, 기하형
등의 문식紋飾에 다시
관심을 갖게 되었고,
서로 앞을 다퉈 만들
기에 이르렀다. 이로

현대 중국의 각종 다기 판매점

인해 도공들 사이에는 다시 복고풍復古風이 일기 시작한다. 즉, 그들은 지
극히 중국적인 것만이 세계적인 것이 될 수 있다는 사실을 뒤늦게나마
깨달은 것이다. 그러므로 이 시기는 "옛것을 본받아 새로운 것을 창조한
시대"라고 할 수 있다.

이 시기의 대표적 명장名匠으로는 왕인춘王寅春을 첫 손가락에 꼽을 수가
있고, 그 외의 명장名匠들로는 범장농范莊農·정수진程壽珍·기도跂陶 등이 있
다.

4) 자사호紫砂壺의 흥성원인과 그 시대적 배경

어쨌든 자사호紫砂壺는 명대明代에 이르러 흥성하기 시작하였는데, 그 원
인은 명나라 태조 주원장朱元璋이 차법茶法을 개혁하면서 비롯되었다. 주원
장은 당唐, 송宋, 원元을 거쳐 당시 전해져 내려오던 차제조법용단봉병 : 긴압차의
일종이 서민생계에 유해할 뿐 아니라 사대부들의 사치를 조장한다고 판단

현대의 각종 다기 및 차상품 진열 모습

하였다. 태조는 즉시 칙명勅命을 내려 차법茶法을 제정하고 상인들의 밀거래와 밀수출을 금지하는 한편 긴압차緊壓茶[16] 및 가루차抹茶의 제조를 금지하고, 잎차散茶의 제조법으로만 만들도록 차법을 전면 개혁하였다. 이러한 다법茶法의 개혁은 다기茶器의 운명에까지 커다란 영향을 미치게 되었고, 이로 인해 말차나 병차餠茶에 주로 사용되던 차완茶碗의 사용은 점차 적어지고, 엽차葉茶를 마시는 데 용이容易한 소호小壺의 사용이 점차 흥성하게 되었던 것이다.

이렇듯 의흥의 자사호는 명대明代에 크게 유행하게 되는데, 그 재질은

---

16 긴압차(緊壓茶) : 차를 쪄서 압착하여 건조시킨 '덩어리 차(團茶)'로써 외형에 따라 떡차(餠茶), 벽돌차(磚茶), 타차(沱茶), 버섯차(香菇茶)로 분류되며, 찻잎의 종류와 용도 및 그 외형의 표면에 찍힌 문양에 따라 다시 여러 가지 명칭으로 분류된다.

주로 의홍 특산의 '자니紫泥', '홍니紅泥', '단산니團山泥'를 사용하여 구워
내는데 이들 삼자三者를 통칭하여 일반적으로 '자사紫砂'라고 한다.

청대에 이르자 자사호紫砂壺의 화려한 문양紋樣과 문식紋飾은 더욱더 극極
에 달한다. 이미 단순한 다기茶器의 실용적인 범주에만 머무는 것이 아니
라 화려하고도 다채多彩로운 형태의 고급 예술품으로까지 승화되어 간다.
평생 차를 즐겨 마셨다던 청나라의 건륭제乾隆帝도 의홍宜興 자사紫砂로 만
든 차호茶壺를 가리켜 "세상 다기茶器 중에서 최고로다."라고 극찬을 아끼
지 않은 것만 보더라도 능히 짐작하고도 남을 것이다.

제4장

제다법에 의한 차의 분류 ― 육대차류六大茶類

　중국차의 명칭을 명명하거나 분류하는 데 있어서 여러 가지 방법이 있다. 예를 들어 차엽을 생산하는 생산지와 찻잎의 각종 제조법, 그리고 완제품인 차를 마시는 방법에 따라 제각각의 개성과 특성을 지닌 이름들을 부여받거나 혹은 불리어지게 된다.

　차의 이름을 명명하는 데는 여러 가지 방법이 있는데 대체로 차나무의 품종, 차의 생산지, 제품화된 찻잎의 형태, 찻잎을 따는 시기, 차를 만드는 시기, 동식물의 명칭을 모방, 찻잎을 가공하는 기예, 우려 낸 찻물의 탕색湯色, 차를 우려내는 방법 또는 순수한 찻 잎에 첨가되는 첨가물의 종류 등에 따라 각기 특색 있고 개성 있는 이름으로 명명되어진다.

일심양엽(一心兩葉) 채엽 모습

이상과 같은 방법으로 차를 명명하다 보니 차의 명칭과 종류의 구분에 있어서 여러 가지 혼돈이 올 수밖에 없다. 특히 차를 처음 접하게 되는 초심자들에게 있어서는 그 혼란스러움의 정도가 더욱더 심하다.

이상과 같은 혼란을 피하고 차의 종류를 정확하게 구분하기 위해서 중국에서는 일찍부터 차를 만드는 방법制茶法에 근거하여 차를 크게 여섯 종류로 분류하였다. 이를 가리켜 '육대차류六大茶類'라고 하는데, 녹차綠茶, 황차黃茶, 청차오룡차 계열, 백차白茶, 홍차紅茶, 흑차黑茶 등이 바로 차의 종류를 말할 때 대표로 등장하는 최초의 명칭들이다.

중국에서 거론되는 수백 수천 가지의 차의 명칭들은 모두 이 범주 안에 속하지 않은 것이 없으며, 동시에 이 여섯 종류의 명칭에서부터 비롯되어 천태만상의 각종 명칭과 수백 수천 갈래의 차의 종류로 나누어지기 시작한다.

'육대차류'의 종류를 하나하나 짚어가며 그 기본 제다법이 어떠한지를 살펴보고 난 뒤, 각 종류에 속하는 유명한 차는 어떤 것들이 있는지를 하나하나 살펴보기로 하겠다.

1 | 녹차綠茶

일반적으로 녹차의 가공은 '살청殺靑'과 '유념揉捻' 그리고 '건조乾燥' 등의 세 단계의 과정으로 이루어진다. 그 중에서도 처음 가공단계인 살청은 녹차의 제다에 있어 가장 중요한 관건이 되는 단계이다. 신선한 찻잎이 살청을 거치면서 효소의 활성이 둔화되어, 찻잎에 함유된 각종의 화학성분이 기본적으로 전혀 효소적인 영향을 미치지 않는 조건, 즉 전혀 발효

가 진행되지 않은 상태 하에서 온도를 가하
여 물리적 변화를 일으킴으로써 녹차의 품
질적인 특징을 갖추게 된다.

1) 살청殺靑

유리잔 포다(죽엽청)

‘살청’이란 고온高溫의 덖음볶는 과정을 뜻
하며, 녹차의 품질에 있어 결정적 작용을 한
다. 찻잎은 이 과정을 거치면서 신선한 찻잎
속에 함유된 효소酵素의 특성을 파괴하고 여
러 가지 페놀phenol 성분의 산화酸化를 억제함
으로써 찻잎이 발효되어 붉게 변하는 것을
방지한다. 동시에 고온은 찻잎 속의 수분을

녹차 − 서호용정차

부분적으로 증발시킬 뿐만 아니라 찻잎을
부드럽게 함으로써 다음 단계에서 유념揉捻
할 때 찻잎의 형태를 만들기에 용이한 조건
상태로 만든다. 수분이 증발할 때 청차류靑茶
類의 저온의 가공 처리에서 발생하는 비릿한
풀잎의 냄새와 같은 향기가 완전히 제거되
면서 고소한 녹차향기로 전환된다.

녹차 − 죽엽청(竹葉靑)

이 과정은 특별히 수제手製로 만드는 녹차
가 아닌 다음에는 중국에서 대부분 모두 살청기殺靑機에 의해 대량으로
처리된다. 살청殺靑할 때 중요한 것은 살청온도, 찻잎의 투입량, 살청기의

종류, 살청시간, 살청방식 등이며, 이러한 세부적 인소들은 서로 직접적인 영향과 제약을 미치기 때문에 어느 것 하나라도 소홀히 할 수 없는 하나의 고리로 연결된 연속적 과정이며 또한 녹차의 품질을 결정하는 중요한 단계이다.

2) 유념揉捻 : 주무르고 비비기

유념은 녹차의 외형을 잡는 단계이다. 외부에 힘을 이용하여 찻잎을 주무름으로써 찻잎의 조직을 파괴하여 부드럽게 변화시키고, 비비어서 말아 찻잎의 가닥을 잡아감으로써 그 형태가 서서히 축소된다. 이렇게 되면 차를 우리기에 편리한 모양을 갖추게 된다. 동시에 찻잎을 주무르고 비비는 유념과정에서 짜여 나온 약간의 차즙茶汁이 찻잎의 표면에 끈적끈적하게 달라붙게 되는데, 그 농도가 바로 차 맛을 높이는 데 있어 또한 매우 중요한 작용을 하게 된다.

녹차를 제다하는 과정에서 회념의 과정은 다시 '냉유冷揉'와 열유熱揉로 나누어진다. 이른바, 냉유冷揉란 바로 살청한 찻잎을 펼쳐놓았다가 식은 뒤에 유념揉捻하는 것이며, 열유熱揉라는 것은 살청한 찻잎을 서늘하게 펼쳐서 식히지 않고, 살청 후 뜨거운 기운이 아직 남아있을 때 곧바로 유념揉捻하는 것을 가리킨다. 녹차를 가공 처리할 때 부드러운 어린잎인 '눈엽嫩葉'은 냉유의 방법

초창기 살청(殺靑) 설비(덖음솥)

으로 유념하는 것이 좋다. 그 이유는 연록색의 엽저葉底에 황록색의 밝고 빛나는 탕색을 유지할 수 있기 때문이다. 질기고 오래된 잎인 '노엽老葉' 은 열유의 방법으로 유념하는 것이 좋은데, 그 이유는 잎을 견실하게 비비기 좋고 가루로 부서지는 것을 최소화할 수 있기 때문이다. 현재도 명차에 속하는 특별한 녹차들은 여전히 수공의 방법으로 차를 만들지만, 그 외의 일반 대부분의 녹차의 유념과정은 이미 대규모의 기계화로 이루어지고 있는 실정이다.

3) 건조乾燥

건조의 목적은 수분을 증발시키고 아울러 외형을 정리하여 차향을 충분히 발휘시킬 수 있도록 함에 있다. 건조방법에는 홍건烘乾과 초건炒乾 그리고 쇄건曬乾 등의 세 가지 형식이 있다. 홍건은 불에 쬐여 말리는 것이고, 초건은 솥에서 볶아 말리는 것이며, 쇄건은 햇볕에 말리는 것이다.

녹차의 건조공정은 일반적으로 먼저 홍건을 하고 나중에 다시 초건을 하는 방식이다. 왜냐하면 유념한 찻잎의 수분함량이 매우 높기 때문에 만약에 곧 바로 직접 초건을 할 경우에 초건기炒乾機:볶는 기계의 솥 안에서 금방 덩어리로 엉키기 때문에 차즙찻잎의 액체이 솥 안쪽으로 눌러 붙기 쉽다. 반면에 먼저 홍건烘乾하는 과정을 거치게 되면 수분함량이 극소화되어 나중에 솥에서 덖기볶기가 용이하기 때문이다.

황차 - 곽산황아

황차 - 군산음침차(君山銀針茶)

황차黃茶의 특징은 황탕황엽黃湯黃葉이다. 제다법의 주요 특징은 '민황悶黃 : 띠우기과정'을 거치는 것으로써, 고온高溫의 살청을 통해 효소의 활성화를 억제시킨 후, 여러 가지 페놀phenol의 산화작용을 이용하여 습열濕熱 작용을 일으킴으로써 약간의 유색물질을 생성하는 것이다. 변색의 정도는 비교적 경미하게 나타날 때 이를 황차黃茶라 하고, 변색정도가 비교적 심하게 나타날 경우는 흑차黑茶가 되어버린다.

황차의 전형적인 제다 공정은 살청殺靑, 민황悶黃, 건조乾燥이며, 유념揉捻은 이 황차의 제다에서 반드시 없어서는 안 될 꼭 필요한 공정 단계는 아니다.

1) 살청殺靑

황차는 살청을 거치면서 효소의 활성을 파괴하고, 부분적으로 수분을 증발시킴과 동시에 푸릇한 풀 비린내를 발산시키는데 이는 황차의 향과 맛을 형성하는 데 있어 중요한 작용을 한다.

2) 민황悶黃 : 통풍되지 않게 꼭 덮어두어 밀폐하여 황변을 일으키도록 띠우는 공정

민황悶黃은 황차류의 제다 공정에 있어 가장 큰 특징이며, 황색황탕黃色黃湯을 형성에 있어 중요한 관건이 되는 공정단계이다. 살청에서부터 건조의 마무리에 이르기까지 모두 찻잎의 황변黃變을 위하여 적당한 습열濕熱의 공정조건을 창조할 수 있다. 민황은 오직 하나의 제다 공정 순서에 불과하지만, 어떤 차는 살청 후에 민황 단계로 들어가고, 어떤 것은 약한 불 처리毛火 후에 민황 처리를 하며, 또 어떤 것은 띠우기悶:와 덖기炒를 번갈아가며 진행해야 한다. 즉 품질이 각기 다른 찻잎을 다루려면 민황의 방법 또한 같을 수가 없으며 품질에 따라 각기 달라질 수밖에 없다. 그러나 방법은 달라도 결과는 같다. 모두 양호한 황색황탕의 특징을 형성한다는 것이다.

민황에 영향을 미치는 주요 인소는 찻잎 속의 수분함량과 온도이다. 수분함량이 많아서 잎의 온도가 높아질수록, 습열濕熱 조건하의 황변과정 또한 더욱 빨라지게 된다.

3) 건조乾燥

황차의 건조는 일반적으로 몇 차례에 걸쳐서 진행된다. 건조하는 온도 또한 기타 차류茶類에 비해 비교적 낮은 편이다.

백차-은침백호차(銀針白毫茶)

백차-백목단차(白牧丹茶)

중국의 백차白茶는 주로 복건성에서 생산된다. 백차의 마른 찻잎의 표면은 백색의 부드러운 솜털로 빽빽이 덮여 있다. 백차는 제다적인 측면에 있어 두 가지 특성을 지니고 있다. 첫째는 하얀 솜털이 많은 어리고 부드러운 싹과 잎만을 채취하여 만든다는 것이고, 둘째는 제다하는 방법에 있어 덖고 비비는 초청과 유념의 방법을 전혀 사용하지 않고, 그냥 햇볕에 쬐어 말리는 홍건烘乾 기술을 이용하고 있다는 것이다.

현재 백차의 종류는 많지가 않다. 싹만을 사용해 만든 '아차芽茶'와 잎을 사용해 만든 엽차葉茶로 구분된다. 아차芽茶의 대표적인 것으로는 '백호은침白毫銀針'이 있고, 엽차로는 '공미貢眉'가 있으며 제다방법 또한 간단하다.

백호은침의 제다 공정은 '차아茶芽' → '위조萎凋 : 찻잎 시들기' → '홍배烘焙 : 불쬐기' → '사간篩揀 : 찻잎 골라내기' → '복화復火 : 다시 불쬐기' → '상자에 포장' 순으로 진행된다.

백목단白牧丹과 공미貢眉의 제다공정은 선엽鮮葉, 위조萎凋, 홍배烘焙 혹은 陽乾, 간척揀剔 혹 篩揀, 복화復火, 상자에 포장 순으로 진행된다.

중국에서 '홍차紅茶'라 함은 대저 꿍푸홍차工夫紅茶, 홍쇄차紅碎茶, 그리고 소종홍차小種紅茶를 모두 포괄하여 이르는 말이며 그 제다하는 방법 또한 별 차이 없이 모두 위조萎凋, 유념揉捻, 발효醱酵, 건조乾燥 등 네 개의 공정단계를 거쳐서 만들어진다. 홍차의 각 종류를 막론하고 홍차의 일반적 특징은 모두 붉은 탕과 붉은 잎이며, 색과 향과 맛이 모두 유사한 화학적 변화과정을 거쳐서 형성된다는 것이다. 단, 변화의 조건과 각 단계별 공정 처리과정에서 어느 정도의 차이가 있을 뿐이다.

홍차 - 녕홍공부차(寧紅工夫茶)

홍차 - 기문홍차(祁門紅茶)

1) 위조萎凋

위조萎凋는 신선한 찻잎이 일단의 시간을 경과한 뒤 수분을 잃게 되는 것을 뜻한다. 우리나라에서는 이를 가리켜 '찻잎 시들기'라고 부른다. 위조는 차나무에서 갓 따낸, 딱딱하여 부서지기 쉬운 신선한 찻잎을 시들게 하는 과정으로써 홍차를 만드는 첫 번째 공정단계이다. 위조를 거치게 된 찻잎은 잎이 유연해질 뿐만 아니라 그 잎이 질기고 탄력성이 증강되어 차의 외형을 만들기에 편리하다.

또한 이 과정은 비릿한 풀 맛이 제거되고 찻잎의 맑은 향기가 생겨나기 시작하는 단계로 홍차의 향기를 형성하고 결정짓는 데 있어 매우 중요한 가공단계이다. 차 시들기인 '위조방법'에는 '자연自然위조'와 '위조기萎凋機 위조'의 두 가지 방법이 있다. 자연위조는 찻잎을 얇게 펼쳐 놓는 방법으로 햇볕이 없는 실내室內나 혹은 햇볕이 강하지 않은 실외에서 일정한 시간을 놓아 두는 것이다. 위조기萎凋機 위조는 신선한 찻잎을 통기가 잘 되는 통이나 칸막이와 층별로 구분된 선반 위에 펼쳐놓고 열기가 잘 통하게 함으로써 찻잎 시들기를 가속화시키는 과정이다. 이 방법이 현재 가장 보편적으로 상용常用되는 위조방법이다.

2) 유념揉捻

홍차의 유념의 목적은 앞에서 거론한 녹차의 유념 목적과 같다. 홍차는 유념과정에서 색色·향香·미味의 농도가 증진됨은 물론 동시에 찻잎의 세포조직이 파괴되어 찻잎 자체의 효소 작용과 산화가 용이하며, 홍차의 발효가 순리대로 진행되는 데 있어 매우 유리한 작용을 한다.

3) 발효醱酵

발효는 홍차의 제작과정에 있어 아주 독특한 단계이다. 발효를 경과한 찻잎은 푸릇한 녹색에서 붉은 홍색으로 변하여 홍차의 홍엽紅葉、홍탕紅湯의 특징을 형성하게 된다. 이러한 유기체의 물리적인 화학적 변화를 살펴보면, 첫째, 찻잎이 유념의 작용 하에서 조직세포막의 구조가 파괴됨으로

써 침투성이 증대된다. 둘째,
침투성의 증대는 연이어 여
러 가지 페놀phenol성분과 산
화된 효소를 충분히 접촉시
키는 작용을 한다. 셋째, 이
러한 접촉은 또 효소의 촉진
작용아래 산화酸化와 중합重合
작용을 생성하며 이에 따라

중국의 차생산 구역 분포도(사천성 몽정산 세계차문화박물관)

기타 화학성분 또한 매우 심각한 변화를 발생하게 된다.

이상의 연속적인 화학적 변화의 발생으로 인해 녹색의 찻잎은 붉은 홍색의 잎으로 변하게 되며, 동시에 홍차 특유의 색과 향과 맛을 형성하게 되는 것이다. 현재는 발효방법도 대부분 기계화되어 발효기釀酵機를 상용하여 적절한 온도를 자동 조절하고 적당한 시간으로 발효를 진행하는 방식을 취하는 것이 가장 보편화되어 있다. 발효가 적절하게 잘 진행된 홍차는 크게 두 가지로 구분하여 볼 수가 있다. 첫째, 부드럽고 여린 찻잎嫩茶의 경우 색깔이 고르게 붉어야 하며, 둘째, 쇠한 찻잎老茶의 경우는 붉은 홍색 가운데 푸른 기를 띄되 푸릇한 풀 기운이 없어야 하며 익은 과일향기를 갖추어야 한다.

4) 건조乾燥

홍차에서의 건조는 발효가 완료된 찻잎의 원형을 고온으로 홍배烘焙[1]를 통하여 신속하게 수분을 증발시키어 홍차의 품질을 최상의 상태로 유지

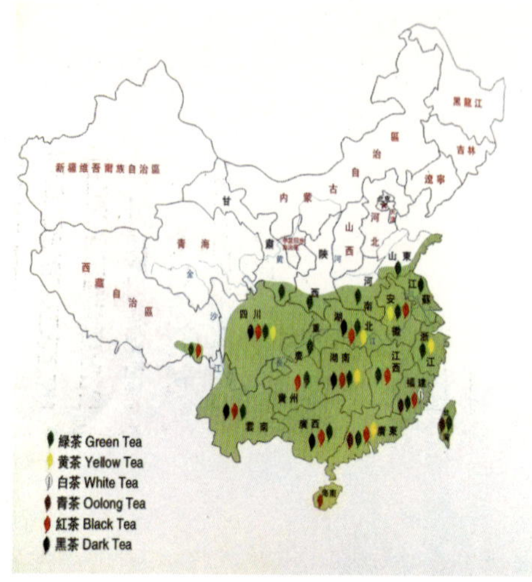

중국차생산구역과 차종류별 분포도

할 수 있도록 적절한 건조 상태에 이르게 하는 과정이다.

홍차의 건조에는 세 가지 목적이 있다. 첫째는 고온을 이용하여 신속하게 효소의 활성을 둔화시키고 발효를 정지시키는 데 그 목적이 있고, 둘째는 수분을 증발시켜 찻잎의 체적을 축소하고 외형을 고정하여 건조를 유지시킴으로써 매변霉變[2]이 생기는 것을 방지함에 있다. 셋째는 대부분 저온에서 건조시킬 때 일어나는 비릿한 풀 냄새를 제거함과 동시에 고온의 건조에서만 얻을 수 있는 고소한 차의 향기를 격화激化, 유지시킴으로써 홍차 특유의 달콤한 향을 얻기 위해서이다.

5 │ 청차靑茶 또는 오룡차烏龍茶

오룡차烏龍茶·청차靑茶[3]의 제조공정과정은 대략 위조萎凋, 주청做靑, 초청炒靑,

---

1 홍배(烘焙): 불 쬐기를 뜻하며 통상 약한 불文火로써 진행된다.
2 매변(霉變): 곰팡이로 변질되는 것
3 원래는 '청차(靑茶)'라고 해야 옳다. 오룡차는 청차계열의 여러 품종의 하나이나, 청차를 대표하는 차였기 때문에 후에 사람들에게 '청차'의 대명사로 대신 불리어지게 된다. 그래서 지금은 중국에서 많은 차학자들이 차의 분류에서 '청차'란 명칭 대신에 '오룡차'란 명칭을 주로 더 많이 사용하게 되었다.

유념揉捻, 건조乾燥 등의 다섯 단계로 구분할 수가 있다. 그 중에서도 '주청做靑'은 오룡차 특유의 품질적인 특성을 형성하는 데 매우 중요한 관건이자 오룡차의 향기와 맛의 기초를 다지는 데 있어 매우 중요한 공정단계이다.

오룡차의 전설도(출처『중국다도』대만)

1) 위조萎凋

청차靑茶 : 오룡계열의 생산지에서 말하는 위조萎凋는 양청凉靑, 쇄청曬靑을 가리키는 말이다. 위조를 거쳐 수분이 일부 발산되면 찻잎의 인성靭性이 높아져서 후속 공정을 진행하기에 편리할 뿐만 아니라, 찻잎의 수분이 부분적으로 탈수됨에 따라 효소의 활성이 더욱 증강되고, 푸릇푸릇하고 싱싱한 잎의 기운이 발산되어 차의 맑은 향기를 끌어내기에

실내 위조(萎凋)(출처 : 〈중국다도〉, 대만)

매우 이롭다.

청차의 위조방법은 앞서 서술한 홍차제조의 위조방법과는 구분되는 특수성을 지니고 있다. 홍차의 위조는 찻잎의 탈수 정도가 클 뿐만 아니라, 위조, 유념, 발효의 공정 순으로 진행이 되지만, 반면에 청차는 위조와 발효가 따로 나누어지지 않고 동시에 두 가지 공정이 조화를 이루며 이루어지는 특성을 가지고 있다.

위조萎凋: 찻잎을 시들게 하는과정을 통한 수분의 변화는 자연스럽게 찻잎 자체의 물질적산화효소의 변화를 적절히 일으키면서 적당한 발효의 정도를 이루게 된다. 청차의 위조방법에는 통풍이 잘되는 서늘한 실내에서 자연스럽게 위조시키는 '양청凉青', 햇볕에 쬐여 위조시키는 '쇄청(曬青)', 온도를 가하여 위조하는 '홍청烘青'과 사람의 통제조건 아래에서 이루어 '인공조건위조人控條件萎凋' 등의 네 가지 방법이 있다. 특히, 청차는 홍차의 위조공정과는 달리 쇄청曬青이 반드시 이루어져야 한다.

2) 주청做青 - 요청搖青

찻잎을 요청기(搖青機)에 넣는 모습

'주청'은 청차青茶 제조에 있어 매우 중요한 공정 단계이다. 오룡차의 독특한 향기와 '녹엽홍양변綠葉紅鑲邊'은 바로 이때 이루어지기 때문이다. 위조가 끝난 찻잎은 요청기搖青機 속에 넣고 흔들게 된다. 그래서 이 공정과정을 '요청搖青'이라고 명명하기도 한다.

이때 찻잎들이 서로 부딪치면서 찻잎의 가장자리의 세포조직이 짓무르게 되고, 이 과정에서 찻잎은 자체의 산화효소를 촉진시킴과 동시에 산화작용을 함께 촉진시키게 된다. 그리고 부드러웠던 찻잎은 요동搖動을 거치면서 질기고 탄력있게 변한다.

요청기로 찻잎 흔들어 섞기(搖靑)

다시 일정한 시간을 조용히 두면, 산화작용은 상대적으로 완화되면서 찻잎의 엽병葉柄과 엽맥葉脈[4]의 수분이 천천히 찻잎 전체에 확산된다. 이때 푸릇한 찻잎은 곧 점점 팽창하고 탄력성을 회복하면서 찻잎은 다시 부

건조－홍배 과정

드러워지게 된다. 이처럼 규칙적인 '동動'과 '정靜'의 과정을 통해서 찻잎은 일련의 생물화학적 변화를 일으키게 된다.

다시 말하면, 찻잎의 가장자리의 세포조직이 파괴되면서 효소의 가벼운 산화작용이 일어나게 된다. 그 결과 찻잎의 가장자리를 따라서 붉은색이 드러나게 되고, 찻잎의 가운데 부분은 암녹색에서 황록색으로 변화되는데, 이러한 일련의 현상을 일러 '녹엽홍양변綠葉紅鑲邊'이라 하며, 이러

---

4 엽병(葉柄) : (식) 잎의 일부로서 잎의 몸통을 줄기에 붙게 하는 잎꼭지(잎을 햇빛 방향으로 돌리는 작용을 함)
　 엽맥(葉脈) : (식) 잎살 안에 뻗어 있는 관다발의 한 부분(잎살을 버티어주고, 수분·양분의 통로가 됨)

오룡차(건엽) 완성

청차 - 대만오룡차

청차-봉황단총차

한 현상은 다른 차의 종류에서는 찾아볼 수 없는 오룡차만의 특징이라 할 수 있으며 동시에 오룡차 특유의 맛과 향을 좌우하는 관건이라 할 수 있다.

3) 초청炒靑

오룡차의 내질內質은 이미 '주청' 단계에서 기본적으로 모두 형성이 되었다. 초청은 앞 단계의 공정절차를 이어서 상품을 완성해 가는 후속 공정절차로써 앞에서 거론된 녹차의 '살청殺靑'과 같다. 오룡차烏龍茶의 '초청炒靑'의 목적은 첫째, 찻잎 중의 효소의 활성화를 억제하여 산화가 더 이상 진전되지 못하도록 제어함으로써 찻잎 전체 면이 계속 붉은 색으로 변화되는 것을 방지하고, '주청' 단계에서 형성된 차의 품질을 고정시키는 작용을 한다. 둘째, 저온의 살청과정으로 인해 나타나는 푸릇한 풀 비린내 같은 기운을 휘발시키고, 오룡차 특유의 향긋한 차향으로 전환시키며, 동시에 습·열濕熱작용을 통해 부분적으로 엽록소를 파괴하여 찻잎을 황록색으로 빛깔을 밝게 하는 것이다. 그 외, 일부분의 수분을 증발시켜 찻잎을

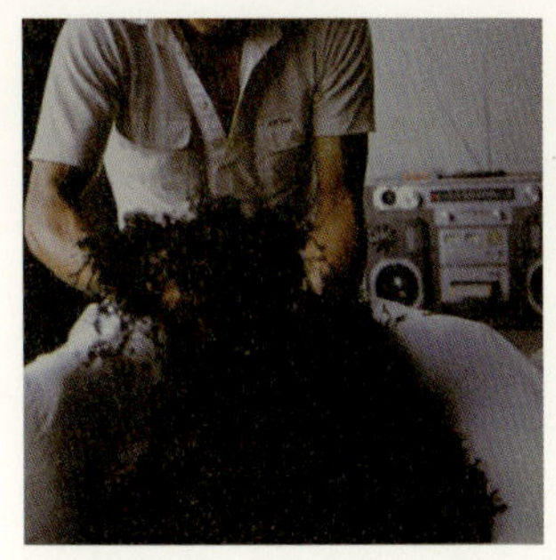

해괴(解塊)

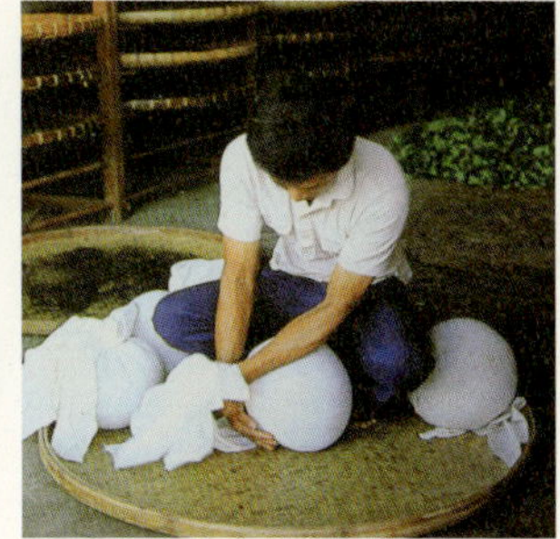

포유

단유

부드럽게 함으로써, 후속 공정절차인 '유념揉捻' 단계에서 차 비비기가 편리하도록 해준다.

4) 유념揉捻

기계 살청(殺靑)

앞에서 거론한 녹차의 유념절차와 기본적으로는 동일하다. 다른 점이 있다면 청차에서는 '포유包揉'와 '단유團揉'[5] 그리고 '해괴解塊'[6]의 단계가 첨가된다는 것이다.

오룡차는 유념과정을 어떻게 하는가에 따라 오룡차의 건엽의 형태가 결정된다. 오룡차는 크게 건엽의 형태에 따라 '조형條形'과 '반구형半球形'

---

5 '포유(包揉)'와 '단유(團揉)'는 청차의 유념에만 있는 독특한 공정방법이다. '포유'는 차를 흰 보자기 천에 싸서 비비는 것을 말하며, '단유'는 덩어리로 비빈다는 뜻인데, 포유한 차를 다시 위아래가 맞물리도록 기계틀에 보자기 천에 싼 차 덩어리를 끼워 넣고 돌리며 비비는 과정을 말한다.

6 '해괴(解塊)'란 포유(包揉)와 단유(團揉)의 과정을 마친 보자기 천에 싼 차 덩어리를 풀어 헤치는 과정을 말한다.

무이암차 차밭

각종 제자백가 시리즈의 보이병차(餅茶)

최초의 대홍포 차나무

또는 '환형圓形' 오룡차로 구분된다. 결정된다.

● 청차오룡계열의 유념 방법

① 조형條形의 오룡	쇄청曬青 − 실내위조萎凋 − 정치靜置 − 요청搖青 − 살청殺青 − 유념揉捻 − 건조乾燥
② 반구형半球形과 환형圓形의 오룡	쇄청曬青 − 실내위조 − 정치 − 요청 − 살청 − 유념 − 포유包揉 − 단유團揉 − 해괴解塊 − 건조

무이암차 건엽(乾葉)

무이암차 − 대홍포 엽저

무이산 계곡 차밭

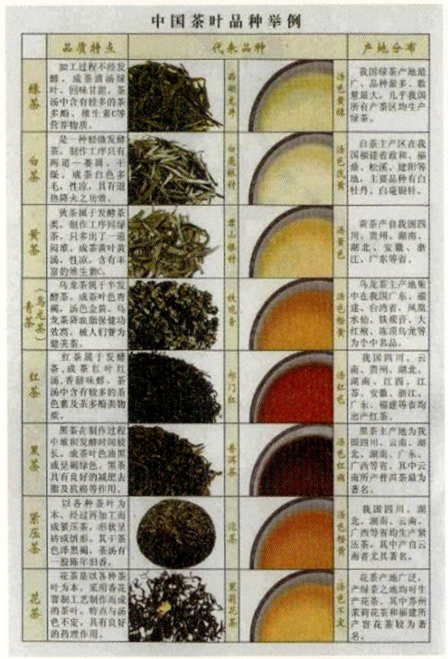

중국차의 각종차탕(各種茶湯)과 건엽(乾葉) 일람표

현대식 기계설비 시스템을 갖춘 차창

여기서 '조형條形'이란 그 모양이 가지처럼 펴져 있는 것을 말하고, '반구형半球形'이란 글자에서 보이듯 돌돌 말려져 있는 형태가 반원처럼 생겼다는 것이고, '환형圜形'은 둥근 원처럼 말려져 있다는 뜻이다.

대홍포 엽저(葉底)

5) 건조乾燥

건조는 효소의 산화를 억제하고 수분의 증발과 찻잎을 부드럽게 한다. 아울러 열熱작용을 가하여 쓰고 떫은맛을 제거함과 동시에 차의 순후醇厚한 맛을 촉진시킨다.

생산지	품종品種
민북오룡	대홍포大紅袍, 철라한鐵羅漢, 백계관白鷄冠, 수금귀水金龜, 수선水仙, 육계肉桂, 백서향, 과금자, 정태양, 구룡주
민남오룡	철관음鐵觀音, 본산, 황금계黃金桂, 모계牡桂, 연지오룡, 기란, 모후
대만오룡	청심靑心오룡, 대차臺茶1호~대차17호
광동오룡	봉황수선鳳凰水仙 : 광동수선 혹은 요형수선, 조안대오엽, 영두단총

1	생산지역	민북閩北오룡, 민남閩南오룡, 광동廣東오룡, 대만臺灣오룡
2	차수茶樹의 품종品種	철관음鐵觀音, 황금계黃金桂, 대홍포大紅袍, 수선水仙, 육계肉桂, 오룡烏龍
3	제다製茶법	포종차包種茶, 단총單欉 등

6 | 흑차黑茶

흑차-운남보이차(위), 운남타차

흑차의 제다 공정은 살청殺靑, 유념揉捻, 악퇴渥堆, 건조乾燥의 순으로 이루어진다. 그 중에서 악퇴渥堆는 그야말로 흑차 제다에 있어서 특이할 만한 공정의 순서이며, 흑차의 품질을 형성하는 데 가장 관건이 되는 공정 순서이다.

흑차의 주생산지로는 사천성, 호남성, 호북성, 광서성, 운남성 등이 있다. 이 흑차들은 원래 중국 변방소수민족특히, 티베트인들에게 제공하기 위해 만든 차들로 당唐나라 때부터 시작하여 송宋나라를 거쳐 명明, 청淸에 이르기까지 주로 티베트인들과의 '차마무역茶馬貿易'에 전용專用하기 위해 주로 생산하던 차들이었다. 그러기 때문에 역사적으로 가장 많은 사건과 우화가 얽혀 있는 차가 바로 이 흑차黑茶이다.

먼저 흑차의 공정과정을 설명한 뒤, 뒤에 도표로 흑차의 생산 지역 별로 흑차의 종류와 그에 얽힌 역사적 사건들을 요약 설명을 하겠다.

陳年大靑葉전차(운남思茅-생보이)250g=25원

茶庵塘一級餠(생보이)-357g=60원(1병)

班章(喬木春尖) - 생보이(357g = 300원)

1) 살청殺靑

흑차는 거칠고 쉰 잎을 따서 만들기 때문에 다른 종류의 찻잎에 비해 수분 함량이 비교적 적어서 고온으로 빠르게 덖어야 하며, 찻잎 뒤집기 또한 빠르고 고르게 해야 비로소 짙은 녹색暗綠色을 띄게 된다.

보이전차

보이타차(앞)

보이타차(생보이)100g=20원

보이타차(뒤)

2) 유념揉捻

찻잎을 솥에서 살청하자마자 즉시 뜨
거울 때 유념에 들어가야 양호한 외형
을 빚어 만들 수가 있다. 흑차黑茶에서
유념하는 방법은 일반적으로 홍차紅茶,
녹차綠茶 등과 같다.

板山靑(生보이)외피-357g = 32원

3) 악퇴 渥堆

유념이 끝난 찻잎은 대나무 깔개 위에 15~25센티미터 두께로 쌓아놓고, 위를 젖은 천으로 덮고 그 위에다 다시 덮개로 덮어서 습기와 온도를 보호하고 유지함으로써 '악퇴과정'을 진행한다. 악퇴가 진행되는 도중에 차 더미 속에서 온도변화가 일어나므로 적당한 시기에 맞춰 한두 차례 뒤집어 준다. 악퇴의 실질적인 화학적 변화에 관해서는 현재 중국차학계 中國茶學界 자체에서도 아직 정론 定論이 없는 실정이다.

이에 대해 현재 중국차학계에서는 3가지 학설로 나타나고 있는데, 첫째는 효소 酵素의 촉진작용이고, 둘째는 미생물 微生物작용이며, 셋째는 습열 濕熱작용 때문이라는 학설이다.

그러나 일반인들은 이에 대한 가장 주요한 작용은 '수열 水熱작용'이라고 여기고 있으며, 또한 이는 황차 黃茶의 민황 悶黃과정과 유사한 작용이라고 볼 수가 있다.

여러 가지 형태의 흑차

대엽청(보이차창－생보이)
1000g＝60원

4) 건조乾燥

흑차의 건조에는 '홍배烘焙법'과 '쇄건曬乾'[7]법이 있으며, 이 단계는 품질을 고정시킴으로써 완제된 차의 변질을 방지한다. '흑차'의 대표적인 차는 '보이차'이기 때문에 뒤편에 나오는 제5장의 '8. 독특한 풍격의 운남 보이차' 부분에서 자세히 설명하였다.

● 생산지 별 흑차黑茶의 종류

지역	차의 명칭	내용
① 사천四川	변차四川邊茶 혹은 변소차邊銷茶	남로변차와 서로변차로 나뉘며, 아안雅安을 중심으로 생산, 강정康定을 통해 티베트로 수출하던 차로 주로 차마무역茶馬貿易에 전용되던 역사적인 흑차이다.
② 호남湖南	호남흑차黑茶 =緊壓茶	우리나라에서 주로 '천량차千兩茶'로 많이 알려진 '화권차花捲茶'가 바로 호남 긴압차이며, 『명사明史 · 식화지食貨志』에 의하면, 신종神宗 만력萬曆 13년1585년에 처음 생산
③ 호북湖北	노청차老靑茶	『호북통지湖北通志』의 청나라 동치同治10년1870년의 기록에 흑차黑茶와 노차老茶가 거명되는데, 여기서 노차는 노청차를 의미한다. 대략 1890년 전후前後부터 생산된 호북노청차는 살청을 마친 차엽은 유념을 하지 않고 파쇄破碎하여 2.5kg씩 소쿠리에 담아 북방으로 운반하여 일명 '초루차炒簍茶'라고도 한다.
④ 광서廣西	광서흑차黑茶	광서성 창오현蒼梧縣 육보향六堡鄕에서 생산되어 '광서육보차廣西六堡茶'라고 한다. 주로 산차散茶를 많이 생산하며, 육보산차는 다시 '산차'와 대나무 소쿠리로 포장하여 긴압緊壓한 '루장簍裝긴압차' 두 종류로 나누어진다.
⑤ 운남雲南	보이차普洱茶	운남의 보이차는 흑차의 대표 격인 차이다. 보이차의 생산은 그 역사가 이미 오래 되었다. 남송南宋 이석李石의 『속박물지續博物志』에 의하면, "서번西蕃에서 보차普茶를 음용한 지가 이미 당나라 때부터였다."[8] 여기서 말한 '서번'은 강장康藏지구의 티베트인을 가리키는 말이고, '보차'란 바로 '보이차'를 뜻하는 말이다. 이 기록으로 이미 당나라 때부터 보이차가 사천변차와 함께 한족과 티베트 간에 이루어진 '차마무역'에 사용되었음을 알 수 있겠다.

---

7 쇄건(曬乾) : 햇볕에 쬐여 말리기
8 "西藩之用普茶, 已自唐朝."

중국 차의 종류	기본 종류 6대 차류	녹차綠茶	홍청烘靑녹차	보통홍청 : 민홍청閩烘靑, 절홍청浙烘靑, 휘홍청徽烘靑, 소홍청蘇烘靑
				세눈細嫩홍청 : 황산모봉黃山毛峰, 태평후괴太平猴魁, 화정운무華頂雲霧, 고교은봉高橋銀峰 등
			초청炒靑녹차	미차眉茶 : 초청炒靑, 특진特珍, 진미珍眉, 봉미鳳眉, 수미秀眉, 공희貢熙 등
				주차珠茶 : 주차珠茶, 우차雨茶, 수미秀眉 등
				세눈초청細嫩炒靑 : 용정龍井, 대방大方, 벽라춘碧螺春, 우화차雨花茶, 송침松針 등
			증청蒸靑녹차	전차煎茶, 옥로玉露 등
			쇄청曬靑녹차	전청滇靑, 천청川靑, 섬청陝靑 등
		황차黃茶	황아차黃芽茶	군산은침君山銀針, 몽정황아蒙頂黃芽
			황소차黃小茶	북항모첨北港毛尖, 위산모첨潙山毛尖, 온주황탕溫州黃湯 등
			황대차黃大茶	곽산황대차霍山黃大茶, 광동대엽청廣東大葉靑 등
		백차白茶	백아차白芽茶	백호은침白毫銀針 등
			백엽차白葉茶	백모단白牡丹, 공미貢眉 등
		홍차紅茶	소종小種홍차	정산소종正山小種, 연소종烟小種
			공부工夫홍차	전홍滇紅, 기홍祁紅, 천홍川紅, 민홍閩紅 등
			홍쇄차紅碎茶	차엽차車葉茶, 쇄차碎茶, 편차片茶, 말차末茶
		청차靑茶 오룡계열	민북閩北오룡	무이암차武夷岩茶, 수선水仙, 대홍포大紅袍, 육계肉桂 등
			민남閩南오룡	철관음鐵觀音, 기란奇蘭, 황금계黃金桂 등
			광동廣東오룡	봉황단총鳳凰單叢, 봉황수선鳳凰水仙, 영두단총嶺頭單叢 등
			대만臺灣오룡	포종包種, 청심오룡靑心烏龍 등
		흑차黑茶	호남湖南흑차	안화흑차安化黑茶 등
			호북노청차 老靑茶	포기노청차蒲圻老靑茶 등

		사천변차 四川邊茶	남로변차南路邊茶, 서로변차西路邊茶, 변소차邊銷茶 등
		전계흑차 滇桂黑茶	보이차普洱茶, 육보차六堡茶 등
재가 공류 再加 工類	화차花茶		말리화차茉莉花茶, 주란화차珠蘭花茶, 매괴화차玫瑰花茶, 계화차桂花茶 등
	긴압차緊壓茶		흑전黑磚, 복전茯磚, 타차沱茶, 병차餅茶 등
	췌취차萃取茶		속용차速溶茶, 농축차濃縮茶, 관장차수罐裝茶水 등
	과미차果味茶		여지홍차荔枝紅茶, 레몬홍차檸檬紅茶, 미후도차獼猴桃茶 등
	약용藥用보건차		감비차減肥茶, 두충차杜冲茶, 강지차降脂茶 등
	함차含茶음료		차콜라茶可樂, 차사이다茶汽水 등

자료출처 : ① 陳宗懋 主編 『中國茶經』 上海文化出版社. ② 阮浩耕 主編, 『中國名茶品鑒』 山東科學技術出版社

1 │ 최초의 공차貢茶 몽정산의 선차仙茶

― 최초의 식차지植茶地 몽산蒙山의 '몽정차蒙頂茶'

오랜 세월의 풍상 속에서도 빛바래지 않고 중국의 차관과 다인들 사이에서 변함없이 널리 회자되고 있는 유명한 대련對聯 중에는 "양자강중수揚子江中水, 몽정산상차蒙頂山上茶"란 문구가 있다. 이는 천하제일천인 양자강 중령천中泠泉 물과, 몽정산蒙頂山에서 나는 차가 최고임을 극찬하는 말이기도 하지만 또 한편으로 서로 잘 어울리는 최고의 차와 샘물을 일컫는 말이기도 하다.

'몽정蒙頂'은　몽산蒙山의

최초로 차를 재배할 때 오리진이 사용했다던 감로정

몽정산 세계차문화박물관 앞에서(오른쪽 두 번째 필자)

정상을 일컫는 말이다. 몽산은 현재 사천성 성도成都 평원의 서부에 위치하고 있으며 지역은 '명산현名山縣'과 '아안현雅安縣'에 걸쳐 있다. 몽산蒙山에는 기이한 봉우리와 고차수古茶樹들을 곳곳에서 볼 수 있음은 물론 불교사찰 또한 곳곳에 자리 잡고 있다.

몽산은 연 강우량이 많고, 사철 안개가 자욱하고 구름이 많은 기후적 특징 때문에 거의 일 년 내내 온 산이 비와 운무로 뿌옇게 덮여져 있다. '몽산蒙山 : 덮여져 있는 산'이란 산 이름은 바로 이러한 기후적 특징에서 유래되었다. 이는 차를 심고 재배하기엔 더할 나위 없이 천연적인 환경조건을 구비하고 있어 가히 하늘이 내리신 땅이라 해도 전혀 손색이 없는 곳이다. 차를 심고 재배하는 차농茶農이라면 누구나 이곳에 와서 감탄을 금치 못할 뿐만 아니라 이곳 어느 한쪽의 땅에서라도 차를 심고 재배하고 싶은 욕구를 억누르지 못할 것이다.

아주 오래전부터 고대 중국인들은 찻잎을 발견하고 약용藥用으로 쓸 줄 알기 시작하면서부

세계차문화박물관(몽정산)

터 야생차수를 대량으로 채취하였다. 육우陸羽의 『다경茶經』「일지원一之源」에 의하면, 그 당시 찻잎을 채취하는 방법은 "벌이철지伐而掇之" 즉, 낫이나 도끼 혹은 톱 등의 도구를 사용하여 야생차나무의 가지를 쳐서 땅 위에 떨어진 가지에 붙은 찻잎을 줍는 방식이었다. 이에 야생차나무는 점점 감소하고 반면 찻잎의 소비는 점점 증가함에 따라 차나무 또한 다른 기타의 농작물과 같이 사람의 손을 거치게 되는 인공재배가 불가피하게 되었으며 이는 차업茶業의 발전을 촉진시키게 되었다.

사료史料에 의하면 몽산에서 차를 심기 시작한 것은 지금으로부터 약 2,000여 년 전인 서한西漢 때부터였다. 중국 사천성 몽산 일대에 전해져 내려오는 민간 구전에 의하면 서한 감로甘露 : 기원전53년~기원전49년 연간에 감로사甘露寺 승려 보혜선사普慧禪師 오리진吳理眞이 직접 일곱 그루의 차나무를

몽정산 황다원(皇茶園) ― 최초로 황제에게 공차했다는 곳

심었는데 그 품질이 특이하여 사람들은 이를 '선차仙茶'라 부르게 되었다.[1]
몽산 정상에는 '차사박물관茶史博物館' 건너편 산기슭에 정방형의 돌난간으
로 둘러싸여 보호되어 있는 10평 남짓의 비옥한 땅에 일곱 그루의 차나무

선차고향 표석(몽산 정상 입구 매표소앞)

사천성 몽정산 세계차문화박물관 내의 吳理眞과 陸羽 동상

가 심어져 있는 것을 볼 수가
있는데 입구에 '황다원皇茶園'
이란 제명이 새겨져 있다.

몽정차는 당나라 때부터
청나라 때에 이르기까지 약
1,000여년을 '공차貢茶'로 지
정되어 매년 황실에 바쳐졌
다. 이조李肇의 『당국사보唐國史
補』에 "검남劍南 : 지금의 사천성을 중
심으로 한 그 주변에는 몽정석화蒙頂
石花, 소방小方, 산차散茶가 있는
데 몽정석화가 으뜸이다."라
는 기록이 보인다. 모두 몽산
에서 나는 차를 일컫는 말이
다. 매년 황제에게 바쳐지는
공차에는 '정공正貢'과 '배공陪

---

1 이 부분에 대해서는 아직도 고증학적 연구가 진행되어야 할 부분이다. '오리진'이 정말 '보
혜선사'였는지? 그리고 승려가 만든 재배한 차의 이름이 왜? 도교의 상징인 '선(仙)'을 이용
하여 명명하였는지? 현지 사천성에서 출간된 『名山縣文史資料』第二輯에 보면 여기에 대한
의문제기와 논의가 분분하다. 이 부분은 매우 복잡하고 따로 역사적 고증이 필요하기 때문
에 여기서는 일반적으로 알려진 보편적 내용만 서술하였다.

‘貢’ 두 종류가 있다. 황제나 황족이 음용에 바쳐지는 ‘정공正貢’하는 차는 바로 ‘황다원皇茶園’에서 재배된 일곱 그루의 선차仙茶이고, 조정대신이나 귀족들의 음용에 쓰이는 ‘배공陪貢’되는 차는 몽산 오봉五峯의 곳곳에서 나는 찻잎을 채취하여 제다한 것이다.

매년 공차貢茶를 제조할 때엔 몽산다원蒙山茶園에서는 개원開園의 예법과 의례가 엄중하고 성대하게 거행된다. 먼저 길일吉日을 선택하고 모든 이들이 목욕재계하며 ‘찻잎을 따는 승려採茶僧’와 ‘차를 만드는 승려製茶僧’의 역할 분업이 엄격히 구분된다. 이렇게 몽정차는 채다에서 제다에 이르기는 모든 공정에서부터 일반 차와는 현격한 차이와 그 품질에서 월등히 뛰어나기 때문에 역사적으로도 많은 문인文人, 아사雅士들의 아낌없는 극찬과 평가를 받을 수 있었던 것이다. 당대의 시인 백거이는 그의 시에서 “차 중의 고향은 바로 몽산蒙山이로구나茶中故舊是蒙山.” 그리고 당대 여양왕黎陽王은 『몽산백운암다시蒙山白雲巖茶詩』중에서 “만약에 육우로 하여금 공론을 주최하게 한다면, 마땅히 몽정차를 인간제일차라 할 것이다.” 라고 몽정차蒙頂茶에 대해 극찬을 하였다.

역사적으로 볼 때 몽정차의 종류는 매우 많지만, 현재 제대로 회복된 전형적인 몽정차로는 주로 ‘몽정석화蒙頂石花’와 ‘몽정 감로蒙頂甘露’ 두 종류가 있다. 몽정석화는 납작하고 곧은 형태로 ‘불 쬐이기홍배:烘焙’와 덕음초청:炒靑과정을 거친 녹차綠茶이다. 청명清明――우리나라의 우전雨前

蒙頂山정상 입구

과 동일— 전에 어리고 여린 싹일창,一槍을 채취하여 만든 것으로 외형은 납작하고 곧으며 하얀 솜털백호,白毫이 덮여 있다. 그 형상이 마치 산석山石 위에 핀 석화石花와도 같고 맛은 감미롭고 신선하며 여린 맛이다. '몽정감로蒙頂甘露'는 구불구불하게 말린 형태의 초청炒靑녹차이다. 차명을 '감로'라고 명명한 데는 두 가지 이유가 있다. 첫째는 서한西漢 때 선제宣帝 유순劉詢의 '감로甘露 : BC53년~BC50년'연간에 몽산 감로사의 보혜선사 오리진吳理眞이 몽산에다가 최초로 차를 심고 인공 재배하였는데 후인들은 이를 기념하기 위해 당시 연호인 '감로'로 차의 이름을 명명하였다. 범어에서 감로는 시조를 생각하다는 뜻이 있다고 한다 두 번째 이유는 차의 맛이 아주 신선하고 부드러운 것이 마치 감로와 같고 차의 품질이 일반 여타의 차들보다 월등함을 상징한다는 뜻이 담겨져 있기 때문이다. '몽정감로'의 외형은 구불구불 말려 있고 하얀 솜털이 매우 많으며 그 색이 녹색 윤이 난다. 향기는 아주

吳理眞광장

몽정산 황아(黃芽)

몽정산 황아(黃芽) 건엽

몽정산 입구

깔끔하며 맛이 순후하고 감미로우며 싹 잎이 마치 꽃봉오리 같다. 이외에도 황차 종류에 속하는 '몽산 황아黃芽'가 유명한데 이제까지 맛본 다른 지역의 명차와는 그 맛이 참으로 사뭇 달랐던 기억이 아직도 생생하다. "진향무미眞香無味"라 했던가? 그 맛이 순후하면서도 회향하는 맛이 아주 섬세하게 느껴지는 것이 어떤 말로도 참으로 표현하기 어려웠던 기억이 난다.

몽산은 차를 재배하기에 실로 천연의 자연조건을 다 갖추고 있을 뿐만 아니라 몽산다원을 오르는 산 곳곳에 자리하고 있는 여러 불교 고찰들은 과거 오랜 세월 동안 불승들이 몽정차에 미친 영향이 어떠했는가를 짐작케 해주고 있다. 지금도 몽정산 지구사智矩寺의 선승들은 몽산 일대를 포함한 중국 내에서 거행되는 각종 차문화행사는 물론 대외적인 '국제차 문화축제'에도 적극 참가하여 자신들의 '선차禪茶' 다예를 대중들에게 시범하곤 한다.

사천에서 몽정차가 중국 전역으로 명성을 드날릴 때, 강남의 양선陽羨과 고저顧渚에서는 '자쟁차紫箏茶'의 명성이 일시에 전국을 강타하였다. 당시의 상황을 북송 때의 채관부蔡寬夫가 지은 『시화詩話』에서는 다음과 같이 소개하고 있다. "당조唐朝의 차품茶品은 비록 종류가 많으나, 역시 촉차蜀茶를 중히 여기었다. 그러나 오직 호주湖州의 '자쟁차'만이 입공入貢하였다. 매년 청명淸明일에 공차貢茶가 도착하면, 먼저 종묘에 바치고, 그런 후에 측근 신하들에게 나누어 하사하였다. 자생은 고저에서 생산되는데, 고저는 호주湖州와 상주常州의 경계 사이에 있다.”[2]

  ‘자쟁차紫笋茶’은 절강성 장흥현長興縣[3] 고저산顧渚山에서 생산되기 때문에 ‘고저자쟁顧渚紫笋’ 혹은 ‘호주자쟁湖州紫笋’이라고도 하며, 위의 시화에서 소개됐듯이 중국의 유명한 공차貢茶[4] 중에서도 상등품에 속한다. 절강 장흥의 ‘고저산’은 현재의 강소성 의흥[5]의 차산지와 맞물려서 경계를 이루고 있어, 두 지역은 서로 생산하는 차를 분별하기 위해 각각 ‘자쟁차紫笋茶’와 ‘양선차陽羨茶’로 구분하여 생산하였지만, 모두 진품 중의 진품들이다. 그러나 장흥의 ‘자쟁차’는 의흥의 양선차보다 그 품질이 더욱 우수하기 때문에 조정으로 바치는 공차貢茶의 양은 해가 갈수록 증가하게 되었다. 이 때문에 당 대종代宗 대력大曆 5년770년에 호주자사湖州刺史는 공차의 수량을 체계적으로 늘리기 위해 아예 ‘고저산’ 옆 호두암虎頭岩이란 곳에다 ‘공다원貢茶院’을 설치하고 직접 관리를 파견하여 차의 생산을 철저히 감시토록 하였다. 덕종德宗 건중建中 2년781년에 이르자 ‘자쟁차’의 진공進貢 수량은 무려 최고 3000여 근에 달하였다. 그러다 당 무종武宗 회창會昌 연간841~846년에 이르자 진공양은 더욱 증가하여 무려 1만 8천 근에 달하였다. 호주자사는 공차의 품질을 확보하기 위해 매년 입춘이 지나면 곧 산으로 들어가 곡우 때까지 있다가 공차貢茶가 다 만들어진 후에야 산을 내려왔다. 즉 차를 따고, 만들고, 운반에 이르기까지 처음부터 끝까지 모든 공정을 감시 감독하였던 것이다. 황실에서는 또한 매년 처음 1진으로 오는 공차는

---

2 “唐茶品雖多, 亦以蜀茶爲重, 然唯以湖州紫笋入貢. 每歲以淸明日貢到, 先薦宗廟, 然後分賜近臣. 紫笋生顧渚, 在湖常兩境之間.” (陳珲・呂國利, 『中華文化尋踪』에서 재인용)
3 당나라 때 장흥현은 호주부(湖州府 : 현, 호주시) 관할구역에 속했다.
4 공차(貢茶) : 정기적으로 황제가 있는 조정에 조공(朝貢)으로 바치는 차를 말한다.
5 ‘의흥(宜興)’은 당나라 때의 ‘양선(陽羨)’현이었으며 ‘상주(常州)’에 속해 있었다.

자순차공다원(紫筍茶貢茶院) 유적지 비석-고저산(顧渚山)

반드시 청명절 10일 전에 출발, 육로로 빨리 말을 몰아 신속히 운송하여 청명절 전에 경성인 장안長安[6]에 도착하도록 규정하였다. 그래서 이를 일러 일명 '급정차急程茶'[7]라고 부르게 되었는데, 이는 황실에서 청명절 종묘제사 때를 맞추어 사용하기 위함이었다. 절강 장흥에서 장안까지는 거리가 무려 4천 리나 되니, 당대의 교통 조건을 고려해 볼 때 10일 안에 차를 운송한다는 것은 결코 쉬운 일이 아니었을 것이다.

당나라 때 '자쟁차'의 제작은 그야말로 대성황을 이루었다. 찻잎을 따고 차를 만들 때까지 고저산은 차를 따고 만드는 사람들로 북적거려 인산인해를 이루어 마치 대보름 축제같이 시끌벅적했다. 전하는 말에 의하면, 당시 '고저산' 골짜기에서 차를 만드는 제다공인製茶工人들이 무려 1000여 명, 찻잎을 따는 채다공采茶工들이 3만여 명에 달했으며, 이들 총3만 1천여 명이 모두 꼬박 한 달을 매달려 일해야 비로소 '고저차'의 모든 공정을 마칠 수가 있었다고 한다.

고저顧渚의 자쟁차紫箏茶는 그 품질이 매우 우수하여 당대唐代시인 전기錢

___

起는 '여조영다연與趙營茶宴'이란 시에서 "대나무 숲 아래서 자쟁차紫箏茶를 대하고 보니 말이 필요 없네. 도사들이 류하산流霞山 선주仙酒에 취한 것보다 훨씬 뛰어나네."[8]라고 하여 자쟁紫箏이 류하산流霞山의 선주仙酒보다 훨씬 뛰어남을 과찬하였다. 그리고 당시에 호주湖州와 상주常州 관부에서는 고저산 위에다가 두 고을州의 경계에 '경회정境會亭'을 설치하고 매년 차계절만 되면 두 고을의 관원들이 이곳에 모여 '햇차新茶'를 맛보곤 하였다. 당대 대시인이었던 백거이白居易가 소주蘇州의 관리로 있을 때, '경회정' 다연에 보냈던 한 수의 시에는 그때의 상황이 잘 묘사되어 있다.

"멀리 밤중에 다산茶山에서 경회境會 다연茶宴하는 소리 들리네. 진주·비취 아름다이 단장한 여인들의 노랫소리와 반주소리 온몸을 휘감네. 차반茶盤 아래는 비록 두 고을의 경계로 나누어지지만, 등불아래에선 두 고을의 사람들 너나없이 모두 한 가족처럼 차를 마시네. 아리따운 아가씨들 연이어 춤을 추니 어느 누가 더 잘 추나? '자쟁차'와 '양선차'는 또 어느 것이 더 맛있을까? 지금쯤 '경회정'에선 다연이 열리고 있건만, 나는 북당北堂 창가에서 치료할 약이나 기다리고 있으니 절로 한탄스럽구나."[9]

이 시는 당시 '경회정'에서의 다연이 성황盛況을 이루고 있던 당시 상황을 잘 묘술描述했을 뿐만 아니라, 낙마落馬로 허리를 다쳐 '경회정' 다연에 참가할 기회를 잃어버린 안타까운 자신의 심정을 토로한 시이다.

고저차顧渚茶는 당나라 광덕廣德 연간763~764년에서부터 진공進貢하기 시작해서, 명나라 홍무 8년에 파공罷貢될 때까지 전후 600여 년 동안이나 진공

---

8 "竹下忘言對紫茶, 全勝羽客醉流霞." 전문(全文)내용은 庄昭『茶詩三百首』참조
9 唐·白居易『夜聞賈常州崔湖州茶山境會想羨歡宴因寄此詩』: "遙聞境會茶山夜, 珠翠歌鐘俱繞身. 盤下中分兩州 界, 燈前合作一家春. 青娥遞舞應爭妙, 紫箏齊嘗各鬪新. 自嘆花時北窗下, 蒲黃酒對病眠人." 시 전문의 해석은 庄昭『茶詩三百首』의 주석을 참고하였음.

되었던 차이다.

'자쟁차'는 당나라 때, 증기로 살청殺靑한 후, 빻아서 치는 과정을 거쳐 연자로 밀어서 압착하여 병차餠茶로 만들었다. 송대宋代에는 증청蒸靑하여 연고차硏膏茶[10]로 만든 후, 틀에 넣고 압착하여 용단차龍團茶로 만들었다. 명나라 초, 홍무 연간에는 '용단차'로 만드는 대신 홍초烘炒류의 아차芽茶의 형태로 만들어 공차貢茶하였다.[11] 이때부터 차의 형태는 크게 변하게 되어, 찻잎과 차싹의 크기에 따라 '자쟁紫箏'·'기아旗芽'·'작설' 등의 품급으로 나누어졌으며, 제다製茶면에 있어서도 '증기살청'에서 솥에서 덖어내는 '부초살청釜炒殺靑'으로 바뀌게 되었다. 그러다가 명말·청초에 이르자 '자쟁차'는 점차적으로 사라져, 20세기 40년대에 이르러서는 아예 '고저산' 지역의 차밭들 태반이 황폐화되고 방치되었다. 따라서 '자쟁차'의 생산 또한 멈추게 되었으며 그 방법 또한 실전失傳되었다. 70년대 말에 이르러 '자쟁명차'를 회복하기 시작했으며, 절강성 장흥현 정부는 관계기관과 긴밀한 협조를 통해 '자쟁차'의 제다법의 발굴과 연구에 전력투구하여 마침내 만족할 만한 결과를 얻게 되었다.

고저자쟁의 선엽鮮葉은 지극히 여리고 부드러워 차싹과 잎이 막 전개되는 '일아일엽초전一芽一葉初展'이나 '일아일엽一芽一葉'을 표준으로 삼는다. 500그램의 마른 찻잎을 덖는 데 드는 차싹·잎은 무려 3만 6천여 개나

---

10 연고차(硏膏茶) : 시루에 쪄낸 찻잎을 갈아서 만든 차를 뜻한다. 장순민(張舜民)은 『화만록(畵墁錄)』에 "(당나라) 정원 연간(785~805년)에 건주자사(建州刺史)인 상곤(常袞)이 비로소 찻잎을 찌고 불에 쬐어 말리고 갈아서 연고차라고 하였다."라고 하였다. (金明培 『中國의 茶道』 143쪽에서 재인용)

11 아차(芽茶) : 차의 싹으로 만든 고급 산차(散茶)이다. 산차(散茶)는 병차나 단차처럼 압축시킨 차가 아닌 잎차를 뜻하는 말이다. 명나라 태조 주원장은 병차나 단차의 제작을 금지하고, 모두 불에 쬐이고 볶아내는 홍초(烘炒)류의 산차(散茶)를 만들도록 차법(茶法)을 제정하여 엄격히 실행하였다.

된다. 선엽鮮葉:생잎을 따와서 5~6시간을 펼쳐놓아 수분함량이 72% 정도로 떨어질 때까지 기다렸다가 맑은 향이 날 때 덖어서 만든다. 가공공정은 살청殺靑·초건정형初乾整形·홍배烘焙의 3단계로 이루어진다. 살청은 솥 속에서 진행하며 살청이 골고루 이루어지도록 해야 한다. 살청한 찻잎은 솥에서 꺼낸 후 펼쳐서 식히어 다시 솥에 넣고 덖으며 형태를 잡아야 한다. 끝으로 불에 쬐어 말리는 홍건烘乾을 하게 되는데, 함수량이 5% 정도에 이르면 불에서 내리어 약간 펼쳐서 식힌 후 포장하면 모든 게 끝난다. 이 차는 '반초홍半炒烘' 유형으로 만들었기 때문에, 솥에서 덖어내는 부초釜炒법을 사용할 뿐만 아니라, 또 불에 쬐어 말리는 홍배烘焙법도 함께 사용하여, 외형이 견실하고 또 비교적 완정完整하다. 향기가 진하며 탕색이 깨끗하고 맑다. 차 맛은 상큼하고 순후하며 회감하는 맛이 아주 좋다. 1979년에 고저 자쟁차를 회복하기 위한 제다를 시도한 이래로 서서히 그 명성을 회복하여 정부 부급部級과 성급省級에서 우수한 품질의 명차로 판명 받았다.

3 | 중국의 차도茶都 항주의 용정차龍井茶

1) 용정차의 역사

이미 잘 알려진 바와 같이 중국에는 세계적인 명차名茶가 많기로 유명하다. 그 종류는 적게는 십여 종에서부터 많게는 수십 종류에 달하여 일시에 손으로 꼽기도 어려울 정도이다. 그래서 많은 전문가들 사이에는 어느새 명차의 종류를 간략하여 '중국의 팔대명차八代名茶'니 혹은 '중국의 십대명차十代名茶’니 하는 말들이 교과서적인 전문용어처럼 유행하여 상용되고 있다.

그 외에도 각 시대별로 분류하고 정리하여 ‘무슨 대의 십대 명차名茶’니 ‘어느 대의 십대 공차貢茶’니 하는 등의 수식어로 표현되기도 한다. 이는 모두가 지정된 특정한 차의 우수성을 표현하고 강조하기 위하여 그 서열을 정하거나 혹은 그 범위 안에 포함시킴으로써 그 차의 품질과 명성을 돋보이기 위함일 것이다. 실지로도 이렇게 명차반열에 포함된 차들은 명차로서의 손색이 전혀 없거니와 또한 여기에 포함되지 않은 차일지라도 명차의 반열에 들어도 전혀 손색이 없는 차들이 무수히 많다.

그 분류법이 어떠하든 간에 빠짐없이 상위권에서 자리매김하는 차가 있으니 그것이 바로 ‘용정차龍井茶’이다. 중국을 다녀왔거나 중국차를 즐

항주 대자산 아래 있는 천하 제3천 – 호포천

겨 마시는 우리나라 사람들
에게 들어보거나 마셔본 중
국차에는 무엇이 있냐고 물
으면 백이면 백 모두가 서슴
없이 '오룡차'와 '용정차'를
이야기한다. 그러다가 1990
년대 들어서면서 여기에 하

서호 용정차 건엽

나 더 추가하여 '보이차'도 함께 이야기하고 있다. 그야말로 기가 막힌
분류법이다. 최고로 간단하면서도 가장 광범위하고 포괄적인 분류법이
다. 녹차의 대표가 '용정차'이고 반발효의 대표가 '오룡차'이며 완전발효
의 대표가 '보이차'이고 보면 그 방대한 종류를 가진 중국차의 핵심을
중국인들보다 더 간단명료하게 요약하고 표현할 줄 아는 한국인들의 지
혜가 돋보인다.

용정차는 생각보다 긴 역사를 가지고 있다. 중국 북송 때의 유명한
시인 소식蘇軾 : 소동파蘇東波은 항주의 관리로 가 있을 때, 차에 관심이 많아
항주의 차의 종식種植과 재배에 대한 역사를 고증하고 연구하였다. 소식에
의하면, "남조南朝의 시인 사령운謝靈運이 서호西湖 아래 있는 천축天竺 일대
에서 불경을 번역할 때, 천태산天台山에서 가져온 차나무 씨를 서호西湖에
심고 재배하기 시작했다."고 한다. 이것이 사실이라면 용정차의 기원은
남조시대에서 시작되었다고 볼 수 있으며, 역사적으로는 대략 1,500년이
란 긴 역사를 가지게 된다. 소식蘇軾은 북송을 대표하는 시인이자 사인詞人
이면서 또한 가장 많은 다시茶詩를 남긴 인물로도 유명하기 때문에 그
근거가 충분히 믿을 만한 것으로 보인다.

항주에서 차가 생산된다는 최초의 기록은 당대唐代 육우의 『다경茶經』의

<차의 산지茶之出>에 보인다. 그 기록에는 "항주의 임안현臨安縣과 어잠현於潛縣 구역의 천목산과 서호西湖 안의 '천축天竺'과 '영은靈隱' 두 절에서 차가 생산된다."고 하였다. 그러나 이 시기에는 차의 생산에 있어 그다지 제대로 된 생산규모를 갖추고 있지는 못하였다.

항주의 용정차구가 대략적이나마 차의 생산적 체계와 규모를 갖추게 된 것은 북송 시기에 이르러서이다. 당시 영은사와 하천축下天竺의 향림동香林洞에서 생산되는 '향림차'와 상천축上天竺의 백운봉에서 생산되는 '백운차白雲茶' 그리고 보운산에서 생산되는 보운차寶雲茶 등은 이미 공차貢茶의 반열에 올랐다. ―천축은 원래 고대 인도를 가리키는 말이지만, 여기서는 절강성 항주 서호의 서안西岸에 있는 절 이름이다. 천축사는 비로봉 남쪽의 하천축사와 계류봉 북쪽의 중천축사, 그리고 북고봉 기슭의 상천축사로 나뉜다.

김명배의 『한국의 다서』중에서, 전하는 말에 의하면 북송의 고승 변재辯才법사는 이곳으로 돌아와 은거하였고, 소동파蘇軾 등의 당대當代의 문호들은 사자봉獅子峰 자락의 수성사壽聖寺를 즐겨 찾아와 차를 마시고 용정차를 찬미하는 시를 읊조리곤 하였다고 전한다. '십팔과어다원十八棵御茶園: 황제에게만 바치기 위해 재배되는 18그루의 용정 차나무 밭'의 사자봉 산자락의 절벽바위에는 아직도 소동파가 친필로 쓴 '노용정老龍井'이란 글씨가 석각되어 있다.

용정차는 원대元代에 이르러 그 질

모택동 항주 차밭 시찰(1963년 4월 28일)

량과 품질이 진일보 발전하게 되
었고, 이때부터 '명전明前용정'이
니 '우전雨前용정'이니 하는 등의
품질의 등급이 점점 분류 형성되
기 시작하였다.—명전은 청명淸明
전에 따서 만든 차이고, 우전은
곡우穀雨 전에 따서 만든 찻잎을
가리킨다.

호포천물—장력시험

명대明代에 이르자 용정차龍井茶의 명성은 중국 각지로 점점 더 널리 퍼지
게 되었다. 명나라 가정嘉靖 연간1522-1566년의 『절강변지浙江匾志』에 의하면
"항주 여러 곳에서 생산되는 모든 차는 그 품질이 용정龍井에서 생산되는
것에 미치지 못하며, 용정차는 곡우 전의 여린 싹細芽 중에서도 '일창일기
一槍一旗'를 취해 만들어야만 제대로 된 진품용정차이다. 따라서 그 생산이
적어서 차가 귀할뿐더러 값이 비싸다"고 전한다.

명대의 유명한 품다가品茶家이자 샘물 감별가인 전예형田藝衡은 그의 저
술『자천소품煮泉小品』에서 육우가『다경茶經』<차지출茶之出>에서 항주의
차를 하등품으로 폄하한 대목을 지적하고 말하기를 "홍점鴻漸:육우은 항주
의 천축과 영은사의 차를 하등품으로 차례를 매겼으나, 이는 미처 용홍차
龍泓茶를 몰랐기 때문이다."라고 말하였다.[12] 그리고 이어서 용정차를 찬미
하기를 "『군지郡志』에서는 보운, 향림, 백운 등의 차만을 칭찬하여 놓았
으나, 사실 이 차들은 모두 용홍차龍泓茶:즉, 용정차의 맑은 향기와 뛰어난

---

12 '용홍(龍泓)'은 항주의 명천인 용정(龍井)을 가리키는 말로, 용정차의 이름도 이 우물에서 비
    롯되었다.

맛에는 이르지 못한다."라고 하였다. 『전당현지錢塘縣志』와 『절강통지浙江通志·물산物産』에는 모두 "용정에서 나는 차는 순두부 향이 나며, 색이 맑고 맛이 달아 다른 산山에서 생산된 것과는 사뭇 다르다."라고 기록하고 있다.전당은 지금의 항주시 구역 안에 포함된다.

만력19년1591년 황일정黃一正이 편찬한 『사물감주事物紺珠·차류茶流』에는 중국 각지의 명차 97종을 열거해 놓았는데, 그 중에서 용정차가 21위를 차지하고 있다. 이때부터 용정차는 중국명차로서의 위상을 나날이 더해가며 널리 알려지게 된다.

청대淸代에 이르자 용정차는 마침내 여러 명차들 중에서도 첫손가락에 꼽히는 최고의 명차로 거듭나기 시작한다. 건륭乾隆 연간1736-1795에 건륭황제는 강남을 여섯 차례나 순행을 하였는데, 강남을 순행 중에 네 차례나 용정차구를 찾아서 찻잎을 감상하기도 하고 찻잎을 직접 따기도 하였다. 뿐만 아니라, 품다品茶와 용정차에 관한 부賦와 시詩를 여러 수 지은 것으로도 유명하다. 『우중재유용정雨中再遊龍井』빗속에서 다시 용정을 유람하며라는 시 중에서 "서호풍경미西湖風景美, 용정명차가龍井名茶佳"서호는 풍경이 아름답고, 용정에는 명차가 좋구나. 라는 구절은 차 애호가들이 즐겨 써서 걸어 놓은 차련茶聯으로도 유명하다. 아울러, 건륭은 호공묘胡公廟 앞의 18그루의 차나무를 '어차御茶'로 봉하여 황제에게 헌상토록 하였다.

청나라 말기와 민국 시기로 내려오면서 용정차나무는 사자봉, 용정, 영은, 오운산, 호포, 매가두 등지로 널리 분포되었고, 이에 용정차는 사獅, 용龍, 운雲, 호虎 등의 여러 종류로 나누어지게 되었고, 중화인민공화국 이래로는 통칭하여 "서호용정西湖龍井"은 "사봉용정(獅峰龍井", "매가두용정梅家塢龍井", "서호용정西湖龍井" 등 크게 세 품종으로 분류, 등급이 정해지게 된다.

2) 용정차 재배의 생태적 환경조건과 채다의 3대 특징

중국의 다도라고 일컫는 항주에서 생산되는 용정차는 일반적으로 '서호용정西湖龍井' 또는 '서호용정차西湖龍井茶'로 불리어진다. 이는 그 생산지가 대부분 서호西湖 주변을 따라 분포되어 있기 때문이다.

'서호용정차'의 생산지가 대부분 집중되어 있는 사봉산獅峰山, 매가오梅家塢, 옹가산翁家山, 운서雲棲, 호포虎跑, 영은靈隱 등지는 가는 곳마다 숲이 깊고 울창할뿐더러 그 속으로 청죽靑竹이 여기저기서 얼굴을 내밀고 있음을 쉽게 볼 수가 있다. 그래서 대부분의 모든 차밭들은 늘 운무가 감싸고 있으며 녹음이 짙게 덮여 있다.

이곳은 자연적, 지리적, 환경적 어느 측면으로 보나 차 재배에 아주 적합한 생태적 환경조건을 두루 갖추고 있는, 그야말로 천혜의 조건을 갖춘 이상적인 차재배지이다. 뿐만 아니라 멀게는 도시를 감싸고 흐르는 절강浙江과 가까이는 도시 안을 출렁이는 서호西湖가 미치는 자연적인 영향도 빼놓을 수 없는 타고난 자연조건 중의 하나일 것이다.

이곳의 연평균 온도는 16℃ 정도이고 연평균 강우량은 1,500㎜ 정도로 기후와 강우량이 모두 차 재배에 아주 적합하다. 게다가 최상으로 치는 춘차春茶의 계절인 봄에는 늘 안개비로 덮여 있고, 산골짜기에는 계곡물이 마르지 않고 흘러내린다. 토양은 대부분 모래와 진흙의 비율이 적절하게 혼합된 사양토砂壤土로서 우량품질의 용정차를 생산하기에는 그야말로 안성맞춤이다. 이곳 차나무의 품종은 싹잎이 부드럽고 연하며, 작고 세밀할 뿐만 아니라 아미노산amino acid과 비타민 등 각종의 영양소를 풍부하게 함유하고 있다.

용정차는 그 명성만큼이나 차를 만드는 제다방법에 있어서 다른 차에

항주 중국차엽박물관

비해 그 특징이 두드러질 뿐만이 아니라, 찻잎을 따는 채다採茶 혹 採茶는 과정에서부터 매우 까다로운 3가지 특징을 가지고 있다. 첫째는 찻잎을 따는 시기가 일러야 하고早, 둘째는 여리고 부드러워야 하며嫩,

셋째는 부지런해야 한다. 이상의 3가지 채다의 특징을 좀 더 자세히 살펴보기로 하겠다.

첫째는 차를 따는 시기의 중요성을 말한다. 필자는 이를 천시天時의 중요성으로 재해석하고 싶다. 어느 나라를 막론하고 대저 차를 따는 시기는 각 지역의 기후에 따라 약간씩 달리하지만 거의 대동소이大同小異하다. 용정차는 역대로 일찍 따는 것을 최고로 친다고 했다. 항주 용정차구에서의 차를 따는 가장 이상적인 시기는 24절기 중의 청명淸明을 기점으로 하기 때문에 청명 전前 삼일 동안 따는 것을 최고의 상품으로 친다. 그래서 이곳 차농茶農들은 "청명 전 삼일 일찍 따는 것은 보배요, 청명 후 삼일 늦게 따면 풀이 된다"고 말한다. 명대 전예형田藝衡의 『자천소품煮泉小品』 <의차宜茶>편에도 "삶아서 다리는 황금 찻싹은 곡우穀雨 후의 것은 취하지 않는다."[13]고 하였다. 그래서 용정차는 청명 전에 따서 만든 차를 최고로 치며, 이 시기에 만든 차를 통상 '명전明前'[14]이라 한다. 곡우穀雨

---

13 팽전황금아(烹煎黃金芽), 불취곡우후(不取穀雨後)

전에 따서 만든 차도 품질이 그런대로 좋은 편이며 통칭 '우전雨前'이라 한다. 여기서 한 가지 주의할 점은 우리나라에서는 '우전'을 최고로 치는데, 이것은 중국과 한국의 차 재배환경에 있어 기후적, 지형적인 차이로 인해 찻잎을 따는 채적採摘시기를 약간 달리할 뿐이지 별 다른 의미가 없다.

둘째는 차싹을 채적할 때 따야 할 차싹의 선별기준을 의미한다. 즉, 여리고 부드러운 찻싹을 잘 선별하여 온전하게 따서 만든 용정차는 그 상품적 가치를 높게 유지할 수 있기 때문이다. 대저 용정차는 채적하는 찻잎의 형태에 따라 다시 연심蓮心, 기창旗槍, 작설雀舌 등의 3가지로 분류하여 상품적 가치를 판단할 수 있는데, 이 방법은 모든 차에 공식처럼 적용되는 방법이기도 하다.

ㄱ '연심蓮心'은 봄에 차나무 맨 윗부분 끝에 뾰족하게 움터 오른 여리고 부드러운 첫싹으로 만든 것이다. 그야말로 용정차의 최상급이라 하겠다.

ㄴ '기창旗槍'은 일아일엽一芽一葉의 형태로 즉, 차나무 맨 위의 끝부분에 있는 뾰족하게 움터 오른 차싹과 바로 아래 달려있는 찻잎 하나로 만든 것으로 그 모양이 싹은 창槍처럼 뾰족하고 잎은 깃발旗같다 하여 '기창旗槍' 또는 '일창일기一槍一旗' 이라고 한다.

ㄷ 작설雀舌은 '일아이엽一芽二葉'의 형태 즉, 한 싹에 두 잎이 막 갈라져

---

14 명전(明前) : 이는 채다 시기에 의해 부르는 명칭으로 용정차뿐만 아니라 청명 전에 따서 만든 차를 광범위하게 통칭하여 이르는 말이다.

나오는 것으로 '일창이기—槍二旗'라고도 하며, 그 잎의 형태가 아직 완전히 펴지지 않고 약간 말려 있는 것이 마치 참새 혓바닥 같다고 하여 '작설雀舌'이라 한다. 근거에 의하면 특급 용정차 1근500g[15]을 만드는 데 무려 7~8만 개의 가늘고 여린 부드러운 차싹嫩芽이 쓰인 다고 한다. 좀 더 구체적으로 설명하자면, 특급 용정차를 만드는 데 쓰이는 찻잎은 기본적으로 우선 온전한 형태의 '일아일엽—芽—葉' 이며, 차싹은 찻잎보다 길어야 한다. 또한 차싹과 잎의 전체길이는 약1.5㎝이라야 한다.

셋째의 "부지런해야 한다."는 말은 차농들의 육체적인 근면성을 뜻한 다. 차를 채다하는 계절이 되면 녹색의 차밭이 펼쳐지는 차산茶山 위로 삼삼오오 짝을 지어 차를 따는 아가씨들을 거의 매일 볼 수가 있다. 그녀 들은 모두 차광주리를 어깨에 메거나 또는 허리에 차고 차밭에 올라 마치 닭이 모이를 쪼아 먹듯 오랫동안 숙련된 두 손으로 재빨리 가늘고 여린 용정찻잎만을 따서 광주리에 담는다. 이렇듯 채다하는 계절이 되면 각자 조를 짜서 때에 맞춰 차산에 올라 찻잎을 따는 것은 이미 옛날부터 전해 져 내려오면서 자연스럽게 형성된 그들만의 관습이다. 이상은 다른 차밭 에서도 흔히 볼 수 있는 현상들이다.

그런데 문제는 용정차구의 찻잎을 따는 횟수가 다른 지역의 차밭에서 보다 훨씬 많다는 것이다. 때문에 용정차구의 차농들은 다른 지역의 차농 들에 비해 몇 배는 더 손길이 바빠질 수밖에 없고, 더 부지런해야만 한다. 일반적으로 춘차春茶는 채다 시기의 전반기에는 매일 채다하거나 혹은

---

15 중국은 현재 500g을 1근으로 한다.

하루걸러 채다한다. 그러다가 중후기에 와서는 며칠씩 건너서 한 번씩 채다한다. 근거에 의하면 용정차구에서는 한 해의 전체를 통해 차를 만드는 계절 중에 30여 차례나 채다를 하게 되는데, 이는 정말 부지런하지 않고는 감당하기 어려운 횟수이다.

이상에서 살펴 본 '용정차의 채다采茶 3대 특징'을 필자는 개인적으로 녹차의 채다에 있어서 반드시 준수해야 할 <채다 3대 강령>이라고 정리해 보고 싶다.

용정차 선엽(鮮葉)

3) 용정차의 종류와 등급

중국의 녹차를 대표하는 용정차는 그 명성만큼이나 역사도 깊고, 이에 얽힌 전설도 많을뿐더러 그 제다가 특이한 만큼 그 종류도 또한 복잡하고 다양하며 그 종류에 따라 붙여진 이름도 천태만상이다. 게다가 그 유명세만큼이나 진짜 같은 가짜도 무척이나 많은 중국차 중의 하나이다. 가짜 용정차뿐만이 아니다. '용정차'란 이름에 나타난 '우물 정井'자에서 우리는 용정차가 우물과도 깊은 관련이 있다는 것을 쉬이 짐작할 수 있듯이 항주의 샘물 유적지들은 용정차의 유명세에 일조를 더하고 있다.

그래서 용정차 산지 중의 하나로 유명한 옹가산翁家山에는 원래 없던

'노용정老龍井'이라는 가짜 우물까지 만들어 놓고, 택시기사들을 이용해서 호객행위를 하고 있다. 건륭의 친필이 석각되어 있는 노용정은 너무나 진품 같기에 이곳을 찾는 중국인들조차도 진짜인 줄 알고 기념촬영까지 하는 것은 물론 그 물로 손을 씻고 가짜 노용정 주변의 차장으로 들어가 차를 마시고 사간다.

필자도 이 '노용정'이 원래의 '용정龍井'이라는 택시 기사의 말에 깜빡 속아 정말로 새로운 유적지를 찾았다는 기쁨에 단숨에 달려가 사진도 찍고 그 곳에서 차를 사기도 했다. 옹가산 자체가 전통 용정차 산지의 한곳이니 차야 속아 사지는 않았지만, '노용정'이란 말에 속아 그곳까지 따라가 가짜 용정을 촬영한 걸 생각하면 약간 분통이 치밀기도 했다. 하지만, 이 또한 용정차에 얽힌 새로운 전설의 탄생이니 나름대로 한번쯤 가 볼만한 가치는 있었다고 생각하며 스스로 위안을 가져 본다.

용정차가 다른 녹차와 구별되는 가장 큰 특징은 맛과 향에 앞서 우선 찻잎의 형태이다. 어느 차에서도 볼 수 없는 납작한 편형扁形이라는 것이다. 용정차가 처음 창제될 때부터 편형의 모습을 갖고 있는 것은 아니다. 언제부터 편형의 용정차가 시작되었는지 또 누가 만들기 시작했는지에 대해서는 정확하게 알 길이 없다.

각종 문헌에 의하면, 용정차 또한 여느 차와 마찬가지로 원래는 긴압緊壓된 단차團茶의 형태였으며, 마시는 방법 또한 당대의 팽다법烹茶法과 송대의 점다법點茶法의 단계로 발전하였다. 그러다 명말明末·청초淸初, 대략 1644년쯤에 이르러 비로소 납작한 형태의 편형으로 변형되었다는 게 중국차학계의 잠정적인 정설이다. 이로 미루어 짐작컨대, 용정차의 '편형扁形'의 역사는 대략 3,400년에 이를 것이라는 것이 중론衆論이다.

(1) 용정차의 등급

서호용정차는 각산지의 다원의 토질과 미세한 기후의 차이, 그리고 각 차농들의 초제炒制 : 볶아내는하는 수준에 따라 각기 다른 품질의 차이와 특징을 보이며 아울러 그 등급이 매겨진다.

청나라 때부터 줄곧 차상들은 서호용정차를 각 산지에 따른 네 곳으로 나누어 각기 다른 명칭으로 구분하여 불렀다. 중국인들은 이를 약칭하여 '사개자호四個字號'라고 한다. 즉, "네 개四個의 글자字로 부른다號."는 뜻이며, 그 네 글자는 바로 '사獅·용龍·운雲·호虎'이다.

① '사獅'자호는 산지가 사자봉獅子峰[16]을 중심으로 호공묘胡公廟, 용정촌龍井村, 기반산棋盤山, 상천축上天竺 등을 포함한다. ② '용龍'자호의 산지는 옹가산翁家山, 양매령楊梅嶺, 만각롱滿覺隴, 백학봉白鶴峰 일대이며, ③ '운雲'자호는 운서雲棲, 오운산五雲山, 매가오梅家塢, 랑당령서琅璫嶺西 등지이고, ④ '호虎'자호는 호포虎跑, 사안정四眼井, 적산부赤山埠, 삼태산三台山 등지를 산지로 한다.

이상의 용정차들은 모두 서호를 중심으로 둘러싸인 여러 산지山地에서 생산되므로 '본산용정本山龍井'이라 부르며 최상급의 용정차이다. 그 다음 등급으로는 서호 부근 평지에서 생산되는 용정차로서 이를 '호지용정湖地龍井'이라 한다. 맨 마지막 등급은 서호 인근 지방에서 생산되는 모든 용정차를 가리켜 '사향용정四鄉龍井'이라 한다.

그 후, 근현대로 접어들면서 차업이 번성함에 따라 서호의 정통 용정차 산지 외에도 절강성 여러 차산지에서 서호용정차를 모방한 용정차가 대

---

16 사자봉(獅子峰) : 간칭하여 사봉산(獅峰山)이라 한다. 현지에서 말하는 '사봉산 용정차'는 바로 '사(獅)'자호이다.

량으로 생산되기 시작하였는데, 현지인들은 이를 가리켜 속칭 '절강용정차'라고 하여 최하급 또는 가짜 용정차로 취급한다.

1932년 『중국실업지』의 통계조사자료에 의하면 전후戰後 절강성에서 생산된 차엽은 총 21,000 톤이고, 녹차가 차지하는 생산량은 총 18,500 톤이었으며, 사봉, 용정, 매가오 일대에서 생산된 정통 용정차는 적게는 25톤에서 많게는 60~65톤에 불과했다. 반대로 인근 지역에서 '용정차'로 사칭하여 생산된 가짜 용정차는 무려 3,750톤에 이르렀다.

(2) 용정차 등급의 표준안

당시는 용정차의 등급을 매기는 통일된 표준안이 없었기 때문에 당시의 차농들은 찻잎의 발아하는 시점을 기준으로 삼고 차를 따는 합당한 절기를 선택하여 네 단계로 등급을 분류하였다. ㉠ 첫봄頭春에 따는 것은 '연심蓮心'이라 하며 청명에 따며, ㉡ 두 번째 봄二春에 따는 것은 '기창旗槍'이라하며 곡우에 딴다. ㉢ 세 번째 봄三春에 따는 것을 '작설雀舌'이라 하고 입하立夏에 따며, ㉣ 마지막 늦은 봄 네 번째小春 따는 것을 '중아重芽'라고 하며 입하 한 달 뒤에 딴다.

어쨌든 간에 차상들은 차시장에서 용정차를 사고 팔 때 반드시 '사獅, 용龍, 운雲, 호虎'자호의 기준에 따라 용정차를 세밀히 판별하고 또 그에 따라 가격이 천차만별로 매겨지고 있다.

가격의 통일된 일정한 표준이 없이 상인들의 판단에 의해 가격이 좌우되던 용정차는 1949년에 이르러 급기야 국가의 관리를 받게 된다. 이로써 청대부터 줄곧 사용되어 오던 '서호 용정차'의 전통적인 '사개자호四個

字號' 분류법은 중국 정부의 관여에 의해 그 분류법이 다음과 같은 세 종류의 품목三個品類으로 그 분류가 축소 개정된다. 첫째가 '사봉용정獅峰龍井'으로 원래의 '사獅'자호와 '용龍'자호에 해당된다. 둘째는 '매오용정梅塢龍井'으로 이에 해당하는 서호용정 대부분은 원래의 '운雲'자호에 해당한다. 세 번째는 앞에서 거론한 두 종류사봉과 매오를 제외한 그 나머지를 모두 통칭하여 '서호용정西湖龍井'이라 한다. 독자들의 이해를 돕기 위해 다시 표로 그려보면 다음과 같다.

1949년 이후 중화인민공화국에 의해 제정된 서호 용정차의 등급 분류 기준

서호 용정 西湖 龍井	분류삼개품류	해당 내용
	① 사봉용정獅峰龍井	원래의 '사獅'자호와 '용龍'자호에 해당
	② 매오용정梅塢龍井	원래의 '운雲'자호에 해당
	③ 서호용정西湖龍井	사봉과 매오를 제외한 기타 그 나머지를 통칭

그러나 1984년에 국가가 차엽의 판매 관리계획 정책을 취소하고 차업에 대해 민간 자유 경영으로 개방하는 정책으로 전환함에 따라 위의 표준 분류도 서서히 도태되어 버렸다. 그러다가 1995년에 중국정부는 다시 새로운 '서호용정차 구매 통일질량 표준안'이 제정하였다. 새로 제정된 표준안의 의한 최고 등급별 품질의 특징을 보면, 특급은 찻잎의 외형이 편형으로 곧아야 하며, 색택은 연녹색에 윤기를 띤다. 그 향기는 신선하고 부드러우며 맑고 청아하다. 그 맛은 신선하고 상쾌하며 달고도 순하다. 다 우려 마시고 난 엽저葉底[17]는 차의 싹들이 마치 한 떨기 꽃송이를

---

17 엽저(葉底) : 다 우려마시고 난 찻잎을 뜻한다. 차를 품평하는 마지막 단계가 바로 엽저의 상태를 보는 것이다.

따놓은 것 같아야 한다. 만약에 엽저가 부서져 있거나 흩어져 보이면 일단 상급으로 칠 수 없다. 일등급이나 이등급의 특징도 대동소이하나 특급과는 약간의 차이를 보인다. 일단 외형이 편형이며, 색택은 취록翠綠 색을 띠며 향기는 맑고 향긋하다. 맛은 신선하고 깔끔하며 엽저는 가는 차싹이 선명함은 물론 온전하게 나타나야 한다.

중국의 개혁개방 정책 이후에도 줄곧 지금까지 서호용정차는 일반적으로 이상의 전통적 분류법을 기준으로 삼거나 혹은 정부의 표준안에 의해 차의 등급을 매기긴 하나, 차를 농사짓거나 구매하고 판매하는 차농과 차상들 제각각의 판단기준에 따라 그 등급의 기준 또한 각 지역이나 또는 각 차장들마다 약간의 차이를 보이고 있다. 게다가 여기에 얄팍한 상술까지 더해지면 그 기준은 더욱더 애매모호해지기도 한다. 다른 차에

용정촌 18과 어차수

비해 용정차는 특히 진위의 구별이 어렵기도 하거니와, 진정한 용정차의 생산량도 아주 제한적이라서 진짜를 구한다 하더라도 그 가격이 매우 고가이다. 따라서 차를 구매하는 사람들 각자가 나름대로의 판별 기준을 갖고 적당한 가격의 용정차를 구매해서 마시는 수밖에는 달리 도리가 없는 듯하다.

4 | 과일향의 '벽라춘碧螺春'과 애틋한 사랑의 전설

1) 벽라춘碧螺春의 전신前身, '수월차水月茶'

필자가 2006년 월간 『선원禪苑』 7월호에 발표한 「명산名山 명사名寺에서 명차名茶가 난다」편에서 "북송 때에는 강소성 동정산洞庭山 수월원水月院의 산승山僧이 직접 채다하여 제다한 '수월차水月茶'가 있었는데 이것이 바로 그 유명한

과일나무 아래의 벽라춘 차밭(동정산)

'벽라춘碧螺春'이다."[18]라고 한 적이 있다. 벽라춘이 이미 중국10대 명차 중의 하나라는 사실은 이미 많은 이들이 아는 사실이다. 그러나 벽라춘이 불교와 깊은 인연에서 비롯되었다는 사실과 벽라춘의 전신이 수월차라

---

18 한국 선학원(禪學院) 발간의 월간 『선원』 7월호, 박영환 「중국차문화기행(6)> 「이름난 산과 절에서 명차(名茶)가 난다」 54쪽~57쪽

벽라춘 건엽

벽라춘 생엽

벽라춘 차싹

는 사실을 아는 이는 그리 많지가 않을 것이다. 벽라춘을 거론하기에 앞서 벽라춘의 먼 조상 벌 되는 '수월차水月茶'에 대해 먼저 소개하고자 한다.

동정서산洞庭西山[19]에는 오래전부터 민간에서 전래되어 내려오는 다음과 같은 음차민요가 있다. "산이 좋고 좋아, 물이 좋고 좋아. 산에 들어가 한 번 웃으니 온갖 번뇌가 다 사라지네. 사람들은 다들 바삐 왔다 바삐 가네. 차를 몇 잔 마시고서 제 갈 길을 바삐 가네." 그야말로 바쁜 일상 속에서도 차를 마시는 여유만큼은 잃지 않으려는 그들의 넉넉한 모습이 보인다.

『태평청화太平淸話』에 보면 "동정洞庭 소청산小靑山 마을에는 차가 나는데 당송唐宋 때에 공차貢茶[20]로 바쳤다. 마을 아래에는 수월사水月寺가

---

19 동정서산(洞庭西山) : 강소성 오현(吳縣) 태호(太湖)에는 동정산(洞庭山)이 있다. 동정산은 다시 동산(東山)과 서산(西山)으로 나누어진다. 동정동산은 마치 거대한 배가 태호를 가로 질러 뻗은 듯이 있는 반도이고, 동정서산은 태호 가운데에 우뚝 솟아 있는 섬이다.
20 공차(貢茶) : 조정에 정기적으로 공납(貢納)하는 차(茶)

있는데 곧 공다원貢茶院이
다.”라고 하였다. 고로 ‘수
월차’의 명칭은 수월사에
서 유래되었으며, 소청산
에서 나는 차라하여 일명
‘소청차小青茶’라고도 한다.
아울러 중국에서는 수월
차를 가리켜 동정산의 동

벽라춘 차장(동정산 벽라춘 풍경구 안)

산과 서산에서 생산되는 중국의 명차 벽라춘碧螺春의 ‘노조종老祖宗’이라
한다. 즉, 벽라춘의 ‘선조, 조상’이란 뜻이다.

어쨌든 역사가 참으로 오래된 차임을 한 눈에 알 수가 있으리라. ‘음차
문화’의 역사가 당대唐代를 정식 출발점으로 시작하고 있음을 감안해 본
다면 수월차는 참으로 오랜 역사를 가지고 있는 차임에는 틀림이 없다.

수월사는 남북조시기의 양梁나라 무제 대동大同 4년538년에 창건되었으
며, 중국 강남 제일의 명찰임과 동시에 ‘수월관음상水月觀音像’의 발원지이
기도 하다. 수나라 양제의 대업大業 6년610년에 잠시 폐사되었다가 당나라
소종昭宗의 광화光化 연간898년~901년에 산승 지근志勤의 탁발 시주로 다시 중
건되었다.

당나라 애제哀帝의 천우天佑 4년907년에 소주蘇州 자사刺史 조규曹圭가 ‘명월
선원明月禪院’으로 이름하였던 것을 북송 때에 이르러 진종眞宗황제 조항趙恒
: 998~1022년이 ‘수월선사水月禪寺’라 새로이 이름을 하사하여 오늘에 이르렀
다. 수월사水月寺는 불사佛事뿐만이 아니라 역대로 공차貢茶를 바치고 관장
하였기 때문에 일명 ‘수월공다원水月貢茶院’이라고도 한다.

옛 절 경내에는 적지 않은 유명 인사들의 비각이 있는데 당대 소주蘇州

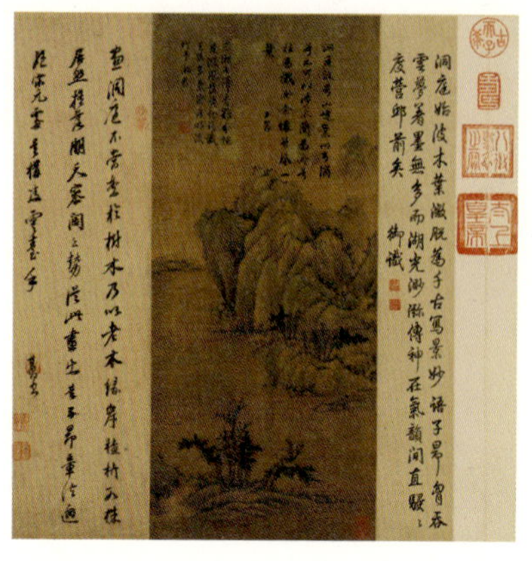
동정산 동산(東山)도(조맹부) - 상해박물관 소장

자사를 지낸 백거이白居易의 시비, 북송 시인 소순흠蘇舜欽의 『소주동정산수월선원기사비蘇州洞庭山水月禪院記事碑』, 송대리평사宋大理評事였던 소자미蘇子美의 『수월선사중흥기비水月禪寺中興記碑』 등이 그것이다. 그 중에 특히 소자미의 수월차水月茶를 노래한 시 한 수가 비석에 새겨져 있어 수많은 후인들의 주목을 끌고 있다.

"만 가지의 소나무는 청산靑山 마을을 뒤덮고, 천 그루 배꽃은 만발하여 흰 구름 뜰白雲園을 이루었네. 무애천無碍泉 샘물로 다린 수월차 향기는 극품을 자랑하고, 정제精製된 소청차小靑茶는 그야말로 으뜸이로세."

2010년 신설된 벽라춘 도매시장

이상에서 보듯이 수월차가 일찍이 당·송 때에 얼마나 많은 문인아사와 고위관직의 귀족층들로부터 호감을 받았는지를 충분히 짐작하고도 남음이 있으리라. 문헌에 의하면 예부터 사원에서는 백 무畝[21]의 경작이 가능한 산지를 소유하고 있었는데 대부분이 차나무와 배나무 및 기타 과실나무 등을 재배하고 있었다.

'소청차'가 조정에 헌납하는 공품貢品으로 지정된 후, 산승들이 이른 봄에 햇차를 만들면 소주부蘇州府에서는 지체함이 없이 관원을 파견하여 빠른 말快馬로 황궁까지 달리어 차를 공납하였는데, 그때마다 매번 수월차는 황제와 백관들의 아낌없는 찬사를 받았다고 한다.

수월차는 녹차로서 명전과 우전으로 구분하여 청명절 이전에 채취한 것을 명전明前, 곡우 이전에 딴 것을 우전雨前이라 하며 대체로 '우전'을 귀하게 여긴다. 수월차 중에서 우전은 특히 사람들에게 차 중의 '묘품妙品'으로 여겨져 그 가격이 실로 혀를 내두를 정도로 높았다 한다. 사료에 의하면 "수월차 우전 한 근 값은 백은白銀 3냥이며, 특히 오吳의 사람들이 귀하게 여기나 결코 구하기가 쉽지 않다."고 전한다.

수월사의 차나무는 대부분 깊은 산골 마을과 산 계곡물 가에서 생장한다. 차나무 주변이 모두 배梨나무와 비파枇杷나무이다. 그래서 과실의 꽃이 필 때면 그 향기가 코를 찌르듯 온몸으로 확 끼쳐온다. 차나무는 바로 이러한 곳에서 진한 과실 꽃향기를 마시며 자라기 때문에 수월차의 맛은 여느 차와는 다르게 유달리 향기롭다.

찻잎을 딸 시기가 되면 산승들은 채다 전에 반드시 목욕재계한 뒤,

---

21 무(畝) : 이랑이나 논, 밭의 면적을 말하며, 옛날에는 5평방 척(尺)을 1평방 보(步)라 하고, 240 평방 보(步)를 1무(畝)라 하였다. 지금 1무(畝)는 6.667아르(a)에 해당함.

넓고 풍덩한 승복을 입고 대광주리 대신 옆구리에 포대를 하나씩 차고 차를 따러 간다. 차를 딸 때는 오직 일아 일엽의 차싹만을 조심스레 가리어 따며, 포대가 다 차면 나머지는 품속에다 담는데, 찻잎이 사람의 체온을 받아 특이한 향기가 나는데, 산사람들은 이를 일러 "사람을 놀라죽이게 하는 향기"라고 한다.

용정차龍井茶가 호포천虎跑泉과 항주의 쌍절雙絶을 이루듯 좋은 차는 좋은 물과 함께 어울려야 제 향기를 뿜낼 수가 있다. 수월차水月茶 역시 수월사 옆의 무애천無碍泉의 물로 다려야 제 맛이 난다고 전한다.[22]

수월사는 현재 폐사되었지만 동정서산洞庭西山 산중에는 아직도 그때의 고령의 오래된 차나무들이 적지 않게 남아있고, 당시 산승들이 수월차를 제다하던 기술도 여전히 민간에서 대대로 끊이지 않고 전승되어 오고 있다.

1699년 청나라 강희제가 남쪽을 순례하다가 소주에 이르러 태호를 유람하던 중 배 위에서 소주 순무巡撫였던 송락宋犖이 뽕나무 껍질로 만든 종이에 포장된 햇차를 꺼내 보이며 "이것은 동정산洞庭山의 명차입니다." 하며 강희제에게 바쳤다. 강희제는 즉시 시종에게 명하여 포장을 뜯게 하였다. 포장을 열자마자 차의 맑은 향기가 강희제의 코를 찌르는 것이 아닌가! 기이하게 여긴 강희제가 자세히 보니 차의 굽은 모양이 마치 소라螺 모양을 하고 있었으며 또 차를 우리니 그 색깔이 푸르기가 마치 녹옥綠玉을 보는 듯했다. 차를 품미品味한 황제는 크게 기뻐하여 연이어 감탄을 금치 못하고는 그 자리에서 바로 "벽라춘碧螺春"이라는 이름을 하

---

22 吳智和『明人飲茶生活文化』圖十五, (臺北,明史硏究小組印行) "虎跑水與龍井茶, 自明代以來卽被視爲絶配"

사하였다. 이때부터 각지의 지방관들은 매년 앞을 다투어 신차를 진공하기 시작하였고, 벽라춘은 이때부터 그 명성을 사해에 떨치며 급기야 중국 십대명차十代名茶의 반열에 오르게 되었다.

2) 재배환경과 채적 및 제다에 이르기까지

(1) 벽라춘 재배의 환경적 특징

벽라춘은 강소성 오현吳縣 태호太湖 동정산洞庭山에서 생산된다. 동정산은 다시 동정동산洞庭東山과 동정서산洞庭西山 으로 나누어지는데 동정동산은 마치 하나의 큰 배가 태호太湖를 향해 몸을 내밀고 들어가는 형상을 띠고 있는 반도半島이며, 동정서산은 태호 가운데 우뚝 솟아 있는 크고 작은 섬들이다.

이 두 산의 기후는 대체로 따뜻하다. 연평균 기온이 15.5~16.5℃이고, 연강우량이 1300~1500㎜이다. 태호의 수면에는 물기가 피어 올라 늘 운무가 그윽하다. 공기가 습윤하고 토양은 미세한 산성酸性 내지는 산성을 나타내고 있다. 게다가 토질이 푸석푸석하여 차나무가 자라는 데 매우 적합하다.

위에서 '벽라춘의 전신 수월차水月茶'에서 언급한 바와 같이 '동정벽라춘'은 다른 차와는 달리 차수茶樹와 과수果樹가 공존하는 특이한 재배환경을 형성하고 있다.

예를 들자면, 이곳의 차나무는 복숭아나무, 배나무, 살구나무, 감나무, 귤나무, 은행나무, 석류나무 등의 과수와 교차하여 심어져 있다.

푸릇푸릇 녹음綠陰이 뚝뚝 떨어질 듯, 한 줄 한 줄 늘어 서 있는 차나무들은 마치 한 폭의 녹색 병풍이 펼쳐진 것 같고, 한 조각조각 짙은 나무그늘로 마치 우산을 쓴 것 같은 과일나무는 눈서리 맞은 듯 꽃잎에 새하얗게 덮여 있어 차나무와 과일나무는 서로 가리어져 보일 듯 말 듯 가을햇살에 더욱 조화롭다.

차나무와 과일나무의 벌어진 가지 끝들은 서로 이어지고, 뿌리의 줄기는 서로 통하여 차는 과일 향을 흡수하고 그 꽃향기는 차 맛을 더해 주니, 자연스레 꽃향기와 과일 맛이 깃들여진 벽라춘이 만들어지는 것이다.

또 명대『다해茶解』에 이르기를 "차밭에는 잡스러운 조잡한 나무들은 적합하지가 않으며, 오직 계화, 매화, 자목련, 백목련, 장미, 청송靑松, 청죽靑竹 등과 같은 종류의 나무 사이에 심어야 눈서리 덮인 듯이 차나무와 서로 가리는 듯하면서도 잘 조화를 이루어 가을빛에 그 모습이 더욱 돋보인다." 하였다. 이상에서 거론한 재배 환경의 특징은 모두 벽라춘의 꽃향기의 흡착 및 과일향의 맛을 자연스럽게 형성하기 위한 것임을 알 수 있겠다.

(2) 벽라춘의 채적採摘 시기

벽라춘은 찻잎을 따고 만드는 데 있어 고도의 기술을 필요로 하고 있다. 벽라춘의 찻잎을 따는 데는 3가지 특징이 있는데, 첫째, 따는 시기가 일러야하며, 둘째는 부드러운 싹이나 잎을 따야 하며, 셋째는 정갈한 것을 가려 따야 한다.

매년 춘분 전후에 따기 시작하며, 곡우 전후에 따는 일을 마쳐야 한다.

벽라춘의 품질에서는 춘분春分에서 청명淸明 때까지 따서 만드는 '명전차明前茶'의 품질을 가장 으뜸으로 친다.

통상적으로 '일아一芽'와 막 펼쳐지려는 '일엽一葉'을 따는데[23], 길이가 1.6~2.0㎝ 되는 차싹을 원료로 사용하며 잎의 형태는 구부러져 마치 참새 혓바닥 같아서 속칭 '작설雀舌'이라고도 한다. 최고급의 벽라춘 500g을 제다하는 데는 대략 6만 8천~7만 4천 개의 차싹이 필요하다. 역사에 의하면, "예전에는 500g의 벽라춘을 만드는 데 무려 9만 개 정도의 차싹이 필요로 했다"고 한다. 이는 현재와는 달리 과거에는 아주 어리고 부드러운 차싹만을 골라서 땄을 뿐만 아니라 그 따는 기술 또한 현재의 일반적 채취기술이나 요령보다 훨씬 뛰어났음을 말해 주고 있는 것이다. 특히 가늘고 부드러운 찻잎에는 아미노산amino acid과 폴리페놀Tea polyphenols : 茶多酚[24]을 풍부하게 함유하고 있다.

채취해 온 차싹과 잎은 반드시 적시適時에 정성을 쏟아 좋은 것을 골라내고 나쁜 것을 가리어 내어야 한다. 즉, 큰 잎과 표준에 부합하지 않은 싹과 잎을 가려서 제거함으로써 싹과 잎이 모두 고르고 일정한 크기에 맞도록 선별하여야 한다.

통상적으로 한 근의 차싹과 찻잎을 선별하는 데 걸리는 시간은 대략 2시간에서 4시간 정도이며, 이렇게 차싹과 찻잎을 선별하는 과정은 신선한 찻잎을 펼쳐놓는 '탄방攤放과정'이기도 하다. 그러므로 이때 차싹과

---

23 차나무의 최상단부의 맨 끝에 솟아 오른 차싹과 바로 그 밑에 달려 막 잎을 펼치려고 하거나 펼쳐져 있는 첫 찻잎을 통상 '일아일엽(一芽一葉)'이라고 하며, 차를 만드는 데 있어 최상급의 재료로 치며, 이를 일러 속칭 '일창일기(一槍一旗)'라고 한다.
24 폴리페놀(polyphenol) : (化) 다가(多價)페놀로써, 동일 분자 내에 수산기(水酸基)를 2개 이상 갖는 페놀. 중국에서는 '차다분(茶多酚)'으로 표기한다.

찻잎 속의 함유물들이 가볍게 산화작용을 일으키게 되며, 벽라춘의 품질에 있어 유리한 작용을 하게 된다.

벽라춘의 채적採摘과 초다炒茶는 일반적으로 하루에 다 이루어진다. 새벽 5시에서 아침 9시까지 찻잎을 따고, 9시에서 오후 3시까지 부적합한 찻잎을 골라내게 된다. 이렇게 정성껏 선별된 찻잎은 오후 3시부터 저녁까지 계속 이어서 덖음炒制 과정을 통해 완성되게 되는데, 이때 주의할 점은 당일 채취한 차싹과 찻잎은 당일 바로 덖어야 하며, 절대 하루를 넘겨서는 안 된다는 것이다.

(3) 벽라춘碧螺春의 제다 공정

벽라춘의 제다 공정의 특징은 손에서 차가 분리되지 않음과 동시에 차는 또한 솥에서 분리되지 않는다는 것이다.

찻잎을 주무르고 비비는 '유념揉捻'과정 중에 덖어 내는 '초제炒制'과정이 이루어지고, 덖는 도중에 유념과정이 이루어져야 한다. 즉, 덖음과 유념이 함께 동시에 결합하여 이루어지도록 두 과정의 조작이 연속적으로 이루어진 뒤, 솥에서 꺼내면 곧 된다. 벽라춘의 주요 공정순서는 살청殺靑, 유념揉捻, 차단현호搓團顯毫, 홍건烘乾 등으로 이루어진다.

① 살청殺靑은 바닥이 평평하게 얕은 솥이나 가운데가 움푹 들어간 솥에서 진행되며, 솥의 온도가 190℃~200℃ 일 때, 찻잎 500그램 정도를 넣고, 양손으로 찻잎을 흔들어 털기 위주의 방법으로 뒤집고 덖기를 약 3~5분 정도에 걸쳐 신속히 진행한다.

벽라춘 炒製(덖음)

벽라춘 炒製(덖음)-3

벽라춘 炒製(덖음)-1

벽라춘 炒製(덖음)-4

벽라춘 炒製(덖음)-2

벽라춘-물에 우려 낸 동정산의 벽라춘

② 유념採捻은 솥의 온도가 70~75℃일 때, 뭉친 찻잎 털어내기, 덖기, 유념의 세 가지 방법을 교체하여 동시에 진행한다. 이 세 가지 과정을 통해서 찻잎의 수분이 감소하며 찻잎의 외형도 서서히 형성된다. 덖을 때 찻잎을 쥘 때는 너무 꽉 쥐거나 지나치게 헐겁지 않도록 알맞게 쥐어야 한다. 너무 헐겁게 잡으면 외형이 제대로 형성되지 못하고, 너무 지나치게 꽉 잡으면 찻잎이 넘쳐 떨어져 나와 솥에 눌어붙어 탄 맛이 생겨남과 동시에 찻잎의 색깔이 검게 변하고, 찻잎의 가닥이 부러져 가루가 되며 하얀 솜털도 부스러져 버린다. 찻잎의 건도가 60~70%에 이르는 시간은 약 10분 동안이며, 계속하여 솥의 온도를 낮추면서 곧바로 '차단현호搓團顯毫' 단계로 전환하게 된다. 이 단계는 총 12분~15분 정도의 시간이 소요된다.

③ 차단현호搓團顯毫 과정은 찻잎의 외형이 소라처럼 돌돌 말린 형태를 갖추고 하얀 솜털이 찻잎의 전신에 덮이게 하는 중요한 공정단계이다. 솥의 온도가 50~60℃일 때, 한편으로 덖고, 한편으로는 양손을 이용하여 힘주어 찻잎 전부를 비비어 여러 덩이의 작은 뭉치가 되게 함과 동시에 불시에 떨어 흩트리기를 수차례 반복하게 된다. 외형이 소라처럼 구불구불한 형체에 이르고 솜털이 나타나면서 거의 80%가 완성되었을 때, 불에 쬐어 말리는 '홍건烘乾'과정으로 들어가게 된다. 이 과정은 총 13~15분 정도가 소요된다.

④ 홍건烘乾단계에서는 부드럽게 유념하고 가볍게 덖는 방법을 사용하여 형태를 고정시킴과 동시에 백호白毫가 계속 나타나게 하고, 수분을 증발시키는 데 그 목적이 있다. 90% 정도 건조됐을 때, 찻잎을 솥에서 꺼내어 뽕나무 껍질로 만든 종이 위에 펼쳐 놓는다. 그 다음에는 찻잎을 펼쳐놓은 종이채로 다시 솥 위에 올려놓고 문화文火[25]로 충분히 건조시킨

다. 이 때 솥의 온도는 30~40℃이며 말린 찻잎의 함수량은 7% 정도이고 걸리는 시간은 6~8분이다. 전체 홍건烘乾단계에서 소요되는 시간은 대략 40분 정도이다.

3) 벽라춘의 품질, 품음 방법, 저장방법

(1) 벽라춘의 품질

벽라춘은 현재 대략 7등급으로 나누어진다. 차싹과 잎이 1등급에서 7등급으로 점차 확대 분류됨과 동시에 오히려 벽라춘의 특징이라 할 수 있는 용모茸毛[26]는 점차 감소하는 추세이다. 청나라 말기, 진균震鈞 : 1857~1918년이 저술한 『차설茶說』에는 "차는 벽라춘을 최고로 치며, 구하기가 쉽지 않은데, 강소성의 천지天池[27]의 것이 바로 그것이다. 그 다음이 용정차이며, 개차芥茶는 약간 거칠며……그 다음은 육안六安의 청자靑者[28]이다."라고 기재하고 있다. 이는 벽라춘이 당시 중국명차 중에서도 최고의 차임을 입증해 주는 역사기록이라 하겠다.

벽라춘의 품질적인 특징을 보면, 매 찻잎의 가닥의 꼬임새가 매우 가늘고 섬세하며, 찻잎의 형태는 소라모양으로 말려있고, 찻잎이 온통 백호로 뒤덮

---

25 문화(文火) : 아주 약한 불을 일컫는 말이다. 반대로 아주 강한 불은 '무화(武火)'라고 한다.
26 용모(茸毛) : 고급차의 일창일기(一槍一旗)에서 흔히 보이는 차싹과 찻잎 뒷면에 나있는 하얀 솜털로써, 일반적으로는 '백호(白毫)'라고 칭함.
27 천지(天池) : 강소성 소주시 서남쪽으로 15km 떨어진 외곽에 있다. 산의 서부 산간과 평지에 움푹 파인 못이 있는데 '천지(天池)'라고 하며, '천지산(天池山)'은 여기에서 유래되었다.
28 육안(六安)의 청자(靑者) : 현재의 육안과편(六安瓜片)을 가리킴.

여 있다. 빛깔은 은백색에 비취색이 은은하게 나타나고, 향기는 진하고 맛은 신선하고 감미로우며 순후하다. 탕색은 투명한 벽록碧綠색을 띠며, 엽저[29]를 보면 밝은 연녹색이 비친다. 이로 인해 중국에서는 벽라춘을 가리켜 '한 싹 또는 한 찻잎에 색과 향과 맛의 세 가지 신선함을 지녔다.'는 뜻으로 '일눈삼선―嫩三鮮' 또는 '일아엽삼선―芽葉三鮮'의 미칭으로 회자되고 있다.

(2) 벽라춘의 품음品飮 방법

중국인들이 고급 벽라춘을 음미하며 마시는 걸 보면 꽤나 흥미롭고 나름대로의 정취情趣를 느끼며 마시는 것을 볼 수가 있다. 우선 깨끗하고 투명한 긴 유리잔에 70~80도 정도의 끓인 물을 채운 뒤, 찻잎을 넣는다. 유리찻잔 속에 들어간 벽라춘은 이내 곧 서서히 가라앉기 시작하고, 순식간에 찻잔 속에서 일어나는 찻잎의 움직임은 보는 이를 매료시키기에 충분하다. 중국인들은 이런 모습을 가리켜 "흰 구름이 소용돌이치고, 눈꽃이 춤추듯 날리는 듯하다."고 묘사한다. 이때 벽라춘의 맑은 향기는 이미 보는 이를 취하게 한다. 중국의 다인들은

벽라춘 차밭

---

29 엽저(葉底) : 차를 마시고 난 뒤, 다 우려낸 찻잎을 차호다관 속에서 꺼내어 놓은 것. 즉, 다 우려 마신 찻잎

이를 '3종의 기관奇觀'이라 하여, 첫째는 눈보라가 구슬을 뿌리는 듯하고, 둘째는 찻잔 바닥이 봄에 물들여지고, 셋째는 수정궁이 신록으로 가득 차는 모습을 감상하며 즐기고 있다. 그 맛을 볼 때, 첫째 잔은 색이 옅고, 향기가 은은하며, 맛이 산뜻하고 고아하다. 둘째 잔은 취록翠綠색을 띠며 향기 그득하고, 맛은 순후하다. 셋째 잔은 푸르고 맑으며, 향기가 진하여 그 맛이 회감回甘하는 즐거움을 느낄 수가 있다. 단, 진한 향기와 맛이 회감하는 오룡차에 입맛이 길들여진 이들은 처음엔 벽라춘의 참맛을 잘 못 느낄 수도 있다.

(3) 벽라춘의 저장방법

벽라춘의 저장방법은 대단히 정교하고 꼼꼼하다. 전통적인 저장방법 은 찻잎을 종이에 싸서 석회덩어리를 싼 포대와 함께 항아리에 저장한다. 저장할 때는 석회덩이의 포대를 밑에 넣고, 종이에 싼 차를 얹는데, 그리 고 다시 그 위에 석회 포대를 얹고, 또 그 위에 차 봉지를 얹는 식으로 항아리에 채워 넣고 뚜껑을 닫고 밀봉하게 하는데, 이는 습기 방지를 위한 전통식 저장방법이다. 그러나 과학의 발달로 현재는 전통의 방식은 점점 사라지고, 현재는 공기 차단을 위해 세 겹으로 된 비닐봉지나 금박 지로 된 봉지로 단단히 묶어서 영상 10℃ 이하의 냉장고에 보관한다. 이렇게 저장한 벽라춘은 다른 녹차류와는 달리 오랫동안 보관하여도 그 색과 향과 맛이 여전히 햇차新茶와도 같으며 그 맛이 신선하고 순후하며 입안에 매우 상쾌함을 준다.

4) 민간 전설 - '벽라춘'에 숨겨진 애틋한 사랑

　벽라춘의 차명茶名의 유래에 대해서는 이미 위에서 거론한 '강희제의 전설' 외에도, 민간에서 전하는 감동적인 전설이 또 하나 있다.

　민간 전설에 의하면, 옛날에 태호太湖의 서동정산에는 부지런하고 착한 아가씨가 홀로 외롭게 살고 있었는데, 그녀의 이름이 바로 '벽라碧羅'였다. 벽라는 아름답고 총명하며 노래하기를 좋아할 뿐만 아니라 게다가 목청 또한 매끄럽고 낭랑하기가 마치 구름이 흐르는 듯 물이 흘러가는 듯하여, 마을 사람들은 모두 그녀의 노랫소리 듣기를 좋아했다.

　그런데, 물을 사이에 두고 마주 바라보이는 동정동산洞庭東山에는 '아상阿祥'이라는 고기잡이 청년이 한 명 살고 있었다. 아상은 사람됨이 용감하고 정직하며 남을 도와주기를 좋아했다. 그래서 동정동산洞庭東山과 동정서산洞庭西山 사방 수 십리 일대에 있는 사람들은 모두 그를 존경하였다. '벽라'의 고운 노랫소리는 늘 태호에서 고기잡이하는 아상의 귓가에까지 들려왔고, 아상은 벽라의 노랫소리에 어느새 마음이 이끌리어 그녀를 흠모하게 되었지만, 만날 길이 없었다.

　그러던 중, 어느 해 이른 봄 하루는 태호에 갑자기 악룡惡龍이 한 마리 나타나 호산湖山에 서리고서, 강제로 사람들에게 서동정

벽라춘 전설도(출처 : 대만의 중국다도)

산에 사당을 짓게 하고 매년 소녀 한 명을 선발하여 바치어 '태호부인'으로 삼게 하였다. 태호의 백성들이 악룡의 요구에 응하지 않자, 악룡은 곧 분노하여 동정서산을 소탕하고 '벽라'를 약탈해 가겠다고 큰소리쳤다.

악룡의 소식을 전해들은 '아상'의 마음속에 곧 불길 같은 분노가 타오르고, 의분을 억누를 길이 없었다. '아상'이 이웃 동네인 동정서산과 '벽라'의 안전을 구하고, 태호의 평화를 위해 심야深夜에 몰래 동정서산으로 헤엄쳐 건너갔다. 동정서산에 도착한 '아상'은 손에 날카로운 무기를 들고 악룡과 싸우기 시작하여 칠일 밤낮을 연속으로 대접전을 벌인 결과 '아상'은 악룡과 함께 모두 중상을 입고 동정호 물가에 드러누웠다. 이웃 마을 사람들이 호숫가에 가보니, 악룡은 없었지만 악룡을 굴복시킨 영웅인 '아상' 자신은 이미 전신에 중상을 입고 피투성이로 쓰러져 있었다. '벽라'는 자신의 목숨과 마을을 구한 '아상'의 은혜에 보답하고자 마을사람들에게 '아상'을 자신의 집으로 데려다 줄 것을 요구했다. '벽라'는 직접 '아상'을 간호하고 치료해 주고 싶었던 것이다. 그러나 '아상'은 상처가 너무 심해 이미 혼절한 상태였다.

하루는 '벽라'가 약초를 찾다가 우연히 '아상'과 악룡이 혈전을 벌였던 곳을 지나게 되었다. 뜻밖에 거기서 가지가 무성한 한 그루의 작은 차나무가 자라있는 것을 발견하게 되었다. '벽라'는 곧 악룡을 물리친 '아상'의 공적을 기리기 위해 이 작은 차나무를 동정산洞庭山에 옮겨 심고 성심을 다해 보살폈다. 때마침 청명절이 막 지난 터이라 그 차나무에는 신선하고 부드러운 싹잎이 돋아나 있었다. '아상'의 몸은 오히려 날이 갈수록 점점 쇠약해져 탕약도 듣지 않았다. '벽라'는 온갖 애를 태우다가 문득 산에 옮겨 심어놓은 '아상'의 선혈로 자란 차나무가 생각났다. 이에 '벽라'는 곧장 산으로 올라가 입으로 차싹을 한 입 물고 내려와 취록청향翠綠淸香의 차탕을 '아상'에게 마시게 했더니 '아상'은 즉시 정신을 차리게 되었다. 그때서야 '벽라'는 '아상'의 굳고 창백한 얼굴에서 처음으로 웃는 모습을 보게 되었다. 그녀의 마음에는 비로소 기쁨과 위안의 행복함이 가득했다. '아상'도 신기해하며 '벽라'에게 물었다. "이것은 어디에서 따온 '선명仙茗'이오?" 그러자 '벽라'는 '아상'에게 사실대로 일러주었다. 그 후로도 '벽라'는 매일 이른 아침에 산에 올라 이슬 머금은 차싹을 입으로 한 재갈 물고 돌아와 차싹을 비비고 말리어 향기로운 차를 우려서 먹이자 '아상'의 몸은 점점 원기를 회복하게 되었다. 그러나 매일 차를 한 재갈씩 물고 내려와 지성으로 '아상'에게 차를 다려 주던 '벽라'는 오히려 점점 원기를 잃어가더니 마침내 초췌하게 죽고 말았다. '아상'은 전혀 생각지도 않게 자신을 구하려다가 아름답고 선량한 '벽라'를 잃게 됨을 크게 비통해하며 이웃 사람들과 함께 '벽라'를 동정산 위의 차나무아래에서 장례를 치르고, '벽라'의 훌륭한 넋을 기리기 위해 이 신기한 차나무를 '벽라차碧螺茶'라 하였다. 후대 사람들은 매년 봄마다 벽라 차나무에서 딴 싹과 잎으로 차를 만들었다 하여 '벽라춘碧螺春'이라 고쳐 부르게 되었다.

5 │ 세계적인 중국의 명차, 오룡차烏龍茶

1) 오룡차의 전설 - 오룡차에 얽힌 검은 뱀의 전설

전설에 의하면 어느 한 농부가 차나무 군茶樹群을 발견하고, 찻잎을 따려고 다가가 보니, 검은 뱀黑蛇이 그 중 한 그루의 차나무를 휘감고 있었다 한다. 농부는 처음에 놀라 뒤로 한 발짝 물러났으나 가만히 살펴보니,

무이산 계곡의 차밭

그 검은 뱀이 사람을 공격할 기미는 전혀 보이지 않았을 뿐 아니라, 농부의 눈에 검은 뱀이 아주 온순하게 보였다. 그래서 농부는 그 검은 뱀이 휘감고 있는 차나무에 조심스레 접근하여 가만히 찻잎을 따기 시작했다. 과연 그 검은 뱀은 농부를 물지 않았을 뿐만 아니라 따온 찻잎으로 차를 만들어 마셔보니 차 맛이茶味 그야말로 일품이었다고 한다. 이 차가 바로 중국차의 대명사代名詞 격인 '오룡차烏龍茶'이다. 중국인들은 본디 뱀을 싫어하고 용龍을 좋아하는 습속이 있기 때문에 검은 뱀黑蛇을 오룡烏龍:검은 용으로 미화美化시키고, 이 차茶를 가리켜 '오룡차烏龍茶'라 이름하게 되었다고 전한다.[30]

---

30 黃墩岩 編著, 『中國茶道』臺北, 暢文出版社, (民國80年)

2) 오룡차烏龍茶의 원조 무이암차武夷岩茶

차茶는 신神이 인간에게 내린 가장 신비의 음료로 커피, 코코아와 더불어 세계 3대 음료로 꼽힌다. 그 중에서도 차가 사람에게 가장 유익하다는 사실은 이미 널리 보편화된 일반적 상식이다. 차는 대저 중국에 기원을 두고 있으며 그 종류만 해도 엄청나게 많을뿐더러 그 종류 만큼이나 품질의 우열優劣과 제다법製茶法에 따라 10대 명차 혹은 6대 명차로 구분되어지기도 하고 또는 분류하는 사람에 따라 그 종류의 대상이 바뀌기도 하고 그 종류가 더욱 복잡해지기도 한다. 위에 거론한 '육대차류'편 참조 그러나 동서양을 막론하고 세계적으로 차를 기호하는 이들에게 가장 널리 알려져 있고, 또 비교적 광범위하고 간단하게 구분 지을 수 있는 세계적인 3대 명차를 꼽는다면, 단연 홍차紅茶와 오룡차烏龍茶 그리고 용정차龍井茶를 꼽을 수 있다.

홍차는 100% 발효차로써 보이차와 더불어 흑차류로 분류되기도 하고, 독립하여 홍차류로 따로 분류하기도 한다. 이에 반해 오룡차는 반발효차로써 청차靑茶류로 분류가 된다. 그리고 용정차는 비발효차로써 녹차류로 분류한다. 필자의 개인적인 견해로 볼 때 이 중에서 가장 제다가 까다로운 것이 오룡차가 아닐까 생각된다. 조금만 더 발효하거나 혹은 조금만 덜 발효해도 제대로 된 오룡차 특유의 향이 나지 않기 때문이다. 즉, 오룡차는 "엽홍양변葉紅鑲邊"푸른 찻잎의 가장자리로 마치 붉은 홍선의 테두리를 두른 듯이 반발효가 고르게 진행되어야 최상급이다. 제다를 하는 차농茶農의 고도로 숙련된 기술이 필요한 것도 바로 이 때문이다.

중국뿐만 아니라 세계에서 가장 널리 알려진 중국의 명차 오룡차烏龍茶의 원산지는 복건성福建省이다. 그러므로 오룡 품종으로 제조된 차는 모두 복건차福建茶의 계열이라 할 수 있다. 문헌에 의하면 모든 차나무茶樹는 본래가 전혀 인공재배 과정을 거치지 않은 야생野生하는 것이었으며, 이들의 품종 또한 모두가 동일종同一種만은 아니었던 것으로 알려졌다.

복건성福建省에서 생산되는 차는 대략 탕색湯色으로 구분하면 홍차紅茶, 녹차綠茶, 청차靑茶, 백차白茶 등의 네 종류로 볼 수가 있다. 그 중에서도 청차와 백차가 가장 특색이 있다. 백차는 송대宋代에서 매우 높은 평가를 받았으나, 현재는 청차가 백차보다 한 수 위에서 그 품질을 인정받고 있다. 복건성의 청차류오룡차류 중에서도 가장 유명한 것은 역시 「무이암차武夷岩茶」이다.

무이암차 건엽(乾葉)

무이암차−대홍포 엽저

무이산은 기암절경이 뛰어난 중국 동남부의 명산중의 명산이다. 그 산수절경이 기이할 뿐만 아니라 기이한 차의 명산지로도 유명한 산이다. 무이암차武夷岩茶는 무이산武夷山의 기암절벽을 뚫고 자라나는데, 무이산은 현재 복건성福建省 무이산시武夷山市 시구역 내에 위치하며, 위도 상으로는 북위 27° 15´, 동경 118° 01´이며 평균 해발 650미터이다. 매년 평균 온도가 18.5℃, 연평균 강우량이 2,000㎜, 평균상대습도가 80%이고 일조기간이 매우 짧아 차의 성장에 매우 적합한 자연조건을 두루 갖추고 있다.

무이산武夷山에는 서른여섯 개의 봉우리가 서로 연결되어 있고, 아흔아

천심암차촌 민간 투다 대회

홉 개의 기암奇巖이 장관을 이룬다. 그 중 최고봉은 삼인봉三仁峰으로서 높이가 해발 700여 미터에 이른다. 구곡계九曲溪가 산골짜기마다 휘감고 흐르고 있어 기암절벽들이 서로 앞을 다퉈 얼굴을 비추니 그 풍경이 그야말로 장관을 이루고 있다.

차의 생산이 가장 번성하던 시기엔 매 봉우리와 매 기암奇巖마다 모두 차창茶廠: 차를 만드는 공장이 있었다고 전한다. 무이산에서 생산되는 차는 그 종류가 다양한 만큼 그 맛의 고저高低가 현저하게 차이를 보이고 있다.

그 생장지生長地에 의해 분류해 보면 대체로 세 종류로 나눌 수가 있다. 첫째, 산봉우리의 암벽에서 채취하여 만든 차를 "암차岩茶"라고 하는데, 이 품종은 맛과 향이 가장 뛰어나기 때문에 "기종奇種"이라고 한다. 둘째, 계곡 주변에서 채취한 차를 "주차洲茶"라고 하는데, 그 맛과 향이 우수하나 암차岩茶보다 약간 뒤떨어진다 하여 "명종名種"이라고 한다. 셋째, 산과 계곡주변 사이에서 채취한 것을 "반암차半岩茶"라고 한다.

무이암차武夷岩茶의 상품에 속하는 기종奇種 중에서도 특히, 높은 기암절벽에 매달려 생장하거나 높은 바위틈에서 생식하는 차나무에서 채엽한 차는 다른 찻잎과 절대 혼합하지 않고, 별도로 그 우수한 특징을 유지하여 제다制茶하는데, 이를 가리켜 "단총기종單叢奇種"이라고 칭한다. 그 품질은 매우 우수하여 "기종奇種"보다는 맛과 향이 월등하다. 뿐만 아니라, 무이암차는 대만臺灣에도 크게 영향을 미치게 된다.

3) 무이암차武夷岩茶의 종류-사대명총四大名欉

　무이암차의 차의 명칭은 각 시대에 따라 약간씩 그 명칭을 달리 표현하기도 했지만, 그러나 상품화된 차에 대한 명칭에 대해서는 여전히 차의 생산지와 품종 그리고 품질을 바탕으로 일정한 규칙에 의해 분류되고 있다.

　대부분은 오랜 습관에 의해 대략 기종奇種과 명종名種으로 구분되어지며 기종은 다시 일반 기종과 단총單欉 기종, 명총名欉 기종으로 구분되어진다. 단총기종을 간칭하여 '단총單欉', 명총기종은 간칭하여 '명총名欉'이라고 한다. 여기서 주의할 점은 '최고의 명총名欉'과 '최하의 명종名種'을 혼동해서는 안 된다는 것이다. 간혹 중국의 다인들 사이에서도 '명총名欉,=명총기종'과 '명종名種'을 혼동하여 기술하는 경우가 있어 많은 초심자들의 혼동을 초래하기도 한다.

　어쨌거나 명총은 무이암차 중에서도 '암차岩茶의 왕'이란 별칭을 갖고 있다. 이러한 명총차들은 품질이 아주 우수하거나 혹은 차나무의 형상이 기이하거나 또는 차가 재배되는 지역의 기이한 특성들로 인해 제각기 특이한 명칭들을 가지고 있다. 명총은 다시 대홍포大紅袍, 철나한鐵羅漢, 백계관白鷄冠, 수금귀手金龜 등의 4가지로 분류된다.

(1) 대홍포大紅袍

　무이명총 중에서도 대홍포의 명성이 단연 으뜸이다. 그중 몇몇 대홍포는 오룡차 중에서도 '차중지성茶中之聖'이란 최고의 명예를 갖고 있을 정도

무이산 구곡계 변의 무이차

이다. 그 명성에 걸맞게 전해지는 전설 또한 많다. 어떤 전설에는 "차가 깎아지른 절벽에 야생하므로 도저히 사람이 올라가 채취할 수 없게 되자 어느 절의 스님이 매년 차를 따는 계절에 산에 있는 원숭이들에게 간식거리를 주어 유혹하여 절벽에 야생하는 찻잎을 따오게 했다."고 한다.

또 다른 전설에는 "차나무의 높이가 무려 33m나 되고, 찻잎의 크기가 사람의 손바닥만하다. 이 차는 좁은 절벽 벼랑 사이에서만 야생하는데, 도저히 사람이 들어갈 수 없을 정도로 좁고 험해 인근 절의 스님이 겨우 바람에 떨어지는 찻잎만을 주워서 차를 만들었는데 백병을 치료할 수 있었다"고 전한다.

현지에서 전해져 내려오는 전설에는 "대홍포는 '바위의 신岩神'이 소유하는 것이라 아무나 차를 딸 수가 없다. 단지 사원의 스님들이 매년 정월 초하루에 분향예배한 뒤, 약간의 차를 부처님께 공양하는 것만 허락된다. 이 차는 스스로 지킬 줄 알기 때문에 사람의 관리가 필요 없다. 만약에 누가 몰래 바위 신의 허락도 없이 차를 딸 경우에는 복통이 생기며, 몰래 딴 찻잎을 버리지 않으면 낫지 않는다. 이 차는 신이 재배한 것이기 때문에 절대 사람이 먼저 볼 수가 없다"고 전해진다. 이는 아마도 무이암차의 명성이 사방에 널리 전해지자 암차를 도둑질하려는 무리가 많이 생겨났던 것 같다. 차의 절도를 방지하기 위해 귀신을 가장 두려워하는 중국인들의 민속성에 착안하여 현지 차농들이 지혜를 모아 짜낸 전설이 아닌가 싶다.

대홍포는 천심암天心岩 구룡과九龍窠의 고암高岩 절벽 위에서 자란다. 양쪽의 절벽은 하늘 높이 치솟아 마주하고 있어 일조시간이 길지가 않고, 기온의 변동이 그리 크지 않다. 게다가 공교롭게도 바위 위에서는 일 년 내내 아주 가늘고 작은 샘물이 바위 틈 사이로 졸졸 흘러내려 차의 야생지를 촉촉이 적셔주고 있다는 것이다. 더군다나 이 졸졸 흐르는 샘물의 이끼류 등의 풍부한 유기물들이 땅을 더욱 비옥하게 해 주고 있다는 것이다. 어디에도 찾아 볼 수 없는 아주 특이한 이곳의 차수 생장 조건이 대홍포를 더욱더 독특하고 세상에서 유일무이한 기이한 차로 그 명성을 드날리게 하는 것은 아닐까!

옛날에는 대홍포를 채적할 때 반드시 단壇을 세우고 분향예배를 하고 독경讀經한 뒤 특수한 제다기를 사용하여 고도로 훈련된 차사부가 제다를 맡아서 진행했다. 채다와 제다에 관한 문헌기록을 보면, 오전 8시 반에 채다하여 9시 반에 쇄청曬青하고 1시간이 지난 뒤 한차례 비벼 뒤집고 10시 반에 시작하여 15분간을 식힌다. 10시 45분에 위조萎凋실로 옮겨 하루를 재운 뒤, 익일 1시 45분에 덖는다. 요청搖青은 14시간 40분 간에 걸쳐 7차례나 진행된다. 요청搖青이 끝나면 다시 초초初炒, 복초復炒, 초홍初烘, 복홍復烘의 순서로 마무리 짓는다. 이렇게 만들어진 대홍포는 다른 명총과 확연하게 대조를 이루는데, 다른 명총이 7번까지 우리면 그 맛이 담담해지는데 비해 대홍포는 9번을 우려도 여전히 그 원래의 맛이 그대로 유지됨은 물론 계화향桂花香을 동반한다는 게 그 특징이다.

무이암차 투다

무이암차 투다 현장에서 차를 감별하는 고객들

(2) 철나한鐵羅漢

청대 곽백창의 『민산록이閩産錄異』에 의하면 '철나한'은 무이암차 중에서도 '최초의 명총名欉'이다. 이에 대한 전설도 꽤 여러 가지가 전해지기도 한다. 차나무의 생장과 제다법에 대해서는 위에서 언급한 대홍포와 거의 유사하다. 이 차가 명총 중에서 가장 먼저 생겨난 차인 만큼 필자의 판단으로는 이것이 아마도 대홍포의 전신이거나 혹은 철나한을 바탕으로 대홍포가 발전되지 않았을까 추정해 본다.

여러 기록에 의하면, 19세기 중엽 혜안현惠安縣 '시집천施集泉'이란 다점茶店에서 무이암차를 경영하였는데, 그 중에서 철나한이 가장 귀하게 대접받았다. 왜냐하면, 철나한은 당시 유행했던 열병熱病의 치료에 뛰어난 효능을 보여주었기 때문이다. 1890년에서 1931년 사이에 혜안현에서 큰 질병이 두 차례 발생한 적이 있는데, 시집천에서 경영하던 '철나한'을 사서 우려 마신 일부분의 환자들은 병이 말끔히 나았다. 그래서 사람들은 집집마다 시집천의 철나

한을 상비약으로 구비하게 되었을
뿐만 아니라, 먼 길을 가거나 바다
로 출항을 할 경우엔 반드시 지니고
나갔다는 기록이 전해지고 있다.

무이암차 투다(엽저를 확인하는 광경)

(3) 백계관白鷄冠

무이암차 포다

'백계관'의 원산지는 혜원암慧苑岩
화염봉火焰峯 아래에 있는 외귀동外鬼
洞이란 곳이다. 그러나 근래에 와서
무이궁武夷宮 뒷산에서 발견됨에 따
라 백계관의 원산지가 이곳이라는
전설도 있다.

'백계관'은 '대홍포'보다도 훨씬 일찍이 명대明代 때부터 그 명성이 사
방에 널리 알려졌다. 전하는 말에 의하면, 당시 어느 한 지부知府가 가족들
을 데리고 무이산을 지나가다가 무이궁武夷宮에서 묵게 되었다. 그때 그의
아들이 갑자기 몹쓸 병에 전염되었는데, 배가 마치 소처럼 부풀었다. 약
을 써서 치료해 보았으나 백가지 양약이 무효하였다. 그때 절의 한 스님
이 조그마한 찻잔에 차를 한 잔 가지고 와서 바쳤는데, 지부知府가 마셔보
니 그 맛이 아주 특이하게 좋았다. 마시다 남은 차를 병든 아들에게 먹였
더니 병이 씻은 듯이 나았다고 한다. 그래서 스님에게 무슨 차냐고 물었
더니, 스님이 "백계관白鷄冠입니다."라고 하였다. 지부가 '백계관'을 곧장
황제에게 진상하였더니, 황제가 이를 맛보고는 크게 기뻐하며 곧 칙령을

내리어 그 절의 스님으로 하여금 그 차나무를 잘 지키게 하였다. 그리고 매년 은銀 100냥과 곡식 40석을 하사하였다. 아울러 매년 이 차를 만들어 진공하여 '어차御茶'에 충당하도록 하였다.

앞에서 언급한 바와 같이 '백계관白鷄冠'은 외귀동外鬼洞과 무이궁 뒷산의 2가지 원산지설을 가지고 있으나 두 곳에서 생장하는 차나무의 형태가 거의 흡사하다. 높이가 1.75미터이고 한 나무에서 갈라지는 가지가 꽤 많다. 찻잎이 길쭉하고 원형이며 그 잎의 색은 짙은 녹색과 광택을 공히 띠며 잎이 여리고 얇고 부드러운 것이 특징이다. 백계관의 찻잎 색은 연두색에 약간의 황색을 띤 것과 짙은 녹색의 늙은 잎이 선명하게 양색의 층으로 대조를 이루고 있어 이에 '백계관'이란 명칭이 유래되었다.

대홍포의 고향 무이산 구곡계(九曲溪) 풍광

(4) 수금귀手金龜

  '수금귀'의 원산지는 무이산의 우난갱牛欄坑, 두갈봉杜葛峰 아래의 절벽에
반쯤의 절벽 위에 있는 난곡암蘭谷岩이다. 또 다른 전설에 의하면 "수금귀
는 무이산의 천심사天心寺에 속하는 차로 '두갈봉'이 아니라 '두갈채杜葛寨'
아래에 심었다"고 전한다. 문헌에 의하면 "하루는 큰비가 억수같이 내려
봉우리 정상의 차밭 양쪽 언덕이 무너져 내리는 바람에 차나무가 빗물에
씻기어져 떠내려가다가 '우난갱'의 반암半岩 움푹 파인 곳에 이르러 멈추
었고, 후에 물이 흘러 내려 차나무 곁으로 고랑을 이루고 흘러내리게
되자 난곡산蘭谷山의 산주인은 이에 곧 이곳에 돌을 뚫고 다듬어 계단을
만들고, 그 주위를 돌로 쌓아 올린 뒤, 그 곳에다 흙을 실어다 붓고 배토培
土하여 차나무를 잘 살 수 있도록 하였다."고 전하고 있다. 수금귀는 다른
차와는 좀 특이하게 원산지 소유권 문제가 주로 많이 논쟁거리로 대두되
는 차이다. 실지로 1919년에서 1920년 사이엔 '수금귀'의 원산지의 소유
권 분쟁문제로 인해 뇌석사磊石寺와 천심사天心寺의 업주끼리 소송이 제기
되기도 하였다고 한다. 법원에서 판결하기를 "수금귀의 원산지는 천연적
으로 조성된 것이므로 '난곡蘭谷의 소유'로 해야 마땅하다."라고 판결이
귀결되었다. 그 원산지의 소유권이야 어쨌든 간에 명총名樅은 실로 명차
중의 명차인 것만은 사실이다. 위에서 서술한 네 가지 명총 중에서 필자
가 실제로 마셔 본 종류는 전자 두 종류이며 후자 두 종류는 아직 마셔
볼 기회를 갖지 못했다. 중국의 명차들은 그 명성만큼이나 맛과 향기가
좋을 뿐 아니라 거기에 얽힌 재미난 전설도 무척이나 많이 전해져 내려오
고 있다. 그것이 사실이든 과장이든 또 거짓이든 간에 모두 차의 역사적
배경과 그 문화를 반영하고 있음에는 틀림이 없으며 더 나아가 앞으로

새롭게 개발될 무수히 많은 차들의 맛과 향을 좌우할 뿐만 아니라 차에 담긴 그들의 정신문화를 창신創新해 나가는 디딤돌이 될 것이다.

4) 중국보다 더 세계적인 대만臺灣 오룡차

오룡차가 복건성에서 대만으로 전래된 시기는 청나라 가경嘉慶 연간年間 : 1976~1820년이며, 도광道光 연간年間 : 1820~1850년에 대만에서는 이미 오룡차를 대충 거칠게나마 제작 생산하게 되었다. 이것이 바로 대만에서 최초로 생산된 오룡차이다. 그 후, 대만에서 조제粗製 : 거칠게 제작된 오룡차는 다시 복건성 복주福州로 운반되어져 재차 정제精製과정을 거친 후 시판되었다.

동치同治 4년1865년에 이르자 담수淡水 : 타이뻬이시의 남단을 돌아 대만 북서쪽 바다로 흐르는 강에서는 이미 외국 서방세계와의 무역왕래가 시작되었는데, 오룡차 8만 2천 2십 2근斤이 수출되었다. 이어 동치 8년1869년에는 영국 상인이 대만에서 직접 정제한 오룡차 12만 7천 8백근을 미국으로 직접 수출하였는데 미국 시장에서 크게 환영을 받았다. 청나라 광서光緒 7년1880년에는 무려 542만 8천 5백 5십 3근이나 수출하였다. 이는 당시 최고의 수출량을 기록하였는데, 당시의 오룡차 생산이 얼마나 흥성했는지를 잘 엿볼 수 있는 한 단면이라 하겠다.

이렇게 대만에서 만들어진 오룡차가 서방세계로 대량 수출됨에 따라 원래 철관음과 함께 '청차류반발효차의 통칭'의 한 품종에 불과했던 '오룡차'의 품종명칭은 어느새 '차의 분류'과정에서 '청차류'라는 분류명을 대신해서 반발효차의 '분류명'으로 그 위치를 대신하게 되었다. 그래서 '오룡차'의 의미는 두 가지로 나누어 해석해야 한다는 점을 잊지 말아야 한다.

"첫째, 광의적인 의미로 청차류靑茶類 : 반발효차를 통칭하는 것이고, 두 번째, 협의적인 의미로는 청차류의 차의 한 품종인 오룡차를 의미한다."는 것을 알고 있어야 차의 종류를 구분할 때, 혼돈을 피할 수 있을 것이다.

대만의 차종茶種은 대부분 오룡이 주종을 이루고 있으며, 비교적 유명한 청차靑茶의 대부분은 품종이 좋은 '청심오룡靑心烏龍'으로 제다制茶하고 있다. 대만의 오룡차는 발효정도가 5~10% 정도의 '경발효차'로부터 70% 이상에 이르는 중발효차重醱酵茶에까지 다양하다. 요즘은 젊은 층을 겨냥하여 만들어진 향기 위주의 경발효차가 많이 생산되고 있긴 하지만, 그래도 역시 대만의 오룡차는 70% 이상의 중발효차가 주류를 이루고 있다. 그래서 그 맛과 향은 중후하면서도 회감回甘[31]이 빠르고, 그 향이 오래가는 것이 특징이다. 현재 대만에서는 아직도 고대古代의 제다법을 이용하여 오룡차를 많이 생산하는데, 그야말로 중국 정통의 오룡차를 생산하고 있다. 고급 오룡차는 '일엽일심一葉一心'[32]으로 제작된 차를 최고로 치는데, 찻잎의 외관은 황갈색黃褐色을 띤다. 그리고 찻잎이 부드러울 뿐만 아니라, 그 뒷면에는 흰 털이 솜털처럼 송송히 나 있다. 대만臺灣 말로 속칭 '팽풍차膨風茶'라고도 하는데, 영국인들이나 미국인들은 이를 가리켜 '동방미인차東方美人茶'라고 하기도 한다. 이것이 바로 그 유명한 '백호오룡차白毫烏龍茶'이다.

---

31 회감(回甘) : 차를 마신 후, 차향이 목으로부터 다시 입안으로 되돌아올라 와서 입 안 가득 감도는 단 기운
32 일엽일심(一葉一心) : 맨 끝 싹과 그 싹 밑에 달린 첫잎으로써, 싹은 창과 같고, 그 잎은 창에 달린 깃발 같다고 하여, 일명 '일창일기(一槍一旗)'라고도 한다.

1) 위음魏蔭의 전설

철관음鐵觀音의 원산지는 복건성 안계현安溪縣 서평진西坪鎭이다. 그래서 '철관음'하면 '안계철관음'을 제일 먼저 떠올리게 된다. 철관음은 차나무의 품종명이면서 완성된 제품의 상품명이기도 하지만 오룡차청차,靑茶계열 중에서도 뛰어난 대표적 차이기도 하다. 안계에서 '철관음'이란 차수종茶樹種을 발견하여 재배·육종育種하고, 차의 제품화를 이룬지도 이미 근 300여 년이 되었지만, 실지로 안계에서 차를 심고, 차나무를 재배하고 차를 상품화하여 만들어 마신 역사는 철관음이 발견되기 훨씬 전으로 거슬러 올라가게 되며, 그 역사만 해도 무려 1천여 년이 넘는다. 그래서 안계에서는 종차種茶·제다製茶·음차飮茶에서뿐만 아니라 품다品茶·논차論茶 및 최고의 차를 뽑는 '차왕 겨루기賽茶王'와 음다시吟茶詩·차노래茶歌·차무茶舞 등에 이르기까지 폭넓고 다양한 차문화가 전승되어 내려져 오고 있다.

'철관음'이라는 특이한 차 이름만큼이나 철관음의 유래 또한 재미있는 두 가지 이야기가 전설로 전해져 내려오고 있는데, 하나는 '위음魏蔭설'이고 또 하나는 '왕사양王士讓'에 대한 전설이 있다.

(1) '위음魏蔭'에 대한 전설

청나라 강희제康熙帝에서 건륭제乾隆帝 연간에 이르는 시기에 복건성 안계 서평 요양堯陽 송림두松林頭[33]에 '위음魏蔭 : 1702년~1774년'이라는 차농茶農이 있었는데, 그는 차나무를 심고 재배하였으며 차를 아주 잘 만들었다고 한다. 위음은 불심佛心이 강한 불교신자로서 특히 관세음보살을 신봉하는 자였다. 그는 수십 년 동안을 하루같이 매일 아침저녁으로 항상 자신의 집 거실에 모셔둔 관음불상 전에 삼주三柱[34] 청향淸香을 살라 올리고 동시에 청차淸茶 석 잔을 함께 바치고 일심으로 관세음보살께 기도하였다.

위음정(魏蔭亭)−철관음의 또 다른 위음의 전설이 서린 곳

옹정擁正 3년1725년의 어느 날 밤, 위음魏蔭은 꿈을 꾸었는데 "꿈속에서 호미를 들러 메고 집을 나와 어느 한 계곡 가를 걷다가 절벽바위 틈에 차나무 한 그루가 있는 것을 발견하였다. 가지가 힘차게 뻗어있고 잎이 무성한 것이 멀리서 한 눈에도 탐스럽게 자라 있어 가까이 다가가니 그 차나무에서 난화蘭花 향기가 확 풍기면서 단박에 위음의 호기심을 자극하였다. 위음은 매우 기이하게 여기고 찻잎을 따려고 하는데 갑자기 어디선가 한 무리의 개 짖는 소리가 들려오면서 문득 잠에서 깨어났다." 잠에서 깨어난 위음은 꿈이 하도 기이하여 안타까운 마음으로 꿈속의 기억을

---

33 현재 복건성 안계 서평진(西坪鎭) 송암촌(松岩村)
34 삼주(三柱) 청향(淸香) : 세 줄기 맑은 향을 뜻하는데, 중국인들은 유교·불교·도교 및 민간 신앙을 막론하고 종교나 제사의식에서 향을 올릴 때는 반드시 세 줄기 향을 살라 올리는 습관이 있다.

안계 서평진 차밭 답사(필자)

안계 서평진 차밭의 오래된 고차수

더듬어 보느라 더 이상 잠을 이룰 수가 없었다.

그 다음날 새벽 잠자리에서 일어난 위음은 곧장 호미를 메고 꿈속의 기억을 더듬어 가며 꿈에 본 그곳을 찾아 나섰다. 얼마 찾지 않아 관음륜觀音崙 타석갱打石坑이란 절벽바위에 도착하자 과연 어젯밤 꿈속에서 본 그대로 차나무 한그루가 바위틈을 비집고 자라고 있는 것을 발견하게 되었다. 때마침 바람이 불어와 차나무 가지와 잎이 흔들거리며 마치 위음을 반기는 듯하였다. 위음은 놀랍고도 신기해서 기뻐하며 가까이 다가가 자세히 살펴보니 어젯밤 꿈속에서 본 그 차나무랑 똑같은 모습이었다. 잎이 타원형이고 두터우며, 부드러운 싹이 자홍紫紅을 띠며 잎은 금방이라도 푸른빛이 뚝뚝 떨어질 듯한 것이 보통 차와는 사뭇 다르게 보였다. 위음은 대충 손닿는 대로 찻잎을 따가지고 집으로 돌아와 세심한 정성을 기울여 차를 만들어 우려내었다. 찻잎에 뜨거운 물을 붓자 이내 곧 기이한 향기가 코를 자극하고, 한 입 마셔보니 그 향이 목청 깊숙한 곳에서 회감하더니 정신이 맑아지고 온몸이 날듯이 가벼워졌다. 이에 위음은 뜻밖의 더없이 귀한 보물을 얻은 듯 기뻐하며 어쩔 줄 몰라 하며 한편 마음속으로 "이것이 바로 산차왕山茶王[35]이구나."라고 확신하고

안계－차점포 앞에 나란히 나와 앉아 찻잎을 고르는 여인들(차도광장)

그 차나무를 휘묻이[36]하여 재배하기로 결심을 하였다. 위음은 일단 아무한테도 알리지 않기로 하고, 자신이 발견한 차나무에만 매달려 혼자 오직 휘묻이 번식에 열중하였다. 세심하게 정성을 기울여 휘묻이한 가지가 뿌리를 내리고 싹이 발아하기를 기다린 후, 차 모종을 몇 개의 깨진 가마솥에 흙을 담고 옮겨 심었더니 모종이 모두 튼튼하고 찻잎 또한 파릇파릇하게 돋아났다. 때를 맞춰 찻잎을 따서 차를 만들어보니 차품茶品의 향기가 아주 독특하고 그 품질 또한 아주 독특하였다. 이에 집안의 진귀한 보물로 여겨 찻통 속에 밀봉하여 보관하였다가 귀한 손님이 방문할 때

---

35 산차(山茶) : 일반적으로 야생차나무를 일컫는 말이다. 고로 '산차왕(山茶王)'이란 최고의 야생차를 의미한다.
36 휘묻이(壓條) : 나무의 가지를 휘어 그 한 끝을 땅속에 묻고, 뿌리가 내린 뒤에 그 가지를 잘라 또 다른 한 개체를 만드는 식물의 인공 번식법의 한 가지이다.

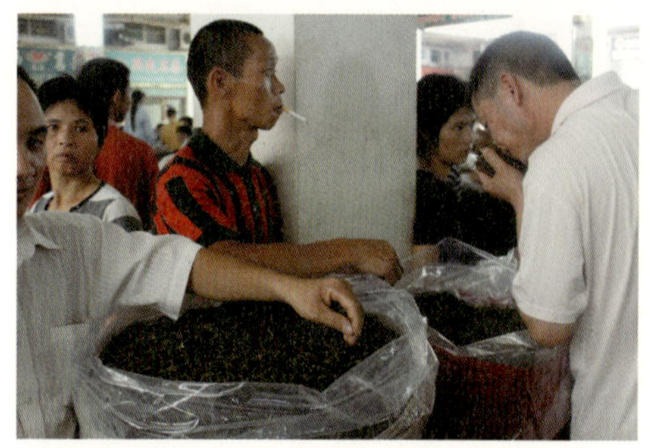

안계 - 찻잎을 고르는 소상인들(차도광장)

안계철관음 개완포다

안계철관음 개완포다 - 차탕

안계철관음의 본산 - 서평진(西坪鎭)

꺼내어 차를 대접하였다. 그러자 이 차를 마셔본 사람들은 모두 이구동성으로 이 차를 가리켜 '차왕茶王'이라고 극찬하였다.

하루는 어느 서당 훈장이 이 차를 마셔보고는 그 맛의 기이함에 놀라 "이 차는 도대체 무슨 차인데 이토록 맛과 향이 독특합니까?"라고 묻자 위음은 꿈을 꾼 일과 그간의 사정을 자세히 설명해 주었다. 그러고는 그 훈장에게 "아직 차 이름을 짓지 못했습니다. 선생께서는 학식이 풍부하고 식견이 넓고 박식하니 이참에 이 차의 이름을 지어 주시지요."라고 청하자 훈장은 이에 잠시 생각하더니 "음~! 이 차는 이왕에 관음보살의 현몽으로 얻은 것이고, 처음부터 차 모종을 가마솥에 심어서 재배한 것이니 '철관음鐵觀音'이라 하는 게 이차에 딱 어울리는 멋진 이름이 될 것 같소"라고 말하자 위음은 그 이름에 흡족해하며 기뻐서 계속 "좋습니다! 좋습니다."라고 탄성을 연발하였다고 한다. 이 후부터 이 차는 '철관음鐵觀音'으로 세상에 널리 알려졌으며 중국의 명차 중의 명차가 되었다.

2) '왕사양王士讓'의 전설

철관음은 앞에서 언급한 '위음魏蔭의 전설' 외에도 또 다른 전설이 있는데 그것은 바로 왕사양王士讓이란 사람에 얽힌 전설이다. 전설에 의하면, 안계 서평西坪 요양堯陽이란 곳에 왕사양이란 선비가 있었다. '요양'은 현재의 서평진西坪鎭 남암촌南岩村이다. 어떤 기록에서는 왕사양王士讓을 '왕사량王士諒'이라고 하며, 청나라 옹정雍正 때 십 년간 부공副貢의 관직을 역임한 바 있다. 그는 평생 동안 기이한 꽃과 풀을 수집하기를 좋아하여 일찍이 요양의 남산南山자락에 서재를 짓고 '남헌南軒'이라 이름붙이고 그 주변에 작은 화원을 일구어 여러 가지 희귀한 꽃과 풀들의 모종을 수집하여 재배하였다.

안계 서평진(西坪鎭) 차밭

왕사양의 전설 유적지(정총 철관음 모수母樹)

왕사양이 관직에 있을

왕사양의 전설 유적지(철관음)

때 청나라 건륭乾隆 원년1736년 봄에 휴가를 내어 고향의 친지들을 방문한 적이 있는데, 그때 고향의 남암산 자락을 유람하다가 우연히 황무지 텃밭 층층이 쌓인 돌 틈 사이로 맑은 향이 간헐적으로 은은히 퍼져 나오는 것을 느끼고 그곳을 자세히 살펴보니 거기에 형태가 아주 독특한 차나무 한 그루가 자라고 있었다. 특이한 차나무를 발견한 왕사양은 몹시 기뻐하며 곧바로 자신의 화원에다 옮겨 심었다. 관심을 갖고 지속적으로 세심하게 관찰해 보니 차나무의 성장 속도가 매우 빠를 뿐 아니라 가지와 찻잎도 다른 차나무에 비해 매우 무성하게 자라나고 있었다.

이듬해 봄이 오자 왕사양은 춘차春茶 채적시기에 맞춰 찻잎을 따고 차를 만들어보니 그 차의 모양이 특이할 뿐만 아니라 냄새가 꽃처럼 향기롭고 맛이 아주 순후醇厚하였다. 그는 속으로 "이 차는 분명히 기이한 차다."라 생각하며 자신이 만든 이 차를 정성을 다해 포장한 뒤 아무도 모르게 깊숙이 보관하였다.

건륭 6년1741년에 왕사양이 황명을 받들어 황제가 있는 북경으로 부임하게 되었다. 이때 그는 자신이 만들어 깊숙이 보관해 두었던 차를 떠나는 길에 함께 가지고 북경으로 가서 예부시랑禮部侍郎으로 있던 방포方苞란 자에게 선물로 주었다. 방포란 자는 원래가 고가의 물건을 잘 식별하기 유명하였는데 그 중에서도 특히 고급 차를 잘 감별할 줄 아는 능력을 가지고 있어 사람들은 그를 '차선茶仙'이라고 부를 정도였다. 방포는 왕사양이 선물한 차의 향기를 맡자마자 곧 비범한 차임을 감지하고 다시 포장을 하여 이내 곧 공품貢品의 형식과 예禮를 갖춰 건륭황제에게 바쳤다.

건륭황제는 평소 차를 무척 좋아하였으며 차를 우릴 때 사용되는 샘물에까지 조예가 깊어 천하를 다 돌아다니며 온 세상의 유명한 샘물의 서열까지도 스스로 직접 정할 정도로 차 애호가이자 다도전문가였다. 건륭은 방포에 의해 공차貢茶로 올라 온 왕사양의 차를 마셔보고는 "진정 '가품佳品'이로구나 !"하고 극찬을 아끼지 않았다. 그리고 즉시 어명을 내려 왕사양을 불러 오게 하였다. 건륭황제가 왕사양을 직접 만나보고는 "이 차는 도대체 어디서 구해 온 차인가?"하고 물었다. 이에 왕사양은 이 차를 발견하고 만들게 된 일련의 과정에 대해 조목조목 아뢰었다.

왕사양의 세심한 보고를 다 듣고 난 건륭은 다시 차를 꺼내어 세심하게 차의 외형을 관찰하였다. 그리고는 손대중으로 찻잎의 외형적 긴밀도와 무게 등을 측량해 보고는 말하기를 "이 차가 발견될 때 마치 관음보살의 모습과도 같이 신비스러웠고 그 무게가 쇠를 든 듯하니 '철관음'이라 이름하되, 발견해서 이 차를 만든 곳이 '남암南岩'이니 이름 앞에 지명 두 자를 덧붙여 '남암철관음'이라 하자."라고 하였다.

이 전설을 결론적으로 요약하면 '안계철관음'은 곧 관세음보살께서 차를 하사하시고, 황제께서 이름을 하사한 차라는 것이다. 이러한 전설적 배경의 영향 때문인지 왠지 철관음을 마실 때면 특유의 난화향蘭花香 운치 위에 또 다른 고풍스러운 운치가 물씬 배어나는 듯하다. 따끈한 철관음 한 잔을 마주하고 찻잔 속에 이는 운무雲霧를 보노라면 산에 있지 않아도 나 자신이 어느덧 운무에 뒤덮인 깊은 산속 계곡을 거닐고 있고, 산사山寺

에 있지 않아도 맑은 청향 찻물 속에서 어느덧 관세음보살을 친견하는 듯하는 착각과 느낌이 들어 지난 업보가 씻어져 내리는 듯 마음이 편안해지는 것이 순간적이지만 잠시 세상풍파의 온갖 시름을 잊어본다.

7 | 차茶의 영웅으로 불리 우는 '기문홍차祁門紅茶'

1) 공부홍차工夫紅茶의 종류

영국 런던 국제차시장에서 '차의 영웅호걸'로 불리 우는 '기문홍차'를 거론하기에 앞서, 먼저 홍차에 대한 전반적이고 기본적인 개념 정립을 위해 홍차의 종류와 구분에 대해 간략히 알아보도록 하겠다.

앞서 <제4장 제다법에 의한 분류>에서 언급한 바와 같이 홍차는 발효차 종류에 속한다. 중국에서 생산되는 홍차의 종류는 비교적 많고, 그 생산지 또한 비교적 광범위하다. 중국의 홍차에는 중국 특유의 '공부홍차工夫紅茶'와 소종小種홍차가 있고, 그 밖에 인도나 스리랑카 등에서 생산되는 홍차와 유사한 종류의 홍쇄차紅碎茶 등이 있다. 그 중에서 '공부홍차'는 중국 특유의 홍차이며 중국의 전통적인 외국서양 수출상품이기도 한다. 차는 중국의 17개 성省 중에서 생산되며, 그 중 12개 성省에서 공부홍차를 생산하고 있다. 공부차의 종류는 대략 '생산지명에 의한 분류', '품종에 의한 분류', '수출방식에 의한 분류', '생산지역별에 의한 분류' 등의 4가지 방법에 의해 구분되어진다.

(1) 생산 지명에 의한 분류

전홍공부滇紅工夫, 기문공부祁門工夫, 녕홍공부寧紅工夫, 의홍공부宜紅工夫, 천홍공부川紅工夫, 호홍공부湖紅工夫, 민홍공부閩紅工夫, 대만공부臺灣工夫, 월홍공부越紅工夫, 강소공부江蘇工夫, 월홍공부粵紅工夫 등이 있는데, 이들은 모두 차 이름에 생산지의 지명이 잘 나타나 있다. 단, 주의해서 볼 것은 과거와 현대의 지명이 공존한다는 것이다. 그래서 과거의 지명을 주의해서 잘 살핀다면 그리 어렵지 않게 구분할 수 있을 것이다.

(2) 품종에 의한 분류

공부홍차의 품종은 '대엽大葉공부'와 '소엽小葉공부' 2가지 종류로 나누어진다.

㉠ '대엽공부차'는 교목喬木이나 반교목半喬木형 차나무의 선엽鮮葉을 원료로 사용한다. 일명 '홍엽紅葉공부'라고도 하며, 대표적인 차로는 '전홍공부滇紅工夫'와 '정화공부政和工夫'가 있다. ㉡ '소엽공부차'는 관목灌木형 소엽종 차나무의 선엽을 원료로 하며, 빛깔이 검어서 일명 '흑엽공부黑葉工夫'라고도 한다. '기문공부'와 '의홍공부'가 그 대표적인 차이다.

(3) 수출방식에 의한 분류

수출방식에 의한 분류에는 호마공부차號碼工夫茶와 원상공부차原箱工夫茶

등의 2종류로 분류된다. '호마號碼: 번호를 의미차'는 중국공부를 일컫는 것이고, '원상차'는 생산지명을 붙여서 표시하는 것으로 예를 들면, '기문공부祁門工夫', '녕홍공부寧紅工夫' 등이다.

(4) 생산지의 지역별에 의한 분류

중국의 차생산지는 크게 지역별로 구분하면 화동공부華東工夫, 중남공부中南工夫, 서남공부西南工夫 등의 3종류로 분류된다. 화동공부의 대표적 홍차로는 '기문홍차祁門紅茶'가 있고, 중남공부의 대표적인 홍차는 '호남공부湖南工夫', 서남공부의 대표적 홍차로는 '전홍공부滇紅工夫'와 '천홍공부川紅工夫' 등이 있다.

중국의 공부차는 대략 1~7등급으로 나누어지며, 홍차의 품질보증을 위해 '전홍공부'와 '기문공부'만 1~7등급으로 분류하고, 기타 공부홍차들은 일반적으로 2등급부터 시작하여 7등급까지로 분류된다. 다시 말해 '전홍공부'와 '기문홍차'에만 1등급을 매길 수 있고, 그 외의 공부홍차에는 아무리 최상급이라 할지라도 2등급부터 매기게 된다. 그만큼 '전홍공부'와 '기문공부'의 품질이 기타의 공부홍차보다 월등하다는 것을 의미하는 것이다.

2) 기문홍차祁門紅茶

기문공부홍차는 중국 전통공부홍차의 진품珍品이며, 생산된 지 이미 백여 년이 넘는 역사를 가지고 있다. 주요 생산지는 안휘성 기문현祁門縣이며, 인접하고 있는 석태石台, 동지東至, 이현黟縣 및 귀지貴池현 등에서도 소량의 생산을 하고 있다. 연생산량은 약 500담擔[37] 정도이다.

문헌에 의하면, 청나라 광서 이전에 기문에서 생산하는 녹차가 있었는데, 품질이 우수하고 제법이 육안녹차六安綠茶와 비슷하여 '안록安綠'이라 하였다. 광서 원년1875에 이현黟縣사람 여간신余干臣이란 자가 복건福建 관리직을 사퇴하고 고향으로 돌아와 장사를 하려고 지덕현知德縣[38] 요도가堯渡街에 차장을 세우고 '민홍閩紅'제법을 모방하여 홍차를 제조하였다. 1876년 여余씨는 '지덕'에서 '기문'으로 옮겨와 서로西路의 력구歷口와 섬리閃里 등지에 차장을 세우고 생산과 구매를 확대하였다. 이어서 남로南路의 귀계貴溪일대에서도 어떤 이가 홍차를 제조하는 데 성공하였다. 차 가격이 높고, 판로가 좋아 사람들은 서로 다투어 차제법을 개조하여 홍차를 만들기 시작했으며, 이로 인해 기문일대에서는 홍차가 상승세를 일으키기 시작하면서 점점 '기문홍차'를 형성되게 되었다. 기문홍차의 창제와 발전에 지대한 공헌을 한 사람으로는 또 꼽을 수 있는 이가 바로 '호원룡胡元龍'이다. 호원룡은 '호앙유胡仰儒'라는 이름으로도 부르는데 기문 남쪽의 귀계貴溪사람이다. 청나라 함풍 연간 이전에 이미 귀계에서 황무지 산 5천여 무畝[39]를 개척하여 차나무를 널리 심었다. 광서 원년과 2년1876년 사이에 녹차 시장이 불황을 맞게 되자, 홍차에 대한 연구에 몰두하였다. 이어서 곧바로 자금을 모아 일순차창日順茶廠을 설립한 뒤, 녹차를 홍차로 개조하는 데 성공하였으며, 직접 각 차밭을 돌아다니며 '홍차개조법'을 교육·

---

37 담(擔) : 용량으로는 1석(石)에 해당하며, 중량으로는 100근에 해당하는 단위이다.
38 지금의 지동현(至東縣)
39 무(畝) : 토지 면적의 단위. 1무는 6000평방 척, 즉 6.667 아르(a)에 해당함

보급하였다.[40]

   '기문'은 자연환경이 우수하기 때문에 찻잎의 품질이 좋을 뿐만 아니라, 제다기법 또한 해가 갈수록 발전하여, 기문홍차만의 독특한 향기로 급기야 홍차에서의 독자적인 영역을 형성하게 되었다. 이때부터 '기홍祁紅'[41]은 당시 중국 내에서 이미 유명하던 민홍閩紅, 녕홍寧紅과 어깨를 나란히 하게 되었다. 기홍의 생산지는 점차적으로 확대되어 기문과 지덕현 외에도 인접한 귀지貴池, 부량浮梁[42]에서도 홍차로 개조하여 제다하게 되었다.

   기홍공부차祁紅工夫茶는 찻잎의 꼬임새가 견고하고 차싹이 좋으며, 외형은 빛깔이 검고 잿빛이 둘러져 있어 '보광寶光'이라고도 한다. 차향은 짙고 오래가며 난꽃 향을 품고 있다. 탕색은 맑은 선홍색이며, 맛은 순후하여 회감이 오래가고, 엽저는 연하고 부드러운 붉은 빛을 띤다. [43]

   기홍은 국제적으로 인도의 '다즐링Dazzling', 스리랑카의 '실론티Ceylon tea'와 더불어 '세계 3대 홍차'이기도 하다. 서양에서는 중국적인 독특한 향기의 기문홍차를 일러 '왕자차王子茶' 또는 '차의 영웅'이라 칭한다. 기문홍차는 우유나 설탕을 타지 않고 순수하게 찻잎만 우려 마시게 되면 더욱더 그 특유의 향미를 제대로 느낄 수 있을 것이다.

---

40 1916年 『農商公報』第2期. 陳宗懋 『중국다경』에서 (재인용)
41 기홍(祁紅) : 기문홍차의 줄임 말이며, '기홍공부차'라고도 한다.
42 부량현(浮梁縣)은 지금의 강서성 '경덕진'시의 문담(蚊潭), 아호(鵝湖) 두 지역에 해당한다. '부량(浮梁)'은 문헌상에서 최초로 차관이 출현한 곳이기도 하다.
43 회감(回甘) : 차를 마신 뒤 입 안에 감도는 단 맛. / 엽저(葉底) : 차를 우려 마시고 난 뒤, 남은 찻잎을 뜻함. 차를 품평하거나 구매 할 때는 반드시 엽저를 보게 되는데, 우려낸 찻잎이 온전하면 대체로 좋은 차라 할 수 있다.

본서의 '제4장 제다법에 의한 분류' 중에서 이미 거론한 '6. 흑차黑茶' 중에서는 보이차가 단연 으뜸이라고 할 수 있다. 운남, 사천, 호남 등 중국의 각 지방에서 나는 여러 종류의 흑차 중에서는 운남의 보이차를 그 대표 주자로 꼽을 수 있다. 또한 보이차는 중국의 수많은 명차 중에서 우리에게 가장 많이 알려진 차 중의 하나이기도 하다.

보이차普洱茶는 육대차류六大茶類의 분류법에서 6번째 종류인 '흑차黑茶'에 속하며 중국의 운남성이 주생산지이다.

1) 보이차普洱茶의 명칭유래에 대한 전설

보이차는 중국의 십대 명차 중의 하나로서 그 역사가 아주 오래된 차이다. 그래서 과거에 많은 사람들은 습관적으로 보이차는 곧 운남차의 대명사로 통칭해 왔다. 더 자세히 말하자면 "운남에서 생산되는 모든 차는 곧 보이차다."라고 인식해 왔다는 것이다.

실지로 보이차의 주요생산지를 살펴보면 운남 창녕현昌寧縣 이남과 란창강瀾滄江의 동서 양안兩岸을 따라서 분포되어 있는데 봉경鳳慶, 임창臨滄, 쌍강雙江, 영덕永德, 맹해勐海, 사모思茅, 경홍景洪 등의 시市와 현縣들이다. 그 중에서도 특히 서쌍판납西雙版納일대에 가장 많이 분포되어 있다.

보이차의 명칭의 유래에 대해서 살펴보면 보이차가 지니고 있는 오랜 역사만큼이나 이에 대한 주장도 여러 가지 설로 난립하여 전하여지고 있는데, 대략 세 가지 정도로 살펴 볼 수가 있겠다.

운남 고차수 채엽 광경

첫 번째, 세간에 전해지는 일설에 의하면, 보이차의 원산지가 바로 사모思茅지구의 보이현普洱縣이기 때문에 그 지명에 의해 보이차普洱茶란 차명茶名이 붙여졌다고 한다. 그러나 이 설은 보이차를 연구하는 많은 학자들로부터 별로 설득력을 얻지 못하고 있다. 왜냐하면 보이차가 어느 특정한 한 지역에만 국한되어 생산되는 것처럼 왜곡되었기 때문이다.

두 번째, 보이차는 역사적으로 볼 때, 과거에는 '육대차산六大茶山'에서 생산되는 대엽종의 찻잎을 원료로 하여 청모차靑毛茶를 제작한 후, 다시 그것을 압제하여 여러 가지 종류의 형태의 긴압차[44]를 제작하게 된 것이다.

당시 보이현普洱縣은 운남성 남부 일대의 무역중심도시였으며 주요 무역시장이었다. 아울러 역대로 운남성 일대의 차엽집산지茶葉集散地였다. 당시 운남 전 지역에서 생산되는 보이차는 모두 이곳에 집결한 뒤, 다시 재가공되어 중국 전역과 외국으로 수출되어 팔려나가게 되었던 것이다. 때문에 자연히 집산지의 명칭을 따서 '보이차普洱茶'로 통칭하여 부르게 되었다는 것이다. 현재 학계에선 이 주장이 가장 타당한 학설로 받아들여지고 있다.

세 번째, 운남 현지 차생산지의 농가들 사이에선 조상 대대로 전해지고 있는 아름다운 전설이 하나 있는데, 바로 '보이차普洱茶'란 이름의 문자에 얽힌 전설적 이야기이다. 약 7세기 무렵 운남의 고대 남조국南詔國 관할의 사모思茅와 서쌍판납西雙版納 일대에 염병이 발생하여 삽시간에 그 일대에 퍼져 무수히 많은 사상자가 발생하게 되었다.

---

44 단단하게 압착(壓着)하여 굳힌 차. 덩어리 차

공과차(貢瓜茶)－항주 차엽박물관 소장

이때, '보현보살普賢菩薩'이 중생을 구제하기 위하여 농부로 화신化身한 뒤, 푸른 잎을 따서 백성들에게 끓여 마시게 하였더니 마침내 전염병이 씻은 듯이 낫게 되었다. 그곳 백성들은 보현보살의 은덕을 감사히 여기고, 이때부터 대엽종 차를 광범위하게 심게 되었다. 아울러 찻잎의 모양이 마치 보현보살의 귀처럼 생겼다 하여 그 이름을 '보이普耳'라고 이름 하게 되었다. 불교에서는 "물이 자비慈悲를 뜻하기 때문에 그 후 사람들이 '귀이耳' 자에다가 다시 '물수氵'자를 합하여 '보이普洱'라고 이름하게 되었다."[45] 라고 전하고 있다. 이 설은 현지의 농민들이 조상 대대로 전해져 내려오는 차를 하늘이 내리신 은혜로운 선물로 감사해 하고 있음은 물론 차에 대한 숭배정신을 잘 반영해 주는 신화적 색채가 강력한 전설이라 하겠다.

2) 중국의 전문가들이 주장하는 '보이차普洱茶 정의'

보이차普洱茶의 정의에 대해서는 학자들 간에 아직은 이렇다 할 정론이 없이 이론異論이 분분하긴 해도 그렇다고 각자가 주장하는 '보이차의 정의'가 터무니없이 다른 것은 아니다. 물론 보는 사람의 관점에 따라 약간

---

45 叶羽晴川 編著 『普洱茶尋源』

차이는 보일지라도, 거의 대동소
이하게 나타나고 있는 것 같다.
필자는 여기서 3권의 보이차에
관한 전문다서를 실례로 들어 그
들 저자들이 어떻게 각자 보이차
를 정의하고 있는 가를 소개해 보
도록 하겠다. 근거를 제시하여 정
의를 하고 있고 또한 그들 모두
보이차에 대한 권위자들이기 때
문에 "어느 것은 틀렸고, 어느 것
은 맞다."라고 흑백논리로 단정
짓기는 매우 위험하다. 다양한 학
설과 주장을 넓게 포용하고 체득

남나산 고차

반장(班章) 보이차

하는 것이 차학의 발전에 있어 더 바람직하다고 생각한다.

(1) 주홍걸周紅杰, 『운남보이차云南普洱茶』의 보이차 정의

이 책에서는 보이차의 정의를 3가지로 나누어 설명하였다.
첫 번째, 보이차는 보이지방에서 생산된 차라는 것이다.[46] 그러나 이

---

46 "보이차가 보이지방에서 생산된다."라는 부분에 대해서는 중국의 학자들 간에 아직도 여전
히 많은 논란을 불러일으키고 있다. 혹자는 "보이현에서는 보이차가 생산되지 않고, 오직
차의 집산지이기 때문에 '보이차'란 명칭이 유래 되었다."고 주장하고, 혹자는 "보이현이 차
의 집산지일 뿐만 아니라 차도 함께 생산했다."고 주장한다. 두 주장이 여전히 팽팽하게 맞

정의는 명明나라 때에 통용되었던 걸로 청나라 옹정雍正 10년1732을 전후하여 발생한 보이지방의 농민반란 진압사건 이후, 전란의 참상으로 보이차의 생산량이 거의 없어지면서 보이차가 보이 지방에서 생산된 차라라고 정의하는 시대는 끝났다.

두 번째, 보이차는 전서滇西와 전서남滇西南에서 생장한 대엽종 차로 만든 '쇄청모차'와 '긴압차통칭, 生茶'[47]를 가리키며, 이러한 차들은 장시간의 저장을 거치면서 '자연후발효차自然後發酵茶'[48]가 되는 것이다.

세 번째, 쇄청모차曬青毛茶가 후발효의 가공처리를 거쳐 만들어진 산차散茶와 긴압차 통칭, 熟茶[49]를 가리키며, 숙차의 판매량의 비중이 크며 널리 보급되었다. 숙차는 찻잎을 채적한 후 살청殺青하여 손으로 비비고 햇볕에 건조하여 '쇄청모차'를 만든다. 그리고 다시 후발효의 공정 단계를 거쳐 숙성차로 만든다.

(2) 추가구鄒家駒, 『만화보이차漫話普洱茶』의 보이차 정의

운남성 '표준계량국'에서는 2003년 2월 보이차의 정의를 "보이차는 운남성의 일정구역 내의 '운남대엽종의 쇄청모차'를 원료로 삼아 '후발효'의 가공을 거쳐 '산차散茶'와 '긴압차緊壓茶'를 만든다."고 공포公布하였

서고 있다.
47 두 번째 정의에서의 '쇄청모차'와 '긴압차'는 모두 통칭 '생차'로 불려진다.
48 여기서 주홍걸이 말한 '자연후발효(自然後發酵)'란 바로 청병(青餅)이 만들어진 과정을 뜻하며, 찻잎자체의 산화에 의한 색변화를 일으킨 후발효(後發酵)가 진행됨을 표현한 용어이다. '미생물 발효'가 아니다.
49 세 번째 정의에서의 '산차'와 '긴압차'는 모두 통칭 '숙차(熟茶)'로 불려진다.

다.

이상에서 공표된 '보이차의 정의'는 세 가지 방면에서 설명한 것이다. 첫째, 운남성의 일정구역 내의 '대엽종차'라는 것이고, 둘째는 햇볕을 사용하여 건조한다는 것이며, 셋째는 후발효의 공정과정을 거친다는 것이다.

(3) 유근진劉勤晋, 『中國普洱茶之科學讀本』의 보이차 정의

2004년 4월 국가농업부에서 반포된 중화인민공화국농업행업표준에 의하면, '보이차'의 정의는 크게 3종류로 나누어진다.

① 보이산차普洱散茶 : 운남대엽종의 차싹과 찻잎을 원료로 삼아 살청과 유념 쇄건 등의 공정 순서를 거쳐 만든 각종의 부드러운 '쇄청모차'를 다시 정형定形, 숙성, 악퇴, 병배拼配, 살균 등을 거쳐 각종 명칭과 등급별의 '보이아차普洱芽茶'와 '급별차級別茶'를 만든다.

② 보이압제차普洱壓制茶 : '보이산차'의 반제품半製品을 각종 등급별로 나누어 시장의 수요에 따라 기계를 사용하여 타차沱茶, 병차餠茶, 전차磚茶, 원차圓茶 등의 형태로 압착하여 만든다.

③ 보이대포차普洱袋泡茶 : 보이산차를 만들다 나온 차 부스러기, 조각, 가루 등을 40개 이상의 바늘구멍이 난 자동계량포장지를 이용하여 포장한 각종 규격의 보이차 티백이다.

(4) 보이차 정의에 대한 결론

이상에서 보듯이 세 사람의 보이차전문가들이 내린 보이차에 대한 정의는 상당히 구체적이고 타당하지만, 문제는 그들이 각각 거론한 세 가지 정의 중에서 세 번째의 발효 부분에서는 분명하지 못한 애매모호曖昧模糊함을 보이고 있다는 것이다. 주홍걸과 추가구, 전자前者 두 사람은 보이차의 정의 세 가지 중에서 "셋째, '후발효의 공정', 또는 '후발효의 가공'을 거친다는 말로 발효 과정을 아주 모호하게 기술하였다. 이 부분이 늘 사람들로 하여금 보이차를 헷갈리게 하는 부분이다.

여기서 두 사람이 말하는 보이차의 '후발효'는 청병靑餠이 오랜 세월을 경과 후 찻잎 자체의 산화에 의해 진행된 '후발효'가 아니다. 주홍걸은 이것을 '자연후발효'란 용어를 사용하고 있다. 그들이 주장한 후발효란 숙차의 완성 조건인 '온도·습도·영양'의 3대 조건을 갖춘 '악퇴渥堆'라는 과정을 거쳐 미생물의 작용에 의해 발효되는 과정인 '미생물발효'를 뜻한다. 만약에 미생물발효를 자꾸만 '후발효'라고 한다면, 청병의 차의 산화에 의해 진행되는 '후발효'와 중복될 것이고, 많은 사람들이 이 부분에서 보이차에 대한 개념이 명확하게 정리되지 않을뿐더러 점점 이해가 어려워질 뿐이다.

세 번째 전문가로 거론한 유기근 교수는 2004년 4월 국가농업부에서 반포된 '중화인민공화국농업행업표준'에 근거하여 정의를 내렸는데, 그나마 '후발효'에 대한 용어를 무분별하게 사용하지는 않았지만, 그 역시 상당히 포괄적인 정의를 내렸다.

세 사람의 정의를 종합하기에 앞서 간단하게 발효에 대한 개념을 도표로 정리해 보기로 하겠다.

구분 발효형태	주홍걸周紅杰	추가구鄒家駒	발효酸酵의 개념
후발효 青餅 : 청병	청병青餅의 '후발효'를 주홍걸은 '자연후발효'라는 용어를 사용하였다.		후발효는 청병이 일정한 긴 세월을 통해 찻잎 자체의 산화에 과정에 의해 진행되며, 그 산화 세월과 상태에 따라 차품이 구분, 결정된다.
미생물발효 熟餅 : 숙병	악퇴의 과정을 거치는 미생물발효를 '후발효後醱酵'라고 정의하였다.	후발효後發酵	온도, 습도, 영양 등의 3대 조건이 갖추어진 악퇴渥堆의 공정과정을 거쳐 미생물에 의해 숙성된 차를 '숙차' 또는 '숙병'이라 한다.

이상에서 서술한 3권의 책과 그 외의 문헌들을 종합해서 정의定義한다면 다음과 같다.

첫째, 보이차는 운남의 서쪽과 서남지역에서 생장한 대엽종 차로 만든 '쇄청모차'와 '긴압차'를 가리키며, 이를 통칭하여 '생차生茶' 또는 '청병青餅'이라고 한다. 이렇게 만들어진 차들은 장시간의 저장을 거치면서 찻잎 자체의 산화가 진행되어 '후발효차後發酵茶'가 되는 것이다.

둘째, 햇볕에 말린 쇄청모차曬青毛茶가 '미생물발효'의 가공처리를 거쳐 만들어진 산차散茶와 긴압차를 가리키며, 이를 통칭 숙차熟茶, 또는 숙병熟餅라고 한다. 숙차의 판매량의 비중이 크며 널리 보급되었다. 숙차는 찻잎을 채적한 후 살청殺青하여 손으로 비비고 햇볕에 건조하여 '쇄청모차'를 만든다. 그리고 다시 '온도, 습도, 영양' 등의 3대 조건을 구비한 악퇴의 미생물발효의 공정 단계를 거쳐 숙성차로 만든다.

3) 보이차의 생산지 - 육대차산六大茶山

　보이차의 생산지에 대해서도 여전히 논란의 여지가 많다. 왜냐하면 보이차를 어떤 이론적 관점에서 정의하느냐에 따라 그 범주가 달라지기 때문이다. 이는 오랜 세월을 보이현에 속해 있다가 근대에 이르러 따로 독립된 지역들이 있기 때문으로, 현지 주민들 간의 약간의 갈등 요소로 인해 적지 않은 문제가 발생된 것 같다. 그러나 이 문제도 약간의 차이는 보일지라도 큰 차이점은 나타나지 않은 듯하다. 다행이도 보이차의 생산과 생산지 등에 관한 기록들이 옛 문헌에 많이 나타나니, 이를 근거로 살펴보도록 하겠다.

　'운남에서 차가 생산된다.'는 최초의 기록은 당나라 의종懿宗 함통咸通 5년서기864년에 번작樊綽이 쓴 『만서蠻書』에서 "차는 은생성銀生城 경계 여러 산에서 난다."[50]라고 기록한 부분이다. 당시 '은생성'은 오늘날의 '서쌍판납西双版納'주와 '사모思茅'시 관할 구역에 속한다. 그리고 청나라 광서光緖 : 1875~1908년 연간에 찬술된 『보이부지普洱府志』의 1, 7, 19권 등에 보면 "보이普洱는 은생부銀生府에 속한다."[51]고 하였다. 위의 기록 중에 보이는 '은생銀生의 여러 산諸山'은 곧 '6대 차산'을 의미한다. 1799년 청나라 단수檀萃가 지은 『전해우형기滇海虞衡記』에서 6대 차산에 대해 상세히 설명하고 있다. "보이는 여섯 차산에서 나오는데, 첫 번째가 유락攸樂, 두 번째가 혁등革豋, 세 번째가 의방倚邦, 네 번째가 망지莽枝, 다섯 번째가 만단蠻端, 여섯 번째가 만살漫撒이다."[52] 또한 『보이부지』에는 "유락攸樂산은 은생부의 남쪽 칠백

50　"茶出銀生城界諸山" 남송(12세기) 때 이석(李石)이 지은 『속박물지(續博物志)』에도 이와 똑같은 기록이 보인다.
51　"普洱古屬銀生府"

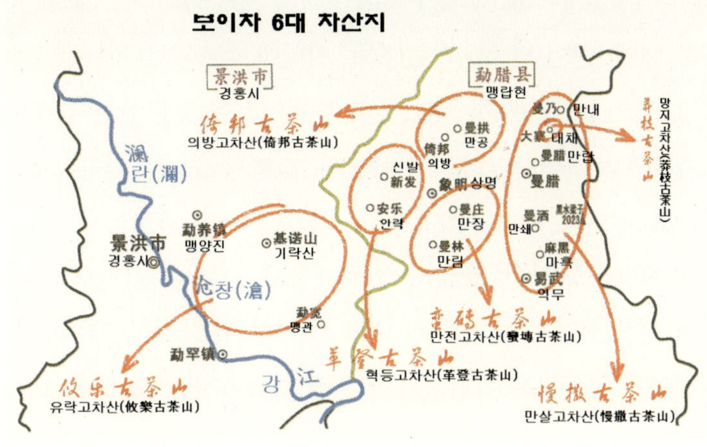

보이차 육대차산(엽우청천편저 - 보이차심원 - 중국경공업출판사) 해석판

오리에 있으며 나중에 가포산加布山과 산습공산山嵽嵲山으로 나누어진다. 망지산은 은생부 남쪽 사백팔십 리에, 혁등산은 은생부 남쪽 사백팔십 리에, 만전蠻磚산은 은생부 남쪽삼백육십리, 의방산은 은생부 남쪽 삼백사십 리에 있으며 이상의 다섯 산은 모두 의방倚邦 토사土司[53]에서 관할한다. 만살산은 곧 역무산易武山이며 은생부 남쪽 오백팔십리에 있고, 역무易武토사에서 관할한다.”고 하였다.

이상의 문헌과 그 외, 기타 자료들을 종합해서 정리하자면,

당나라 때 은생부銀生府는 경동성景東城에 위치하며, 경동景東, 경곡景谷, 진원鎭原, 흑강黑江, 보이普洱, 사모思茅, 강성江城 및 서쌍판납西双版納을 통할하였다.

송나라 때 대리국大理國 시절에는 위초부威楚府:楚雄의 아래에 사모思茅지

---

52 “出普洱所屬六茶山, 一曰攸樂, 二曰革登, 三曰倚邦, 四曰莽枝, 五曰蠻端, 六曰漫撒”
53 토사(土司) : 원,명,청시대의 소수민족의 세습족장(제도)

구, 유라타부_{有羅陀部 : 六順}, 보일부_{步日部 : 보이}, 마룡부_{馬龍部 : 흑강} 등을 두었다.

명나라 때엔 '보이'와 '사모'는 모두 여기에 소속되었다가 청나라 때에 이르자 보이_{普洱}는 보이부_{普洱府}로 승격하고, 그 아래에 삼청_{三廳}, 일현_{一縣}, 일사_{一司}를 두고 관할하였다. 즉, 사모청, 타랑청_{他郎廳 : 흑강}, 위원청_{威遠廳 : 경곡}, 녕이현_{寧洱縣 : 보이}, 차리선위사_{車里宣慰司 : 서쌍판납} 등을 관할하게 되었다. 그리고 6대 차산_{茶山}을 사모청의 경계에 포함시키고 보이차 생산의 핵심지구로 지정하였다.[54] 현재 6대 차산 중에서는 역무_{易武}의 차생산량이 여전히 제일 많다. 옹정 연간_{1723~1735년}에는 무려 수십만 명이나 되는 차상_{茶商}과 차공_{茶工}들이 이곳에 몰렸으며, 청나라 건륭 연간_{1736~1795년}에는 또 석병현_{石屏縣}의 한인_{漢人}들이 대거 이곳으로 이주해 들어와 산에 차를 심고 재배하였다. 이로 인해 6대 차산은 산마다 차밭이 형성되고, 가는 곳마다 인가가 없는 곳이 없을 정도로 흥성하게 되었다. 광서_{光緖} 연간에는 역무차구_{易武茶區}에 상주하는 인구만 10만 명, 마을 산채만 63개, 그리고 차를 사고파는 차행_{茶行}과 차장_{茶莊}이 20곳이나 생기게 되었다.

육대차산이 걸치고 있는 대부분의 지역은 북위 21°51´~22° 24´, 동경 101° 21´~101° 38´이고 해발 630~2100미터의 란창강_{瀾滄江} 계곡지대이다. 연평균온도는 17.2℃이고 연평균강우량은 1500~1900㎜이다. 공기의 상대습도는 89%이며 비가 많이 오고, 습기가 많으며 일 년 내내 기후가 온난하고 운무로 둘러싸여 있다. 이러한 환경적 조건으로 말미암아 육대차산은 그야말로 보이차의 원산지 중에서도 최적합지가 된 것이다.

---

54 청(淸)·완복(阮福)『보이차기(普洱茶記)』에는 "소위 보이차는 보이부 경계 내에서 생산되는 것이 아니고, 대부분 생산지는 사모청의 경계에 속해 있다."라고 기록하고 있다.

4) 보이차의 종류와 분류

보이차의 종류와 분류를 세분하여 논하자면 상당히 복잡하다. 예를 들어 차나무의 품종에서부터 시작하여 차나무의 원산지, 차나무의 야생과 재배, 차의 외형, 찻잎의 종류, 포장방법, 보관방법, 제작방법, 제조차창, 제작도구 등등에 따라 종류가 달라지기도 하고 그 분류를 따로 정하기도 하는 것이 마치 수많은 실타래가 서로 갈라지고 다시 엉키고 또다시 갈라지듯이 실로 매우 복잡하다. 어떠한 분류방법을 선택하느냐에 따라 그 종류는 달라지기도 하고 또 같아지기도 한다. 예를 들어 생차와 숙차熟茶일지라도 그 형태가 둥근 떡차의 형태면 모두 병차餠茶에 속한다. 또 같은 숙차라도 하나는 잎차이고 하나는 벽돌모양으로 긴압緊壓된 차라면 그것은 산차散茶와 전차磚茶로 구분되거나, 혹은 산차와 긴압차로 구분된다. 그만큼 보이차는 다른 어느 종류의 차보다도 그 종류와 분류 방법이 다양하여 상당히 복잡하다. 특히 보이차를 처음 접하는 초심자들에게 있어서는 더욱더 그럴 것이다.

비록 이렇게 종류와 분류방법이 복잡한 보이차이긴 하지만, 필자는 여기서 일반적으로 널리 사용되는 몇 가지 방법의 예를 들어 그 종류를 간단히 살펴보도록 하겠다.

(1) 차나무의 종류와 찻잎의 크기에 의한 분류

보이차는 차나무의 줄기의 크고 작음에 따라 교목喬木과 관목灌木으로 나누어진다. 교목형은 차나무가 굵을 뿐만 아니라 키도 상당히 높다. 나

보이차

보이차 검사(찻잎 고르기)

보이차 압착과정

무의 본줄기는 굵고 거칠며 갈래로 뻗은 가지 부분이 높다. 교목형의 차나무가 북쪽으로 전파되어 보급되는 과정에서 북쪽의 기온이 낮고, 남쪽보다 비교적 건조한 기후의 영향으로 나무의 형태가 점점 변하여 작아지면서 관목형의 차나무가 되었다. 또한 찻잎의 크기에 따라 대엽종과 소엽종으로 나누어 제다한다. 과거 보이차는 주로 대엽종 위주였으나, 청나라 때 옹정擁正황제의 심복인 악이태鄂尒泰가 운귀雲貴와 광서廣西의 총독으로 있을 때 보이차를 공차貢茶로 바친 이후, 보이차가 세상에 널리 알려지면서 거친 대엽종 위주로만 만들어지던 보이차는 소엽종으로도 많이 만들어지게 되었다.

(2) 보이차의 외형에 의한 분류

보이차는 주로 압착하여 만든 긴압차緊壓茶가 주를 이루기 때문에 그 성형成形에 따라 이름을 달리한다. 일반적인 차처럼 잎차로 만들면 산차散茶, 둥근 떡 모양으로 만들면 병차餠茶, 사각형의 벽돌모양으로 만들면 전차磚茶, 사발모양으로 만들면 타차沱茶, 버섯모양으로 만들면 향고차香菇茶

: 일명班禪茶 또는 긴차緊茶, 병차를 일곱 편으로 한 묶음 묶어서 대나무껍질로 포장하면 칠자병차七子餅茶, 사람 머리 크기 모양으로 만들면 인두차人頭茶, 궁정이나 조정에 조공으로 바치던 차는 궁정보이宮廷普洱, 혹은 공차貢茶 등으로 불려지고, 공차가 큰 박 모양으로 만들면 공과차貢瓜茶라고 이름한다.

보이차 쇄건하는 광경

(3) 발효방식에 의한 분류

보이차 상품완성(미포장)

보이차는 발효방식에 따라 장기간 보관 후, 찻잎자체의 산화현상에 의해 후발효가 발생하는 생차生茶와 미생물발효의 숙차熟茶, 악퇴차渥堆茶로 분류된다. 숙차는 제작과정에서 과학적인 인공발효법을 통해 제작되기 때문에 차성 본질의 자극성이 퇴화되어 입에 부드럽고, 쓴맛과 떫은맛이 경감됨으로써 시장에선 70% 이상의 소비자들이 숙차를 선호하는 편이다. 생차는 장기간의 자연발효과정을 거쳐야 하기 때문에 그만큼 오랜 세월을 인내하고 겨우 마실 수 있는 단점을 가지고 있다. 10년 이상 혹은 20년, 30년, 40년 뒤에도 겨우 몇 편片을 보관할 수 있겠는가? 전문 수장가收藏家가 아니라면 수십 년 동안의 오랜 세월의 풍화를 통해 자연 발효된 청병青餅을 맛보기란 그리 쉽지가 않을 것이다. 설사 시중에서 살 수 있다 할지라도 그 가격이 높아 일반서민들은 살 엄두조차 못 낸다. 어쩌다 운이 좋아 전문 수장가가 오랜 묵은 보이차를 꺼내 마실 때, 그 곁에서 한두 잔 얻어먹을 수 있다면 그걸로 만족할 수밖에 없지 않을까? 때문에 필자는 중국을 다녀 올 적마다, 바로 마실 칠자병차 몇 편과 함께 먼 훗날 마실 값싼 녹타차綠沱茶 사오십 덩이를 사 가지고 와서 종이 상자에 넣어 보관해 둔다. 이미 15년이 넘은 것부터 칠 년, 오 년, 삼 년 된 것까지 있는데, 3년 지난 것도 벌써 향이 좋아지고 있다.

생차, 숙차, 악퇴차의 구분

구분	내용	특징
생차 生茶	태양광에 의한 위조, 살청, 유념, 건조 등의 공정을 거쳐 만든 쇄청모차曬靑毛茶를 원료로 하여 만든 전통보이차. 쇄청보차는 만든 즉시 신선한 상태에서 마시거나, 혹은 증압蒸壓하여 긴압緊壓·성형成形하기도 하는데 이를 생차라고 한다. 긴압 생차일 경우 시간과 공간에 자연 보관하여 원재료가 천천히 오랜 세월을 두고 차츰차츰 변화를 일으켜 오랠수록 그 진향陳香이 좋다.	원래 차성과 차 맛이 자연스럽게 오랜 세월을 거치면서 묵은 향이 생성된다. 고로 오래 묵힐수록 진향陳香의 가치는 높아진다.
숙차 熟茶	생차를 보관 또는 운반과정에서 뜻하지 않은 혹은 인위적 환경, 즉 수열水熱·온도·습도 등의 영향을 받아 차 자체에서 상대적으로 빠른 후발효가 진행하여 원래 차의 본질에 변화를 일으켜서 생차 중의 숙성된 맛을 느끼게 된다. 1973년 악퇴차가 개발 생산되기 전에는 숙차라 하였지만, 현재는 '숙차'라고하지 않고, '생차' 또는 '청병'이라고 한다.	원래의 차성의 맛이 후발효에 의해 이미 변화된 상태로써 차의 자극적인 맛이 적당히 퇴화된 상태이다. 문제는 이 때 후발효가 차 자체의 산화에 의한 변화인지, 아니면 이동 중 침투한 습도에 의해 생성된 외부 미생물이 영향을 미쳤는지에 대해선 더 연구해 봐야 할 것이다.
악퇴차 渥堆茶	1973년 이후에 출현한 악퇴차는 바로 위의 숙차를 짧은 시간에 생산하기 위해 개발된 차이다. 인위적으로 고온·고습·고열을 이용하여 빠른 시간 내에 미생물의 발효를 진행 시켜 찻잎대엽종의 자극적인 성질을 퇴화시켜 만든 차이다.	원래의 차성을 이미 상실한 상태이다. 미생물발효라는 과학적 발효를 통해 짧은 시간 내에 신속하게 무자극성의 차 맛으로 변화시키는 게 목적이다. 현재는 이것을 '숙차' 또는 '숙병'이라고 한다.

자료출처: 廖義榮 『品味普洱TEA』를 참고하여 부연 설명하였음.

(4) 보관방법에 의한 분류

보관창고가 건창乾倉 : 건조한 창고이냐 습창濕倉 : 습기를 가한 창고이냐에 따라 차의 맛과 차품의 종류가 갈라진다. 건창에서의 자연발효를 할 때는 깨끗한 자연통풍이 되는 곳에 보관하여야 한다. 건창의 기본 조건은 낮의 온도가 20℃이고 공기 중 습도가 적어야 하며, 찻잎의 함수량은 10~12%를 유지해야 한다. 이러한 조건이 충족된다면 건창생차는 세월이 갈수록 그 향을 더해 가는데, 이를 진향陳香이라고 한다. 습창濕倉에서 인공발효는 상대적으로 안정된 환경 속에서 신속하게 발효하며, 찻잎이 매일 호흡하며 빠르게 발효된다. 고온, 고습, 고열의 방식을 이용하여 신속하게 '진향'의 차 맛을 흉내 낼 수 있어야 한다.보이차의 제다법에 대해서는 본장 앞의 제4장에서 언급되었으므로 참고하기 바란다.

5) 보이차의 사대요결-청淸 · 순純 · 정正 · 기氣

(1) 제1요결第一要訣

그 맛의 향을 맡아 보았을 때, 차 맛이 맑아야 하며 곰팡이 맛이 있어서는 안 된다. 생차 · 숙차, 신차 · 구차, 형태, 가격 등을 막론하고 아무리 오랜 세월을 묵힌 차라 할지라도 곰팡이 냄새가 나서는 안 된다. 매변霉變이 이는 것은 보관 시에 실내 · 외의 통풍 및 적절한 온도가 유지되지 않은 상태에서 방치되었기 때문이며, 이는 먹을 수 없는 차이다.

탕색으로 판별하기인데, 차색이 붉은 대추 빛이 나야지, 옻칠한 것처럼 검어서는 안 된다. 많은 차상들과 소비자들 대부분 착각하기 쉬운 것은 오래된 보이차일수록 우리게 되면 차탕이 검을 것이라는 것이다. 그렇지 않다. 정상적인 진년 보이차는 오래 묵힐수록 향기롭고, 또 오래 보관하여 후발효가 서서히 진행됨에 따라 옅은 황색차황소에서 붉은 대추차홍소색으로 바뀌며, 약간 반지르르한 빛을 띠게 된다. 만약에 차를 우렸을 때, 탕색이 검게 나오거나 또는 차탕이 투명하지 않고 탁할 경우는 제대로 된 차라 할 수 없다.

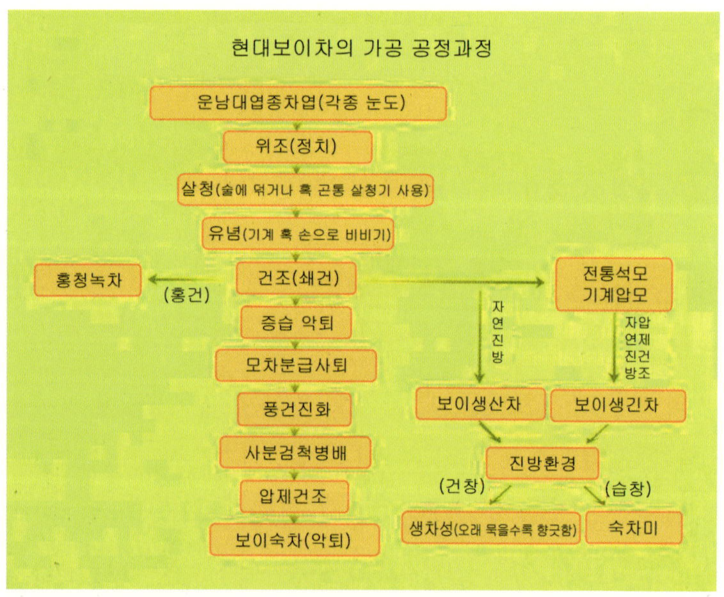

현대보이차의 가공 공정과정. 자료출처 : 廖义荣의 『品味普洱 TEA』

(3) 제3요결第三要訣

보관은 건창에 해야지 조습潮
濕한 곳에 두어서는 안 된다. 보
이차가 오래 묵힐수록 향기롭다
고 하는 이유는 바로 보관 방법
과 과정에 있다. 즉, 보이차는 보
관 과정에서 어떠한 환경에서
보관되느냐에 따라 차품의 좋고

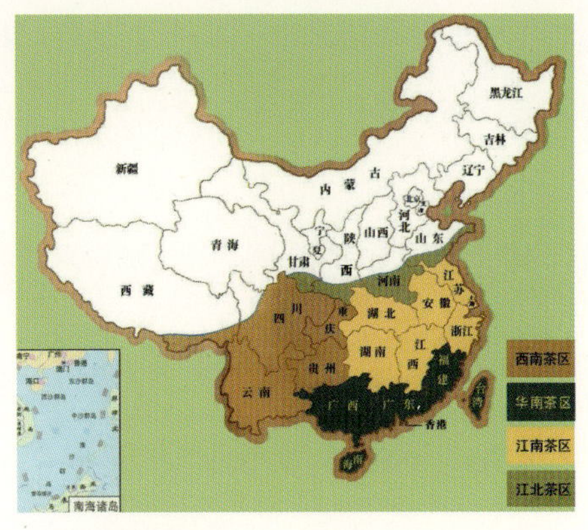

中國茶葉生産分布圖

나쁨의 품질이 결정되기 때문이다. 어떤 종류의 보이차이건 간에 만약에
통풍이 안 되는 습기 있는 지하실에 보관한다면 곧 매변霉變이 심하게
일어 그 차는 먹을 수 없는 차가 되고 만다.

(4) 제4요결第四要訣

탕품湯品을 맛보는 것으로 그 돌아오는 맛이 온화해야지 잡스러운 쾌쾌
묵은 맛이 나서는 안 된다. 우리는 차의 흡수성이 매우 강하다는 사실을
알고 있다. 차는 어떠한 것에 비해 그 흡수성이 빠르고 강해 좋은 향이든
나쁜 냄새든 금방 흡수하는 성질을 가지고 있다. 그래서 현재 많은 사람
들이 나쁜 냄새를 제거할 때 차를 제취제除臭劑로 많이 사용하고 있다.
보이차의 경우엔 오랜 세월을 보관하는 과정에서 주위의 공간 환경이
양호했는지 열악했는지를 그대로 나타내주기 때문에 위에서 언급한 제
삼요결의 보관방법이 그만큼 중요한 것이고, 반대로 제사요결의 탕품湯品

을 맛보는 요령으로 그 차의 보관 상태와 차의 진위를 감별해 낼 수가 있는 것이다.

1 | 중국의 다예茶藝와 다도茶道의 개념

십 수년 동안, 서울에서 제주까지 전국의 여러 대학과 차문화 단체들을 돌아다니면서 차학茶學을 강의하다 보면, 초심자들로부터 제일 많이 받는 질문이 바로 '다도茶道'와 '다예茶藝'가 어떻게 다르냐? 라는 질문이었다. 사실 이 문제에 대해서 필자 본인은 20여 년이 넘게 고민을 해 왔다. 반면에 또 필자 나름대로 그 개념을 정리하여 많은 사람들에게 설명은 해 주기도 하였지만, 실제로 한 번도 구체적으로 명확하게 구분하여 명쾌하게 정의를 내려 준 적은 없었다. 예전부터 생각은 하고 있으면서도 개념을 정리하지 못해서 늘 안타까워하다가, 지금에 이르러 '다예'와 '다도'에 대한 대만과 중국의 몇몇 차학 전문가들의 견해와 각각의 주장을 종합적으로 정리해서 살펴보고자 한다.

● 대만臺灣의 지이예季野씨는 "다예는 차茶를 주체로 하여 예술을 생활에 용해溶解시킴으로써 풍요로운 생활을 영위하는 일종의 인문人文임을 주장하며, 그 목적은 생활에 있지 차에 있지 않다."[1]고 했다. 즉, 차를 주체로 하는 행다行茶의 예술적 행위가 일상의 생활에 자연스럽게 스며들어 생활의 윤택함과 생활의 활력소가 되는 윤활유적 역할이 되어야 한다는 것이다. 그러므로 비록 차가 주체가 되어 행해지는 다예이지만 그 모든 활동이 인간생활에 활력소가 되는 부수적 역할이 되어야 한다는 것이다. 차茶를 주체로 하는 다예행위 그 자체가 주목적이 되어 인간의 일상생활을 지배하거나, 또는 사람이 자신의 일상을 제쳐놓고 다예의 행위에 속박되거나 끌려 다니어서는 안 된다는 것이다.

● 대만의 판쩡핑范增平씨는 "다예는 과학과 인문 두 가지 측면을 모두 포괄한다." 여기서 그가 말한 다예의 과학이란 '기예技藝'이며, 이는 차를 과학적인 방법으로 잘 우려내야 한다는 뜻이다. 다예의 인문학적 측면은 '예술藝術'적 측면을 뜻하며 과학적으로 잘 우려낸 한 잔의 차를 미묘美妙하게 음미하며 마시는 예술적 경지의 음차행위를 뜻한다. 대만의 다예의 아름다움은 심령학적心靈學的

계천품다도(溪泉品茶圖) - 청나라 정치원(程致遠) 작

---

1 季野 『茶藝信箱』, 98쪽, 臺灣茶與藝術雜誌社 출판

미_美를 추구함에 있기 때문에 다예를 감상하고 즐긴다는 것은 바로 행다_{行茶}의 전체 과정의 매 절차가 행해질 때마다 자아_{自我}를 완전 몰입하여 그 속에 순간적으로 머무르며 심신이 일체되어 그 아름다움을 관조하며 무아지경에서 차를 음미하며 마신다는 것이다.[2]

필자의 견해로는 범씨가 주장하는 전자의 과학적 부분은 '다예_{茶藝}'이고, 후자의 인문학적 측면은 바로 다예를 통한 '다도_{茶道}'를 의미한다고 본다.

● 대만의 차이룽짱_{蔡榮章}씨는 "'다예'란 음차의 예술적 측면을 가리키는 말이다. 일반적으로 단순히 해갈을 목적으로 차를 마시는 것을 '음차_{飮茶=喝茶}'라고 하며, 섬세하게 차의 맛을 음미하며 마시는 행위를 '품명_{品茗}'이라고 한다. 만약에 찻잎의 품질, 포다_{泡茶}의 기예, 다구를 감상하고 즐기는 것, 차를 음미하고 마시기에 적절한 환경 및 인간관계 등에 이르기까지 심도 있고 체계적으로 연구된다면, 보다 폭 넓고 깊이 있는 다예_{多藝}의 경지에 이를 수 있다."라고 말했다.[3] 아울러 그는 차를 우리는 과정이 찻잎의 품질만을 완전히 발휘하는 데 그 목적이 있을 뿐 아니라, 차를 우리는 그 모든 과정 자체가 바로 개성 있는 행다_{行茶} 예술의 발전적 결과라고 여기고 있다.

차를 우리고, 음미하며 마시는 과정은 반드시 전심_{專心}으로 정성을 기울여야 비로소 좋은 차를 우려낼 수가 있고, 차의 색과 향기와 맛이 제대로 잘 우려냈을 때 비로소 차의 진정한 경계를 느낄 수 있다. 그러기 위해서

---

2 『臺灣茶文化論』, 280쪽, 臺灣碧山岩出版公司 출판
3 蔡榮章 『現代茶藝』, 202쪽, 臺灣中視文化事業股份有限公司 출판

는 차를 우려내는 정확한 단계와 과정이 필요하며, 이러한 과정이 과학적으로 정확하게 이루어졌을 때, 비로소 차茶가 인간의 미적美的 감각을 만족시킬 수 있으며, 차와 인간의 아름다운 주객의 관계를 표출해 낼 수가 있다는 것이다. 이렇게 성립된 차와 인간과의 관계는 더 나아가 인간의 수신修身과 양성養性은 물론 인류의 관계를 돈독하게 하는 사교적 공능의 역할도 하게 된다.

● 북경의 차문화 전문가인 왕링王玲교수는 "다예와 다도 정신은 중국차 문화의 핵심이다. 우리들이 여기서 말한 '예藝'란 것은 '제다製茶', '팽다烹茶', 품다品茶 등의 차의 예술적 기교藝茶之術이다. 우리들이 여기서 말한 '도道'란 예다藝茶[4]의 과정 중에서 관철된 정신을 가리키는 말이다."라고 하였다.[5]

즉, 여기서 그가 말하는 '다예茶藝'란 차를 만드는 과정에서 일반인들이 마시는 보편적 차의 품질을 뛰어 넘어 좀 더 정밀하고 섬세하게 만들어내는 기술, 차를 우려내는烹茶 일련의 절차와 그 과정을 좀 더 심미학적 차원에서 감상할 수 있는 우아하고 미적 감각을 발휘한 행다行茶의 기술, 그리고 차를 음미하며 마시는 품다品茶 과정에서 표출되는 일상의 차를 마시는 행위와 동작들을 한층 더 우아하고 아름답게 표출해내는 기교적 행위나 방법 등이 모두 예술적 경지로까지 승화되었음을 뜻한다. 그리고 이렇게 예술적 행위로 승화되어 완성된 '다예茶藝'의 각각의 모든 과정을 통해 심신을 수양하거나, 혹은 자신 품성을 배양함은 물론 양생의 수단으

---

4 예다(藝茶) : 다예(茶藝)의 또 다른 표현이다.
5 王玲, 『中國茶文化』, 87쪽, 中國書店 출판

로 활용하는 방법 등, 이 모든 것이 하나의 정신으로 추구되고 관철될 때, 이것이 바로 '다도茶道'라는 것이다.

• 섬서陝西의 작가 띵원丁文씨는 "다예茶藝는 제다製茶, 팽다烹茶, 음차飮茶의 기술을 가리키며, 그 기술이 최고의 경지에 이르게 되면, 바로 한 분야의 예술을 이루게 된다. 다예茶藝는 바로 '다도茶道'를 완성하는 데 있어 가장 중요한 조직 성분이다."[6]라고 말하였다. 이는 위에서 언급한 북경의 왕령王玲교수의 주장과 크게 다를 바 없이 거의 같은 견해로 보인다.

• 절강성 호주湖州의 차문화 전문가인 꺼우단寇丹씨는 『농업고고農業考古』란 학술지에 발표한 <다예초론茶藝初論>이란 논고에서 각 가家의 학설을 종합하여 "다예도 광의적 의미와 협의적 의미로 분류하여 볼 수가 있다. 광의적廣義的 다예란 차엽의 생산, 제조, 경영, 음용의 방법과 차엽의 원리, 원칙을 탐구함으로써 물질과 정신이 모두 만족하도록 하는 학문이다. 협의적狹義的 의미의 다예는 어떻게 하면 차를 잘 우려 낼 수 있을까와 어떻게 하면 차를 잘 음미할 수 있는 가에 대한 예술적 행위이다."[7]라고 말하고 있다.

여기에서 구단씨의 주장은 이제까지 위에서 언급한 여러 학자들의 견해와 별 차이가 없이 보이는 듯하지만, 자세히 살펴보면 좀 색다른 차이점을 보이고 있다. 즉, 구씨가 주장하는 '광의적 다예'란 차의 산업을 의미하며, '협의적 다예'는 위에서 줄곧 언급되어 온 '다예茶藝'의 범위

---

6 丁文, 『中國茶道』, 46쪽, 49쪽, 陝西旅遊出版社 출판
7 『茶藝初論』, 『農業考古』, 1997年 4期

중에서 오직 '품명品茗'에만 국한된 다예茶藝를 의미한다. 그리고 오히려 '광의적 다예'에서 산업적 측면을 거론한 마지막 끝 부분에서 '물질과 정신'을 모두 충족시켜야 한다고 하였는데, 그가 언급한 '물질'은 차의 산업에 해당하고, '정신'은 바로 '다도'의 개념에 해당한다고 할 수 있겠다.

위에서 언급한 여섯 분의 전문가들의 견해를 종합해 보면, 약간의 견해와 표현의 차이는 있지만, 대략 다음과 같이 귀결해 볼 수가 있다.

'다예茶藝'란 차의 찻잎을 따고, 차를 만드는 절차에서부터 차를 우리고, 음미하며 마시는 단계에 이르기까지의 일련의 전체과정이 섬세하고도 정교한 기술, 우아하고도 아름다운 품다品茶의 행위적 기교 등이 총망라되어 일상의 편리한 음차의 수준을 넘어서 과학적, 심미적, 예술적 경지로 승화된 일체의 차의 활동을 의미하는 것이다.

이에 반해 '다도茶道'란 다예의 일체 모든 절차와 행위가 바탕이 되어 그 속에서 심신心身의 수양과 양생養生의 도를 추구하는 정신이 하나로 집중되고, 관철되어야 한다는 것이다.

여기서 우리가 주의해야 할 점은 위에서 제일 처음 거론된 '지이예季野' 씨의 주장이다. 즉, "다예는 비록 차茶가 주체가 되어 이루어진 예술적 행위이긴 하지만, 그렇다고 그것이 사람의 일상을 뛰어 넘어서 주체가 되어서는 안 될 것이다. 차를 바탕으로 한 '다예'가 인간의 일상생활 속으로 자연스럽게 스미게 하여 인간이 주체가 되어 다예를 객체로 활용하여 풍요로운 생활을 영위해야 한다는 것이다.

1) 차관의 형태와 변천과정

중국에서는 예로부터 차를 음미하고 마시는 장소를 일러 차료茶寮, 다실茶室, 차사茶肆, 다방茶坊, 다옥茶屋, 다루茶樓, 차탄茶攤 및 차관茶館 등으로 각기 달리 불러왔지만 그 의미상에 있어서는 오히려 대동소이大同小異하다.

'차료茶寮'는 다실茶室이라고도 부르는데 일반적으로 영업용이 아닌 개인전용의 음차공간을 가리키며, 주로 개인적으로 차를 다려 마시거나 혹은 독서를 하기도 한다. 이곳을 가리켜 또 다른 말로'두실斗室'[8] 이라고 한다.

이러한 '차료茶寮'는 당대唐代에 이미 있어 왔다. 그 실례로 당唐·선종宣宗 연간, 낙양洛陽에 어느 한 노승老僧이 살고 있었는데, 그의 나이가 무려 130세나 되었다. 그는 평소에 특별히 차를 마시기를 좋아하였다. 선종宣宗이 신기해서 그 노승에게 물었다. "스님께선 무슨 약을 드시기에 이리도 오래 사십니까?" 노승이 대답하기를 "신은 작고 미천하여 정말로 약이 뭔지 모르옵니다. 본래 성정이 차를 좋아하여 가는 곳마다 오직 차를 구하여 마실 뿐입니다. 설사 백 잔을 마시더라도 질리지가 않사옵니다." 라고 하였다.[9] 이 말을 들은 선종宣宗은 신기해하며 그를 경성京城에 있는 보수사保數寺에 머물러 주기를 요청하였다. 이렇게 하여 경성의 보수사에 머물게 된 노승은 매일같이 혼자 작은 방에 틀어박혀 차를 다려 마시곤

---

8 두실(斗室): 기껏 한 말 정도가 들어갈 수 있는 작은 방을 의미한다. 즉, 혼자 겨우 차를 마실 수 있는 작은 공간이란 의미이다.
9 『구당서(旧唐書)·선종본기(宣宗本紀)』

사천 차관(야차관)

사천성 성도(成都) 망강공원 안의 야차관(野茶館)

사천차관 竹製 茶卓과 의자

하였는데, 이 작은 방을 가리켜 '차료茶寮'라고 하였다. 또 명대明代 양신楊愼의 『예림벌산藝林伐山』에 보면 "승려들의 절에서 차 마시는 곳을 일러 '차료茶寮'라고 한다."라고 하였다.[10]

중국의 차관茶館은 차의 역사만큼이나 대단히 유구한 역사를 가지고 있다. 일찍이 당대唐代 개원開元: 713~741년 연간에 이미 향진鄕鎭에서는 차를 다려 마시는 마는 점포가 있어 사람들이 돈을 내고 차를 마셨는데, 이것이 바로 '차관茶館'의 초기 형식이었다.

송대宋代에 이르자 찻물을 팔아 생업으로 삼는 차 마시는 장소가 매우 보편화되었다. 특히 남송 때 경성京城이었던 임안臨安: 현, 항주시에서는 다방茶坊이 그야말로 우후죽순처럼 생겨나게 되었음은 물론 심지어 규모가 큰 다방에서는 내부설계와 장식에도 대단한 심혈을

---

10 "僧寺茗所曰茶寮"

기울였다. 유명 인사들의 묵적과 그림을 걸어놓거나 또는 계절마다 생화를 꽂꽂이하여 장식하기도 하였으며, 동시에 뇌차擂茶와 염시탕鹽豉湯을 함께 팔기도 하였다.[11] 어떤 차장茶場은 여러 가지 업종이 함께 어울려지는 장소이기도 하다.

명청明·靑시기에 이르자 차를 마시는 풍속은 더욱 극성에 이르게 된다. 당시에 남경에는 홍복원鴻福園과 춘화원春和園이라는 유명한 차관이 두 곳 있었는데, 시내 중심가 동쪽 끝자락에서 모두 하천을 끼고 있는 절경絶景의 터를 잡고 있었다. 두 곳 모두 손님들에게 차를 제공하는 것 외에도 꽈즈瓜子, 쑤샤오삥酥燒餅, 춘권春卷, 과일 및 돼지고기 만두의 일종인 소맥燒麥 등의 다과를 제공하기도 한다. [12]

근래에 와서 북경에는 여러 곳에서 '서곡차관書曲茶館'이 많이 세워지고 있는데, 이곳에서는 차를 마시며 전통곡예를 즐길 수가 있다. 북경인들은 대체로 화차花茶를 좋아하며, 차관에 올 때 자신이 마실 차를 직접 휴대하고 와서 마시는 습관이 있다. 차관에서는 뜨거운 물만 제공하고, 물값水錢만 받게 된다.

과거 북경에서는 '극장'을 가리켜 '다원茶園'이라고도 불렀는데, 그 이유는 규모가 큰 공연장에서는 마실 거리로 차를 공급해 주었기 때문이다. 극장 측에서 극장을 찾은 관객들이 공연을 즐기며 차를 마실 수 있도록 배려한 것으로 과거 북경의 길상다원吉祥茶園, 천낙다원天樂茶院 등이 그 대표

---

11 뇌차(擂茶) : 갈아서 가루로 만든 차. / 염시탕(鹽豉湯) : 옛날, 된장 비슷한 양념을 넣어 만든 탕
12 꽈즈(瓜子) : 해바라기 씨나 박 씨 등을 말린 것. / 쑤샤오삥(酥燒餅) : 밀가루를 기름에 개어 잘 구워 만든 작은 과자. / 소맥(燒麥) : (명)돼지고기, 양파, 소금, 후추 따위를 혼합하여 얇은 피(皮)에 넣고 찐 만두의 일종

몽정산 다신전 앞의 야차관(野茶館)

적인 극장들이었다.

호북성 무한시武漢市의 차관들은 청대 이래 급속히 증가하였으며 비교적 전형적典型的인 차관으로는 무한차관武漢茶館이 있다.

사천성四川省 사람들은 차 마시기를 매우 즐기기로 전국적으로 유명하여, 중국에서는 차관茶館하면 사천을 제일로 꼽는다. 뿐만 아니라 사천성 성도成都 사람들은 차를 마심에 있어 쾌적快適함을 추구함과 동시에 차의 맛에도 대단한 일가견一家見을 가지고 있다. 차관의 의자들은 대나무로 만들어진 등받이 의자를 사용하는데, 쇠못을 하나도 사용하지 않고 순전히 끼워 맞춘 의자인데, 앉으면 평온하기 그지없이 몸에 짝 달라붙는 것이 뒤로 젖히고 기대어 앉아 눈을 감고 있으면 전혀 피로감을 느낄 수 없을 뿐만 아니라 아주 편안하게 휴식을 취할 수가 있다. 그러나 요즘은 중국의 서부 대개발정책과 서구경제의 유입 바람에 많은 차관들이 죽제竹製의자 대신에 플라스틱 의자로 많이 대체되고 있어 중국적 정취가 많이 사라진 실정이다. 차를 마실 때 주로 상용하는 다기茶器

극장식 차관－사천성 성도(成都) 무후사(武侯祠)

는 개완蓋碗이며, 자기 찻잔과 자기 덮개 및 차탁, 세 가지로 구성되어 있어 이를 가리켜 '삼건두三件頭'라고 부르기도 한다.

성도成都차관의 특징은 간단히 요약하여 "일조一早, 이대二大, 삼다三多, 사고四高"라 일축할 수 있다.

① 일조一早 : 첫째, 차관의 역사가 기타 지역에 비해 빠르다. 『다경茶經』에 "남시南市에서 촉의 노파가 차죽茶粥을 만들어 팔았다."[13]는 기록이 있다. 이는 천여 년 전에 성도에 이미 차를 파는 곳이 있었음을 보여주는 실례이다.

북경 노사(老舍) 차관 내부

② 이대二大 : 둘째, 차관의 규모가 다른 지역에 비해 크다. 과거 성도의 호화롭고 대형 규모를 자랑하는 고급 차관들은 그 규모가 웅장하여 삼청사원三廳四院[14]을 이루고 있는 것이 특징이며, 무려 일천여 개의 좌석을 구비하고 있어 중국 전역의 차관 중에서는 그 웅대함이 최고를 자랑했다.

③ 삼다三多 : 셋째, 차관의 수가 굉장히 많다는 것이다. 과거에 성도는 마치 도시 전체가 차관茶館으로 숲을 이루었을 정도였으며, 현재도 여전히 그 차관의 수는 무려 600여 곳이 넘게 운영되고 있다.

---

13 당(唐)·육우(陸羽), 『다경(茶經)』, 「칠지사(七之事)」 : "…南市有蜀嫗作茶粥賣,…"
14 삼청사원(三廳四園) : 세 칸의 넓은 실내 공간과 네 곳의 넓은 정원을 갖춘 규모가 방대한 중국식 건축

④ 사고四高 : 넷째는 차관의 질적 수준이 높다는 것이다. 종업원들의 서비스의 질이 매우 높아 고객으로 하여금 불편함이 없이 편안함을 제공한다는 것이다. 과거 금춘차루錦春茶樓의 당관堂倌[15]이었던 주마자周麻子 같은 이는 장취동호長嘴銅壺로 찻물을 따르는 쿵푸가 일품이라서 '용성일절蓉城一絶[16]'이라는 칭호까지 얻게 되었다.

광주廣州는 '다루茶樓'로 매우 유명하다. 특히, 하루 중 아침에 마시는 '조차早茶'로 유명한데, 조차를 제외하고도 점심에 마시는 '오차午茶', 저녁에 마시는 '만차晩茶'가 있다. 하루 세끼 모두 차를 즐기는 광주의 품명品茗의 풍기는 청대 이래로부터 매우 성행하였다. 청나라 말엽에는 '이리관二厘館'이란 다루茶樓가 이미 있었는데, 이곳에서는 차를 마실 때 한 사람에 이리二厘[17]의 돈을 지불한다고 해서 유래된 이름이다. 이곳 '이리관'에서는 일반적으로 석만石湾도자기[18]로 거칠게 만든 녹유호綠釉壺[19]를 사용하여 차를 우려 마신다. 그 외에도 다양하고 저렴한 다과茶菓들이 제공된다.

광주의 고급 다루茶樓로는 청대 광서光緒 연간에 세운 '삼원루三元樓'가 있었는데, 당시 시내 상업 중심가에 있었다. 건물의 높이가 사층이었는데, 당시로는 최고층 건물에 속한다. 다루의 벽은 휘황찬란한 금색으로

---

15 당관(堂倌) : 차관에서 일하는 종업원으로 손님들에게 차를 갖다 주고, 수시로 찻물을 따라 주기도 하며, 주둥이가 길게 나온 장취동호(長嘴銅壺)를 가지고 멀리서 손님 앞에 놓인 개완(蓋碗)에 찻물을 따르는 기예를 시범하기도 한다. 당관은 또 '차박사(茶博士)'라고 부르기도 한다.
16 용성(蓉城) : 성도(成都)에는 연꽃이 많기 때문에 성도를 '용성(蓉城)'이라고 한다.
17 이리(二厘) : 리(厘)는 청대의 화폐단위로 일리(一厘)는 천분의 일원(一元)이다.
18 석만도자(石湾陶瓷) : 석만도자기. 광동성 불산시 선만진에서 생산되는 소박한 맛을 지닌 도자기
19 녹유호(綠釉壺) : 녹색 유약이 칠해진 차호(茶壺)

장식하여 우아하고 호화스러웠다. 이때부터 사람들은 '다실茶室'을 '다루茶樓'라고 고쳐 부르기 시작하였고, '품명品茗'하는 것을 가리켜 '상다루上茶樓'[20]한다고 말하게 되었다.

그리고 얼마 뒤, 광주에는 또 새로운 풍의 이름인 '도도거陶陶居', '육우거陸羽居', '천연거天然居' 등의 차관이 속속 이어서 등장하면서 광주 사람들은 차관을 '다루茶樓'라 부르는 것 외에도 '다거茶居'라고 부르기도 하였다. 이렇게 다루들의 경쟁은 날이 갈수록 매우 치열하게 되었고, 따라서 획기적이고 독특한 풍격을 지닌 다루茶樓들이 속속히 등장하게 되었다. 대체로 두 가지 측면에서 치열한 경쟁이 나타나는 것이 그 특징이다.

첫째는 건축의 풍격 상에서 새로운 면모를 창출하였다. 예를 들어 '반계다촌泮溪茶村'이란 다루는 연못가에 배 모양의 건물을 짓고 화랑畵廊을 겸하였다. '서원 다루西苑茶樓' 같은 경우는 돌을 쌓아 가짜 산을 만들어 청아하고 그윽한 운치를 자아내기도 했다.

둘째는 차관의 식단食單 상에 있어 옛것을 보완계 승하고 새로운 것을 계발 했다는 것이다. 청나라 말엽, '육우거陸羽居'의 유 명한 딤섬點心 요리가인 곽흥수郭興首는 매주 메뉴 를 바꾸어 내놓는, 그야

소주(蘇州)-호구사 차루(茶樓)

---

20 상차루(上茶樓) : 상(上)은 오른다는 뜻이므로, '상차루'는 차루에 오른다. 즉, "차루에 간다." 라는 뜻이 된다.

응접실식(廳堂式)의 차관 1

응접실식(廳堂式)의 차관(茶館) 2

말로 매주 특색 있게 다른 식단표인 '성기미점星期美点'[21]을 계발, 창출하였다. 현대식으로 말하자면 '테마식단표'라고 할 수 있을 것이다.

근년에 와서 광주廣州의 다루茶樓에는 매우 많은 변화가 생겼다. 다루를 경영하는 범위가 단순하게 차를 파는 데 그치지 않고 술자리까지 함께 할 수 있도록 확대, 발전되었다. 점차 다루의 순수성보다는 이익을 추구하는 쪽으로 기우는 것 같아 안타까운 면이 없지 않아 있지만, 그래도 여전히 광주의 많은 다루茶樓나 주점酒店에서는 '조차早茶' 영업이 가장 성시를 이루고 있다. [22]

2) 중국 차관茶館의 전성기 – 청대淸代와 근대를 중심으로

중국사에 있어서 청대淸代는 중국의 오랜 봉건사회를 종식하고 반봉건 식민지사회로 전환되는 과도기적인 특수한 시대이며, 중국 봉건사회의

---

21 성기미점(星期美点) : 성기(星期)는 중국어로 주(週)라는 뜻이다. 즉, 성기미점(星期美点)이란 그 주(週)의 아름다운(맛난) 간식이란 뜻이다.

22 상문(上文)의 자료출처 : 『成都烹飪』, 文載於 『農業考古』

마지막 시기이다. 청나라는 1664년 순치順治 황제가 중국 중원中原으로 입관入關하면서, 북경의 자금성을 함락한 후, 이내 곧 중국 천하를 통일하였다. 중원을 통일하고 강성하고도 번영된 제국을 건설했던 청나라는 건륭황제 이후 그 국운이 점점 쇠락하고, 앞을 다퉈 밀려오는 서구 외국자본주의 열강들의 잇따른 침략을 받으면서 급기야는 반봉건식민지사회로 전락하고 마는 운명을 맞게 된다.

이러한 강성과 번영 그리고 혼란과 격변의 중국 근대 흥망성쇠가 한꺼번에 잘 농축되어 전개되어 있는 곳이 바로 중국의 차관茶館이며, 그야말로 당시의 격변의 중국 사회상을 잘 엿볼 수 있는 중국 근대 사회의 축소판이라 할 수 있다.

청대淸代의 차관茶館은 명대明代 차관茶館의 발전을 기초 토대로 삼아 더욱 심화 발전하게 되며, 중국 전역의 대도시는 물론 작은 성읍城邑에 이르기까지 널리 보급되게 된다.

청나라 팔기군八旗軍[23]이 중원中原으로 입관한 이후, 팔기八旗의 자제子弟들은 자신들의 권세만 믿고, 일정한 직책이나 직업도 없이 종일 먹고 마시고 놀며, 오로지 향락만을 일삼았다. 이렇게 일정하게 하는 일 없이 배불리 먹고 마시며 재미있는 놀거리만을 찾아다니며 헛되이 시간을 소비하는 그들에게 있어 차관茶館은 그야말로 종일 남아도는 시간을 소일하기에

---

23 팔기군(八旗軍) : 청나라의 건국 이전, 짐승을 사냥하고 몰이하기 위해 각 집안의 장정(壯丁)들을 선발하여 8가지 각기 다른 색깔의 깃발 아래 각 조를 구분하여 조직하였다. 후에, 청나라 태조 누르하치가 후금(後金 : 세조 순치에 이르러 淸이라 개칭함)을 건국하면서 그 역할이 군사적 기능으로 전환이 되었고, 그 규모도 점점 확장되었다. 각 기마다 각자의 군대를 거느리고 있기 때문에 청나라 초기에는 황제일지라도 마음대로 1인 정치를 할 수가 없었다. 국가 중요 대사에는 반드시 각 기(旗)의 수장들의 지지를 얻어야만 했다. 청나라는 건국과 중국통일의 중요한 토대가 된 막강한 군사조직이다.

청대 야차관(野茶館)

청대 차관(점석재 작)

는 아주 적합한 곳이었다.

그들은 한 손에 조롱鳥籠[24]을 들고 거들먹거리며 비단 창파오長袍[25] 휘날리며 차관의 문턱이 닿도록 수도 없이 넘나들었던 것이다. 그들은 이렇게 한 번 들어 와 앉으면 일단 하루 종일 차관에서 시간을 소일하는 게 일쑤였다. 특히 강희康熙, 건륭乾隆의 태평성세太平盛世에 이르러서 그들 자제들은 아예 주루酒樓나 차사茶肆에 틀어 박혀 종일을 보내기가 일쑤였다. 따라서 차관의 영업은 더욱 흥성할 수밖에 없었다. 청대의 차사茶肆[26]와 차관들은 주로 장강을 경계로 한 남북지역과 연해내지沿海內地에 편중되어 있었으며, 갈수록 그 수도 아주 크게 증가하였다.

그 증가의 실례로 제회항諸晦香의 『명재소식明齋小識』의 기록을 보면 잘

24 조롱(鳥籠) : 기둥이나 난간에 걸어 놓을 수 있도록 고리가 달려 있는 휴대용 새집이다.
25 우리나라 두루마기처럼 위와 아래가 붙어있는 외투인데, 활동하기 편하도록 허리춤에서부터 발 목 아래까지 양 갈래로 길게 트여있는 청나라 남자들의 정장 외출복
26 차사(茶肆) : 차관(茶館)의 또 다른 명칭

청대(淸代) 차로써 손님 접대하는 모습

알 수가 있다. "차사茶肆는 놀이 건달배들이 모이는 곳이다. 내가 어렸을 때, 기읍記邑에 차관이 두 곳이 있었는데, 하나는 남문南門 밖의 모씨가某氏家이고, 또 하나는 성황당묘城隍堂廟 입구 동쪽 누각樓閣에 있었다. 차가격은 모두 일률적으로 2문文이었다. 지금은 20여 곳이 더 늘었으며, 차 한 사발에 부르는 값이 50여 문文이나 되니, 사치와 방탕한 풍속이 어디까지 갈지 모르겠구나!"라고 하였다.

우리는 이 기록을 통해, 차 한 사발의 값은 무려 15배나 올랐고, 차관의 수는 10배나 더 증가했음을 볼 수가 있다. 당시의 도시의 발전 속도와 물가, 그리고 세월의 변천을 감안하더라도, 어쨌든 찻값의 상승과 차관茶館의 수가 매우 빠른 속도로 진행되었음을 알 수가 있을 것이다.

청대淸代의 차관茶館은 그 숫자가 많을 뿐만 아니라, 차관茶館의 환경環境을 고려한 택지宅地 선정選定에 있어서도 매우 연구와 심혈을 기울였다.

청대 문인文人 이두李斗는 건륭乾隆 60년1795년에 『양주화방록揚州畵舫錄』을 저술하였는데, 여기에 고성古城 양주揚州:江蘇省의 누대樓臺 정사亭榭:정자와 당시 민속 풍정風情 등이 상세히 기록되어 있다. 그 중에서 양주揚州 북문교北門橋 차사茶肆에 대해 묘술해 놓은 기록이 한 단락이 보인다. "쌍홍루雙虹樓는 북문교北門橋에 있는 차사茶肆이다. 누각에는 다섯 기둥위엄을 나타내기 위해 일반적으로 대문 앞에 두 개의 기둥만을 세움이 있고, 동쪽 벽의 창을 열면 강물을 접하고 있고, 멀리 조망할 수가 있다. 내 고향의 차사茶肆는 천하에 으뜸이다. 이것을 주업으로 삼는 자들이 많이 있다. 돈을 투자하여 화원花園을 건조建造하기도 하고, 혹은 고가古家의 대저택의 버려진 정원을 사들여 차관茶館의 정원으로 꾸미기도 한다. 누대樓臺의 정사亭舍에는 차목죽석茶木竹石·찻잔·다반 등, 어느 것 하나 정미精美하지 않은 것이 없다."라고 기록하고 있다.

이상의 기록에서 보듯, 그들은 차관茶館의 부지 선택에 있어서도 환경적環境的·심미적審美的 측면에서 대단히 신경을 쓰고 있음을 엿볼 수가 있다.

3) 차관의 종류

청대 차관茶館의 경영방식은 그 방법적인 측면에서 각양각색으로 나타나지만, 대체로 다음의 몇 종류의 차관茶館으로 크게 분류해 볼 수가 있다.

첫째 부류는 '청차관淸茶館'이라고 한다. 이곳에서는 순수하게 찻잎 판매만을 위주로 하고 있다. 청차관淸茶館들은 일반적으로 대청大廳과 우아한

찾자리雅座로 분리하고, 갖가지의 중국전통양식의 가구와 장식 및 화분, 꽃꽂이 그리고 명인名人들의 그림이나 서묵書墨의 대련對鍊 등으로 꾸미어 놓고 손님이 편안히 품차를 즐길 수 있도록 하고 있다. 차관의 실내 장식과 배치가 우아하고 집기들이 청결하여 청차관에 오는 사람들은 대부분 문인文人, 아사雅士임을 자처하는 이들이 주로 많다.

둘째 부류는 '서차관書茶館'이다. 이런 부류의 차관은 차를 판매하는 것 이외, 설평서說評書[27]를 동반하는데, 북방과 남방에 모두 이런 부류의 차관茶館이 있다. 이런 곳에 와서 차를 마시며 설평서를 듣는 이들은 대부분 황족이나 권세 있는 귀족들이 그 주류를 이루지만, 간혹 평민백성들도 섞여 있기도 한다. 그러나 이런 부류의 차관들은 좌석배치에 있어 당연히 신분고하身分高下의 구분이 엄격하였으며, 공연을 하는 설서인說書人들 또한 명배우와 일반배우의 차별이 두드러지게 나타난다.

셋째 부류는 '야차관野茶館'이다. 이런 식의 명칭은 옛날 북경에서 비교적 성행했던 방법이다. 이런 부류의 차관들은 대부분이 대로大路 변이나 성문 밖 혹은 황폐한 교외郊外나 야외 등에 임시 가판대를 설치해 놓고 지나다니는 행인들에게 차찻물를 팔았다. 이런 차관들은 대부분 시설이 남루하고 음용으로 파는 찻잎들은 대부분 거친 조차粗茶들이었으며, 다기들 또한 세련되거나 고급품이 아닌 거칠고 투박했다. 그러므로 이곳을 이용하는 사람들은 당시 사회 하층부의 수공예인手工藝人이거나, 채소를 농사하는 농사꾼이 대부분이고, 또는 갈증渴症을 해소하기 위해 찾아 드는 행상行商 및 행인行人들이 대부분 주류를 이루고 있었다.

---

27 설평서(說評書) : 설서적(說書的), 또는 설서(說書), 강담(講談)이라고 하며, '평서(評書)', '평화(評話)', '탄사 (彈詞)' 따위를 연예한다. 쉽게 말하자면, 우리나라의 판소리와 흡사한 것이다.

그러나 야차관野茶館은 비록 그 시설이 남루하고, 여기서 파는 찻물이 비록 저급품低級品이긴 하지만 주위 환경이 그윽하고 운치가 있어서, 간혹 문인, 묵객墨客들에게도 꽤 인기가 있었다. 따뜻한 봄에는 자연을 만끽하기 위해 봄나들이 오는 적지 않은 행락객을 즐겨 찾아 들었고, 그 중에는 자연의 운치를 만끽하려는 적지 않은 문인, 묵객들의 발걸음이 일부러 이곳을 찾기도 했다.

넷째 부류는 '이훈포二葷鋪'라 부른다. 이런 차관은 과거 북경성北京城 안에서 매우 성행하였다. 여기에서는 차객茶客들에게 각종의 차품茶品을 제공하는 것 이외에도, 다양한 요리와 주류酒類 및 간식거리와 식사 등을 판매, 제공하였다. 사실 이런 부류의 차와 술을 겸해서 운영하는 차관은 현재 중국 각지 어딜 가든 쉽게 볼 수가 있다.

이외에도 중국차관의 부류는 각 지역과 계급 등에 따라 더욱 더 많은 종류로 분류할 수가 있으나, 중국 차관의 일반적 유형들은 대체적으로 이 범주를 크게 벗어나지가 않는다.

4) 차관茶館의 사회적 역할과 의의

드넓은 중국 전역에 이렇게 널리 퍼져있는 중국차관들은 장구한 중국 역사의 흐름 속에 태평성대와 시대의 격변기를 동시에 살아가던 근대 수많은 중국인들에게 어떠한 기능적 역할을 제공하였는지, 또 그들은 왜 이곳을 끊임없이 찾아들어야만 했는지, 간단히 살펴보기로 하겠다.

만청시기晩淸時期는 청나라 왕조의 쇠락과 서방 열강들이 앞을 다퉈 중국 대륙을 침략함에 따라, 정국은 그야말로 동탕動蕩하여 국가는 쇠퇴하고 백성은 곤궁한 지경에 이르게 되었다. 따라서 당시에는 수많은 사람들이 지위의 고하와 신분의 귀천을 막론하고 마치 차관茶館을 자신들의 집인 양, 특별히 하는 일도 없이 온 종일을 차관에서 빈둥거리며 보내는 일이 허다하였다.

반면, 개중에는 간혹 국가의 장래나 자신들의 운명에 대해 관심을 보이는 이들도 있었다. 그들은 사회 각 방면의 소식이나 정보를 알고 싶어 하였다. 차관茶館은 바로 이런 인사들의 정보교환이나 사교에 있어서 그야말로 더할 나위 없는 사교장으로서의 역할과 장소를 제공하였던 것이다.

그러므로 청나라 말기와 중화민국中華民國 : 국민당 정부 초기의 혼란기에 중국의 차관茶館은 오히려 태평성대 때보다 더욱 흥성하기에 이르렀다. 차관이 가장 흥성했던 중국의 도시로서 이 시기를 대표할 만한 곳으로는 북경北京, 남경南京, 상해上海, 광주廣州, 항주杭州, 성도成都 등을 손꼽을 수가 있다. 이 도시들은 아직도 중국 차관의 전통성과 대표성의 명맥을 그대로 유지하며 있다. 뿐만 아니라 대내외적으로 여전히 번창하며 나날이 발전하고 있어 중국을 찾는 많은 외국 관광들에게 신비스러움을 더해 주고 있음은 물론 경극京劇, 천극川劇, 변검變臉 등의 매우 다양한 볼거리와 체험의 기회를 제공해 주고 있다.

현재는 중국차관의 사회적 공능도 다양화되어 그 기능을 세분화하여 살펴 볼 가치를 충분히 가지고 있다. 중국 차관의 대략적인 공능은 크게 대략 일곱 가지로 분류해 볼 수가 있다. ① 교제交際의 공능 ② 정보情報의 공능 ③ 심미審美의 공능 ④ 전시展示의 공능 ⑤ 교화敎化의 공능 ⑥ 휴식休息의 공능 ⑦ 찬음餐飮의 공능 등이 있다.

일천여 년을 넘게 전승되어 내려오는 동안, 중국의 차관은 어느덧 문화지식 전승의 체제를 갖춤은 물론 중국인들의 심신 휴식의 공간으로 형성되게 되었다. 아울러 대중정보의 전파傳播 및 매개체媒介體적인 통로이며, 각종 민간 활동의 교류交流 장소로 자리 매김을 하고 있는 것이다. 따라서 사회 생산력의 발전과 생활수준이 향상될수록, 차관茶館의 사회적 공능功能은 필연적으로 더욱 완선完善과 강화를 더해 갈 것이다.

3 │ 중국의 불교와 다문화

1) 중국 선승禪僧 차풍茶風의 형성

불교가 외래문화로서 중국에 최초로 전래된 시기에는 궁중宮中이나 귀족들의 자손번창과 국가안녕 및 자신들의 복을 추구하는 기복적인 불교가 성행하였다. 불인佛人들이 최초로 차를 마신 시기는 대략 진晉 : AD,265-420년나라 때부터로 볼 수 있다. 당시에 불교는 통치자들이 백성을 마취시키는 통치수단으로 이용되었으며 이후 중국의 불교는 중국역대왕조들의 통치수단으로 즐겨 이용되었다. 이것은 오히려 중국불교 발전의 원동력으로써 서로 다른 여러 종파를 출현시키게 된다.

특히, 선종불교의 원통圓通사상은 중국의 토착문화와 원만하게 조화하고 융화되어 당대 다문화茶文化를 급속히 발전시킴은 물론 단박에 차풍茶風을 중국전역으로 확산 유행시키는 핵심적 역할을 하게 된다. 또한 불교의 청정淸靜사상은 중국의 다문화 속에 깊이 녹아내려 당시의 다인들은 음차생활을 통해 자신과 산수·자연이 한 몸이 되어 자신들의 내면의 아름다운 운율과 정신을 풀어내고자 소망하였다. 아울러 '다도茶道'란 두 글자를 선승禪僧 교연皎然이 최초로 사용하면서부터 중국의 음차문화는 일반적 기예技藝로부터 고도의 정신적 경지로까지 발전하게 된다. 물론 이 부분에 대해서는 학자들의 이론異論의 여지가 아직 남아있긴 하지만, 대체로 '교연皎然'과 '봉연封演'의 두 가지설로 압축되고 있다.

앞에서 언급한 바와 같이 선승禪僧들의 차풍茶風이 형성된 시기는 대략 위진남북조 시대로 보인다. 이를 뒷받침해주는 몇몇 기록들이 육우의 『다경』에서 인용되어 있다. 석도설釋道說의 『속명승전續名僧傳』에는 "송나라南朝 석법요釋法瑤의 성은 양楊씨요, 하동河東사람이다. 원가元嘉 : 424년-451년 연간에 강을 건너서 심대진沈台眞을 만나 무강武康의 소산사小山寺에 돌아가라는 청을 받았다. 수레를 매달아서 드리울 나이에 마시는 차를 먹이로 삼았다."라고 기록하고 있으며, 또한 이어서 인용된 『송록宋錄』에는 "신안왕新安王인 자란子鸞과 예장왕豫章王인 자상子尚이 팔공산의 담제도인曇濟道人을 참예하였다. 도인이 차를 베풀자 자상이 이를 맛보고 이르기를, '이것은 감로甘露요 어찌 차茶라고 하리까?"라고 하였다. 이러한 문헌의 기록남조 송나라 때의 기록들은 대략 위진남북조 시기에 이미 승려들 사이에서 음차풍습이 널리 형성되었음을 잘 설명해 주고 있다.

2) 중국불교 사원경제 중에서의 '차茶의 위상'

중국불교는 동한東漢 초기부터 광범위하게 전파되기 시작하여 수당隋唐과 성당盛唐에 이르자 그 전성기를 누리면서 중국 전역에는 매우 많은 불교사원들이 건립되기에 이른다. 이에 사원경제도 따라서 급속히 발전하게 되는데, 차茶는 바로 사원경제의 중요한 부분을 담당하게 된다. 이로써 중국차는 당대唐代에 이르자 이미 전성기를 이루고 있던 선종불교의 발전을 기초로 삼아 더욱 급속히 흥성·발전하게 된다.

고대 중국의 사찰들은 차를 중시하였을 뿐만 아니라 차의 생산과 선전 및 차 연구의 중심이 되었다. 당시에는 오직 사찰만이 차를 연구하는 최상의 조건을 구비하고 부단히 차의 품질을 향상·발전시켜왔다. 왜냐하면 사찰들은 모두 일정한 농지를 소유하고 있을 뿐만 아니라 승려 대부분이 일반 백성들의 노동에 참가하지 않아 비교적 여유가 많았으며 틈만 나면 문화적 활동의 일환으로 채다採茶와 제다製茶를 궁리하는 한편 품다品茶의 예술적 가치를 추구하고 더 나아가 차와 관련된 저술과 시작詩作 활동을 함으로써 누구보다 다문화 보급과 선전에 선구적 역할을 할 수가 있었던 것이다. 고로 중국에는 "자고로 유명사찰에는 명차가 난다自古名寺出名茶"는 속설이 전해지고 있는 것이다.

당송唐宋 때에는 불교사원에서 대규모의 차연茶宴을 자주 거행하였다. 당시의 차연茶宴에서는 주로 불경과 다도를 이야기하고 시를 짓고 읊기도 하였다. 특히 불교의 청규淸規와 경전과 불리佛理의 변론 그리고 각자의 인생관 등이 모두 하나로 어우러졌다. 이것은 다문화의 새로운 지평을 열게 했을 뿐만 아니라 더 나아가 민간차례民間茶禮의 형성에까지도 지대한 영향을 미치게 되었다. 조정의 차의茶儀는 형식이 복잡하고 따라 하기 어려운 반면에 불교 선원禪院의 차례茶禮는 그 형식이 요점적이고 간결하여 일반 백성들이 쉽게 다가가 받아들일 수 있었기 때문이다.

당송唐宋시기는 불교가 성행하였고, 이 시기의 불교사원에는 반드시 차가 있었다. 교육을 할 때에도 반드시 차가 있었고, 참선을 함에도 반드시 차는 필수품으로 따라다녔다. ― 불교에서는 본래 참선수행 중에는 일체의 간식을 금지하고 있으나 수행자들의 졸음을 방지하기 위해 오직 차를 마시는 것만은 허락되었다.唯許飮茶 ― 특히 중국 남방에서는 거의 모든 사원 주변에서 차를 직접 심고 재배한 흔적이 속속들이 발견되어 그야말로 당시 승려들의 차를 기호嗜好하는 정도가 어떠했는가를 여실히 입증해 주고 있다.

3) 불교사원에서 최초로 생산된 중국의 명차名茶

중국의 역대 명차 중에서는 불교사원에서 최초로 심고 재배하고 창조해 낸 차들이 아주 많이 있다. 이러한 역사적 사실들은 각종 고문헌古文獻이나 중국의 민간전설 중에서 심심찮게 나타나고 있다. 특히, 중국 사천성四川省 아안雅安 몽산또는 蒙頂山에서 생산되는 '몽산차蒙山茶'는 '선차仙茶'라고도 하는데 전설에 의하면 한漢나라 때 감로사甘露寺의 보혜선사普慧禪師가 직접 심었다고 전한다. 그 품질이 매우 우수하여 황제에게 바치는 공차貢茶의 반열에까지 오르게 되었는데, 이것이 바로 중국 최초의 공차貢茶인 몽정차蒙頂茶이다.

또한, 현재 중국의 명차로 세상에 널리 알려진 복건福建 무이산武夷山에서 생산되는 '무이암차武夷岩茶'는 오룡차烏龍茶로도 불리어지는데 이 차는 사찰에서 제다製茶한 것을 최고 정품으로 치고 있다. 특히, 무이암차는 승려들이 직접 채다採茶하였는데 그 채적採摘하는 절기節氣에 따라 각각 '수성미壽星眉'와 '연자심蓮子心' 그리고 '봉미용수鳳尾龍須' 등 세 종류의 명차로 구분된다. 북송 때에는 강소성 동정산洞庭山 수월원水月院의 산승이 직접 채다採茶하여 제다製茶한 '수월차水月茶'가 있었는데 이것이 바로 그 유명한 벽라춘碧螺春이다. 또한 명나라 융경隆慶 : 1567~1572년 연간에는 승려 '대방大方'이 안휘성 남부의 흡현歙縣 노죽령老竹嶺에서 직접 차를 만들었는데, 그 차는 매우 정묘精妙하게 만들어져 이내 곧 세상에 명성을 떨치게 되었다. 사람들은 이 차를 가리켜 '대방차大方茶'라 불렀으며, 현재 환남차구皖南茶區에서 생산되고 있는 둔녹차屯綠茶의 전신이 된다.[28]

이외에도 절강성 운화현云和縣 혜명사惠明寺의 '혜명차惠明茶', 보타산普陀山의 '불차佛茶', 황산黃山의 '운무차雲霧茶', 운남성 대리大理 감통사의 '감통차感通茶', 절강성 천태산天台山 방광사方廣寺의 '나한공차羅漢供茶', 항주 법경사法鏡寺의 '향림차香林茶' 등은 모두 불교사원에서 최초로 생산된 중국의 명차들이다.

4) 불교사원 내의 다문화 – 사원차寺院茶

중국의 불교사원에서는 차를 심고 재배하고 만드는 기술이 독특했을 뿐만 아니라 일반적인 음차에서부터 다도에 이르기까지도 매우 연구적이었다. 사찰 안에는 '차당茶堂'이 설치되어 있는데, 이곳에서 선승들은 전문적인 불교교리에 대한 각자의 변론을 펼치기도 하고, 또 속가의 시주들을 초대하여 대접하기도 하며 차향을 음미하고 차를 품미品味하였다. 법당 안에는 '차고茶鼓'가 있어 승려들에게 음차소집을 알릴 때 두드리는 북으로 사용하였다. 이 밖에도 사원 안에는 '다두茶頭'가 설치되어 있어 전문적으로 물을 끓이고 차를 달이며 손님에게 차를 내어 대접하였다. 아울러 사원의 문 앞 일주문 밖까지 몇 명의 '시차승施茶僧'을 보내어 사람

---

28 대방차(大方茶) : '대방차'에 대한 기록을 전하는 고문헌은 매우 많으며, 그 문헌의 수만큼이나 이에 대한 전설 또한 다양하게 전해지고 있다.(『中國名茶志』「安徽省卷」(北京), 中國農業出版社, p232~237)

들에게 차를 대접하도록 하였다.

사원에서 직접 생산을 하거나 혹은 외부에서 반입된 차든 간에 사원 내에서 마시는 차를 모두 '사원차寺院茶'라고 하며 대략 그 용도는 "부처님께 차를 공양하는 것"과 "손님에게 차를 대접하는 것" 그리고 "스스로 차를 마시는 것" 등의 세 가지로 나누어진다. 이와 관련해『만구지蠻甌志』의 기록을 보면 "각림원覺林院의 승인들은 중등차를 손님에게 접대하고 자신은 하등차를 마시며 상등의 차는 부처님께 공양한다."[29]고 기록하고 있다.

'사원차'는 불교의 규범에 의해 다시 몇 가지 명목으로 구분되어지는데 예를 들어 매일 불전佛前과 당전堂前 그리고 영전靈前에 차탕茶湯을 공양하는 '전다奠茶', 수계를 받은 서열에 의해 차를 마시는 '계석차戒臘茶', 탁발하여 시주해 온 '화차化茶' 등으로 구분되어진다.

중국의 많은 불문성지佛門聖地와 명산대찰 주변에는 대부분 차나무가 심어져 있고, 승려들이 직접 찻잎을 따고 만들어 왔으며 이러한 관습은 오래도록 이어져 지금까지 전해지고 있다. 이러한 불교 승려들의 오랜 음차습관은 무수한 고령의 승려들의 장수비결과도 결코 무관하지는 않으리라 생각한다.

'중국차문화'에 담긴 총체적 사상을 한마디로 일축하면 중국인들은 차문화를 통해 자신의 인생을 사랑하며 타인과의 화목과 즐거움을 추구하는 반면 불교정신에서 강조한 것은 '고적孤寂함'이다. 이렇게 완전히 상이한 성격을 띠면서도 서로 함께 조화를 이룰 수 있었던 것은 역시 중국 선종불교의 원통사상이 중국의 토착문화와 잘 조화하고 융화한 덕

---

29 覺林院的僧人待客中等茶、自奉以下等茶、供佛以上等茶.

분일 것이다. 어쨌든 차를 심고 재배하기, 음차습속의 확산과 다연茶宴의 형식, 다문화의 대외적인 전파와 보급 등의 모든 분야에 이르기까지 불교가 차에 미친 공헌은 실로 지대하다 할 수 있겠다. 이렇듯 차와 불교의 불가분의 관계에서 '다선일미茶禪一味'의 사상이 탄생한 것은 어찌 보면 지극히 당연한 결과가 아닌가 싶다.

4 │ 중국의 민간다예民間茶藝

― 강서성江西省 휘주徽州의 차문화

중국은 땅이 넓고 인구도 많을뿐더러 56개 민족으로 형성된 다민족 국가인 만큼 중국 전역 각지에서 생산되는 차의 종류가 세계 그 어느 나라보다 다양하고, 차를 마시는 각 지역의 풍속 또한 참으로 다양하다. 이러한 이유는 각 지역마다 갖고 있는 서로 다른 고유의 전통풍속과 언어 그리고 그들의 지역적 특성이 갖는 환경적 요인에서 비롯되었을 것이다. 중국 전역에 분포되어 있는 한족漢族을 비롯한 수많은 소수민족들의 음차풍속을 가만히 들여다보면 참으로 기이하게 느껴지기도 하고 또 한편으로는 참으로 경이로움과 감탄을 자아내기도 한다. 우선 소수민족의 경우만 보더라도 티벳인들의 쑤여우차酥油茶를 비롯해 몽골족의 나이차奶茶 : 우유차, 위구르

민국시기의 차관도(茶館圖)

의 향차香茶, 따이족傣族의 죽통차竹筒茶, 나시족納西族의 옌빠차鹽巴茶, 리리족傈僳族의 뇌향차雷響茶, 뿌랑족布朗族의 쑤안차酸茶, 빠이족白族의 싼따오차三道茶, 투지아족土家族의 뢰이차擂茶, 미야오족苗族과 뚱족侗族의 여우차油茶, 후이족回族의 꾸안꾸안차罐罐茶 등등 이루 헤아릴 수 없다.

심지어 언어와 민족이 같은 한족漢族의 중국 내지內地에서조차도 그 지방에 따라 서로 다른 음차풍속과 제 각각의 포다법泡茶法을 가지고 있다. 다예茶藝적인 측면에서 볼 때도 각종 차의 종류 — 꿍푸차工夫茶, 홍차紅茶, 녹차綠茶, 화차花茶, 흑차黑茶, 백차白茶, 황차黃茶 등 — 에 따라 포다법이나 그 시연試演은 제각기 달리 표출되고 있다. 아울러 그 생산지에 따라 또한 음차풍속이 조금씩 다르게 나타나기도 한다.

본고에서는 지역이 넓고 차의 종류가 복잡하고도 다양한 중국의 차문화 중에서 독특한 자연환경과 지리적 조건으로 인해 명청明淸시대의 문화적 특징이 잘 계승 발전되었으며 또한 당송唐宋의 유풍을 그대로 간직한 휘주徽州 : 현, 江西省의 婺源30 음차문화의 민간다예를 중심으로 그 종류와 형식 및 내용을 살펴보고자 한다.

1) 농가차農家茶

이른바 농가차農家茶는 민간 향리의 음차풍속에서 발전하여 자연스럽게 형성되었다. 무원婺源은 집집마다 거의 모두 차를 심고, 사람들은 모두 차를 즐겨 마신다. 심지어 일을 하러 나갈 때에도 반드시 차를 휴대하며,

---

30 휘주(徽州) : 현, 강서성(江西省)의 무원(婺源)

집에 손님이 방문할 때에도 차로써 손님을 접대한다. 뿐만 아니라 이 지역 농가農家의 모든 아낙들은 차를 우려내는 솜씨가 모두 수준급이다. 농가의 차는 좋은 차를 만들고 마시는 것을 중요시 하는 반면에 다기茶器의 좋고 나쁨에 대해서는 그리 지나치게 따지거나 구속받지 않는다. 이는 곧 내면에 충실하면서 외적인 형식으로부터 자유로운 농가의 소박함과 진실함이 표출된 결과일 것이다.

농가차의 행다行茶에 사용되는 다기를 보면 청화자호靑花瓷壺, 청화다완靑花茶碗, 물을 끓이고 따르는 동호銅壺 등이 고작이다. 시연試演이 시작되면 무대 위로 울려 퍼지는 경쾌한 음악소리를 따라 세 명의 남백색 꽃문양의 상의와 바지를 입은 두건을 쓴 아가씨가 차탁 앞으로 등장한다. 세 아가씨들은 먼저 차탁 위의 다기부터 배열한 뒤, 팽주를 맡은 아가씨가 손을 씻는다. 이어서 뜨거운 물을 부어 차호茶壺와 차완茶碗을 정갈히 씻는다. 차를 우릴 모든 준비가 완료되면 차를 넣기 시작한다. 이 때 일반 시연에서처럼 차시茶匙：차숟가락이나 차칙茶則을 사용하지 않고 팽주가 차통을 기울여 직접 손으로 찻잎을 꺼내어 쥐고 차호에 넣는다. 다음 동호銅壺에서 끓인 물을 약간 청화자호 안에 따라 차를 신속하게 씻어낸다. 중국인들은 이를 '세차洗茶'한다고 한다. 이어서 다시 동호의 뜨거운 물을 청화자호 안에 가득 부어 차를 우려낸다. 차를 우려내는 동작은 빠르면서도 난잡하지 않고 가볍고도 경쾌하다. 차호 속의 차가 다 우려지면 세 아가씨들은 신속하게 각 차완에다 나누어 따른다. 이때 주의할 점은 매 차완의 탕색이 고르게 나와야 하며 농담濃淡이 일치하여야 한다. 이때 차를 따르는 방법은 우리나라의 숙우를 사용하지 않을 경우에 다관에서 직접 차를 따르는 방식과 동일하다. 즉, 좌에서 우로 다시 우에서 좌로 따르는 '순환짐입법循環斟入法'이다. 무대 아래의 내빈들에게 봉차가 이루어진 후에도 아가씨들은 또 내빈들에게 다식으로 농가의 특산인 땅콩이나 대추 등을 제공하느라 바삐 움직이게 된다.

물론 이러한 시연과정은 중국의 시골 농촌에서 자연스럽게 형성된 농가의 음차습속에 바탕을 둔 것이다. 그 내용에서 보듯이 그 과정이 복잡하거나 사치스럽지 않고 간결하면서도 내실에 충실한 모습을 엿볼 수가 있다. 또한 시연자들의 복장에서 우리는 바쁜 농촌 노동생활 중에서도 차를 마시며 망중한의 여유를 찾으려는 중국 시골아낙들의 순박하고 정직한 모습이 그대로 반영된 것임을 볼 수가 있다. 필자는 중국의 농가차農家茶를 통해 형식에 의한 다도 예절생활만을 고집하거나 구속될 것이 아니라 바쁜 현대의 일상생활 속에서도 각자의 처해진 환경과 조건에 맞는 각자의 개성적인 음차생활을 즐길 수 있는 문화풍토가 우리나라에도 하루 빨리 조성되고 정착되었으면 하는 바람이다. 물론 전통이나 정통적인 예절이 무시되어서는 안 된다는 전제하에서 말이다. 농가차의 시연과정은 다음과 같다.

농가차農家茶의 시연과정

1. 비구備具 : 다기를 준비 → 2. 비차備茶 : 차를 준비 → 3. 상차賞茶 : 차를 감상하기 → 4. 탕구湯甌 : 차 사발을 씻기 → 5. 투차投茶 : 차호다관에 차를 넣기 → 6. 충차沖茶 : 차탕 우려내기 → 7. 분차分茶 : 차를 나누어 따르기인원 수에 따라 → 8. 경차敬茶 : 차를 올리기대접 → 9. 품차品茶 : 차를 음미하며 마시기 → 10. 수다구收茶具 : 다기를 거두기

2) 문사차文士茶

상해 부근 주가각(朱家角)-강남제일차루(茶樓)

이른바, 문사차란 문인아사 文人雅士들의 음차 습관에 근거하여 정리된 것이다. 문사차의 풍격은 고요함과 우아함을 위주로 한다. 꽂꽂이, 그림을 걸어놓기, 점다點茶, 분향焚香 등은 역대 문인아사들이 기호하는 것들이다. 문인들의 품다品茶는 음미함에 더욱 가치를 둔다. 예를 들어 산이 푸르고 물이 빼어난 곳, 정원이 깊숙한 곳, 또는 청풍명월의 때, 붉은 매화에 눈이 내리는 날 등 이러한 환경은 그들이 조용한 마음으로 차를 품미하기에 좋은 때와 좋은 장소이다. 문인들의 품다品茶는 단순히 갈증을 해소하기 위함이 아니다. 그들의 목적은 품다 생활을 통해 자신의 내면 깊숙이 숨어있는 자신만의 평온함을 찾으려는 데 있다. 그래서 문인들은 품다品茶에 앞서 언제, 어느 곳에서 마시느냐를 따질 뿐만 아니라, 차의 선택과 사용, 물, 불, 탄炭에 이르기까지 아주 까다롭게 따지며 더 나아가 누구와 함께 마시느냐까지도 따지고 궁리한다. 이렇게 여러 분야에 이르기까지 꼼꼼히 따지고 까다롭게 궁리하는 원인은 사실 딱 한 가지 목적을 위해서이다. 그것은 차를 통해 스스로 수신修身과 양성養性의 최고의 경지에 도달하기 위함이다.

상해 호심정(湖心亭)

　고로 문인차는 바로 문인음차생활의 청아淸雅함을 반영하고 있다. 문인차의 행다에 사용되는 다기는 청화오동필우靑花梧桐淖盂, 탕구湯甌, 니호泥壺이고 차엽은 '무록명미婺綠茗眉', '영암검봉靈岩劍峰'이며 물은 '요공천廖公泉' 또는 '염천廉泉'의 물이다. 관현악이 연주되면 비단치마를 입은 문재가 뛰어난 듯 보이는 단정한 여자 시연자가 무대 위로 오른다. 먼저 차탁 위의 다기를 정리한 뒤 향을 피우고 다성 육우에게 제를 올린다. 그리고 손을 깨끗이 씻고, 다기들을 씻고 정갈하게 닦는다. 이때 흰 비단 천을 가지고 찻잔들을 가볍게 닦는다. 이어서 차를 준비하고, 차를 씻는다. 차를 우릴 때는 고충법高冲法 : 물을 차호로부터 높은 위치에서 따름에 '봉황삼점두鳳凰三点頭법'을 함께 이용하여 물을 따르며 차탕은 찻잔의 7부까지만 따른다. 차를 올린 후에는 먼저 향을 맡고, 색을 감상한 뒤 천천히 차를 세밀하게 음미한다.

이것은 세속적이며 상투적인 것에 물들지 않고 고상함과 우아함을 추구
하는 문인아사들의 의경을 훌륭하게 표현하고 있다.

문사차文士茶의 시연과정

1. 비구備具 : 다기 준비하기 → 2. 분향焚香 : 향 사르기 → 3. 관수盥手 : 손
씻기 → 4. 비차備茶 : 차 준비하기 → 5. 상차賞茶 : 차 감상하기 → 6. 조기滌器
: 다기 씻기 → 7. 치차置茶 : 차를 배열하기 → 8. 투다投茶 : 차를 차호茶壺에
넣기 → 9. 세차洗茶 : 차 씻기 → 10. 충포冲泡 : 물 따르고 차 우려내기 →
11. 헌명獻茗 : 차 바치기 → 12. 수명受茗 : 차 받기 → 13. 문향聞香 : 차의 향기
맡기 → 14. 관색觀色 : 차탕茶湯의 색 보기 → 15. 품미品味 : 차 맛 음미하기
→ 16. 상수上水 : 물 붓기 → 17. 이순차二巡茶 : 두 번째 차 우려내기 → 18.
수다구收茶具 : 다기 정리하기

상해부근 주가각(朱家角) - 아파차루(阿婆茶樓)

3) 부실차富室茶

　부실차의 시연내용은 과거 부자나 귀족들의 음차풍습에 바탕을 둔 것으로써 앞에서 거론한 농가차農家茶의 청순·질박의 차풍茶風과 문사차文士茶에서 보이는 우아한 운치와 표일飄逸한 차풍과는 사뭇 다르다. 부실차는 화려하고 귀貴티 나게 치장한 것이 특색이다. 부실차의 시연試演에 사용되는 다구는 분채필우粉彩漼盂, 탕구湯甌, 석호錫壺이며 이때 사용되는 차는 '무원묵국차婺源墨菊茶'이다. 무원묵국차는 가는 실선으로 찻잎을 하나하나 엮어서 국화모양으로 만든 것이다. 일단 탕수湯水를 부으면 마치 물 위에서 국화가 피듯 찻잎이 벌어지다가 나중에 찻잔 속에 가라앉으면서 완전히 벌어진다. 이때 사용되는 물은 활천活泉에서 나는 물이다.

　시연자의 복장은 고상하고 우아하면서 화려한 고전적인 치파오旗袍를 입고 있어 과거 부귀한 집의 주인임을 연출하고 있다. 행동은 마치 지체 높은 양반 댁의 규수같이 일거수일투족이 기품이 넘치고 용모가 빼어나 범상치 않은 규수인 듯 보인다.

　시연자는 아름다운 자태로 사뿐히 걸어 무대에 오른다. 앞에서의 시연에서처럼 먼저 비기備器, 비차備茶, 상차賞茶, 조기滌器, 투차投茶 등의 일련의 행동을 순서대로 행한다. 그러나 율동이나 분위기상에 있어서 상술된 농가차나 문사차와는 매우 많은 부분이 다르게 표출된다. 부실차에서의 충다冲茶와 포다泡茶는 '연자충니燕子銜泥'법을 사용하여 동작이 아주 부드럽고 느리면서도 절대 끊어지지 않아 지체 높은 집의 규수의 우아한 분위기를 연출하고 있다.

　봉차奉茶 시, 농가차 중의 농가녀의 거안제미擧案齊眉의 순박함에는 수줍어서 약간 머뭇거림이 있고, 문사차 중의 여재자女才子의 공경한 태도에는 겸화謙和가 충만하며, 부실차의 상경여빈相敬如賓의 자태에는 장유유서長幼有序와 존비유서尊卑有序의 예절교육의 색채가 짙게 배어있다. 부실차의 시연 과정을 보면 다음과 같다.

부실차富室茶의 시연試演과정

1. 비구備具 → 2. 비차備茶 → 3. 상차賞茶 → 4. 조기滌器 → 5. 투차投茶 → 6. 온윤溫潤 → 7. 충포冲泡 → 8. 경차敬茶 → 9. 수차受茶 → 10. 품차品茶 → 11. 수다구收茶具

　비록 일부 지역이나 또는 단절된 특정 시대의 차풍茶風을 바탕으로 현재 의 어느 특정지역에서 그 체계가 형성된 시연의 형태였지만 농가차와 문사차 그리고 부실차를 막론하고 어쨌든 이것은 유구한 역사를 두고 시대를 뛰어넘고 발전 계승되어 온 중국 민간음차의 풍모를 그대로 반영 한 것이라 아니할 수 없다. 물론 학문적 입장에서 그 자료의 가치의 비중 이나 중요성의 여부에 대해서는 더욱 심층적으로 논의되고 연구되어야 할 것이다.

　중국이란 넓은 영토에서 각 지역과 문화의 차이로 인하여 서로 각기 다르게 형성되고 발전되어 온 음차의 풍속을 중앙정부의 주도 하에 획일 화한다거나 통일을 시킨다는 것도 어렵거니와 설사 획일화된다 하더라 도 그 지역적 지방의 특색이 전통적으로 계승 발전되지 못하고 말살된다 는 것도 문화의 다양성이란 측면에서 매우 바람직하지 못한 것이라 생각 된다. 다양성이 없이 획일화된 문화는 발전이 없기 때문이다. 여기서 소 개한 부분들은 어느 특정한 지역의 문화를 소개하기 위한 것이 아니고 대략적으로 대표성을 가진 부분들만 간추려 간략히 다루었다. 필자는 중국인들의 민간다예 중에서도 특히 농가차를 주목하고 있다. 왜냐하면 우리나라에 알려진 여러 가지 형식의 다법茶法이나 다례茶禮에서 서민의 음차생활에 대한 연구나 보고 등의 결과물을 별로 보지 못했기 때문이다. 설사 간혹 거론되었다 하더라도 그 저변이 결코 두텁지 못하다는 것이 못내 아쉬울 뿐이다. 과거의 차문화에 대한 연구도 좋고, 특정계층에서 행해지는 어려운 다예茶藝나 다도茶道도 좋다. 이왕에 차에 관심을 보이고 차에 대한 지적 호기심이 증폭되어 가는 다인이라면 누굴 막론하고라도 우리 모두 함께 열린 생각과 뜨거운 가슴으로 지금 우리가 살아가는 시대의 대중적인 생활음차문화에 대해서도 약간의 정리와 연구가 필요하지는 않을까 생각된다.

5 | 중국 소수민족의 음차문화

중국의 옛날 말에 "천 리 밖은 풍기風氣가 다르고, 백 리 떨어진 곳은 습속習俗이 다르다."[31] 는 말이 있다. 중국은 그 영토가 광활할 뿐만이 아니라 56개 민족으로 형성된 다민족국가多民族國家이기 때문에 각자 처해진 지리적 환경과 역사문화가 다름은 물론 그 전통의 생활풍속까지도 서로 많은 차이를 나타내고 있다. 이렇게 각기 크고 적은 차이를 나타내고 있는 각 민족들의 생활풍속들로 인해 음차방식에 있어서도 제각각의 독특한 음차풍속을 형성하게 되었다. 설사 동일민족이라 할지라도 서로 다른 지역적 환경으로 인해 음차습속이 각기 달라지기도 하고, 또 지역

---

31 "千里不同風, 百里不同俗."

경파족(景頗族)의 고차(차굽기)(출처 : 〈세계차문화대관〉)

기낙족(基諾族)의 양반차(涼拌茶)

납서족(納西族)의 용호투(龍虎鬪)

나름의 독특한 음차풍속과 역사를 지니기도 한다.

그러나 서로 상이한 음차풍속을 가지고 있을지라도 하나의 커다란 공통점을 찾을 수가 있는데, 그것은 바로 차를 마시는 모든 민족들이 하나같이 건강과 정신수양을 위해 차를 마신다는 점이다. 이것이 바로 음차의 '대동소이大同小異'한 점이라 할 수 있겠다. 제한된 지면의 관계로 본문에서 56개 민족의 음차풍속을 다 거론할 수는 없다. 대표적인 몇몇 민족으로 제한하여 그들의 독특하면서도 의미 있는 음차풍속을 소개하도록 하겠다.

1) 곤명昆明의 구도차九道茶

'구도차九道茶'는 주로 중국서남지역中國西南地域에서 유행하며, 운남성云南省 곤명昆明 일대에서 가장 성황을 이루고 있다. '구도차'를 포다泡茶[32]

---

32 포다(泡茶) : 찻잎에 뜨거운 물을 부어 우려내는 것을 말한다.

할 때는 일반적으로 가장 많이 사용하는 차는 당연히 '보이차普洱茶'이다. '구도차'는 일반 가정에서 손님을 접대할 때 주로 많이 행함으로 인해, 별칭 '영객차迎客茶'라고도 한다. 아울러, 태도를 온화하게 하고 거동을 우아하

운남 죽통차(竹筒茶)

게 하는 것이 '구도차九道茶'의 기본방식이며, 이를 일러 중국인들은 '온문이아溫文爾雅'라고 표현한다. '구도차'란 명칭은 차를 마실 때 아홉 가지 단계로 나누어 행해진 데서 유래된 것이다.

① 첫 번째 단계는 '상차賞茶'이다. 즉, 진귀한 보이차를 작은 다반에 올려놓고 차를 감상하는 것이다. 주인이 손님 앞에 내밀어 차의 감상을 청하면 손님은 차의 외형을 관찰하고 색을 살피며 차향을 맡는다. 이때 주인은 손님에게 보이차의 특징을 간단히 설명함으로써 손님의 차를 마시고 싶은 정취를 북돋운다.

② 두 번째 단계는 '결구潔具'이다. 이는 차 마실 도구들을 청결하게 씻는 단계이다. '구도차'에서는 의흥宜興의 자사紫砂다기를 선택 사용하여 손님을 대접하는 것을 으뜸으로 치며, 통상 차호茶壺, 찻잔茶杯, 다반茶盤을 한 질로 갖추게 된다. 다기의 온도를 높이고, 차즙의 침출을 돕고, 다기를 깨끗이 하기 위해서는 끓인 물을 충분히 부어서 다기를 깨끗이 씻는다.

③ 세 번째는 단계는 '치차置茶'이다. 차를 넣는 단계이다. 넣은 차의 양을 조절하기 위해서는 먼저 차호의 크기부터 살펴야 하는데, 일반적으로 차 1그램 당, 끓인 물 50~60 밀리리터㎖의 비율로 맞춘 뒤, 보이차를 자사호 차호에 넣고 포다泡茶할 준비를 한다.

④ 네 번째 단계는 '포다泡茶'이다. 막 끓은 물을 보이차가 든 차호 안에 재빨리 붓게 되는데 이때 차호의 3~4부 정도만 채운다.

⑤ 다섯 번째 단계는 '침차浸茶'이다. 즉, 차의 성분을 물속에 침출시키는우려내는 단계이다. 물을 붓자마자 즉시 차호 덮개를 덮고 차호를 좌우로 약간 흔들어 준다. 그리고 다시 5분 정도 찻잎이 물속에 충분히 우러나도록 조용히 놓아둔다.

⑥ 여섯 번째 단계는 '균다勻茶'이다. 즉, 차호 속의 차의 농도를 고르게 하는 단계이다. 차호의 덮개를 열고, 물이 덜 채워진 차호茶壺 속에다 남은 끓인 물을 다시 부어 넣어 차탕의 농도를 적당히 조절한다.

⑦ 일곱 번째 단계는 '짐다斟茶'이다. 차를 찻잔에 따르는 단계이다. 차호 속에 농도가 고르게 우려진 차탕茶湯을 주인 앞에 반원형으로 배열된 찻잔들 속에 나누어 따르게 되는데, 이때 왼쪽에서 오른쪽으로 다시 오른쪽에서 왼쪽으로 왕복하며 각 찻잔 속의 차의 농도가 고르게 하며, 찻잔

운남 사모다원(思茅茶園)

의 8부 정도까지만 따르도록 한
다.

⑧ 여덟 번째 단계는 '경차敬茶'
로써 주인이 손으로 다반을 받쳐
들고 장유유서長幼有序에 의해 순
서대로 차를 권하며 예를 표한
다.

⑨ 아홉 번째 단계는 '품다品茶'
이다. 일반적으로 먼저 차향을
맡아 마음을 맑게 하고, 이어서
천천히 차를 마시며 섬세하게 차
맛을 음미하여 음차의 즐거움을
만끽한다.

운남 차수왕

2) 장족藏族 : 티베트족의 쑤여우차酥油茶

장족은 주로 중국의 서장자치구에 분포하고 있지만, 그 외에도 운남,
사천, 청해, 감숙성 등의 일부분지역에도 부분적으로 많이 거주하고 있
다. 티베트 고원은 지세가 높고 험준하여 '세계의 지붕'이라 불리어진다.
대체로 기후가 매우 춥고 건조하여 티베트족들은 대부분 방목생활을 하
거나 일부 한지旱地작물을 재배하는 것으로 생업을 삼고 있다. 티베트
고원은 채소와 야채 그리고 과일이 매우 적어서 일 년 내내 우유와 고기
및 참파糌粑를[33] 주식으로 삼고 청과주靑稞酒를 즐겨 마시기 때문에, 차가

아니면 육식을 소화하기 어렵고, 청과靑稞의 열을 해소할 길이 없다.[34] 그러므로 차茶는 티베트인들에게 있어서 야채류의 영양소를 보충할 수 있는 주요 공급원이 되며, 특히 쑤여우차酥油茶는 그들에게 있어 마치 밥을 먹는 것만큼이나 대단히 중요한 생활필수품인 것이다.

'쑤여우차酥油茶'는 차탕茶湯 속에 쑤여우酥油나 기타 소금 등의 양념을 첨가하여 특수한 방식으로 가공하여 만든 차이다. 쑤여우酥油란 소젖이나 양젖을 펄펄 끓여서 휘저어 냉각시키면 표면에 응결되어 나타나는 고체 지방질로써 치즈나 버터에 해당한다. 쑤여우차를 만들 때 주로 사용되는 차는 보이차普洱茶와 강전康磚 그리고 금첨金尖[35]이다. 그럼, 쑤여우차를 만드는 과정을 간단히 살펴보기로 하자.

첫째, 우선 긴압차緊壓茶[36]를 적당량 떼어내어 부순 뒤 차호 속에 넣고 20~30분가량 끓인다.

둘째, 거름망을 이용해 차 찌꺼기를 걸러낸 후, 차탕을 긴원통형의 타차통打茶筒[37]에 넣고 이어서 적당량의 치즈나 버터를 함께 넣는다. 이때 기호에 따라 사전에 이미 볶아서 빻아 놓은 호두가루, 땅콩가루, 깻가루 및 잣 등을 함께 넣어도 무방하다. 또 소량의 소금이나 계란 등을 넣기도

---

33 참파(糌粑 : rtsam-pa) : 청과맥(靑稞麥)의 볶은 가루를 쑤여우차(酥油茶)나 청과주(靑稞酒)에 개어 먹는 경단으로 티베트족의 주식(主食)임.

34 明代談修在『滴露漫錄』中說 : "茶之爲物, 西戎土蕃古今皆仰給之. 以其腥肉之食, 非茶不消; 靑稞之熱, 非茶不解." 『格致鏡原』卷21『飮食類·茶』, 『四庫全書』1031冊, 284面

35 '강전(康磚)'과 '금첨(金尖)'은 모두 찐 뒤, 벽돌모양으로 단단하게 압착하여 만든 차이다. 이 차들은 모두 티베트인들에게만 전문적으로 공급하기 위해 만들어진 긴압(緊壓)형태의 흑차(黑茶)들이다. 품질에 있어 '강전'은 고급에 속하고 '금첨'은 그보다 떨어지는 편이라 하지만, 고급차에만 지나치게 익숙해져 있는 우리나라사람들에게는 둘 다 품질이 그리 좋게 느껴질 수 없을 것이다.

36 이때 사용하는 긴압차(緊壓茶)는 보이(普洱), 강전(康磚), 금첨(金尖)이다.

37 타차통(打茶筒) : 중국어에서 '타차(打茶)'란 '차(음료)를 만들다.' 는 뜻이다.

한다.

셋째, 나무로 만든 공이^{목저：木杵}로[38] 길고 둥근 차통 안을 위아래로 피스톤 운동을 하듯 힘차게 여러 번 저어 준다. 장족^{티베트인}들은 "공이_{木杵}로 저을 때 처음엔 '꽈당! 꽈당!' 소리가 나다가 '차~차~' 하는 소리로 변하게 되면 차탕과 가미한 첨가물이 적당히 잘 섞였으므로 '쑤여우차'가 비로소 완성된 것이다."라고 한다. 완성된 '쑤여우차'는 식기 전에 곧장 보온 차병에 옮겨 담아 마실 준비를 하면 된다.

'쑤여우차'는 차를 주재료로 하여 기타 여러 종류의 식료를 혼합하여 섞어 만든 건강음료의 일종이다. 그러므로 만드는 사람의 기호에 따라 맛이 다양하게 나타날 뿐만 아니라 일단 마셔보면 짠맛 속에 차향이 배어 나오고 입안에는 은근히 단 기운이 맴돈다. 그러나 일반적으로 섬세

몽고의 우유차

몽고족 다구

몽고족 차호와 찻잔

---

38 목저(木杵) : 나무로 만든 막대기 형태의 공이, 또는 휘젓는 막대기란 뜻으로 '교곤(攪棍)'이라고도 한다.

한 미각을 지니지 않거나 혹은 그곳 음식에 동화되지 않은 이방인들에게 있어서 '쑤여우차'는 그 맛이 역하게 느껴질 것이다. '쑤여우차'는 몸을 따뜻하게 해주어 방한의 효과가 있을 뿐 아니라 영양보충에 뛰어난 효과가 있어 평균 4000고지 이상의 한대 고원지대에 사는 티베트인들에게 있어서는 더할 나위 없이 좋은 음료일 수밖에 없다.

티베트의 초원과 고원지대는 땅이 광활하고 인가가 드물어 집에 찾아오는 손님이 드물며, 또 어쩌다 손님이 방문하는 경우에는 대접할 음식이 워낙에 없기 때문에 티베트에서는 오직 '쑤여우차'만이 손님을 극진히 대접하는 유일한 대접 거리일 수밖에 없다.

또한, 대부분의 티베트인들은 라마교喇嘛敎를 신봉하며, 독실한 불교신자인 그들은 '라마제사' 때엔 빈부에 상관없이 반드시 모두 경건한 마음으로 차를 올린다. 특히 부유층들은 라마제사 때에 참가한 대중들에게까지 널리 차를 베풀며, 이러한 시차施茶행위를 적덕積德과 행선行善의 보살행이라고 여긴다.

그래서 티베트의 일부 대규모 라마교 사원에는 대부분 한 번에 몇백근의 차를 끓여낼 수 있는 거대한 차 솥이 구비되어 있다. 그리고 대부분의 사원에서는 명절이 되면 신도들에게 차를 베풀게 되는데, 이는 모두중생들에게 부처님의 은덕을 베풀기 위해서라고 한다. 지금도 이러한 광경은 아직도 티베트 곳곳에서 볼 수가 있다.

3) 위구르족維吾爾族의 향차香茶

신강新疆의 천산天山 이남에 거주하는 위구르족들은 대부분 농업에 종사하며 밀가루를 주식主食으로 하고 있으며 가장 즐겨 먹는 주식은 소맥분으로 구워낸 '낭饢'이라는 빵이다.[39] '낭'은 색깔이 누렇고, 향기로우며, 바삭바삭하여 부스러지기 쉬운 원형의 빵이다. 위구르족들은 '낭'을 식사할 때 반드시 '향차香茶'와 함께 곁들여 먹기를 좋아하는데, 이는 소맥분으로 구워낸 '낭'이 건조하여 먹을 때 목이 메어지기 때문이다. 또 그들은 '향차'가 위를 튼튼하게 해 줄 뿐만 아니라 정신도 맑게 해주는 영양가치가 매우 높은 음료로 여기기 때문에 식사 시간 외 평소에도 '향차' 마시기를 좋아한다.

장족(藏族) 찻물주전자와 화로

남부 신강의 위구르족이 '향차'를 다릴 때 주로 사용하는 차호는 동銅으로 제작된 목이 긴 차호이다. 일명 '장경차호長頸茶壺'라고 한다. 그 밖에도 도기陶器·법랑琺瑯·알루미늄 재질의 차호도 함께 사용하며, 차를 마실 때 작은 차완茶碗을 사용한다. 이는 북

장족(藏族) 찻잔

부 위구르족이 '우유차奶茶'를 끓일 때 사용하는 다기와는 완전히 다른 것이다.

통상 '향차'를 만들 때, 먼저 전차磚茶[40]를 작은 덩어리로 부순다. 그리고

---

39 낭(饢) : náng, 위구르족과 카자흐족들이 주식으로 먹는 것으로 소맥분을 반죽하여 구운 빵의 일종

40 전차(磚茶) : 압축시켜 돌처럼 굳혀 만든 긴압차(緊壓茶)의 일종이며, 벽돌형태로 만들었다

장족(藏族) 다실 내부 1 장족(藏族) 다실 내부 2

'장경호' 속에 물을 7~8부 정도 채운 뒤 열을 가한다. 물이 막 끓기 시작할 때 미리 부셔놓은 전차 덩어리를 한 움큼 쥐어 차호 속에 넣는다. 그리고 다시 약 5분 정도를 끓인 뒤, 미리 미세하게 갈아 준비해 둔 적당량의 생강, 계피, 후추, 당아욱 등의 향료를 끓는 찻물 속에 집어넣는다. 그리고 다시 가볍게 3~5분 정도를 골고루 휘저으면 '향차'는 곧 완성되는 것이다.

차를 작은 차완에 따를 때에는 차 찌꺼기 및 향신료의 찌꺼기가 섞여 들어가지 않도록 거름망을 사용하도록 하는데, 실제로 '장경호長頸壺'에는 대부분 이미 거름망이 세트로 하나씩 달려 있어 차탕에 찌꺼기를 거를 수 있도록 되어있다.

남부 위구르 지역의 시골에서는 대부분 하루 세 번씩 '향차'를 마시는 습속이 있는데, 통상 아침, 점심, 저녁 식사 때 식사와 함께 마신다. 이들의 식사는 한손엔 '낭饢'을 들고 먹고, 한손엔 차를 들고 마시는데, 이렇게 차를 마시는 방식은 이들에게 있어 차茶는 해갈解渴의 음료라기보다는, 차라리 텁텁한 '낭饢'을 편하게 먹기 위한 일종의 좌식佐食의 개념인 '탕료

하여 벽돌 전(磚)자를 써서 전차(磚茶)라 부른다.

湯料’ 즉 우리나라에서 식사 때 먹는 국湯 정도로 볼 수가 있을 것이다. 실지로 이들에게 있어 차茶는 국물이나 반찬을 대신하는 정도로 보는 게 더 타당할 것이다.

4) 회족回族의 괄완자차刮碗子茶

회족回族은 중국의 서북쪽에 광범위하게 분포하는데, 주로 영하寧夏, 청해青海, 감숙甘肅 3개성에 가장 집중적으로 분포되어 있다. 회족이 거주하는 지역은 고원사막이 많아 기후가 메마르고 한랭대이다. 열악한 환경조건으로 인해 채소와 야채가 부족하고 주로 소나 양고기 또는 치즈나 버터 등을 주식으로 삼고 있다.

찻잎 속에 함유된 대량의 비타민과 여러 가지 페놀phenol 성분들은 채소의 부족에서 오는 영양결핍을 보충해 줄 뿐만 아니라 육류의 기름기를 제거하고 소화를 이롭게 해 주기 때문에, 오래전부터 티베트족들과 마찬가지로 회족回族에게 있어서도 차는 반드시 없어서는 안 될 생활필수품인 것이다.

회족回族의 음차방식은 다양하지만, 그 중에서 가장 대표적인 것이 바로 ‘괄완자차刮碗子茶’이다. ‘괄완자차’에서 사용되는 다기는 세 종류로써 중국에서는 속칭 ‘삼건투三件套’라고 한다. 세 가지 도구가 한 질세트을 이루고 있다는 뜻이다. 그 구성은 차완茶碗과 완개碗蓋 그리고 완탁碗托 혹은 다반茶盤[41]으로 되어 있다. 쉽게 말하면 중국 사천성의 ‘개완차蓋碗茶’이다. 차완茶

---

41 차완(茶碗)은 차사발이고, 완개(碗蓋)는 사발 덮개이고, 완탁(碗托)은 사발 받침대이다. 차완

碗에는 차를 담고, 완개碗蓋는 향을 보호하며, 완탁碗托은 뜨거운 차완에 손이 데이는 것을 방지해 준다.

차를 마실 때는 한 손으로 완탁碗托을 잡아서 들고, 또 한손으로는 덮개를 잡는다. 그 다음에 덮개를 차완의 입구 안에서 바깥으로 몇 차례 긁어낸다. 아마 이해가 쉽게 가지 않는다면, 청나라 배경의 중국영화를 떠올리면 쉽게 이해가 갈 것이다. 이러한 장면은 회족뿐만이 아니라 중국인들도 개완차蓋碗茶를 마실 때 늘 습관처럼 하는 행동이기 때문이다. 이렇게 하는 이유는 첫째, 차탕 표면에 떠있는 거품을 제거하기 위함이고, 둘째, 차 맛과 첨가물의 맛이 잘 섞이게 하기 위함이다. '괄刮,guā'이란 중국어로 칼날로 깎다, 밀다 또는 긁다 등의 뜻을 가지고 있다. 즉, '차사발 덮개碗蓋'를 이용해서 차완茶碗을 깎는다. 긁는다는 뜻이다. '괄완자차'의 명칭은 바로 여기에서 유래된 것이다.

'괄완자차'를 마실 때는 보통 초청炒青 녹차를 많이 사용하며, 차를 충포沖泡할 때에는 차완에 차茶 외에도 얼음사탕과 사과 말린 것, 건포도, 곶감, 호두, 건대추, 계원桂圓：龍眼, 구기자 등의 여러 종의 건과乾果를 넣는다. 어떤 이는 여기에다 국화꽃이나 깨를 더 첨가하기도 한다. '괄완자차'에는 통상 기본적으로 8가지의 몸에 이로운 첨가물이 들어가기 때문에 세상 사람들이 이름 미칭美稱하여 '팔보차八寶茶'라고도 한다.

'괄완자차'는 다른 차에 비해 첨가된 식품의 종류가 비교적 많기 때문에 각 재료들이 차탕 속에서 침출되는 속도가 각기 다를 수밖에 없다. 그래서 계속 물을 부어 마실 때마다 그 맛 또한 매번 같지가 않다. 일반적으로 '괄완자차'는 끓는 물을 붓자마자 곧 덮개를 덮고, 약 5분 후에

의 밑 부분이 꽉 끼어 미끄러져 빠지지 않도록 깊이 움푹 파여 있는 게 특징이다.

마시기 시작한다. 첫잔은 거의 차 맛 위주이고, 맑은 차향과 순후한 차 맛을 맛보게 된다. 다시 끓는 물을 부은 두 번째 잔은 설탕이 녹으면서 진한 단맛과 차향이 어우러짐을 맛보게 된다. 세 번째 잔부터는 차의 맛은 엷어지기 시작하고, 첨가된 각종 건과乾果의 맛이 서로 함께 뒤엉켜 은근히 우러나오게 된다. '괄완자차' 한 잔은 대략 5~6차례 우려 마실 수가 있다.

회족 사람들은 '괄완자차刮碗子茶'를 마시면 마실수록 차차 맛이 좋아질 뿐 아니라, 점점 다른 맛을 맛볼 수 있다는 데 묘한 매력을 느끼고 있다. 뿐만 아니라 기름기를 제거하고 생진生津을 촉진하며, 첨가된 각종의 건과 들은 몸을 보하고 신체를 강건하게 해 준다고 여기어 '괄완자차'를 가리 켜 '감미로운 양생차養生茶'라고 말하고 있다.

5) 몽고족의 함내차咸奶茶[42]

몽고족은 주로 내몽고자치주 및 그 경계를 인접하고 있는 인접 성省이 나 지역에서 흩어져 분포하고 있다. 함내차咸奶茶를 마시는 것은 몽고족의 전통적인 음차습속이다. 그들은 하루에 한 끼 식사를 하더라도 차는 반드 시 하루에 세 번 마시는 습관이 있다. 매일 이른 아침에 일어나 주부들이 맨 먼저 하는 일은 바로 전 가족들이 하루 온종일 마실 수 있는 '함내차咸 奶茶'를 한 솥 끓이는 일이다. 몽고족은 뜨거운 차 마시기를 좋아하여 아침

---

42 함내차(咸奶茶)는 중국어로 '시엔나이차(xian-nai-cha)'로 발음하며, 함(咸xian)이란 짠맛이란 뜻이고, 내(奶nai)는 우유를 뜻한다. 즉, '짠맛 나는 우유차'란 뜻이다.

차부뚜막과 동호

에 일어나면 맨 먼저 차를 마시며 소기름으로 볶은 기장을 먹는 것으로 하루 일과를 준비한다. 마시다 남은 차는 약한 불 위에 올려놓고 언제든지 수시로 마실 수 있도록 한다. 통상 온 가족이 정식으로 식사하는 것은 저녁에 방목을 마치고 귀가한 후 한 차례뿐이지만, 매일 아침, 점심, 저녁 세 끼 '함내차'를 마시는 것은 결코 빼먹을 수 없는 일이다.

몽고족이 마시는 '함내차'는 주로 '청전차靑磚茶'나 '흑전차黑磚茶'를[43] 주재료로 사용하며, 차를 끓이는 기구는 쇠솥을 사용한다. '함내차'를 만드는 방법은 먼저 전차를 잘게 부숴 둔다. 그리고 깨끗하게 씻은 쇠솥을 불 위에 올려놓고 2~3kg의 물을 솥에 채운다. 물이 막 끓기 시작하면 미리 잘게 부숴 둔 전차磚茶 25그램 정도를 넣는다. 물이 다시 끓기

---

43 청전차(靑磚茶)는 녹차를 쪄서 곧바로 압착시켜 만든 긴압차(緊壓茶)로 발효가 전혀 진행되지 않은 상태의 전차(磚茶)를 뜻하며, 흑전차(黑磚茶)는 보이차의 숙병과 같이 악퇴(渥堆) 과정을 통해 발효된 차를 압착시켜 만든 긴압차를 말한다. '악퇴(渥堆)'는 보이차를 만드는 가장 중요한 과정의 하나로 찻잎에 물을 뿌리거나 혹은 물에 적시어 쌓아 두는 과정을 뜻한다.

시작하면 5분 후에 물의 5분지 1의 우유를 타 넣는다. 약간 휘젓다가 다시 적당량의 소금을 첨가한다. 잠시 후 솥 속의 '함내차'가 다시 보글보글 끓어오르기 시작하면 차가 완성된 것이므로 즉시 차완에 따라서 마시면 된다.

실지로 '함내차'를 끓이는 데는 매우 까다롭고 치밀한 기술이 요구된다. 차탕의 맛의 우열, 영양성분의 정도와 차를 사용하고 물을 넣고 우유를 타는 것과 그리고 선후 순서에 맞춰 첨가물을 넣는 등, 이 모든 것이 매우 밀접한 관계가 있다. 예를 들어 차를 늦게 넣는다든가 아니면 차를 넣고 우유를 타는 순서가 뒤바뀐다든가 하면 차 맛을 제대로 낼 수 없으며, 차를 다리는 시간이 지나치게 길면 또한 차의 향과 맛을 잃어버리기 때문이다. 그래서 몽고족들은 "오직 그릇과 차와 우유, 소금과 온기溫氣 등의 다섯 가지 요소만 잘 조화를 이룬다면 향긋하고 맛있는 '함내차'를 만들어낼 수 있다"고 생각한다. 이러한 까닭에 몽고족 부녀들은 모두 '함내차'를 끓이는 솜씨를 익히고 있다. 대부분의 처녀들은 철이 들면서부터 모두 어머니로부터 세심하게 차 끓이는 기술을 전수받게 된다. 처녀는 시집갈 때 신혼의 덕담을 주고받는 친지와 친구들이 모인 자리에서 차를 끓여내어 솜씨를 발휘해야 한다. 만약 제대로 끓여내지 못하면 '가정교육'을 제대로 받지 못한 것으로 단정하고 치욕으로 여기게 한다.

6) 동족侗族과 요족瑤族의 '타유차打油茶'

운남, 귀주, 호남, 광서성 등의 인접지역에 분포하여 살고 있는 동족과 요족을 비롯한 소수민족들은 예부터 대대로 손님이 찾아오는 것을 좋아한다. 비록 서로 간에 풍습은 다르지만 그들은 모두 유차油茶를 즐겨 마시고 있다. 그래서 명절이나 집안에 경사가 있을 때나 혹은 친지나 친구 등 귀한 손님이 방문할 때면 그들은 언제나 즐거운 마음으로 최선을 다해 지극정성으로 준비한 차를 손님에게 대접한다.

현지에선 유차油茶를 만드는 것을 일러 '타유차打油茶'라고 하며, 일반적으로 네 단계의 순서를 거쳐서 만들어진다. 첫째는 차를 선택하는 단계이며, 통상적으로 두 가지 차 중에서 선택한다. 하나는 전문적으로 볶아낸 말차이고, 또 하나는 방금 차나무에서 따온 어리고 연한 차싹의 새순으로 사람들 각자의 입맛에 따라 선택하여 결정한다.

그 다음은 첨가할 재료를 선택한다. 타유차는 통상적으로 미리 준비해 둔 땅콩알맹이, 강냉이팝콘, 노란콩, 깨, 찹쌀보리경단, 삶아서 말린 죽순筍乾 등을 첨가한다.

세 번째는 차를 끓이는 단계이다. 먼저 불을 지피고 그 위에 솥을 올려놓고 솥바닥이 달궈지면 솥에 식용유를 적당하게 넣는다. 기름표면에서 파란연기가 오르기 시작하면 즉시 적당량의 찻잎을 놓고 뒤척이며 볶는다. 찻잎에서 맑은 향기가 나기 시작하면 약간의 깨와 소금을 넣고 다시 수차례 뒤척이며 볶은 뒤, 솥에 물을 붓고 뚜껑을 덮은 뒤 3~5분 정도를 끓이면 바로 '타유차'가 완성되는 것이다. 완성된 유차는 솥에서 잘 휘저어가며 국자로 떠서 차완茶碗에 옮겨 담아 차를 대접하거나 마시면 된다. 이렇게 해서 가정에서 일반적으로 만들어 마시는 향긋하고 상큼하며 신선한 유차油茶가 만들어지는 셈이다.

그러나 만약에 경축절이나 연회 때 사용할 '유차'라면 계속해서 네 번째 단계를 진행하게 된다. 네 번째 단계는 '배차配茶'이다. 배차는 바로 차와 잘 어울리게 첨가해 넣는 음식재료들을 뜻한다. 준비해 둔 여러

가지 식재료들을 꺼내어 차완 속에 넣어 차를 따를 준비를 해둔 뒤, 기름
에 볶고 끓인 차탕 속의 차 찌꺼기를 건져낸다. 그리고 차탕茶湯을 식기
전에 곧바로 여러 가지 첨가물이 담긴 차완에 따르고 손님에게 접대할
준비를 한다.

이상의 네 단계를 거쳐 유차를 완성하면 손님에게 차를 대접하는 '봉차
奉茶'를 행하게 되는데, 일반적으로 주부들이 유차를 거의 다 만들어 갈
무렵, 집주인이 초대한 손님들에게 탁자에 둘러앉도록 청한다. 유차는
그 안에 첨가되는 내용물이 많아서 젓가락을 사용하기 때문에 '마신다기'
보다는 '먹는다'는 말이 더 적합하다. 그래서 그들은 "유차를 먹는다.吃油
茶"라고 표현한다. 유차를 먹을 때 손님은 주인의 열정과 정성어린 접대
에 대한 감사의 표시로 한편으로는 차탕을 마시며 한편으로는 '쩝! 쩝!'
소리까지 내어가며 첨가물을 씹어 먹으면서 유차의 맛을 칭찬할 뿐만
아니라 주인의 '유차' 끓이는 솜씨가 비범하다고 칭송한다.

7) 토가족土家族 '뢰차擂茶'

토가족土家族은 호남, 호북, 사천, 귀주 등과 호남의 무릉산武陵山[44] 일대에
매우 많이 분포하여 살고 있으며, 천백 년 동안이나 조상 대대로 이어져
내려온 그들의 전통적인 '차먹는 법吃茶法'을 지금까지 잘 보존해오고 있
는데 그것이 바로 뢰차擂茶를 마시는 것이다.

---

44 무릉산(武陵山) : 호남성 안의 서북쪽에 위치한 산으로써 부근의 유명한 도시로는 장가계(張
家界)시가 있다.

　‘뢰차擂茶’는 ‘삼생탕三生湯’이라고도 한다. ‘삼생탕’이란 이름은 차나무에서 갓 따낸 신선한 생찻잎과 생강 그리고 생쌀을 원료로 하여 세 가지를 함께 섞어 빻아 갈은 후 물을 붓고 끓여서 만들어낸 탕이란 뜻에서 붙여진 이름이다.

　전하는 말에 의하면 “삼국魏·蜀·吳시대 때 장비가 병사를 이끌고 무릉武陵의 호두산壺頭山[45]을 공격한 적이 있었다. 마침 그때 더위가 기승을 부리는 무더운 여름인지라, 불행히도 현지에는 무서운 전염병이 돌고 있었고, 장비의 부하 장병 수백 명이 전염병으로 쓰러지게 되었을 뿐만 아니라, 장비 자신도 전염병을 피할 길이 없었다. 이때 마을에 있는 어느 민간요법 한의사가 장비의 군대가 기율이 엄격하고 전혀 민폐를 끼치지 않고 있음을 보고 감복한 나머지 이에 곧 역병疫病을 퇴치할 수 있는 비방의 ‘뢰차擂茶’를 장비에게 갖다 바쳤다. 이를 복용한 장비와 그의 병사들은 전염병이 씻은 듯이 나았다.”고 전한다. 그 뒤로 뢰차擂茶는 사람들에게 병을 치료하는 양약으로 여겨지게 되었다.

　세월의 흐름에 따라 현재

차포(茶鋪)-문혁시기

45 지금의 호남성(湖南省) 상덕(常德) 경내

'토가족'이 마시는 '뢰차'는 고대의 그것과 비교할 때, 원료 배합 면에서 이미 커다란 차이를 보이며 변해 왔다.

현재는 '뢰차'를 만들 때 통상 찻잎 외에도 볶아서 익힌 땅콩, 깨, 쌀 튀밥 등을 배합하여 넣는다. 그 외에도 또 생강,

토가족(土家族)의 뢰차 도구와 첨가식품

식염, 후추 등을 넣기도 한다. 통상 차와 각종의 식품 및 조미료 등을 특별히 제작된 도기로 만든 '뢰발擂鉢',[46] 속에 넣고 단단한 나무재질의 연마研磨용 공이로 힘껏 돌려가며 각종 재료를 혼합하여 갈아서 골고루 섞이게 한 뒤, '뢰발'의 귀때기 모양으로 터진 쪽으로 기울여 차완에 쏟아 넣는다. 그리고 끓는 물을 부어 죽을 개듯이 수저로 가볍게 몇 번 휘저어 주면 곧 '뢰차'는 완성된 것이다.[47] 사람이 많아서 대형 '뢰발'을 사용할 경우는 끓는 물을 '뢰발'에 직접 붓고 개어서 곧바로 국자나 큰 숟가락을 이용해서 차완에 담기도 한다. 그 외 , 일부 지방에서는 첨가식품을 빻거나 갈지 않은 채, 직접 그대로 차완에 넣어서 끓는 물에 우려마시는 경우도 있는데, 이 경우에는 반드시 펄펄 끓고 있는 물을 곧 바로 부어서 우려야 한다.

'토가족'들은 모두 '뢰차'를 마시는 습관을 가지고 있다. 토가족의 일

---

46 뢰발(擂鉢) : 차와 함께 여러 가지 식물이나 조미료를 넣어 빻는 것으로 귀때기 사발 모양으로 생긴 우리나라의 가정용 작은 '절구' 같은 것이다.

47 우리나라에서 '미수가루'를 타서 먹는 원리와 같다. 또는 몸에 좋은 수십 가지의 곡식을 빻고 갈아서 만든 건강식품인 선식(禪食)과 매우 흡사하다고 보면 될 것 같다.

반 사람들은 낮에 육체노동을 하고 집으로 돌아오자마자 항상 식사 전에 먼저 '뢰차' 몇 잔을 마시며, 이를 생활의 즐거움으로 삼고 있다. 심지어 어떤 노인들은 하루라도 '뢰차'를 마시지 않으면 곧 온몸이 무기력함을 물론 정신까지 멍해짐을 느낀다고 할 정도로 '뢰차' 마시기를 밥 먹는 것만큼이나 중요하게 생각한다.

그런데 만약에 친지나 친구들이 찾아올 경우에는 '뢰차'만 대접하는 것이 아니라 다과 또는 다식도 몇 접시 함께 내어와 대접하는데, 다과나 다식은 주로 담담하고 향긋하면서 바삭한 식품들로 예를 들어 땅콩, 포테이토칩, 해바라기씨, 호박씨, 쌀 튀밥, 강정 및 생선 튀김조각 등을 내어와 한결 더 '뢰차'를 마시는 정취와 분위기를 돋운다.

8) 백족白族의 삼도차三道茶

백족白族은 중국 서남지구에 흩어져 살지만, 주로 풍경이 수려하기로 유명한 운남의 대리大理지역에 많이 집중된 편이다. 백족은 손님맞이를 좋아하는 민족으로 대개 명절이나 회갑, 남녀 혼인 또는 스승께 배움을 청하는 등의 경사스러운 날, 혹은 친지나 친구, 손님이 방문할 때, 바로 그 유명한 '일고一苦', '이첨二甜', '삼회미三回味'의 삼도차三道茶를 만들어 대접한다.

삼도차三道茶의 역사는 매우 오래되었다. 그 기원이 당나라618~907년 초기에서 비롯되어 꾸준히 발전해 오다가 당나라 때, 남조국南詔國[48] 중·후기

---

48 당나라 때의 운남 일대를 장악하고 있던 만족(蠻族) 지방정권으로 남조왕 '피라각(皮邏閣)'이

때에 이르러 불교가 운남 대리大理에서 흥기하자 불교사찰에서 승려들이 좌선할 때 많이 애호하던 차이기도 하다. 송나라와 원나라를 거쳐 명·청에 이르자 '삼도차'는 백족 일반 가정에까지 널리 보급되어 모두 차를 구워烤茶 마시기를 좋아했을 뿐만

백족(白族)의 삼도차(三道茶) - 출처 : 〈世界茶文化大觀〉

아니라 첨차甛茶를 손님에게 접대하는 등, 명절이나 혼인, 회갑 등의 집안 경사에는 어김없이 삼도차三道茶를 만들어 즐겨 마시게 되었다.

'삼도차'는 세 단계의 과정을 거쳐 만들어지는데, 매 단계마다 차를 만드는 방법과 쓰이는 원료가 모두 다르다. 첫 단계인 '제일도차第一道茶'는 순수하게 쓴 차란 뜻으로 '청고지차淸苦之茶'라고 부른다. 여기에는 '사람의 도리'를 일깨워 주려는 깊은 교육적 철리가 숨겨져 있다. "자신의 사업또는 창업을 일으키려면 먼저 쓴맛을 봐야 한다."는 것이다. 즉, 먼저 숱한 고생을 해 봐야 자신의 사업을 일으키고 성공할 수 있다는 뜻이다.

차를 만들 때는 먼저 물을 끓인다. 그 다음 차를 만드는 사람은 '사관砂罐'49을 약한 불 위에 올려놓고 달군다. '사관'이 달구어지면, 곧 그 안에 적당한 양의 찻잎을 통 안에 넣고 안에 넣은 찻잎이 골고루 열을 받을 수 있도록 '사관'통은 계속 방향을 바꾸어 움직여 준다. 찻잎이 골고루

흩어져 있던 각 부족을 통일하여 태화성(太和城 : 현, 대리시 남쪽)에 도읍하고 남조국(南詔國)을 건국하였다. 당 현종 때 운남왕에 책봉되었고, 그 후에도 강역을 확대하여 운남 사천 및 귀주일대를 점령하였다. 당과 티베트의 투뽀어(土蕃)왕조에 위협적 존재였다.

49 사관(砂罐) : 모래흙으로 빚은 깡통(캔)모양의 작은 통

티베트(西藏)의 쑤여우차 만드는 모습

열을 받으면서 안에서 '땅땅'하는 소리가 나고 찻잎이 노랗게 변하면서 캐러멜caramel 향이 올라오기 시작하면 미리 끓여놓은 물을 즉시 '사관' 안에 따라 붓는다. 잠시 후 주인은 사관 속의 끓는 찻물을 찻그릇茶盅[50]에 기울여서 따라 붓고, 찻물을 따라 부은 그 '찻그릇'을 두 손으로 공손하게 받쳐 들고 손님에게 올린다. 이렇게 만들어진 '제일도第一道'의 차는 굽고 끓여서 만들어졌기 때문에 색깔은 호박琥珀과 같고, 향은 진한 캐러멜향이 코를 찌를 듯이 진하여, 마시게 되면 그 맛이 무지하게 쓰고 떫다. 그래서 '쓴 차'란 뜻으로 '고차苦茶'라고 부르게 되었다. 그 맛이 워낙 쓰기 때문에 통상 반 잔만 채워서 한 번에 마셔버린다. 이렇게 해서 인생의 쓴 맛을 간접적으로 보게 되는 것이다. '고진감래苦盡甘來'라고 했던가? 그 다음 '제이도第二道'에서는 달콤한 인생을 맛볼 '제이도차'가 기다리고 있다.

'제이도차第二道茶'는 달콤한 차란 뜻으로 '티옌차甛茶첨차'라고 한다.[51] 손님이 제일도차를 마시고 나면 주인은 다시 '제일도'에서와 마찬가지로 '사관' 안에 차를 넣고 굽고 끓이게 되는데, 단지 이때는 앞에서와 다르게 약간의 흑설탕을 첨가하여 넣게 된다. 차가 다 끓여지면 주인은 '제일도'에서와는 다르게 첨차를 손님의 잔에 8부 정도 가득 따라준다. 이렇게

---

50 차충(茶盅) : 차 그릇. 다완(茶碗)과 같은 말이다.
51 첨차(甛茶) : 중국어로 '티옌차(tián chá)'라고 부르며, 첨(甛)이란 혀가 달콤하다는 뜻으로 감(甘)과 같은 뜻으로 쓰인다. 주로 오룡차를 마시고 나면, 은은하게 입안에 단맛이 돌아오는 것을 '회감(回甘)' 또는 '회첨(回甛)'한다고 한다.

휘상차장(徽商茶莊) 내부모습〈항주 차엽박물관 내에 전시〉

완성된 '제이도차'는 달콤하고 향긋하여 누구나 마시기에 좋다. 이 차의 함의는 "사람이 세상에서 무슨 일을 하든지 먼저 인생의 쓴맛을 보고 난 뒤에야 비로소 달콤한 인생이 찾아온다."는 '고진감래苦盡甘來'의 교훈을 일깨워주는 것이라 하겠다.

제삼도차第三道茶는 마신 차의 맛이 다시 목구멍으로 되돌아오는 차란 뜻으로 '회미차回味茶'라고 부른다. 차를 달이는 방법은 비록 다르긴 해도 큰 차이는 없다. 단지 찻그릇茶盅차충 속에 이미 바꾸어 준비해 놓은 적당량의 꿀과 약간의 볶은 튀밥, 약간의 산초열매, 호두 한 움큼 등의 원재료 등을 넣고 차탕을 6 내지 7부 정도 채우는 정도이다.

제삼도차를 마실 때는 일반적으로 차탕 속의 첨가물들이 고르게 섞이도록 찻그릇을 흔들어가며, 또 한편으로는 입으로 '후후' 불어가며 식기 전에 마시게 된다.

삼도차의 맛은 단맛·신맛·쓴맛·매운맛 등의 온갖 맛이 다 갖추어져 있어 돌아오는 맛이 무궁무진하다고 한다. 제삼도의 '회미차回味茶' 사람들에게 일깨워주는 또 다른 교훈은 "모든 일에서 이렇게 회미차의 무궁무진한 온갖 맛처럼 좋은 결과가 많이 돌아오길回味 바란다면 '고진감래苦盡甘來'의 이치를 잘 기억하라는 것이다.

중국 소수민족 전통차 일람표

	각 소수민족	전통차		각 소수민족	전통차
1	곤명昆明	구도차九道茶	12	요족瑤族, 장족壯族	함유차咸油茶
2	장족藏族	소유차酥油茶	13	기낙족基諾族	양반차凉拌茶
3	위그루족維吾爾族	향차香茶	14	와족佤族	소차燒茶
4	회족回族	괄완자차刮碗子茶	15	태족傣族	죽통향차竹筒香茶
5	몽고蒙古	함내차咸奶茶	16	납호족拉祜族	고차烤茶
6	동족侗族, 요족瑤族	타유차打油茶	17	경파족景頗族	엄차腌茶
7	토가족土家族	뢰차擂茶	18	합니족哈尼族	토과차土鍋茶
8	백족白族	삼도차三道茶	19	율속족傈僳族	유염차油鹽茶
9	카자흐kazakh	우유차내차 : 奶茶	20	납서족納西族	용호투龍虎鬪와 염차鹽茶
10	묘족苗族	팔보유차탕 八寶油茶湯	21	포랑족布朗族	청죽차靑竹茶
11	회족回族, 묘족苗族	관관차罐罐茶			

제7장 중국의 차_茶산업

1 | 차_茶 산업의 개념

1) 농차_{農茶}·공차_{工茶}·운차_{運茶}·상차_{商茶}의 개념 정의

차밭_{茶園}을 일구어 차를 경작하고 찻잎을 생산하는 자를 가리켜 '농차_{農茶}'라 하고 하고, 차창_{茶廠}에서 차를 만드는 일을 하는 자를 '공차_{工茶}'라 하며, 제품화된 차상품의 유통·판매하는 자들을 통칭하여 '상차_{商茶}'라 한다. 상차는 좀 더 세분화하여 제품화된 차의 운반과 유통을 전담하는 자를 '운차_{運茶}'라 하고, 판매·영업 등 도매와 소매 및 소비자를 상대로 영업·판매활동을 하는 자를 가리켜 '상차_{商茶}'라고 구분한다.

모든 경제가 대부분 자급자족의 단계였던 과거의 '차농_{茶農}', '차공_{茶工}', '차상_{茶商}'은 그 성질이 매우 단순하고 구체적이고 세분화되지 못했을 뿐만 아니라 대부분 차농이 차공의 역할까지 겸하고 있었다. 다시 말해 고대의 차농의 역할은 차를 심고 재배하는 차의 경작에만 그치는 것이 아니라 차를 제다製茶하여 차상에게 넘기기까지의 역할을 함께 겸하고 있었던 것이다. 심지어 소규모 차농 같은 경우는 직접 차의 경작耕作과 제다製茶는 물론 차를 직접 시장에 내다 파는 차상의 역할까지도 겸하고 있었다.

그러나 현재의 차산업은 농·공·상의 각 분야가 구체적으로 명확하게 구분되어 있으며, 그 운영에 있어서도 매우 과학적이고 체계적인 시스템을 갖추고 분업화·기계화를 이루고 있다. 뿐만 아니라, 농農·공工·상商의 각 분야에 걸친 전문 학자들의 참여와 국가적 관리차원의 체계적인 정책시행과 감독·관리가 함께 병행되고 있으며, 더 나아가 대규모 민간 대기업들의 과학적인 경영으로 인해 이미 과거 차산업의 형태와는 그 성질과 규모가 판이하게 달라졌다.

아울러 과거에 단순히 농업의 일부로만 예속되었거나, 혹은 농업과 상업으로만 분류 예속되어 있던 차산업은 현대에 이르러 농업과 공업, 그리고 상업의 분야로까지 그 역할과 범위가 확산·분류·연계 발전하게 되었다. 따라서 그 명칭과 의미 또한 새롭게 변신하여 과거에 상용하던 '차농'·'차공'·'차상'이란 명칭은 각각 '농차'·'공차'·'상차'란 명칭과 의미로 통용되고 있다.

따라서 '농차農茶'의 개념은 단순히 차를 농사짓는 차농茶農의 의미뿐만 아니라, 차를 농사하는 짓는 일은 물론 차의 농업으로까지 그 의미가 포괄적으로 확대되었고, '공차工茶'는 차를 제다하고 가공하는 사람이란 뜻 외에도 차를 제작·가공하는 일 및 '차의 공업'의 범위로까지 그 의미가 확대되었으며, '상차商茶'는 차를 운반·판매하는 차상의 의미는 물론 차와 관련된 모든 상업적 경제 활동까지를 광범위하게 포괄하고 있다. 고로 농차는 차의 농업, 공차는 차의 공업, 상차는 차의 상업이라고까지도 할 수 있다.

이상의 농차農茶와 공차工茶 그리고 운차運茶 및 상차商茶 등의 네 가지를 하나로 통칭하여 '차업茶業' 혹은 '차산업'[1]이라고 한다.

농農·공工·상차商茶의 과거와 현재의 개략적 특징 비교

구분	과거	현재
농차 차농	차농은 소규모 경작에 국한 인력에 의지+소량생산만 가능	농차는 인력+기계화로 인해 대량생산이 가능소규모-인력, 대규모-기계화, 농업기술경작, 재배, 채엽의 전문화
공차 차공	전부 수공手工에 의지한 가내공업家內工業이며, 대부분 농업에 종속된 부업으로 취급	일부 수공업소규모을 제외한 대부분이 기계화, 전문화의 체계적 건립, 농차로부터 완전 독립하여 농·상차와 긴밀한 연계성을 유지
상차 차상	국가에서 직접관리와 소자본상인들의 밀수, 조공사절단 수행원들의 암거래정부 묵인	중국의 시장개방과 산업자본의 발달로 민간자본의 투자가 대량 유입, 엄격한 국가적 관리 속에 국영과 민간자본의 체계적 운영, 상품의 전문운반과 전문유통업체의 출현

현재 중국 각 지역 농촌에 산재되어 운영되고 있는 농차·공차·상차는 일반적으로 모두 제각기 독립된 경영 형식을 가지고 운영되고 있다. 간혹 농차農茶·공차工茶·상차商茶의 세 영역을 일원화하여 운영되고 있는 농차장農茶場이 있기는 하지만 아직은 역시 극소수에 불과하며 공차와 상차는 대부분 농차와는 직접적인 연계를 이루고 있지 못하는 형편이다.

사실 공차工茶와 상차商茶는 농차에 비해 그 내용이 매우 포괄적이며 실질적인 활동범위 또한 비교적 광범위하다. 예를 들어 공차工茶의 경우는 단순히 차를 가공하는 작업에만 그치는 것이 아니라, 농차의 생산 품질과 생산량의 결과에 따라 차의 가공 공정과 품질에 직접적인 영향을 받기

---

1 차산업(茶産業) : 중국에서는 '차업(茶業)'이라고 표현하나, '차업'이란 단어가 우리에게 생소한 느낌을 주는 관계로 우리나라 사람들에게 좀 더 친숙한 '차산업'이란 단어로 대체하였다.

북경 차도매시장-마련도(馬連道)

북경 차도매시장-마련도(馬連道) 앞의 육우 동상

때문에 서로 밀접하게 연계하지 않으면 안 된다는 것이다. 즉, 농차에서 재배·채엽하여 1차적으로 만들어진 모차毛茶는 공차의 원료가 됨은 물론이거니와 더 나아가 공차工茶의 상품적 품질을 결정하는 중요한 요인이 되기 때문에 모차毛茶의 생산지와 차재배의 환경은 불가분의 관계를 유지하지 않을 수가 없다. 또한 농차의 생산원료의 보관 유지 상태나 물량 등은 상차商茶의 운반과 유통에 있어 매우 중요한 영향을 미치고 아울러 상차의 운반·유통 방법에 따라 공차의 품질에 지대한 영향을 미치는 중요한 요인이 되기 때문에 서로 불가분의 관계를 유지할 수밖에 없고, 그 역할과 간섭의 범위 또한 모호하여 그 한계를 정확하게 구분 짓기가 어렵다.

그러므로 반드시 세 영역을 어느 한 기업에 의해 하나의 시스템으로 일원화하여 경영해야 한다는 것이다. 이것이 바로 중국 차업계에서 여러 전문 학자나 기업인들이 이구동성으로 일관성 있게 주장하는 바의 '차업茶業 경영관리의 일원화'이다.

2) 차업茶業 관련학과關聯學科 및 차업경영관리학

(1) 차업 관련학과

어떠한 학과든지 간에 그 학문적 특성에 따라 그 범위가 넓기도 하고 또한 좁기도 할 것이다. 만약에 '차업경영관리학'의 범위를 무한정 확대해 나간다면, 여기에 차업경제계열의 차엽상품학, 차엽시장학茶葉市場學, 차엽무역학, 차엽약학茶葉藥學, 차엽통茶葉通史 등을 포함시킬 수 있을 것이며, 심지어 응용기술학 계열의 차수재배학茶樹栽培學, 제다학製茶學, 차엽검험학檢驗學 등등의 학과도 모두 포함시킬 수 있을 것이다.

그러나 이 모든 학과들의 성질이 서로 어떻게 다른지, 또 각 학과의 연구 범위를 어떻게 제한할 것인지도 아직은 모호하고 불분명한 상태이다. 만약에 위에서 열거한 세부적인 학과들을 개설하려고 한다면, 먼저

황산 모봉의 창시자 사유대(謝裕大) 차박물관 측면도

사차(篩茶)

선차(選茶)

그 연구 대상과 범위를 적당하게 축소, 제한하여 차업경제학계열의 학과들이 각기 독립성을 유지하여 해당분야에서 심도 있는 학문적 연구가 이루어질 수 있어야 하며, 아울러 서로 각기 다른 영역에서 이룩한 연구 업적과 성과 및 결과물을 상호 연계하여 학과 간의 학문적 공조를 이룰 수 있도록 하는 그야말로 참신한 새로운 학과로 발전할 수 있도록 해야 할 것이다.

(2) 차업경영관리학茶業經營管理學

위에서 거론한 여러 차업관련학과들과 차업경영관리학을 명확히 구분 짓기 위해서는 오직 '경영관리' 4글자에 실질적으로 중점을 두고 그 영역을 제한해야 한다.

'경영관리'는 실지로 경영과 관리의 두 영역으로 나누어지는데, 여기에서는 두 영역이 서로 분류되어 각기 따로 실행되는 것이 아니라 동시에 이루어져야한다. 차업경영관리학에서는 위에서 언급한 농·공·상차의 세 가지 영역을 각각 다시 경영과 관리의 두 가지 영역으로 나누어 모두 여섯 분야로 구분이 된다. 즉, 농차의 차장茶場의 경영과 관리, 공차의 차창茶廠의 경영과 관리, 상차의 상품판매의 경영과 관리 등 여섯 분야로 분류된다.

그러나 '경영'과 '관리'는 분명히 서로 다른 내용을 갖고 있는 각각의 독립된 영역이기는 하지만 또한 서로 밀접한 불가분의 관계이기 때문에 실질적으로 동시에 이루어져야 한다는 것이다. 그래서 이 여섯 분야의 내용을 하나의 '차업경영관리학'으로 응결시켜 일원화하는 것이다.

그러나 차업茶業의 세 가지 성질인 농차·공차·상차는 제 각기의 독립적 성질을 갖고 있으면서 또한 공통성과 연계성을 갖고 있기 때문에 먼저 서로 다른 특징을 살펴본 후 공통유사점을 살펴보도록 하자.

① 차장茶場의 경영과 관리-농차農茶
　(ㄱ) 차장의 경영방침, 차장의 건립과 발전, 차장의 관리원칙과 관리
　　 체제, 차장의 기획관리
　(ㄴ) 선엽鮮葉 생산의 조직과 관리, 차장공업생산의 조직과 관리, 차장
　　 의 기무機務관리

② 차창茶廠의 경영관리-공차工茶
　(ㄱ) 차창의 현대화, 차창의 규모와 구조배치, 차창의 기술기초, 차창의
　　 선엽鮮葉 및 모차毛茶의 공급원供給源:원산지, 차창관리원칙 및 체제
　(ㄴ) 제다製茶기계와 공구工具의 관리, 차창의 에너지원의 구조와 절약
　　 사용

③ 상품차商品茶의 판매의 경영관리-상차商茶
　(ㄱ) 상품차의 판매경영관리의 성질과 기본원칙

(ㄴ) 판매조직 시스템운반,유통의 경영관리와 상품차의 판매 관리

④ 차업경영관리학의 공통성
  (ㄱ) 노동관리, 경제활동분석
  (ㄴ) 재무관리, 물자관리
  (ㄷ) 경제채산採算=精算 및 기획 관리와 예측
  (ㄹ) 생산품관리, 기술관리, 품질관리
  (ㅁ) 상품가격관리, 운수관리, 관리현대화

3) 차업茶業 : 농·공·상차 삼위일체의 역사적 필연성

농차·공차·상차, 이 세 분야를 일원화하여 종합 경영하는 것은 생산력의 수준을 꾸준히 향상시킴은 물론 동시에 차엽상품의 경제적 발전을 위한 필연적 소산물이라 할 수 있다.

여기서 간단하게 농차農茶의 발전사를 통해 서로 다른 각 시대의 차업 경영의 분리와 종합이 어떠하였는지를 알아보도록 하겠다.

(1) 초기인류사회古代

초기인류사회는 생산력이 아주 미약했기 때문에 삼자農·工·商茶 중에서 농차農茶만이 유일한 생산의 주축이었다. 당시에 공차工茶의 노동이란 것은 단지 농차생산의 부업거리에 지나지 않았을 뿐만 아니라 농차에

종속된 일부분이었으며 전혀
독립된 형태를 갖추지 못하고
있었다.

(2) 노예사회의 형성시기

　　생산력이 발전함에 따라 공

서양으로 수출되는 차상자

차의 수공업手工業이 비로소 발전하게 되면서 점차 농차農茶의 영역으로부
터 분리되어 나오기 시작했다. 또한 이때 차의 생산에는 전혀 종사하지
않으면서 단지 상품차의 교환에만 종사하는 상인과 상품의 유통만을 담
당하게 되는 상차商茶 부문이 출현하게 된다.

상해 국제차엽문화광장(차엽도매시장)

세계최고의 天福天仁그룹의 이서하(李瑞河)총재

그러나 노예사회에서부터 봉건사회에 이르기까지 농차와 공차 수공업의 분리는 매우 철저한 반면, 차엽상품의 교환, 즉 상차활동은 아직 매우 발달하지 못한 상태였다. 왜냐하면 이 시기는 아직 자급자족自給自足의 자연경제가 전반적으로 지배하던 시기였기 때문이다. 이 시기엔 차농들이 자신이 필요한 찻잎을 직접 생산하였을 뿐만 아니라 또 부분적으로나마 일부 차공의 수공품으로 당시 사회의 수요에 부응하여 차를 공급해 주었는데[2], 이때 바로 농차農茶와 공차工茶의 결합이 최초로 시작되었다.

(3) 자본주의사회

서구 산업혁명을 지나면서 공차의 수공업 단계도 산업혁명의 과도기를 지나 공차의 기계화 대공업단계에 이르게 되었다. 과학기술이 농차 중에 광범위하게 응용됨에 따라 농차생산도 구획화區劃化 · 전업화專業化 · 사회화社會化의 정도가 부단히 향상 · 발전되었으며, 아울러 차엽상품경제도 차산업의 지배적 위치를 점유하게 되었다. 특히 공차工茶와 농차農茶는

---

2 『동약(童約)』의 "무양매차(武陽買茶)" 기록이 이를 입증해 주는 좋은 실례라 하겠다.

각각 중국경제의 중요한 물질생산부문이 되었고, 상차 또한 이에 상응하여 충분한 발전을 이루게 되었다.

① 농차農茶와 공차工茶의 연합

자본주의 생산방식은 농차와 공차의 연계를 철저하게 단절하는 동시에 농차와 공차가 각자 발전 수립한 형식의 기초 위에서 새롭게 연합하는 새로운 형태의 고급적 종합 시스템을 구축하게 되는데, 이것이야말로 고도로 발달된 사회적 생산력의 원천이 되는 것이다.

생산력이 고도로 발전하고, 전업화專業化의 발전과 차엽상품율商品率[3]이 향상됨에 따라, 농차와 공차 사이의 교환이 나날이 빈번해짐과 동시에 두 영역의 유기적 관계 또한 날이 갈수록 밀접해지고 있다.

농차가 발전할수록 공차의 장비의 수요가 늘어나게 되고, 반대로 공차의 발전은 더 많은 농차의 신선한 찻잎 제공을 필요로 하게 되는 것이다. 특히 농차의 업무를 위해 전문적 분야로 발전된 차창茶廠 : 공차부문과 상차商茶부문은 이미 농차의 연장선상에서 제각기 독립된 전문부문을 이루고 있는 것이다. 즉, 이 두 부문은 농차의 앞 부문과 뒤 부문을 담당하는 셈이다.

② 농차·공차·상차, 삼자 연합

생산력이 발전함에 따라 농차와 공차의 내재적 연계성은 갈수록 밀접해지고, 또 갈수로 서로 합작을 필요로 하고 있다. 자본주의 사회경제의 발전과정은 농차와 공차로 하여금 상호 지원하면서 진행하고 또 연합하

---

3 상품율(商品率) : (경) 상품화율, 생산 총액에 대한 상품가액(價額)의 비율

여 실행함을 필연적으로 요구하고 있다.

'농차'와 '공·상차'와의 사이에서 가장 중요한 것은 시장매매에 의존하여 서로 연계를 갖고 진행하는 것이다. 국외國外 같은 경우, 처음엔 단기적으로 비고정적 계약을 체결하여 비교적 느슨한 경제관계를 건립하여 상황의 진행을 지켜본 뒤, 피차간에 신뢰가 쌓이게 되면, 비로소 장기적이고 고정적인 경제계약을 체결하여 확고하고 안정된 경제체계를 구축하는 것이다. 맨 마지막에 가서 일정한 조직 연계를 건립하여 일체화된 조직구조를 결성하기에 이른다. 경영관리의 일원화 시스템을 구축하는 것이다.

현재 중국에서는 아직도 농차農茶와 공차工茶가 연합된 차장茶場:농차이 차창茶廠:공차을 겸하여 운영하는 곳이 있는데, 이는 진정한 '농차와 공차의 연합'과는 매우 거리가 멀다고 할 수 있다. 그러나 이러한 형태에도 이미 연합의 초기형태는 볼 수가 있다 하겠다.

이상에서 본 인류사회의 발전과정에서 농차와 공차의 발전은 필연적으로 결합과 분리, 그리고 다시 또 결합하는 변증법적인 발전 과정을 경과한다는 것이다. 즉, 결합에서 분리, 다시 분리에서 결합되는 반복적 과정인데, 이는 인간의 의지로써 움직일 수 없는 객관적 규율인 것이다.

2 | 수대隋代 이전의 사천 차업茶業

1) 파촉巴蜀시기의 차사茶事활동

'차茶'자의 유래와 변천과정은 고대인들이 차를 마시고, 차를 심고 재배했던 기간이 매우 장구했음을 반영한다.[4] 아울러 이러한 오랜 변천과정은 중국의 여러 각지에서 동시에 시작되었거나 또한 동시에 진행된 것이 아니다.

'중국 최초의 종차와 음차지역'에 관해 중국의 고대 문헌 중에서 가장 명확하게 기록된 것을 보면 사천지역의 동부인 파국巴國: 현, 중경(重慶시 일대)경내境內로 나타난다.

파족巴族: 파나라 사람들은 주周나라 때 이미 차茶를 중요한 진귀珍貴작물作物로 여기었으며, 아울러 파국巴國이 주周왕조에 바치는 중요한 대표적 공물貢物이었다.

진晋나라 사람 상거常璩가 지은 『화양국지華陽國志 · 파지巴志』에 의하면, "주나라 무왕이 은나라 주왕을 정벌할 때, 실제로 파족의 군대를 얻었다."고 기록하고 있으며, 또한 "파나라 군대가 주나라의

안계 차도광장 안—이른 아침부터 찻잎을 고르는 여인들

안계 차도광장(이른 아침부터 점포 앞에 나와 찻잎을 고르는 여인들)

---

4 졸고 "차자소고(茶字小考)"-계간 『다담(茶談)』2002년 가을 호 참고 바람.

안계 차엽도매시장(이른 아침부터 차를 사고 파느라 분주한 모습)

안계시 중국차도(茶都)광장－(철관음도매시장)

은나라 정벌에 참가하여 선봉에 서서 용맹을 떨치며, 가무歌舞로써 은나라 사람들을 능멸하는 등 은나라 주紂왕의 군대를 압박하여, 주周나라의 무왕武王이 은상殷商 정권을 전복시키는 데 혁혁한 공로를 세웠다.” 그 후, 주나라 왕실이 정식으로 수립되자 그 공로를 인정하여 파족은 주나라 왕실에서 정식으로 제후로 책봉되고, 작위를 받게 되었으며, 그 파족의 수령을 ‘파자巴子’라 칭하게 되었다.

파족巴族이 파자국巴子國으로 책봉된 이후, 파국은 주나라 왕실에 정기적으로 여러 가지 특산물뽕, 누에, 마, 비단, 생선, 소금, 구리, 철, 옻, 주사, 차, 굴, 거북이, 소뿔, 거위 등등을 공물로 바치게 되는데, 차도 그 중에 하나였다.

아울러 파국巴國 경내에는 “뜰에 방약芳蒻 : 향기로운 부들싹과 향명香茗이 있다.”[5] 고 하였는데 방약은 사천사람들이 말하는 마우蘑芋 : 토란 같은 것이고,

---

5 “園有芳蒻·香茗(원유방약, 향명)”.

향명香茗은 곧 찻잎을 말한다. 이 기록은 파국巴國 경내의 차나무가 이미 야생野生에서 인공으로 종식種植하고 재배되는 작물로 변화·발전되었음을 의미한다.

아울러 찻잎의 생산이 이미 상당한 수준에 도달했음을 의미함과 동시에 인류가 자연으로부터 찻잎을 채취하여 본격적으로 생활에 이용하였음을 입증해 주는 것이다. 그러나 이 당시에는 차나무의 인공재배 수준은 여전히 초기 단계를 벗어나지 못했음은 물론 아직은 광범위하게 보급·확산되지는 않아서 사람들은 여전히 야생 찻잎의 식용을 위주로 하였다.왕상귀족과 평민·서민 간의 생활의 차이를 엿볼 수 있음[6]

선진先秦시기에는 사천 동부 파족巴族 : 중경重慶 지역에서 차가 생산되는 것 외에도, 사천 서부 지역인 촉국蜀國 : 성도成都 경내에서도 차가 생산되었다.

명나라 양신楊愼이 찬술한 『군국외이고郡國外夷考』에서 "가맹葭萌은 『한지漢志』에서 이르기를 '가맹葭萌은 촉군蜀郡의 이름이다.' 가葭음은 망뀬이며, 방언이다. 촉인蜀人들은 차茶를 일러 '가맹葭萌'이라 하며, 대략 차씨茶氏의 군郡이라는 뜻이다."라고 기록하고 있다.

'가맹葭萌'은 현재 광원시廣元市 경내에 있으며, 고대 촉국의 성읍 중 하나였다. 진秦나라가 촉蜀을 멸하고 가맹葭萌현을 두었으며, 당나라 때 이곳에서는 여전히 차의 생산이 왕성했다. 가맹葭萌이 차로 명명命名되었다는 것은 전국戰國시대 이전에 이 지역에서 이미 분명히 차가 생산되었음을 설명하는 것이다.

그 밖에도 문헌에 의하면 파촉巴蜀 외, 기타 지역에서도 음차활동이

---

6 당대(唐代) 육우의 『다경(茶經)』에는 야생 찻잎을 최상의 질(質)로 치고 있다.

전차(벽돌차) 만드는 과정

있었다는 기록이 있다. 예를 들면『화양국지』보다도 훨씬 이른 시기의 문헌인『주례』<장도掌荼>조와『안자춘추晏子春秋』에 차에 관한 기록이 보인다.『안자춘추晏子春秋』에는 제나라 재상 안영晏嬰에 관한 기록이 있는데, "안영이 제나라 경공의 재상으로 있을 때 궂은 쌀밥과 세 마리의 새 구이, 다섯 개의 알, 차, 뺑쑥을 먹었을 뿐이다."고 하였다.[7]

이것은 바로 서주와 춘추시대에 북방에서도 이미 차를 마실 줄 알았다는 증거이다. 즉, 춘추 시대의 제나라는 현재의 산동성 일대이며, 비록 왕상귀족이긴 해도 이는 분명히 북방 지역에서도 차를 마셨다는 것을 입증하는 기록이다.

그러나 중국의 고대 어느 문헌에도 북방에서 차가 생산되었다는 기록은 보이질 않는다. 게다가 북방은 지리적 환경이 차나무가 생장하기에는 적합하지가 않다. 그들이 마신 차엽은 사천에서 공납되었거나, 혹은 상업 무역을 통해 유입되어 들어간 것일 가능성이 매우 높다. 고로 선진先秦시기에 북방에서는 차가 생산되지 않았으며, 오직 유일하게 사천에서만 차가 생산되었다는 게 비교적 학계에서 공인된 사실이다.

---

7 『안자춘추(晏子春秋)』"嬰相齊景公時，食粟之飯，炙三弋五卵茗菜而已(영상제경공시, 식속지반, 구삼익오묘명래이이)"

2) 양한兩漢시기 사천의 차엽생산

진秦나라가 파촉을 멸망시키고 사천을 통일하면서 사천의 경제와 문화는 신속하게 발전하였으며 사천과 중원지역과의 왕래가 한층 더 활발하게 강화되었다. 고대 문헌에는 양한兩漢시기 때의 사천四川 차사茶事 활동에 관한 기록이 선진시기보다 훨씬 더 많다.

고대의 여러 문헌에 의하면 양한兩漢시기의 사천 차엽茶葉 생산의 특징을 세 가지 정도로 요약 정리해 볼 수가 있다.

안계－차도광장(차엽 포장상자만 전문으로 판매하는 곳)

안계－차엽포장상회

(1) 차생산지역의 증대

사마상여 『범장편凡將篇』에는 "서한 전기에 촉군에는 차가 있다."라고 기록하고 있고, 양웅楊雄의 『방언方言』에는 "촉서남인들은 차를 일러 '설'이라 한다."고 하였는데, 이는 촉蜀지역에서 이미 차가 생산되고 있음을 설명해 주고 있다.

『화양국지華陽國志』에 의하면 "한나라 때의 광한廣漢군의 십방什邡현 일

전촉황제 왕건의 묘 - 영릉(永陵) - 분묘 입구

대의 산에는 좋은 차가 나온다."고 하였고, 건위군健爲郡 조에는 "한漢에는 염정鹽井이 있고, 남안南安, 무양武陽에는 모두 명차가 난다."하였다. 천川·전滇·검黔 주변 지역인 평이군平夷郡 일대에서는 "산에 차와 꿀이 난다." 이외에도 "명산名山현의 몽정산蒙頂山도 역시 차엽의 생산이 풍부한 곳이다."라고 기록하고 있다.

(2) 사천四川의 차엽茶葉시장의 존재

문헌에 의하면, 한漢나라 때 사천에는 이미 차엽시장이 존재하였다. 이곳에서 찻잎은 이미 시장의 유통 상품이 되어 있었다. 서한西漢 선제宣帝 때 촉군 사람인 왕포王褒가 쓴 『동약童約』에 보면, 촉군 자중資中현 사람인 왕자연王子淵이란 사람이 동노僮奴의 임무를 조목조목 규정하여 써 놓았는데, 노비의 임무 중 하나가 바로 다기를 씻고 정리하여 수납하며, 무양에 가서 차를 사오는 일이었다. 烹茶盡具…, 武陽買茶

무양은 현재 팽산彭山현이며, 자중資中에서 무양武陽까지 차를 사러 올 정도면, 그곳에는 분명히 유명한 차엽茶葉시장이 있었을 것이다.

(3) 사관寺觀 승도僧道의 종차種茶와 차나무의 재배

한대漢代의 사찰寺刹과 도관道觀에서는 승려와 도사들도 이미 차나무를 심고 찻잎을 식용으로 이용하였다.

전촉황제 왕건의 묘－영릉(永陵)

『사천통지四川通志』권 40에 의하면, 한나라 때 명산名山현 서쪽 15리에 떨어져 있는 몽산蒙山 감로사甘露寺의 조사인 보혜선사普慧禪師 오리진吳理眞이 차를 심고 재배했다는 기록이 있는데, 이것이 차를 인공 재배했다는 최초의 기록이다.

3) 위진魏晋 시기 음차의 전파

위진魏晋·육조六朝[8] 시기는 중국의 차 생산이 크게 발전한 시기였다. 종차種茶와 음차飲茶는 이미 남방 각지에서 보편화되었고, 음차의 보급도 점차 화북지역으로 확산되어 갔으며, 회하淮河 이남의 동남 각지에서도 비로소 산차山茶의 기록이 명확하게 출현하게 되었다.

---

8 위진(魏晋) : 삼국시대의 위(魏)나라와 위나라를 이어 사마염이 세운 진(晋 : 서진)나라를 말하며, 육조(六朝)는 남쪽 한족의 정권인 남조(南朝)와 남조 전의 세력인 오나라(삼국시대)와 사마(司馬)예(睿)의 동진(東晋)을 포함한 것이다.

(1) 중국 동남 각 지역의 차나무의 확산과 보편화

『속수신기續搜神記』진나라 무제 때, "선성宣城사람인 진정秦精이란 자가 무창산武昌山[9]에 들어가 차를 땄다."라고 언급하였고,

『형주토지기荊州土地記』: "무릉武陵의 일곱 현에서 모두 차가 나는데, 최고 좋다." 또 "부릉차가 최고 좋다."라고 기록하고 있다.

배연裴淵의 『광주기廣州記』: "유평현酉平縣에서는 고로皐盧가 나는데, 명茗의 별명이다. 잎이 크고 떫으며, 남쪽 사람들은 이를 음료로 삼는다."라고 했으며,

산겸지山謙之의 『오흥기吳興記』에는 "오정현烏程縣 서쪽에는 온산溫山이 있는데, 어천御荈이 난다." 또 "매년 오흥吳興과 비릉毘陵의 두 군수가 이곳에서 차를 따서 연회를 한다."고 기록하고 있다.

또한, 왕부王浮의 『신이기神異記』에는 "여요余姚사람인 우홍虞洪이란 자가 입산하여 명을 땄는데, 명茗을 크게 얻었도다."라고 기록하고 있다.

이상의 기록들은 모두 위진·육조 때 이미 차나무가 중국 동남 각 지역에 보편적으로 분포되어 있음은 물론 이미 인간에 의해 발견되고 생활에 이용되고 있음을 말해주고 있다.

---

9 호북성(湖北省) 악주시(鄂州市) 양자호반(梁子湖畔)의 태화진(太和鎭)에 있는 산. 1911년 10월 10일 이 일대에서 무창봉기(武昌蜂起)가 일어났는데 이것이 바로 국민당 손문과 장개석이 주도한 신해혁명(辛亥革命)이다.

(2) '위진·육조' 시기 동남지역의 음차의 활성화와 생활화

그 외에도 여러 고대문헌에는 위진魏晉·육조六朝 때 동남지역에서 음차 활동이 활발했음을 기록하고 있다.

『삼국지·오지吳志』에는 "손오孫吳:손씨 오나라때 대신大臣 위요韋曜가 주량이 작아서 조정 연회 때마다 오왕 손호孫皓는 각별히 위요를 배려하여 다른 대신들 몰래 술 대신 차를 내려주었다."[10]고 전하고 있다.

『진서晉書·환온전桓溫傳』에는 "환온은 성정이 검소하여 매 연회 때에는 항상 일곱 쟁반의 다과만을 진설하였을 따름이다."고 기록하고 있다.

『남제서南齊書』에는 남제南齊의 무제武帝가 임종 전에 유언하기를 "제사 때에 동물을 희생하여 제물로 삼지 말라. 오직 떡과 차음茶飲, 건반乾飯 주포酒鋪만을 진설해 올릴 따름이니, 세상에 귀천을 막론하고 모두 이 제도와 같이 하라."고 기록하고 있다.

(3) 북방의 남방 차의 수입과 음차활동의 전개

아울러 같은 시기에 중국의 북방에서도 남방의 차를 대량으로 수입하게 된다. 『낙양가람기洛陽伽藍記』에 의하면, "왕숙王肅이란 자가 남제南齊에서 북위北魏로 도망갔는데, 낙양洛陽에서 살면서도 양고기와 버터, 밀크 등의 기름진 것들을 먹는데 여전히 습관이 안 되어 매 식사 때마다 항상 붕어탕으로 식사를 하고, 목이 마를 때는 차명즙, 茗汁를 마셨다."한다. 또한 북위

---

10 "密賜茶荈以當酒(밀사차천이당주)"

중국의 차관에서 차를 마시는 서양인들(청말)

중국의 차를 실어 나르는 서양 범선(출처 : 世界茶文化大觀)

의 급사중給事中인 유호劉縞는 "왕숙의 풍을 사모하여 전문적으로 차명,茗를 마시는 법을 배웠다."고 전한다.

이상의 기록으로 볼 때, 당시 낙양에도 이미 차가 공급되었음은 물론, 북방에서도 이미 음차의 풍속이 형성됨과 동시에 남방에서 생산되는 차가 북방으로 끊임없이 수출되고 있었음을 알 수가 있겠다. 그러나 당시에는 아직 차나무를 인공적으로 재배했다는 기록은 보이지 않는다. 고로 이 당시의 동남지역에서는 역시 사람들이 아직은 야생차나무를 채취하여 음료로 삼았다고 보는 것이 보편적 견해라 할 수 있다.

(4) 중국 사천四川의 차엽 생산 발전

이와 같은 시기에 중국의 서남지구인 사천四川에서는 이미 차엽의 생산이 크게 발전하게 된다. 장집張輯의 『광아廣雅』에는 "형파荊巴 간에 차를 따서 떡을 만들었다."[11]고 하였고, 손초孫楚의 『출가出歌』에는 "생강과 계피, 차천茶荈은 모두 파촉巴蜀:중경과 성도에서 난다."[12]고 하였으며, 『술이기述

차를 포장하는 작업

차마고도를 통해 차를 운반하는 차방(茶幇)들

異記』에는 "파촉의 동쪽에서 진향眞香의 명茗이 난다."[13]고 하였다. 또한 『동군기桐君記』에 "파巴:현,중경의 동쪽지역에서는 특별한 진향眞香의 명茗이 난다."[14]고 기록하고 있다.

이러한 기록들은 위진·육조시기에 사천 서부지역에서 차가 생산되는 것 외에도 사천 동부지역에서도 차가 왕성하게 생산되었을 뿐만 아니라, 중국 동남지구에 비해 차의 품질質量이 빼어났음을 설명해 주고 있다.

(5) 차죽茶粥 점포와 차관茶館에서의 음차고객 출현

동시에 음차의 인구가 증가함에 따라 사천에서는 또한 "차죽茶粥"을 경영하는 점포와 차관茶館에 와서 차를 마시는 고객이 출현하게 된다.

진晉나라 사람 부함傅咸이 쓴 『사노기사노교(司奴敎)』에 "남방의 촉노파가

---

11 "荊巴間採茶作餠"
12 "薑(姜)、桂、茶荈出巴蜀"
13 "巴東有眞香茗"
14 "巴東別有眞香茗"

차죽을 만들어 파는데, 염사廉事：관직명가 그 기구들을 부셔버려서 그 후로 또 시장에서 떡을 팔았다고 들었는데, 차죽茶粥의 판매를 금지시켜 촉蜀의 노파를 곤란케 함은 어찌된 일인가?"[15]

이 기록은 비록 촉蜀의 늙은 부녀자가 차죽茶粥을 만들어 팔다가 관리에 의해 판매 금지를 당한 일에 불과하지만, 어쨌든 이 기록은 음차飲茶가 당시 봉건상층부로부터 일반 하층의 민간 백성들에까지 널리 보편화되었음을 반영하고 있는 것이다.

그 외에도 차茶는 사회생활의 바탕을 둔 문학창작의 소재로도 자주 등장하게 된다.

4) 위진魏晉 이전의 제다製茶와 음차방법

(1) 선진先秦시기의 음차

고대에서의 차엽의 제작은 한방약 혹은 민간약의 제작과 마찬가지로 잎을 딴 후에는 햇볕에 말리거나 그늘에서 건조시킨 후, 식용食用으로 사용하였을 뿐, 기본상 그 어떤 가공加工기술도 사용하지 않았다.

선진先秦시기에는 사람들이 야생차나무를 발견하고, 그 신선한 잎을 따서 채소처럼 그대로 먹었을 뿐이며, 달리 특별한 '팽음烹飲방법'이나 팽다 기구를 이용해서 차를 먹지는 않았다. 그냥 밥과 함께 채소반찬을 먹듯이 하였으며, 그 맛이 쓰고 떫기 때문에 '고채苦茶'라고 불렀었다. 간혹 어떤

---

15 『촉중광기(蜀中廣記)』 "茶粥是煮粥時略加茶葉等物", 此風今尙流行于日本

이들은 찻잎을 솥 안에 물을 넣고 걸쭉한 탕처럼 끓여서 한약을 조제하듯이 해서 먹었다.

(2) 차엽茶葉 가공의 시작과 발달

진秦·한漢·위진魏晉 때에 와서야 비로소 차엽 가공의 기술이 가해지기 시작했다.

장집張輯의 『광아廣雅』: "형주荊州 : 현, 호북성와 파주巴州 : 현, 사천성 일대 사이에서는 차를 채취하여 떡을 만든다. 늙은 찻잎은 쌀의 끈끈이를 낸 것으로 떡을 빚는다. 차를 마시려면, 먼저 구워서 붉은 빛깔이 나게 한다. 그리고 찧은 찻가루를 자기瓷器 그릇에 담은 다음 끓는 물을 붓고 덮개를 덮는다. 파·생강·귤을 사용하고 숙아 낸芼 : 숙을 모 후 < 파·생강·귤을 가려서 사용하고>, 그것을 마시면 술이 깨고 사람으로 하여금 잠을 자지 않게 한다."[16]

이 기록은 차에 대한 여러 가지의 일을 알 수 있을 뿐만 아니라 차의 효능 및 그것이 미치는 사회적 영향에 대해서도 포괄적으로 알 수 있겠다.

어쨌든 이 시기에는 차에 대한 여러 가지 음차법이 발달하기 시작하는데 다른 식물과 함께 끓여먹는 '차죽茶粥'과 국수를 넣어 삶아 먹는 '면차麵茶'[17]도 이때 등장하기 시작한 것들로 그 먹는 법은 오늘날의 객가족들의

---

16 당(唐)·육우(陸羽)의 『다경(茶經)』·「칠지사(七之事)」에서 『광아(廣雅)』를 인용함. "荊巴間採葉作餅, 成以米膏出之, 若煮茗飲, 先炙令色赤, 搗末置瓷器中, 以湯澆覆之, 用葱薑橘子芼之, 其飲醒酒, 令人不眠."

뢰차擂茶와 거의 동일하며, 그 외에도 몽고의 '우유차'나 티베트족들의
'소유차' 등도 기본적 음차법에서는 대체로 동일선상에서 생각해 볼 수
있다.

3 │ 당唐과 오대五代 시기의 중국의 차업茶業

1) 당대唐代 차엽茶葉생산의 발전

(1) 동남東南지구의 차업茶業

위진남북조魏晉南北朝 때부터 시작된 음차飮茶는 시간이 갈수록 점차 그
음차문화와 활동을 화북으로까지 전파하기에 이르면서 당대에 이르러서
는 그 음차활동이 이미 중국 전역으로까지 확산·보급되었다. 문헌에
의하면, 이때 이미 차는 쌀과 소금만큼이나 이미 중요한 음식물이었으며,
이러한 풍속은 가까운 곳이나 먼 곳이나 할 것 없이 같은 현상으로 나타
났으며, 모든 중국인들의 일상생활 속에서 없어서는 안 될 정도로 의지하
는 필수품이 되었다. 심지어 밭에 나가 일할 때나 마을에 돌아와 이웃과
한적한 시간을 보낼 때도 차는 그들에게 있어 기호음료로써 매우 절실한
것이 되었다. [18]

이처럼 중국인들의 차엽에 대한 폭발적인 인기와 수요의 증가는 당연

---

17 『전진문(全晉文)』권138 <식격(食檄)> "弘君舉欣賞食麵茶"
18 『全唐文』卷72. 李珏『論王播增榷茶書』. "茶爲食物, 無異米鹽. 人之所資, 遠近同俗. 旣蠲渴乏, 難
捨斯須. 至于田閭之間, 嗜好尤切."

히 당대當代의 차엽생산을 촉진하여 비약
적으로 발전하게 하는 기본적인 원동력이
되었다. 이러한 사실은 세계 최초의 차의
전문서인 당대唐代 육우의 『다경茶經』에서
"차의 기원은 동진東晉에서부터 기원하여,
본조朝:당조唐朝에 이르러 흥성興盛하였다."
라는 기록으로도 가히 짐작하고도 남을
것이다.

　또한 『다경』의 ＜팔지출八之出＞에서는
중국의 차생산지를 산남山南·회남淮南·
절서浙西·검남劍南·절동浙東·검중黔中·
강남江南·영남嶺南 등의 8대 생산지로 구

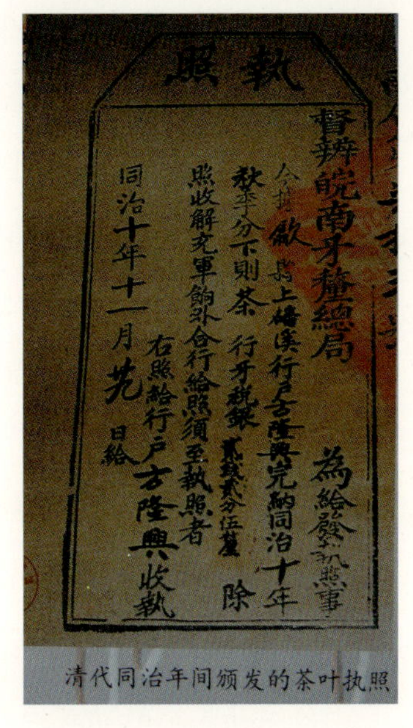

청대 차엽 영업 허가증

분하는데, 모두 54개 주州에서 차가 생산되고 있음을 말하고 있다. 그러나
오늘날 학자들이 당·송인들의 서술을 종합하여 당唐과 오대五代 시기의
'차엽茶葉생산지역'을 통계·산출한 결과, 실제로는 그보다 훨씬 더 많은
69개 주였다고 한다.[19]

- 8대 차엽 생산지역

① '산남山南'은 당나라 태종太宗의 정관貞觀 원년元年:627년에 천하를 10개
　의 감찰구역인 도道로 나누었는데, 그중의 하나가 산남도山南道이다.
　산남도는 2부府 33주州 60현縣을 통할하였다. 산남이라는 지명은 종
　남산과 태화산의 남쪽에 위치한 데서 그 이름이 비롯되었다. 산남

19　張澤咸『漢唐時期的茶葉』『文史』第11集

도 전체를 통치하기 위한 주州는 양주호북성의 양양현에 있었다. 육우의
『다경』이 완성된 상원 원년760년에는 산남동도襄州와 산남서도梁州로
나뉘었다. 산남도의 경계는 호북성의 대강 이북, 한수 이서, 호남성
의 일부, 섬서성의 종남산 이남, 하남성의 북령 이남, 감숙성의 일
부, 사천성의 검각산劍閣山 이동以東과 대강 이남지역이었다. 육우가
산남도를 첫 번째로 적은 까닭은 산남도가 당시 차나무의 북한대北
限帶였기 때문이다.

② 회남淮南은 당나라 태종 정관 원년627년에 회수淮水의 남쪽에 있다 하
여 회남淮南이라고 하였다. 당나라 때 설정된 10도733년에는 15도로 되어있었
음 중의 하나이다. 지금의 호북성 대강 이북과 한수漢水의 이동以東,
강소성과 안휘성을 흐르는 대강의 이북 및 회수의 이남, 하남성의

청대(淸代) 차창에서 찻잎을 고르고 있는 중국 여인들

남부를 망라하는 지역이었다. 회남도 지역 안에는 차의 역사와 관련이 깊은 천주산과 팔공산 등이 있으며, 송나라 신종神宗의 희녕熙寧 연간1068~1077년에는 회남에 13개소의 차장茶場이 있었다.

③ 절서浙西는 절강의 서부지방을 가리킨다. 『신당서新唐書』권68, 방진표 제8에 의하면, 숙종의 지덕 2년, 항주절강성 항주현에 강남절도사를 두었다가 건원 원년758년에는 승주남경에 절강서도 절도 겸 강영군사를 두었다. 그 이듬해에는 승주자사인 안진경顔眞卿, 709~784년을 절서절도사 겸 강영군사로 임명하였다. 그 해에 절서관찰사라고 개명되고 선주宣州로 옮겼다.

④ 검남劍南은 당나라 태종 정관627~649년 초에 검각산맥劍閣山脈의 남쪽에 둔 도道로서 지금의 사천성에 해당된다. 헌종의 개원 2년714년에 검남절도사를 두었다.

⑤ 절동浙東은 현재 절강성의 동쪽지방으로 당나라 숙종의 건원 원년758년에 둔 절강동도 절도사의 관할구역이다.

⑥ 검중黔中은 당나라 현종의 개원 21년733년에 둔 도道로서 15고을을 거느렸다. 지금의 호남성과 귀주성지방이다.

⑦ 강남江南은 당나라 태종의 정관 원년627년에 둔 도道로서 지금의 절강, 복건, 강서, 호남, 강소, 안휘, 호북성의 큰 강 이남의 땅즉, 장강 이남의 땅인 사천성의 동남부와 귀주성의 동북부를 포함이며, 51개 주州를 거느렸다.

⑧ 영남嶺南은 당나라 태종의 정관627~649년 초년에 둔 도道로서 광동성廣東省과 광서성廣西省 지역을 거느렸다. [20]

---

20 김명배 편역의 『韓國의 茶道』에서 재인용

이상과 같이 당대의 차엽 생산生産이 발전함에 따라 차엽의 무역貿易 또한 그야말로 공전空前의 번영을 누리게 된다.

중당中唐[21] 이후 매년 차 따는 계절이 되면 차상茶商들이 차茶 생산지역으로 구름처럼 몰려들어, 강남에서 생산된 차茶를 광대한 화북華北지방으로 실어 나르기 위해 마차馬車와 배가 즐비하게 늘어서고 포장된 차엽 화물들은 마치 산처럼 쌓이게 되었다.

특히, 수주壽州 : 안휘성 수현, 서주舒州 : 안휘성 잠산현, 호주湖州 : 절강성 호주시(오흥현), 악주鄂州 : 호북성 무창현, 기주蘄州 : 호북성 기춘현 남쪽, 면주綿州 : 사천성 면양현, 아주雅州 : 사천성 아안시, 촉주蜀州 : 사천성 숙경현 등지의 명차名茶들은 또한 멀리 서장西藏의 티베트吐藩족에게까지 수출되었다.

안휘성의 기문祁門에서는 품질이 우량한 차화茶貨 : 차 상품가 생산됨에 따라 전국의 차상茶商들은 매년 2,3월이 되면, 많은 은괴銀塊와 비단 등의 견직물을 가득 싣고 와서 그것을 팔아 차를 사가지고 다른 군에 팔기 위해 이곳으로 줄을 이어 이르는 자들이 발 디딜 틈이 없이 붐비었을 정도로 많았다. 즉, 서로 앞을 다투어 차를 사들이기 위해 각자 물건들을 이고 지고, 수레에 싣고, 배에 싣고 오는 등 갖가지 수단을 다 동원하여 몰려들어 이미 매우 번거롭고 바쁜 상황이 고조에 이르렀다.

또한 낙양洛陽[22] 상인 왕가구王可久란 자는 "매년 강남江南과 호주湖州 : 浙西도

---

21 초당(初唐) : 고조 무덕 원년(高祖武德元年,618년)에서 예종 태극 원년(睿宗太極元年,712년)까지의 94년간

성당(盛唐) : 헌종 개원 원년(憲宗開元元年,713년)에서 대종 영태 원년(代宗永泰元年,765년)까지의 52년간

중당(中唐) : 대종 대력 원년(代宗大曆元年,766년)에서 문종 태화 9년(文宗太和9年,835년)까지의 69년간

만당(晚唐) : 문종 개성 원년(文宗開成元年,835년)에서 애제 천우 4년(哀帝天佑4年,907년)까지의 71년간

 간에서 차를 팔아 항상 풍성한 이익을 취하여 돌아갔다. 歲鬻茗于江湖間, 常獲豊利而歸"[23] 여용지呂用之의 아버지 여황呂瑝 또한 "차를 파는 일을 생계로 삼아, 회남淮南과 절강지역절서, 절동을 왕래하였다. 以賣茶爲生, 來往于淮浙間[24]

그 외에도 백거이의 "늙어 장사꾼의 아내로 시집 갔더니, 장사꾼은 이익만 중요하게 생각하고 아내와의 이별은 가벼이 여기네. 지난달 부량浮梁으로 차를 사러 간 뒤, 오고가는 강구江口에서 나만 홀로 빈 배만 지키네.老大嫁作商人婦, 商人重利輕別離, 前月浮梁買茶去, 去來江口守空船."[25] 라고 쓴 시와 왕건이 쓴 "수문은 저녁까지도 열려 있어 차상들은 여전히 북적거리고, 다리 위 시장엔 밤새도록 취객들이 다니네.水門向晚茶商鬧, 橋市通宵酒客行"[26]란

청대에 서양인들이 직접 감제하여 중국의 차엽을 수매하는 광경

청대의 각종명차 위탁경매장〈世界茶文化大觀〉

---

22 여러 조대(朝代)에서 이곳에 도읍을 정함. 지금의 하남성(河南省) 낙양시(洛陽市)
23 『太平廣記』卷172
24 『太平廣記』卷290.〈呂用之〉
25 『全唐詩』卷435 白居易〈琵琶行〉

시구에는 모두 중원지구에서 차상들이 매우 번거롭고 바쁘게 활동하였음과 그 당시 차엽무역이 매우 흥성했던 사회적 정황을 잘 반영해주고 있다.

(2) 차의 전문저서專門著書의 출현

차茶생산의 발전과 차茶무역이 흥성함에 따라 차엽경제는 국민경제생활 속에서 차지하는 비중도 커지게 되었다. 이에 봉건정부도 곧 차세茶稅를 징수하여 국가 재정수입의 중요한 기반으로 삼았다. 이렇듯 중국 전체 사회가 차엽경제에 대해 보편적으로 중시함에 따라 이에 적응하여 전문적으로 차의 생산과 가공加工기술 등을 비롯한 차사茶事활동에 대해 기술하는 전문서 등이 줄을 이어 세상에 출현하게 되었다.

세계 최초의 다서로 유명한 육우의 『다경』은 육우가 몸소 차생활을 실천하고, 여러 분야에 이르러 광범위하게 조사하였으며, 수많은 고서들을 인용하여 필생의 유작으로 심혈을 기울여 써낸 작품이다.

그 뒤로도 배문裴文의 『다술茶述』, 장우신張又新의 『전다수기煎茶水記』, 온정균溫庭筠의 『채다록採茶錄』, 소이蘇廙의 『십육탕품十六湯品』과 오대 전촉前蜀 때의 모문석毛文錫의 『다보茶譜』등의 차茶전문 저술들이 줄을 이어 세상에 출현하게 된다. 또한 유림儒林의 시인詩人·묵객墨客들은 더욱 차 마시는 일을 시의 소재와 제재로 삼아 창작활동을 하게 되어 이미 당시에는 음차飮茶를 읊조리고 찬양하는 문장들이 문단에 가득하게 되었다.

---

26 『全唐詩』卷300 王建 <寄蘆州令孤相公>

이는 당唐과 오대五代 시기가 '중국차엽경제中國茶葉經濟'에 있어 그야말로
공전空前의 발전을 하고 있었음을 반영하는 것이다

당대唐代 8대 茶區

8大茶區道	관할주州	茶葉 생산지-현縣	등급
산남山南	협주峽州	遠安, 宜都, 夷陵 3縣 山谷	最上
	양주襄州 형주荊州	襄州 : 南鄭縣 山谷, 荊州 : 江陵縣 山谷	次上
	형주衡州	衡山, 茶陵 2縣 山谷	下
	금주金州 양주梁州	金州의 西城, 安康 2현과 梁州 襃城, 金牛 2縣 山谷	最下
회남淮南	광주光州	光山縣 黃頭港에서 나는 것이 峽州와 동일	最上
	의양군義陽郡 서주舒州	의양 : 鐘山에서 나는 것은 襄州것과 같다. 서주 : 太湖縣 潛山에서 나는 것은 荊州에서 나는 것과 같다.	次上
	수주壽州	盛唐縣 霍山에서 나는 것은 衡山에서 나는 것과 같다.	下
	기주蘄州 황주黃州	蘄州 : 黃梅縣 산곡에서 난다. 黃州 : 麻城縣 산곡에서 나며, 荊州·梁州에서 나는 것과 같다.	最下
절서浙西	호주湖州	長城縣 顧渚山谷에서 나는 것은 협주·광주의 것 같다. / 山桑·儒師 두 산언덕과 白茅山·縣脚嶺에서 나는 것은 襄州·荊州·義陽郡 것과 같다. / 鳳亭山·伏翼閣, 飛雲· 曲水의 두 절과 啄木嶺에서 나는 것은 수주·상주의 것과 같다. / 安吉·武康 두 현의 산곡에서 나는 것은 金州·梁 州의 것과 같다.	最上
	상주常州	常州의 義興縣에서 君山과 縣閣嶺의 북쪽 봉우리 밑에서 나는 것은 荊州·義陽郡의 것과 같다. / 圈嶺·善權寺·石 亭山에서 나는 것은 舒州의 것과 같다.	次上
	선주宣州 항주杭州 목주睦州 흡주歙州	선주 : 宣城縣 雅山에서 나는 것은 蘄州것과 같다. 태평현 의 上睦과 臨睦에서 나는 것은 황주의 것과 같다. 항주 : 臨安·於潛어잠의 두 고을과 天目山에서 나는 것은 舒州의 것과 같다. 전당현에서는 天竺과 靈隱의 두 절 에서 나는 것과 목주 : 동여현의 山谷에서 나는 것과, 흡주 : 무원현의 山谷에서 나는 것은 모두 衡州의 것과 같다.	下
	윤주潤州 소주蘇州	윤주 江寧縣의 傲山에서 나는 것과 소주 長洲縣의 洞庭山에서 나는 것은 모두 金州·蘄州기주	最下

		·梁州의 것과 같다.	
검남劍南	팽주彭州	구룡현의 마안산·지덕사·붕구에서 나는 것은 양주 것과 같다.	最上
	면주綿州 촉주蜀州 공주邛州	면주 : 용안현의 송령관에서 나는 것은 형주 것과 같다. 서창·창명·신천현의 서산 것은 모두 좋다. 과송령에 있는 것은 따기를 견디지 못한다. 촉주 : 청성현의 장인산에서 나는 것은 면주 것과 같다. 청성현에는 산차散茶와 목차木茶 : 야생차나무에서 딴 차싹가 있다. 공주는 버금간다.	次上
	아주雅州 여주瀘州	아주의 백장산·명산현과 여주의 여천현 것은 금주의 것과 같다.	下
	미주眉州 한주漢州	미주 단능현의 철산에서 나는 것은 한주 면죽현의 면죽산에서 나는 것은 윤주 것과 같다.	最下
절동浙東	월주越州	여요현의 폭포천에서 나는 것을 선명仙茗이라고 한다. 큰 것은 뛰어나게 다르며, 작은 것은 양주 것과 같다.	最上
	명주明州 무주婺州	명주 무현의 유협마을에서 나는 것과 무주 동양현의 동백산의 것은 형주와 같다.	次上
	태주台州	태주 시풍현始豊縣 : 절강 천태현의 적성에서 나는 것은 섭주와 같다.	下
검중黔中	사주思州	지금의 호남성 안화현의 동쪽	
	파주播州	지금의 귀주성 정안현의 남쪽	
	비주費州	지금의 호남성 안화현의 동북쪽	
	이주夷州	지금의 귀주성 정안현의 남쪽	
강남江南	악주鄂州	강남 서도의 속주, 지금의 호북성 무창현이다.	
	원주袁州	강남 서도의 속주, 지금의 강서성 의춘현이다.	
	길주吉州	강남 서도의 속주, 지금의 강서성 길안시이다.	
영남嶺南 <廣東省과 廣西省지역을 관할>	복주福州	복주에서는 민현·방산의 산 그늘에서 난다.	
	건주建州		
	소주韶州		
	상주常州		

도표의 출처 : 당唐·육우陸羽의 『다경茶經』·<팔지출八之出>

2) 오대五代 전촉前蜀의 차엽茶葉생산과 발전

고대 중국의 장구長久한 역사의 강줄기 속에서 오대십국五代十國 : 907~979年 시기는 비록 72년이란 짧은 세월 동안을 남북분열南北分裂의 전란戰亂이 끊이지 않았던 혼란기混亂期요 과도기過渡期에 불과했지만, 그러나 이 시기는 오히려 당조唐朝를 계승하고, 송조宋朝의 시대를 개막하는 서곡序曲이었으며, 당시 급변하는 중국 사회에 있어 역사적으로 대단히 의미 있고 중요한 변혁變革의 시기라 할 수 있다. 왕건은 이러한 동탕動蕩의 시기에 전촉국前蜀國 : 907-925年을 건국하였다. 당시의 전촉국前蜀國의 직할통치구역은 지금의 사천성四川省 일대를 중심으로 하여 섬서성陝西省의 남부, 감숙성甘肅省의 동남, 호북성湖北省의 서부지역일대 등을 포함한다. ─ 즉, 지금 중국의 서남지역과 서북일대이다.

왕건王建은 보경안민保境安民 : 국경을 보호하고 백성을 편안하게 함의 정책 및 생산발전에 역점을 둔 정책을 시행하여 국가의 안녕安寧은 물론 경제經濟·문화文化에 있어서 또한 고도의 번영을 이룩하게 되었다. 마침내 촉국은 오대십국으로 오분사열五分四裂된 난세亂世에서 '천하부국天下富國'이라고까지 일컬어지게 되었다.

전촉국의 수도인 성도成都 : 현, 사천성의 수도는 삼국시대 때부터 유비의 촉한의 수도로서 그 위상을 떨쳤으며, 당대唐代 때

청대의 차엽점(1780~1790년)수채화 ─ 당시 차의 무역이 이루어졌음을 반영

풍차로 찻잎을 불어 선별한 후 등급을 매기는 작업

에도 이미 매우 번영된 도시를 형성하고 있었다. 그 기초 위에서 진일보한 발전을 이룩하였기 때문에 성도成都는 이미 당시의 중국 천하에서 가장 번화한 제일의 대도회지大都會地를 건설할 수가 있었다. 뿐만 아니라, 당이 멸망한 이후로는 전촉국前蜀國의 정권政權 아래로 인문人文에 통달한 매우 많은 천하의 인재들이 속속히 모여 들었음은 물론이거니와 또한 그들이 중국문화사中國文化史에 끼친 영향도 실로 대단하였다.

왕건은 전촉국前蜀國을 건국한 뒤, 위로는 당唐나라의 전장典章·예의禮儀 제도와 문화전통을 그대로 계승하였으며, 아래로는 송나라의 정치·경제·문화에 대해 막대한 영향을 주게 된다. 전촉국前蜀國의 황제 왕건의 이러한 경제·문화정책과 그 지역적 특성이 가장 잘 부합되는 것이 있었으니 그것은 다름 아닌 바로 '차엽茶葉'인 것이다.

중국 사천성四川省 : 옛날 蜀땅에 있는 차관茶館이나 차장茶莊에 가보면, 그 정문과 실내 내부의 벽에 걸려 있는 "楊子江中水양자강중수, 蒙山頂上茶몽산정상차"라는 대련 문구가 자주 눈에 띄게 된다. "물은 양자강 중수양자강의 南零水, 또는 中零泉이라고도 한다.가 으뜸이요, 차茶는 몽산또는 蒙頂山 정상의 차가 으뜸이다."라는 뜻인데, 이 유명한 대련 문구는 중국인들에게 천 년 동안이나 입에서 입으로 전송傳誦되어 내려왔다. 이것은 그야말로 당대唐代의 귀족계층들이 서촉西蜀 : 지금의 成都를 중심으로 한 사천성 일대의 몽정차蒙頂茶에 대해 얼마나 극찬했는가를 잘 입증해주고 있는 대목이라 하겠다.

촉蜀 : 현재의 成都를 중심으로 한 사천성 일대의 옛 지명땅은 본시 차茶의 고향이다. 진한

秦漢시기에는 여기에서 차를 채취하여 약용藥用으로 널리 사용하였고, 삼국시대에는 이미 차를 일반적인 음료로써 널리 애용하여 왔다. 물론, 음차飲茶의 기원설에 대해서는 학계에서 아직도 의견들이 분분하여 딱히 "이것이 정설定說이다."고 내세울 만한 확정적인 결론은 아직 없다.

포장된 차의 보관과 유통 과정

청淸나라 초기의 대학자인 고염무顧炎武는 중국의 고대 차사茶事를 고찰하고 연구한 끝에 자신이 지은 『일지록日知錄』에서 다음과 같은 결론을 내렸다. "진秦이 서촉西蜀을 취하고 난 뒤, 차를 마시는 일이 시작되었다.自秦取蜀以後,始有茗飲之事".

그러나 필자가 생각하기엔 어쩌면 서촉인지금의 사천성 사람들의 음차 기원은 우리가 예측하고 있는 시대보다 훨씬 앞선 선진先秦 : 진나라 이전의 시대시기일지도 모르겠다. 실제로 이와 관련된 기록이 있다. 사천성四川省의 방지方志[27]로서 동진東晋 때 상거常璩가 지은 『화양국지華陽國志』에 보면 "주周나라 무왕武王이 파촉巴蜀[28]의 여러 부락 촌장들과 연합하여 상商나라의 폭군 주紂임금을 칠 때 촉蜀의 촌장들이 바친 진공품進貢品 중에 향명香茗이 있었다."고 하는 기록이 있다. 이때가 무려 약 기원전 1058년의 일이다. 이 기록에서의 '향명香茗'이란 바로 "촉蜀 : 사천성에서 나는 향기로운 차茶"란 뜻이니, 그 용도가 약용藥用이든 음용飲用이든 간에 음차의 기원은 적어도

---

27 방지(方志) : 혹은 지방지(地方志)라고도 하며, 중앙 왕조가 아닌 제후국이나 각 지방의 역사를 기록한 역사서이다.
28 파촉(巴蜀) : 파(巴)는 지금의 중경(重慶), 촉(蜀)은 성도(成都)의 고대 지명이다.

사천성 일대에서만큼은 주周나라 이전인 상商나라까지 거슬러 올라가야 하지 않을까? 하여튼, 이 기록들은 사천성四川省 사람들의 음차의 기원이 아주 오래되었음을 여실히 증명하는 것이라 하겠다.

당나라 중기 무렵, 육우陸羽가 『다경茶經』을 저술하여 세상에 널리 음차飲茶를 선양宣揚한 후로는 품명品茗 : 차를 음미하며 마시는 행위, 또는 품평하며 마시는 행위의 풍습風習이 점차 고관대작들 사이에 유행하게 되었다. 만당晚唐의 희종僖宗 황제 때에는 차의 종식種植이 서남西南 및 강남江南 각 지역에서 일정한 규모를 갖추고 진행되었으며, 따라서 차의 품종 또한 매우 다양한 모습으로 나타나게 되었다. 매우 많은 차의 품종 가운데서도 촉蜀땅에서 나는 차茶를 으뜸으로 치는데, 그 중에서도 '선차仙茶'로 불려지는 '몽정차蒙頂茶'를 천하제일차天下第一茶로 꼽는다. 청나라 때 조의趙懿도 그가 지은 『몽정차설蒙頂茶說』 중에서 몽정차를 가리켜 '선차仙茶'라고 극찬하는 시를 남겼다. 현재, 몽산의 정상에는 '선차고향仙茶故鄕'이라고 크게 새겨진 비석이 세워져 있어, 이곳을 찾는 많은 다인들의 발길을 멈추게 한다.

당시 사람들의 차를 마시는 방법은 오늘날 끓는 물을 부어 차를 우려내는 방법泡茶法과는 전혀 달랐다. 먼저 찻잎을 입자가 곱게 빻은 후, 끓는 물주전자혹은 물 솥 속에다 가루차末茶를 넣고, 살짝 끓여 내는 방법을 취하였다. 이것을 가리켜 '전다煎茶' 혹은 '자다煮茶'라고 한다. '전다煎茶'와 '자다煮茶'는 같은 뜻의 말로 "차를 달이다." 혹은 "차를 끓이다."는 말이다.

또한 왕족이나 귀족과 같은 선비들 사이에서는 유아儒雅한 귀족들만의 "품차品茶 놀이"가 유행하였는데, 그것은 바로 '투차鬪茶'이다. 투차란 귀족들끼리 모여 서로의 차를 다려내어 돌아가며 맛을 보며 차 맛과 차를 우려내는 기술 등을 서로 겨루는 놀이로서, 이긴 사람이 진 사람에게 벌을 내린다. [29] 이들은 절강성浙江省 '여요餘姚'의 월요越窯에서 생산되는

‘청자다기靑瓷茶器’에다 촉蜀 땅에서 생산되는 차茶를 담아내어 마시는 것을 으뜸으로 꼽았다. 그러나 이 시기에는 차의 생산량이 그리 많지 않았을 뿐만 아니라, 차는 여전히 고관대작이나 부유층의 사치스런 향수품享受品 정도로 여겨지고 있었다. 그러기 때문에 일반 백성들은 차의 가격을 물을 엄두조차 내지 못했으며, 더욱이 민간에서는 일반 백성들이 차를 마시며 즐길 수 있는 차관茶館과 같은 음차飮茶 장소는 아예 없었던 것이다.

왕건이 서촉西蜀을 통치한 후로는 다엽茶葉의 생산이 대대적으로 발전하기 시작하였다. 사기史記의 기록을 보면, 왕건은 당나라 말엽에 검남서천절도사劍南西天節度使 : 현, 四川省의 省長와 성도윤成都尹 : 현,省都市長에 부임하였을 때 한차례 당나라 소종昭宗에게 바친 “공차貢茶·베布 등이 십만十萬이었다.”라고 하였다. 이것은 지방관이 조정朝廷에다 조공朝貢한 차엽茶葉의 수량 중 당대唐代에서는 최고 많은 양을 기록한 것이다. 후에 당 소종昭宗은 검남절도사현, 사천성였던 왕건을 다시 ‘촉왕蜀王’에 봉하였다.

후량後梁의 주전충朱全忠이 당나라를 멸망시키자, 왕건은 곧 사천성 일대를 영토로 하는 ‘촉국蜀國’을 건국하고 스스로 황제皇帝임을 칭하였다. 이로써 오대십국五代十國 중의 하나인 전촉前蜀이 건국되게 된 것이다. 오대십국五代十國의 기간 동안에 촉땅사천성에는 촉국蜀國이 두 차례나 건국된다. 그래서 왕건이 세운 촉국을 전촉前蜀, 후에 맹지상孟知祥이 세운 촉국을 후촉後蜀이라고 한다.

촉국前蜀國의 황제로 즉위한 왕건은 먼저 차엽茶葉 등의 물자를 이용하여 서부 장족藏族 : 티베트족 및 강족羌族들과 전마戰馬를 교환하는 ‘다마무역茶馬貿

---

29 이 투차(鬪茶) 놀이는 훗날 송대(宋代)에 와서 그야말로 최고조(最高潮)에 달하는데, 특히 복건성(福建省)에서 크게 성행하였다.

易'을 통하여 방대한 기병부대騎兵部隊를 조직하기에 이른다. 한편으로는 차엽茶葉의 생산을 촉진促進·발전시켜 경제를 부흥시키고, 또 한편으로는 막강한 군사력을 튼튼히 다지는 그야말로 일거양득—擧兩得의 경제·국방의 정책을 병행하였던 것이다. 뿐만 아니라 왕건은 최초로 서부지역의 장족과 강족에 대해 차엽茶葉과 식염食鹽으로써 그들의 전마戰馬와 교환하는 "국가적 차원의 다마호시茶馬互市"를 열어 송대宋代의 정식적제도적인 다마무역의 정착화에 지대한 영향을 미치게 된다.

당대唐代에서 시작했던 한장차마무역漢藏茶馬貿易은 한시적限時的인 동시에 국부적局部的으로 이루어진 것으로 임시성에 불과한 것이지 '국가적國家的 차원'에서 이루어진 정식正式의 차마무역茶馬貿易은 아니었다.[30] 이 때, 이루어진 차마호시茶馬互市 : 혹은 茶馬貿易는 당대唐代의 차마호시와 함께 훗날, 송대宋代의 차마무역에 커다란 영향을 미치게 된다. 이로써 차마무역은 그야말로 송조宋朝의 막대한 재정財政의 일익을 담당하게 되는 국가의 대정大政으로까지 발전하게 된다. 오늘날 '마차馬茶'나 '변차邊茶'로 불리어지는 차茶는 바로 당시에 강장羌藏지구의 말馬과 교환하는 데만 오로지 전용專用하기 위해 생산되던 긴압차緊壓茶 : 압축한 차 — 겉보기에는 호남에서 생산되는 일명 '천냥차'[31]와 흡사함 — 의 품종品種을 일컫는 말이다.

또한 왕건은 스스로 차를 매우 즐겨 마셨다. 왕건의 총비寵妃인 화예花蕊부인이 지은 『궁사宮詞』중에 "…매번 올 때마다 가마꾼에게 차를 다리도

---

30 계간 『다담(茶談)』,1998년 봄호에 게재된 졸고 「명청시대(明淸時代)의 한장차마무역(漢藏茶馬貿易)」 및 2002년 여름호에 게재된 졸고 「초기 한장차마무역의 역사적 배경」을 참조
31 원래 공식명칭은 '화전(花磚)'이고 과거 역사상에서는 '화권(花卷)'이라고 하는데, 마치 돗자리를 둘둘 말아서 압축된 모양이 마치 돌기둥과도 같다. 그 무게가 천(千) 냥이나 나간다고 해서 '천냥차'라고 부르는데, 우리나라 사람들에게 특히 '천냥차'로 많이 알려져 있다.

록 시켰네.”라고 묘사한 대목은 왕건이 어느 정도 차를 즐겼는지를 극명하게 잘 보여주고 있다. 게다가 왕건은 음차飮茶를 민간에 널리 보급하는 것을 힘써 장려하기도 한 다인茶人이었다. 그는 자신의 중신重臣인 모문석毛文錫으로 하여금 특별히 『다보茶譜』를 지어 차茶 마시기를 널리 전파하도록 명령하였다.

차엽茶葉의 생산과 무역이 흥성興盛함에 따라 왕건은 각다榷茶 : 차를 전매하는 것의 법을 세우고, 모든 차엽茶葉의 생산生産과 무역貿易을 전부 국가에서 독점하여 관리하도록 명하였다. 송宋나라에 이르러서는 “각다사榷茶司”를 특별히 설치하고 이 일을 관리하였는데, 이러한 제도의 기본틀은 대체로 전촉前蜀의 각다榷茶를 본으로 삼았기에 가능했던 것이다. — 나중에는 다마사茶馬司에서 마정馬政과 더불어 차정茶政도 모두 관리하였다. — 차엽의 생산량이 많아지자, 마침내 백성들도 차茶의 향기와 차의 갖가지 묘미를 누릴 수 있게 되었다. 그리고 성도成都 : 사천성의 수도에는 드디어 “민간民間 다방茶房”까지 출현하게 되었다. 이로부터 지금까지 성도成都의 차관茶館은 그야말로 천 년千年 세월의 강물 위를 유유히 떠 있는 한가로운 유람선처럼 그렇게 버티고 있는 것이다.

3) 당대唐代 차업茶業 발전의 주요원인

첫째, 성당盛唐[32] 경제·문화의 영향으로 볼 수 있다.

---

32 초당(初唐) : 고조 무덕 원년(高祖武德元年, 618년)에서 예종 태극 원년(睿宗太極元年, 712년)까지의 94년간
　　성당(盛唐) : 헌종 개원 원년(憲宗開元元年, 713년)에서 대종 영태 원년(代宗永泰元年, 765년)까

육조六朝 이전에 중국의 음차풍속은 여전히 보편적이지 못했다. 『선부경수록膳夫經手錄』에 "개원開元·천보天寶[33] 사이에, 점차적으로 차가 있더니, 지덕至德·대력大歷[34] 연간에 이르러 곧 많아졌다." "至開元·天寶之間, 稍稍有茶, 至德·大歷逐多"

당의 부국富國·강성强盛의 기초는 이미 당태종의 '정관貞觀의 치治'에서 이미 완성되었다. 당초의 '정관지치'는 부국강병만은 물론 영토의 확대와 정치·경제·문화는 물론 통치 등 여러 각 분야에서 이미 공고히 하는 견인차 역할을 하였으며 대당제국의 기초를 확고히 하였다. 이를 바탕으로 개원·천보 연간에는 당나라의 번영과 부국강병의 위세가 절정에 이르렀다.

특히 당 현종은 집권초기에 거대한 포부와 창업정신을 가진 군주로서 요숭, 송경, 장구령 등과 같은 능력 있고 덕망 있는 현인賢人들을 대거 등용하여 부정부패를 척결하고 불합리한 서민庶民정치를 많이 개선하였다. 이로 인해 개원·천보 연간의 경제는 당대의 어느 황제 때보다 매우 견실하게 번영을 누리게 되었다.

국가와 사회가 번영함에 따라 일상적인 사회소비품은 날로 증가하였고, 그중에도 차茶의 소비는 당시 사회경제를 결정짓는 중요한 품목이 되었다.

지의 52년간
중당(中唐) : 대종 대력 원년(代宗大曆元年,766년)에서 문종 태화 9년(文宗太和9年,835년)까지의 69년간
만당(晩唐) : 문종 개성 원년(文宗開成元年,835년)에서 애제 천우 4년(哀帝天佑4年,907년)까지의 71년간

33 개원(開元 : 712~741년)·천보(天寶 : 742~756년)은 모두 당 현종이 사용하던 연호이다.
34 지덕(至德 : 756~758년)은 당 숙종(肅宗)의 연호, 대력(大歷 : 766~799년)은 당 대종(代宗)의 연호이다.

둘째, 교통의 발달이 차문화 전파와 보급의 원동력이 되었다.

혼란했던 국가가 통일을 이루고 사회와 경제가 발달함에 따라 또 하나 두드러지게 나타난 현상은 바로 교통의 발달이다. 교통의 발달은 오래동안 단절되었던 중국의 남북경제와 문화를 연결하고 빈번한 교류를 촉발시켰다. 이에 남방의 차와 차문화가 북방으로 전파·보급되었다. 또한 지리적으로 험악하여 육상교통이 불편한 곳은 수대隋代에 이루어 놓았던 대규모 수로水路인 '대운하'로 인해 남북 간의 교통이 원활해짐으로 인해 황하와 장강의 양대 유역의 문화가 하나로 연결되어 하나의 경제국면을 출현시켰고, 아울러 물건의 대량운반이 용이하게 되었다.

셋째, 육우의 『다경』저술이 차산업茶産業과 음차문화를 창도唱導하였다.

북송北宋의 대시인 매요신梅堯臣은 『차운화영숙상신차잡언次韻和永叔嘗新茶雜言)』이란 시 중에서 "육우로부터 사람들 사이에 차가 있게 되었고, 사람들이 서로 배우며 봄차 따는 일에 종사하네."라고 하였다. 이는 육우가 당대 차산업에 얼마나 지대한 영향을 미쳤는가를 보여주는 대목이라 할 수 있다.

『신당서新唐書·육우전陸羽傳』에는 "육우가 차를 좋아하여 경3편을 저술하였다. 차의 기원과 차의 제조법, 차의 도구에 대해 모두 갖추어 말하였는데, 이로써 천하가 더욱 차 마실 줄을 알게 되었다."라고 기록하고 있다. 이는 육우가 차의 생산과 제조 등의 차산업茶産業은 물론 일반 백성들의 차를 마시는 음차풍속飲茶風俗까지도 창도했음을 보여주는 대목이다.

넷째, 승려僧侶와 도사道士들의 수도修道생활 중의 차의 재배와 음차생활과 당대唐代의 차문화와 차산업의 발달은 '당대의 불교와 도교의 흥성'과도 매우 밀접한 관계를 가지고 있을 뿐 아니라 사회·문화·경제에 이르기까지 매우 심대한 영향을 미치게 된다. 중국의 도교와 불교는 일찍이 한나라漢代에서부터 시작하여 위진남북조魏晉南北朝를 거쳐 당대에 이르러서는 황제들의 관심과 적극적인 후원에 힘입어 그야말로 극성기極盛期를 맞이하였다. 이로 인해 사원경제도 덩달아 발전·번영하게 되었으며 당조唐朝의 경제사에 있어서도 매우 중요한 비중을 차지함은 물론 이후 역대 왕조에까지 이르러서도 매우 지대한 영향을 미치게 된다.

특히, 승도僧·道 양교의 주된 수련법은 모두 참선參禪과 좌망坐忘인데 주로 밤에 많이 이루어지기 때문에 수련에 있어 가장 큰 장애는 잠睡眠의 유혹이다. 그래서 이들은 수련 중에 쏟아지는 잠을 쫓는 수단으로는 차를 마시게 되었다. 원래 수련 중에는 어떠한 간식도 허락되지 않았으나, 오직 차만큼은 수행 중일지라도 마시도록 허락하였다. 이들의 차소비량은 그야말로 폭발적이며, 이는 당대 차의 생산확대와 소비를 부추기는 데 일조를 가하기도 했다. 때로는 자급자족을 원칙으로 하는 사원寺院이나 도관道觀에서는 그 사묘寺廟 주변에 직접 차씨를 심고 차나무를 재배하며, 차를 직접 제다하여 마시기도 하였다. 이렇게 만든 차의 최상급은 부처님께 공양하고, 중등급은 향객香客:신도들에게 대접하며, 하등급은 남겨두었다가 자신들이 밤에 수행할 때 잠을 쫓기 위한 방편으로 마시곤 하였다.

불교와 도교의 음차문화는 점차 확대되어 '사원다도寺院茶道'라는 참신하고 특이한 차문화를 탄생시킴은 물론 민간 다도를 창도해 나가며, 더 나아가 '일본다도'의 전형적 모태를 형성하게 되는 '다선일미茶禪一味'의 사상을 창출하게 된다. 현대 사회에까지 맥이 끊어지지 않고 전승되어 온 가장 많이 남아 있는 차문화의 흔적은 역시 사원寺院이나 도관道觀을 중심으로 발달해 온 차문화라고 볼 수 있다.

다섯째, 당대唐代의 기후가 차업의 발전에 유리한 조건을 갖추고 있었다.

　㉠ 제1온난기溫暖期 : BC 3000~1000년

이 시기는 대략 앙소문화仰韶文化와 하남河南 은허殷墟시대로 황하유역에서 곧장 산동반도에 이르기까지 모두 죽류竹類가 분포되어 있었으며 안양安陽 은허 일대에는 노루麞 : 장와 대나무 쥐竹鼠, 개, 물소 등의 열대·아열대 동식물들의 유골이 발견되었다.

　㉡ 제1한냉기寒冷期 : BC 1000~850년

이 시기는 대략 서주西周시기로 『죽서기년竹書紀年』에 의하면 한수漢水가 2차례나 얼어붙었다고 한다.

　㉢ 제2온난기溫暖期 : BC770~AD초

대략 춘추시대에서부터 서한西漢에 이르는 시기로서 『시경詩經』·『사기史記』 등의 기록에 의하면, 매, 죽, 귤, 옻 등 아열대 식물이 분포되었으며, 한기寒期때보다 북쪽으로 많이 확장되었음을 알 수가 있다.

　㉣ 제2한냉기寒冷期 : AD초~600년

대략 동한東漢에서 남북조에 이르는 시기로서 이 기간 중에는 3세기 후반쯤에 기온이 갑자기 저하되어 매년 음력 4월에도 서리가 내렸다고 한다.

ⓜ 제3온난기|溫暖期 : AD600~1000년

대략 수당오대隋唐五代시기로서 "8세기 초에 매화나무를 장안長安에 심었고, 751년에는 장안에 심었던 감귤나무에 열매가 열렸다"고 전한다.

ⓗ 제3한냉기|寒冷期 : 1000~1200년

대략 양송兩宋시기로서 이 시기엔 "태호太湖의 물이 언結氷적이 있는데, 마차가 지나가도 될 정도로 두껍게 얼었으며, 그리고 동정산洞庭山의 동·서산의 감귤들이 모두 얼어 죽었고, 항주에서는 매년 종일 눈이 내려 통상 늦봄까지 제설작업을 했다."고 전한다.

이상의 기록들은 중국의 원시말기原始末期에서부터 송대宋代까지의 기후 변화의 주기週期를 알려주고 있는 것이다.

이상의 기후의 변화 주기를 살펴보면, 당대 이전의 중국 차업茶業이 비록 빨리 시작되었지만, 왜 그렇게 더디게 발전하였는지를 알 수가 있으며, 또한 당대唐代의 기후가 가장 따뜻했음을 알 수가 있을 것이다.

이는 차나무의 발견과 차의 식용이 이미 오래 전에 시작되었음에도 불구하고 왜 그토록 여러 왕조를 거치면서도 발전이 느린 속도로 진행되었는지 그리고 왜 당대에 이르러 갑자기 흥성하게 일어나게 되었는지를 극명하게 잘 설명해 주고 있다.

1 | 세계의 지붕 티베트吐蕃의 음차문화

― 티베트 차茶의 종류와 음차방법을 중심으로

필자는 예전에 『다담茶談』의 지면을 통해 티베트와 중국 한족들 사이에서 일천여 년의 긴 세월을 두고 진행되어 온 <한장차마무역漢藏茶馬貿易>이란 주제를 갖고 수차례 원고를 발표한 적이 있다. 지금 필자가 소개하고자 하는 <티베트의 차문화>는 <한장차마무역>과는 전혀 무관하지 않기에 먼저 이 이야기를 언급하였다.

왜냐하면, 독자들이 필자가 소개하고자 하는 티베트의 차문화에 대해 개괄적이거나 또는 심도 있게 이해하기 위해서는 <한장차마무역>에 대한 예비지식이 필요하기 때문이다. 아울러 본장의 뒤에 거론되는 <한장차마무역>에 대한 이해가 쉽지 않다면, 지금 얘기하고자 하는 티베트의 차문화에 대해 먼저 이해가 있어야만 한층 그 이해가 쉬울 수도 있을 것이라 생각한다. 즉, <한장차마무역>과 <티베트의 차문화>에 관한 이야기는 둘이 아닌 하나의 이야기이기 때문이며, 두 가지 이야기는 서로에 포함되기도 하며, 서로를 포함시키기도 하는 동질의 문제이며 본질적으로 하나인 중요한 역사적 사건이기 때문이다.

티베트의 일반적인 음료로는 크게 두 가지를 꼽을 수가 있다. 하나는 차茶요, 또 하나는 술酒이다. 여기서 술에 관한 얘기는 본서本書의 범주를 벗어나므로 생략하기로 하겠다. 인터넷과 언론 매개체의 발달로 인해 차를 좀 공부하였거나 혹은 차에 대해 약간의 취미가 있는 사람이라면 '티베트의 차茶'하면 아무런 주저함 없이 '쑤여우차酥油茶'를 꼽을 것이다. 그러나 그 다음은 선뜻 설명을 이어가지 못하는 것도 사실이다. 티베트에 대한 지식과 정보가 많이 대중화, 보편화된 것도 사실이지만, 반면에 그만큼 제대로 알려지지 않은 것도 사실이다. 더욱이 차에 대해서는 상당한 부분이 왜곡되어 왔거나 제대로 알려지지 않은 부분이 허다하다.

1) 티베트 음차의 역사

티베트투뽀어 : 吐蕃 음차의 역사는 상당히 오래전에 시작되었으며, 그 역사는 투뽀어吐蕃[1] 왕국의 시대까지 거슬러 올라간다. 티베트의 역사서인 『한장사집漢藏史集』의 기록을 보면 투뽀왕조의 제36대 짠푸贊普 : 왕[2]인 뚜쏭

---

1 중국의 당나라 때에 티베트인들의 조상이 세웠던 거대한 왕국으로서 지금의 중국 서부 일대(티베트, 청해, 섬서, 사천, 신강)를 지배하였으며, 당나라와는 군사력에 있어 대등한 관계를 유지하였음.
2 짠푸(贊普) : 티베트어로, 왕이란 뜻. 몽고에서 위대한 왕에게 칸干이란 칭호를 바치는 것과

운남성의 차마고도(茶馬古道)

망뿌즈都松莽布支 : 676~704년의 재위시기에 티베트 땅에는 이미 찻잎茶葉과 자기瓷器가 발견되었다. 티베트 사료에 의하면 "티베트 왕인 뚜쏭 망뿌즈都松莽布支가 중병에 걸려 궁중에서 조용히 요양을 하고 있는데, 하루는 한 마리의 아름다운 작은 새가 입에다 푸른 나뭇가지를 입에 물고 날아와 왕궁 옥상의 처마 위에 떨어뜨려 놓고서 옥상에 앉아 아름답게 지저귀고 있었다.

그 다음날 해가 뜨자 작은 새는 다시 날아와서 즐겁게 재잘거리며 짠푸王의 주의를 끌었다. 짠푸는 곧 사람을 시켜 녹색의 나뭇가지를 주워 오게 하였는데, 이것은 여태껏 전혀 보지 못했던 녹색 나뭇잎이었다. 왕은 신기해하며 그 나뭇잎의 뾰족한 끝부분을 조금 입에 넣고 맛을 보았다. 그 나뭇잎의 맛은 맑은 향이 있을 뿐만 아니라 정신 또한 맑아지고, 입 안에서는 생진生津을 느끼게 되었다. 즉시 차 주전자에 그 잎을 넣은 뒤 물을 붓고 끓였더니 아주 좋은 음료가 되었다. 짠푸는 이에 크게 기뻐하고, 즉시 신하들에게 명하여 투뽀어吐蕃 전역을 뒤지게 하여 이 나뭇잎을 찾아오게 하였다. 그러나 이 나뭇잎은 투뽀어 땅에서는 전혀 구할 수 없는 나뭇잎이었다.

그 후에, 짠푸의 어느 한 신하가 고생 끝에 중국 땅에서 겨우 그 나뭇잎

같음.

을 찾아서 따가지고 돌아왔다. 짠푸의 신하가 그것을 삶아 음료수로 만들어 짠푸에게 바치어 마시게 하였다. 짠푸는 그것을 마시고 병을 요양하여 이내 곧 건강을 회복하였다”[3]고 기록하고 있다.

이 기록은 비록 티베트인들의 문헌상에 기록된 내용이긴 하지만, 약간의 전설적 성향이 농후하다는 것을 금방 알아차릴 수 있을 것이다. 내용의 기술에 있어서 약간의 과장이 가미되긴 해도, 완전히 터무니없는 기록이라고는 볼 수가 없다. 고대의 기록이란 대저 약간의 신비성과 과장이 늘 동반한다는 것을 우린 역사를 통해 익히 배워 왔기 때문이다. 어쨌거나 이후부터 티베트인들의 음차의 풍습이 생겨나게 된 것 같다. 이 부분은 중국 한족들이 기록한 문헌의 내용티베트 음차의 기원설과는 많이 다르다.

티베트어로 ‘차茶’를 ‘가檟 : ja 혹은 jia’라 한다. 이것은 중국의 차에 대한 발음 중에서 가檟자의 음을 가차假借했음을 극명하게 드러냄과 동시에 중국의 한족漢族과 티베트민족藏族들의 경제문화 교류가 이미 오래 전에 이루어졌음을 잘 반영해 주고 있는 것이라 하겠다.

다음의 기록을 보면, 티베트인들의 음차의 풍속은 투뽀어왕국吐蕃王國 : 당나라 때시대에 이미 흥기하기 시작하였다는 사실에 대해 더 이상 의심할 여지가 없다. 당나라 때 이조李肇가 지은 『당국사보唐國史補』하권에 투뽀어티베트의 음차에 대한 기록을 보면 다음과 같다.

“상노공常魯公이 서쪽의 투뽀어吐蕃에 사신으로 갔는데, 천막에서 차를 다렸다. 짠푸가 묻기를 ‘이것은 무슨 물건이요?’하자, 노공이 말하기를 ‘번뇌를 씻고 갈증을 치료하는 것으로 차茶라고 이릅니다.’ 하자, 짠푸가 말하기를 ‘우리 여기에도 있소.’하며 그것을 내어 오도록 명하고는 하나

---

3 達倉宗巴·班覺桑布 箸,陳慶英 譯:『漢藏史集』104-106面, 西藏人民出版社, 1986년

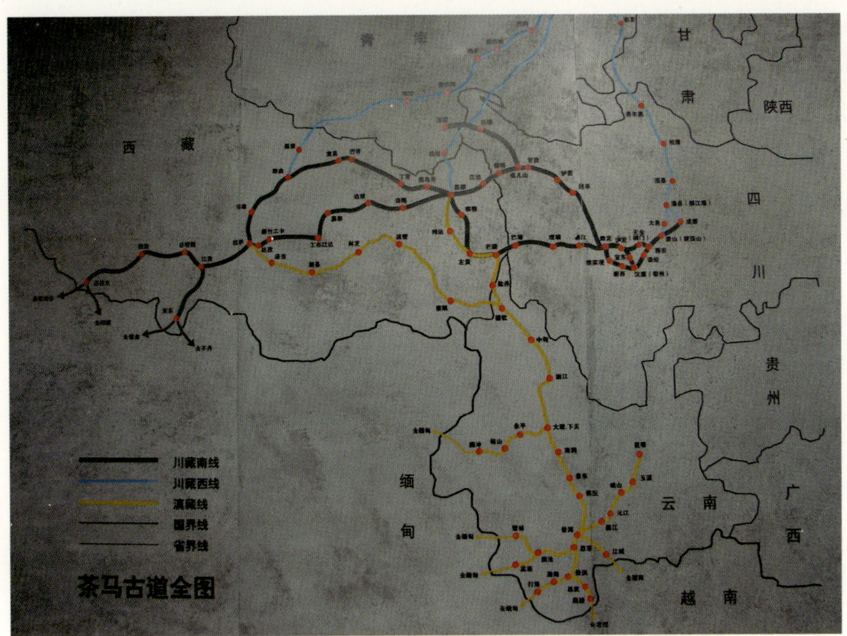

차마고도 노선

씩 짚어가며 말하기를 '이것은 수주壽州의 것이고, 이것은 서주舒州의 것이고, 이것은 고저顧渚의 것이고, 이것은 기문蘄門의 것이며, 이것은 창명昌明의 것이요'라고 말하였다." [4]

이 기록은 이때 이미 절강浙江, 호광湖廣, 안휘安徽 등지에서 생산되는 명차名茶들이 투뽀어 왕국의 궁중의 상비常備 물품物品으로 구비되어 있었을 뿐만 아니라, 투뽀에서 음차의 풍기가 흥기하고 있었음을 보여주는 것이다. 『한장사집』에서는 더 나아가 전문적으로 각 장章과 절節로 나누어 차의 분류에 따른 기록을 하였을 뿐만 아니라, 열여섯 종류나 되는 차엽

---

4 唐・李肇,『唐國史補』(臺北,學津討原本,新文豊出版公司), 卷下, 66쪽. "常魯公使西蕃, 烹茶帳中. 贊普問曰:『此謂何物?』魯公曰:『滌煩療渴,所謂茶也.』贊普曰:『我此亦有.』遂命出之,以指指曰:『此壽州者,此舒州者,此顧渚者,此蘄門者,此昌明者.』"

의 생산지, 특징, 팽다烹茶 및 제다製茶에 걸친 상세한 기록을 남기고 있다.[5]

2) 티베트의 차와 음차방법

티베트의 대표적인 차에는 쑤여우차酥油茶 뿐만이 아니라, 그 외에도 두 가지가 더 있어, 모두 크게 세 종류의 차로 대별할 수가 있다. 청차淸茶와 티엔차甛茶가 그것이다.

(1) 쑤여우차酥油茶

쑤여우차酥油茶는 티베트인藏族들에게 첫 번째로 손꼽히는 음료이며, 그들에게 있어서 하루도 없어서는 안 될 중요한 생활필수품이다. 쑤여우차의 제작방법에는 두 가지 단계로 나누어 볼 수가 있는데, 첫째는 차를 삶아 차즙진한 차탕을 내는 것이고, 그 다음은 차를 치즈와 섞는 것이다. 차와 치즈를 섞어내는 과정을 가리켜 중국인들은 '따~차打茶'[6]한다고 한다. 전차磚茶[7]나 타차沱茶[8]를 솥에 넣고 불을 부어 끓여서 차즙茶汁이 진하게

---

5 참고 : 前揭書 『漢藏史集』, 143~145面
6 타차(打茶) : 여기서 타차란 차를 만든다는 뜻으로 해석하면 된다. 중국어에서 "타打"는 때린다는 뜻 외에도, '(기구·음식 따위를) 만들다'라는 뜻이 있다.
7 전차(磚茶) : 벽돌모양으로 압축하여 만든 긴압차(緊壓茶). 차의 형태에 의해 붙여진 이름이며, 탕색에 의한 구분하면 흑차(黑茶)의 일종
8 타차(沱茶) : 밥공기 모양으로 압축하여 만든 긴압차. 이것 또한 전차·병차 등과 함께 흑차의 일종이며, 우리나라에서는 주로 보이차의 한 종류로 많이 알려졌다. 운남에서 생산되는 '보이차', 호남에서 생산되는 '천 냥 차', 사천에서 생산되는 강전(康磚), 변차 등은 원래 모두

우려 나오도록 다린다. 이어서 다
려 낸 진한 차즙을 깨끗한 거름망
에 걸러 차관茶罐에 담아 둔다. '쑤
여우차酥油茶'를 만들 때, 차관에 담
아 두었던 차즙을 필요한 만큼 꺼
내고, 거기에다 적당량의 끓는 물
과 소금을 첨가한다. 물론, 차즙의 양이나

티베트 승려들의 쑤여우차 마시는 모습(中國茶葉大辭典)

물의 양 또는 소금의 양은 개인의 입맛과 기호에 따라 적절히 조절하면 된다.

그런 후에 전문적으로 쑤여우차를 만드는 찻통茶桶9에 따라 부은 다음,
거기에 다시 버터나 치즈를 넣고, 교곤攪棍10을 찻통의 위아래로 몇십 회
펌프질하듯 왕복 피스톤 운동을 한다. 차즙과 물, 그리고 버터나 치즈를
잘 섞은 뒤에는 다시 찻주전자에 따르고 열을 가하여 뜨겁게 한 다음,
마실 때에 각자의 차완茶碗에 따라 마시게 된다. 신선한 우량의 버터나
치즈로 만든 쑤여우차는 그 향기가 코끝을 찌를 듯 향긋하며, 맛이 아주
순후淳厚하여 아주 맛있을 뿐만 아니라 차를 마시면 허해지는 몸의 기를
보충할 수 있어, 특히 겨울철에 마시기엔 그만이다.

단, 필자의 경험에 의하면 열이 많은 사람은 한자리에서 두 잔 이상
마시는 것을 피하는 게 좋다. 물론 사람의 체질에 따라 다르겠지만 필자
의 경우 열이 금방 머리로 치솟아 문득 위험함을 느꼈다. 이와는 반대로
열이 없거나 냉한 사람은 세 잔을 마셨지만 별 반응이 없음을 확인했다.

가 변방 유목민들에게 공급되기 위해서 만들어진 차이다. 그래서 흑차 계열의 긴압차를 과
거에는 통칭 변차(邊茶) 혹은 마차(馬茶)라고 하였다.

9 차통(茶桶) : 동막(董莫), 가동(樻董)이라고 함.

10 교곤(攪棍) : 차와 버터를 섞는 나무 막대기(공이)

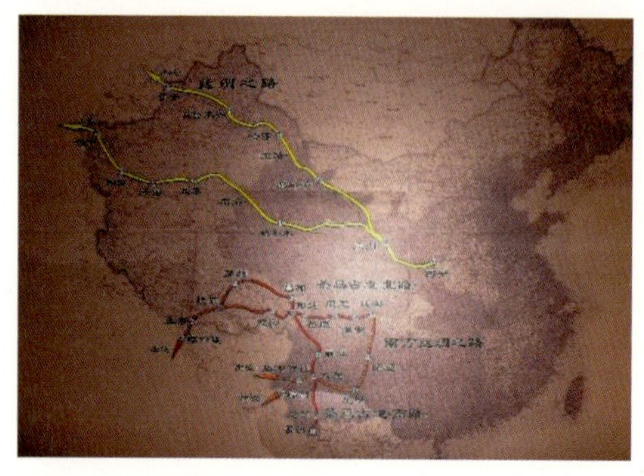

차마고도 노선표(차마고도 박물관)

어쨌거나 티베트인들은 아침에 일어나면 아침 식사는 걸러도 쑤여우차는 반드시 마셔야 한다. 경제적 여건이 좋은 집안에서는 하루 세 끼는 물론이거니와 심지어 온종일 시도 때도 없이 '쑤여우차'를 마신다. 현지에서 전해지는 말에 의하면, 과거 티벳 사람들이 추구하는 가장 이상적인 생활은 바로 매일 쑤여우차酥油茶와 청과주靑稞酒를 마시는 것이라 한다.

다 만들어진 쑤여우차는 평상시엔 차 주전자茶壺에 담아서 화로에 올려 놓고 보온을 유지한다. 그러나 이때 주의할 점은 끓지 않도록 하는 것이다. 그렇지 않으면 차 맛이 손상될 수 있기 때문이다. 현재 도시나 형편이 괜찮은 농촌의 일부에서는 전기 믹서를 사용하여 쑤여우차를 만들어 마시기도 한다. 어떤 이들은 쑤여우차를 만들 때 자신이 좋아하는 분유나 삶은 계란 및 끓인 우유의 앙금 등을 첨가하여 마시기도 한다. 다 만들어진 쑤여우차는 보온병에 담아 두었다가 수시로 편하게 마시기도 한다. 특히, 주말이나 명절 및 휴가를 맞이하여 외출할 때엔 반드시 보온병에 가득 담은 쑤여우차를 몇 병씩 휴대한다.

'쑤여우차酥油茶'의 제작은 티베트족들의 음식문화에 있어서 일대 발명이라 할 수 있다. 이는 티베트인들이 중국 내지의 한족漢族들과의 유무상통有無相通의 경제교류[11]의 기초 위에서 자신의 환경과 물자의 조건이 서로

---

11 유무상통(有無相通)의 경제교류 : 서로 남아 도는 물품을 수출하고, 서로 모자란 물품을 수

결합된 가운데 독창적으로 발명된 것이다. 즉, '차마무역'이 한 장(漢·藏)간의 경제교류에 있어 적극적 역할을 담당하게 된다.) [12]

쑤여우차酥油茶는 영양이 매우 풍부할 뿐만 아니라, 지방의 함량이 높아 추위를 막을 수 있는 열량을 매우 많이 공급한다. 아울러 찻잎에는 알칼로이드, 비타민과 미량의 원소 등이 풍부하게 함유되어 있으며, 위를 튼튼하게 하는 생진生津 등이 나와 소화를 촉진시킬 뿐만 아니라 지방분해의 효능도 갖추고 있다.

평균 4000미터 이상의 고원에서 육류와 치즈 및 버터 등의 고지방과 고단백질 등을 주로 섭취하며 야채의 섭취가 결핍된 유목민족에게 있어서 균형 있는 영양을 섭취하기 위한 음식문화의 개선은 대단히 시급한 문제인 것이다. 이로 인해 찻잎은 고원유목민족인 티베트인들의 음식생활에 있어 대단히 중요한 의의를 가지게 되었으며, 찻잎의 전파는 티베트인들에게 있어 하나의 신화적인 존재가 되었다.

찻잎이 티베트에 최초로 전래되었을 당시에는 질병을 고치는 진귀한 의약품으로 취급되었으며, '한장차마무역'이 흥성함에 따라 차와 티베트인들의 관계는 일상에서 더욱더 긴밀하게 되었으며, 떨어질래야 떨어질 수 없는 아주 밀접한 관계로까지 발전하게 되었다. 따라서 티베트인들의 일상의 식생활에서나 손님을 맞이하고 접대할 때, 선물을 보낼 때, 그리

입하는 일종의 물물교환식의 경제교류

12 졸고 「明淸時代의 漢藏茶馬貿易」(『다담(茶談)』1998년 봄호). 「初期漢藏茶馬貿易의 역사적 배경」(2002년 여름호), 「唐代漢藏茶馬貿易」(2003년 가을호,) / 朴永煥 「明代漢藏茶馬貿易的特點及其作用」, 『西部開發中西藏及其他藏區特殊性研究』, 中國 黑龍江人民出版社(2003년 (8월판) / 朴永煥 「淸代茶馬貿易衰落及其原因探析」, 『西南民族學院學報』2003年2月號(中國綜合性人文社科類核心期刊). / 박영환 「漢藏茶馬貿易의 성립배경」『2002년 한국마케팅과학회 추계학술대회 발표논문』 / 박영환 「明代漢藏茶馬貿易의 발전」-그 제도와 형식을 중심으로, 『慶州史學』 제20집. 2001년 2월, (경주사학회)

차마고도 문화관(운남)

차마고도 박물관(운남)

고 혼인 및 명절 때에도 반드시 없어서는 안 될 필수품이 되었다. 이로 인해 쑤여우차는 마침내 티베트 문화를 대표하는 특색 있는 차 문화로 자리매김하게 되었다.

(2) 청차淸茶

청차는 티베트어로 "가당ja-thang이라고 한다. 전통적인 청차는 벽돌차磚茶를 찻주전자에 넣고 푹 끓인 뒤, 기호에 따라 적당량의 소금을 넣으면 된다. 쑤여우차酥油茶처럼 버터나 치즈 또는 우유 앙금을 넣지 않은 채, 곧바로 다완茶碗에 직접 따라서 마신다. 청차淸茶 즙은 주로 참파糌粑: rtsam-pa[13]를 반죽할 때 많이 사용되며, 음료로 마실 때 작은 덩어리의 치즈나 버터·우유앙금 등을 넣어 마셔도 된다. 버터나 치즈 등을 넣으면, 기름 덩어리가 뜨거운 찻물茶湯水 속에 잘 녹아내릴 때까지 기다렸다가

---

13 참파(糌粑 : rtsam-pa) : 청과맥(靑稞麥)의 볶은 가루를 쑤여우차(酥油茶)나 청과주(靑稞酒)에 개어 먹는 경단으로 티베트족의 주식(主食)임.

버터의 기름기가 찻물 표면으로 뜨게 될 때 마시면 된다.

요즈음 티베트 고원의 도시와 마을 거주민들 중에는 청차를 전통방식으로 다려서煮茶 마시기보다는 녹차나 오룡차烏龍茶처럼 끓은 물을 부어 우려서泡茶 마시는 사람들이 적지가 않다. 지금은 티베트 현지에서도 중국 내지에서 생산되는 각종의 명차名茶를 손쉽게 살 수가 있다. 게다가, 현재 티베트 자체에서도 훌륭한 차가 많이 생산이 되고 있는 실정이다. 특히 '서장임지차장西藏林芝茶場'에서 생산되는 찻잎은 천연 무공해의 우량 품질의 차로써 그 명성이 자자하다.

(3) 티엔차眈茶첨차

티엔차ja-mngar-mo : 眈茶 역시 티베트인들이 무척이나 즐겨 마시는 차이다. 특히, 위장지구衛藏地區[14]의 도시와 촌락에서 티엔차 마시기가 매우 성행하고 있다. 따라서 이 지역의 티엔차관眈茶館 : 티엔차를 마시는 茶館의 영업도 대단히 융성하다.

티엔차를 만드는 방법을 보면, 앞에서 거론한 쑤여우차酥油茶나 청차淸茶와는 달리 홍차紅茶를 이용한다. 우선 홍차紅茶를 진하게 다려 차즙을 만든 뒤, 끓여낸 찻잎은 거름망에 걸러낸다. 그리고 거기에 우유신선한 우유나 분유와 흰 설탕을 넣는다. 그 향이 짙고 맛이 달며 느끼하지 않는 것이 특색이다. 남녀노소 할 것 없이 마시기가 매우 좋아 이곳 위장衛藏지역의 티베트 사람들에게 대단히 애호되고 있는 차이다. 티엔차眈茶는 중국어로 '달콤

---

14 랏싸(拉薩), 산남(山南), 르커춰(日喀側) 등지

한 차'란 뜻이다. 티엔차는 만드는 방법이 매우 간단할 뿐만 아니라 지방脂肪의 함량도 극히 적어 특히 이곳 젊은이들에게는 가장 환영받는 차이이기도 하다.

뿐만 아니라, 티엔차는 의외로 티베트 전역의 도시와 촌락에 넓은 시장을 보유하고 있으며, 현재는 티베트 전역으로 빠른 속도로 보급 확산되어 가는 추세여서 전통 티베트차의 대표 격인 쑤여우차酥油茶의 소비와 명성을 추월하여 가고 있는 실정이다.

2 | 차 때문에 망한 슬픈 나라 티베트

— 명청시대의 한장차마무역漢藏茶馬貿易[15]

1) 한장차마무역의 기원

중국中國은 방대한 다민족多民族국가로서 티베트西藏[16]와는 일찍이 당唐나라 때부터 지속적인 우호관계를 맺어 왔다. 군사력에 있어 당나라와 거의 대등對等한 위치位置에 있던 투뽀吐蕃 : 티베트[17]왕국은 수시로 당唐나라의 변경

---

15 '한장(漢藏)'은 중국의 한족(漢族)과 시짱(西藏 : 티벳)을 합하여 간칭(簡稱)한 것임. 한장차마무역(漢藏茶馬貿易)은 중국과 티베트 간에 이루어진 차마무역(茶馬貿易)을 뜻함.
16 당송대(唐宋代)에는 티베트를 투뽀(吐蕃), 원명대(元明代)에는 우쓰장(烏思藏 혹은 烏斯藏), 청대(清代) 이후에는 시짱(西藏)이라 稱함.
17 투뽀어(吐蕃) : 티베트인들은 자칭'博巴(뽀어빠)'라고 한다. 즉, '뽀어(博)'라는 곳에 살고 있는 사람이란 뜻이다. 중국 당대 이래 칭하기를 '뽀어(蕃)' 또는 '투뽀어(吐蕃)'이라고 한다. '번(蕃)'의 고음은 '박(博)'이며 중국어로는 뽀어(博bó)라고 발음한다.

을 침략하여 당나라 왕실의 공주와 혼인할 것을 요구하였다. 이를 견디다
못한 당태종唐太宗은 정관貞觀 15年서기 641년에 드디어 문성공주文成公主를 투
뽀의 대왕짠푸·贊普인[18] 쏭짠깐뿌松贊干布에게 출가를 시켰으며, 이 시기는
바로 중국 내지內地의 차茶가 티벳西藏으로 전파되는 시기이기도 하며, 티베
트인의 음차기원飮茶起源이 되기도 한다.

그 후에도 당唐·중종中宗 경륭景隆 원년서기 707년에 금성공주金城公主가 이
어서 '투뽀' 왕국으로 출가함으로써, 양국의 관계는 그야말로 아주 밀접
한 구생舅甥:외삼촌과 조카의 관계에까지 이르게 된다. 이렇게 시작된 한·장漢
藏 간의 역사는 한장차마무역의 관계를 통해 일천여 년 동안이나 계속되
어 간다.

2) 역대歷代 한장차마무역의 발전과정

당송唐宋이래, 중국이 방대한 다민족으로 형성되어 온 국가라는 점에
서 볼 때, 차마무역茶馬貿易은 한장관계漢藏關係의 발생과 발전의 오랜 세월
동안 매우 일관성 있게 진행되어 온 중대한 역사적 사건이다. 소위 '한
장차마무역漢藏茶馬貿易'이란 바로 티베트인西藏人들이 말馬이나 기타의 토산

---

18 '짠푸(贊普)' : 敦煌文獻에 의하면 '贊普'의 명칭은 各部의 수령들이 바친 것으로, 예를 들면
몽고 각 부족의 수령들이 티예무쩐(鐵木眞)에게 징기스칸(칭지스칸·成吉思干)이란 명칭을
바친 것과 같은 것이다. 당시 티벳에 '王'의 명칭이 출현은 하였으나 그것은 각부 수령을
의미한다. '짠푸(贊普)'의 뜻은 '번부지대왕(蕃部之大王)'을 의미하는데, 이는 사실 '티베트의
황제'란 뜻이며 서기736년에 拉薩의 西쪽에 건립된 恩蘭達札路恭紀功碑의 정면에 새겨진 碑
文을 보면 '폐하(陛下)'란 말을 서슴지 않고 사용하고 있다. 아울러 敦煌에서 발굴된 '漢藏字
書 중에는 "天子"의 의미로 해석되어 있다.

품을 이용하여 중국 내지內地에서 생산되는 차茶를 교환해 간 일종의 '물물교역物物交易'형식의 경제활동이었다. 이러한 경제활동은 후에, 중국 서북지역의 도시경제의 번영과 한장漢藏 간의 정치, 경제 및 문화 그리고 교통의 발달에까지 큰 영향을 미치게 되며, 다민족인 중국의 민족단합의 차원에 있어서도 한장漢藏 간의 우호관계를 유지시켜주는 유대 작용까지도 하였다.

당대唐代로부터 시작한 한장차마무역은 송대宋代의 중흥기中興期를 거쳐, 명대明代에 이르러서 갑자기 쇠락의 길로 접어들고 말았다. 당대唐代에 티베트 고원에서 발흥한 투뽀吐蕃왕국은, 당나라와 호시互市관계를 형성하게 되는데, 개원開元 연간年間의 기록에 의하면 주로 츠링赤岭 일대에서 호시互市가 많이 이루어졌다.[19] 그러나 이때의 한장차마무역은 아직 초기 단계로서 국가적으로도 정착된 제도가 없었으며, 그 교역의 품목 또한 차마茶馬에 국한된 것이 아닌 종합무역의 형태였다.

당대唐代 이래, 중국은 군마軍馬의 중요성과 그 수요에 대한 인식이 절박해지면서부터 서북 변방민족에 대해 '이차역마以茶易馬 : 차로써 말을 바꾸다'의 정책을 일관성 있게 시행하게 된다. 송대宋代에서는 티베트와의 접경지역에 차마사茶馬司를 건립하고 '다법茶法'을 제정하여 차茶의 판매를 국가의 전매로 하는 '각다법榷茶法'[20]을 실시하였다. 이는 당시 송나라의 시급한 군마軍馬의 문제를 해결해 줌과 동시에 날로 그 세력을 팽창해가는 티베트를 회유하여 서북 변방의 안녕을 도모하는 데 중요한 역할을 했을 뿐만

---

19 赤岭은 지금의 靑海 河源부근이며, 당나라와 티베트가 국경선을 결정짓고 기념비를 수립한 곳으로, 양국 간의 회맹(會盟)이 이루어졌던 곳으로 후에 漢藏經濟交流와 茶馬互市가 주로 이루어졌다. 『新唐書』 卷216上, 「吐蕃傳」, 654面
20 각다법(榷茶法) : 차법(茶法)의 일종으로써 송나라 때 국가가 차를 전매하는 법률이다.

아니라 국가의 재정수입에 있어서도 한 몫을 하게 된다.

명대明代는 역대 한장차마무역의 최고 전성기로서, 제도적인 측면에서 대단히 세밀함을 보였는데 차발마제도差發馬制度의 건립과 금패신부金牌信符의 제작이 바로 이러한 것이다. 이는 당송唐宋 때에 있었던 단순한 물물교역형태와 차마호시茶馬互市의 차마사제도茶馬司制度가 아닌 부세賦稅의 제도로서 티베트의 각 부족에게 조공이 아닌 부세의 의무를 떠맡기는 획기적인 제도의 변화라 할 수 있다.

그 외에도 명나라는 조공호시朝貢互市를 제도화하여 정착시킴으로써 차발마제도의 실행에서 오는 티베트 각 부족의 수령과 종교지도자들의 불만을 해소시키고 그들을 회유하는 데도 게을리하지 않았다. 차발마제도와 조공호시제도에 대해서는 뒤에 다시 구체적으로 서술하겠다.

이상의 제도적 기틀 아래, 명나라는 차상茶商들이 개인적으로 차를 판매하는 것을 법으로 엄격히 금지시키는 '사차금지私茶禁止'의 조치를 내리는가 하면 그 처벌에 있어서도 전대前代의 어느 왕조보다 더욱 구체화되고 엄격하였다. 이로써, 티베트는 중국의 국가기관茶馬司등의 정부기구을 통해서만 차茶를 수입할 수밖에 없었다. 이는 중국이 차茶를 미끼로 변방의 소수민족을 회유함과 동시에 자신들의 통치권 안에 귀속시켜 변방의 안녕을 도모하고 국방에 필요한 군마軍馬를 손쉽게 얻으려는 정치적 목적에서 비롯된 것이라 할 수 있다.

3) 중국 차茶의 전래傳來 와 티베트인의 음차飮茶 배경

티베트에 차가 전래된 시기와 그들의 음차 기원에 대해서는 상세한

역사문헌의 기록이 보이지 않는다. 앞에서 서술한 바와 같이 당나라의 문성공주가 티베트왕국으로 출가한 시기를 통상 중국차의 전래시기와 티베트인들의 음차 기원으로 삼고 있다. 물론 각종 문헌의 서로 다른 기록으로 말미암아 학자들 간에 이론異論이 전혀 없는 것은 아니나, 아직은 정확한 고증考證의 방법이 없으므로 대부분의 학자들은 이 시기문성공주가 티베트로 출가한 시기를 잠정적인 정설定說로 삼고 있다.

티베트고원 지대에 거주하는 대부분의 티베트인들에게 있어 차茶는 매우 절실한 생활필수품이었을 뿐만 아니라, 마치 생명生命의 약藥처럼 중요시되어져 왔다. 그 이유는 대략 다음의 세 가지로 집약해 볼 수 있다.

첫째, 티베트인들은 유·육류乳·肉類를 주식主食으로 하는 유목민족遊牧民族으로서 채소나 과일의 섭취는 거의 불가능했다. 티베트 고원의 대부분

차마고도 背夫(脚帮)

지역은 해발 3000미터 이상인데다가 평균 온도가 0℃ 이하이기 때문에 농업보다는 목축업이 비교적 발달할 수밖에 없었다. 그래서 그들은 야채나 과일 대신 차茶를 마심으로써 인체人體에 필요한 식물성의 영양소를 대신 섭취하게 되었다.

둘째, 티베트 고원은 공기空氣가 매우 희박한 데다가 기압이 낮고 기후가 건조하며 연평균 상대습도가 40%밖에 되지 않기 때문에, 그들은 인체에 충분한 음료를 별도로 공급하지 않으면 안 되었다. 티베트인들이 마시는 하루의 음차량飮茶量은 거의 30~40그릇에 달하는데, 이 양은 약 5~7리터 정도에 해당하는 양으로써, 하루 세 끼 식사 때마다 거르지 않고 마시는 음차량을 제외하고라도 평소 얼마나 많은 양의 차를 마시는지를 과히 짐작할 수 있을 것이다.

셋째, 차茶는 여러 가지 생리生理 활성분 및 비타민, 아미노산 등을 많이 함유하고 있어 의약醫藥이 비교적 낙후된 티베트 지역의 티베트인들에게 있어서는 잡병을 치료하고 예방하는 데 매우 중요한 의약품과도 같은 것이다. 실제로 티베트의 의약전적醫藥典籍에는 차茶가 감기, 풍한風寒과 설사, 복통 등을 예방하고 치료하는 데 좋은 양약良藥이라고 기록하고 있다.

이상의 서술한 세 가지 주요 원인은 마침내 티베트인들을 하루도 차茶가 없이는 살 수 없다는 '불가일일무차이생不可一日無茶以生'의 상태에까지 이르게 하였다. 이러한 티베트인들의 차茶에 대한 절실한 요구는 때마침 군마軍馬의 수요가 시급했던 중국과 그 조건이 잘 부합되었다. 이러한 서로의 필요성에 의해 한장차마무역漢藏茶馬貿易은 당대唐代로부터 송宋, 원元, 명明, 청淸에 이르기까지 수대에 걸친 왕조의 교체에도 불구하고 천여 년 동안을 면면히 이어져 내려오게 된다.

4) 강압과 회유의 명대明代 '차마무역'
― 명대의 '차발마제도差發馬制度'와 '조공호시朝貢互市'

명조明朝는 당唐·송宋·원元을 이어 새롭게 등장한 강력한 중앙통치왕조로서, 특히 원元나라가 티베트당시의 우쓰장〈烏思藏〉를 중국의 영토 내에 정식으로 귀속시킨 후, 명조는 중국 내지와 변강지역邊疆地域의 무역왕래에 있어 무역방식과 제도 그리고 그 내용에 이르기까지 전대에 비해 매우 커다란 변화를 일으키게 된다. 당시, 명明나라는 비록 원나라 때의 영토를 그대로 계승하지는 못했지만, 차마무역茶馬貿易을 통해 정치, 경제, 문화교류 등에 걸친 다방면多方面에서 티베트를 자신들의 세력권 안으로 귀속시키려는 통치의지를 집중적으로 구현시켜 나간다. 명대에 계속 이어지는 한장차마무역의 관계는 얼핏 보면 일종의 단순한 경제활동에 불과하지만, 사실 그 배경 속에는 명왕조明王朝가 티베트를 통치, 지배하려는 정치적 의도意圖와 야심野心이 더욱 짙게 깔려있는 정치적 관계라는 사실을 쉽게 발견할 수 있다.

명대의 한장차마무역 진행과정에서 가장 특이할 만한 점이라면 바로 공전절후空前絶後의 차마무역 제도인 '차발마제도差發馬制度'의 건립이다. 각종 문헌기록에 의하면 '차발差發'은 부렴賦斂, 즉 부세賦稅를 의미한다. 명나라는 바로 이 '차발마제도'를 통해 티베트인들에게 말馬을 세금으로 상납하게 하고 그 대가로써 차茶를 하사품으로 주었다. 여기서 주목해야 할 점은 명나라가 세금으로 말을 받고 대가로써 차茶를 지불했다는 것이다. 이는 차발마제도가 표면상에 있어서는 분명 부세제도賦稅制度이었으나, 실제상에선 여전히 이차역마以茶易馬의 무역형식에서 벗어나지 못했음을 의미한다. 그러나 명대明代가 전대의 당·송唐·宋과 현저하게 다른 점은 그

것을 부세의 형식으로 제도화시켰음은 물론 차마무역茶馬貿易의 주동권主動權을 완전히 장악했다는 것이다. 이는 명나라 전기前期의 차마무역에 있어 매우 중요한 무역의 방식이 되며, 역대 차마무역의 획기적인 전환점이라 할 수 있다.

여기서 문헌에 기록된 당시의 교역량을 간단히 살펴보기로 하자. '차발마제도'가 막 건립되었던 명태조明太祖 25년1392년, 티베트에서 '차발마' 10,340여 필을 상납하고 하사받은 차茶는 고작 30여만 근에 불과하였다.[21] 이를 환산해 보면 말 1필과 차 30근을 맞바꾼 것이며, 이는 차발마제도가 아직 건립되기 전인 명초기에 말 1필에 차 1,800근을 지불한 것에 비하면 너무나 현저한 차이를 보이는 것이다.[22] 이것이 바로 명나라가 바라는 차발마제도 건립의 목적이었다.

그러나 차발마제도가 아직 확립되지 않았던 실행 초기初期라 변방의 관리들은 직권을 남용하고, 조정朝廷의 명의名義을 내세워 티베트의 말을 개인적으로 착복하는 등의 부정부패不正腐敗가 빈번히 행해지곤 하였다. 그래서 명나라 조정에서는 이를 방지하고 차발마제도의 정상적인 운영과 공정성을 위해 홍무洪武 26년1393년에 드디어 동질銅質의 '금패신부金牌信符'라는 것을 제작하여 티베트 각 부족의 수령과 승려들에게 발급해 주었다.[23] 이것은 일종의 우리나라 조선시대의 마패馬牌의 성격과 흡사한 것으로서, 티베트의 각 부족들이 변방으로 파견된 관원들에게 말을 상납하거나 차를 하사받을 때 자신의 금패와 관원의 것을 반드시 대조하도록 하였다. 이러한 조치는 탐관오리에게 속아서 말을 상납하는 일을 방지함은

---

21 『明太祖實錄』卷215, (洪武25年5月甲辰條)
22 『明史』卷80「食貨志,茶法」, 214面
23 『明太祖實錄』卷225, (洪武26年2月癸未條)

차마고도 상의 향촌(鄕村)

물론 티베트의 말이 탐관들에 의해 내륙으로 밀수되는 것을 원천적으로 봉쇄封鎖하기 위한 것이었다.

문헌에 의하면 금패신부金牌信符에는 다음과 같은 내용이 새겨져 있다. "상단 일행에 '황제성지皇帝聖旨', 하단의 좌측 일행에는 '합당차발合當差發' 그리고 하단의 우측 일행에는 '불신자사不信者死'"라고 새겨져 있다. 또한 문헌에는 여기에 덧붙여 "'호시互市'라고 이르지 않고 '교역交易'이라고도 이르지 않으니 이를 일러 '차발差發'이라 한다."라고 규정하고 있다.[24] 이 내용을 상세히 설명하자면, 명대에 황제의 성지로 개정된 한·장차마무역은 '차발差發'이라 함이 합당하다. '차발差發'이란 곧 '부렴賦斂'을 뜻한다. 다시 말해 티베트의 말을 의무적인 세금의 명목으로 거둬들인다는 것이다. 이를 의심하여 믿지 않고 제멋대로 차와 말을 교역하거나 밀반출하는 자는 모두 사형에 처한다는 뜻이다. 실지로 차발마제도의 차법茶法은 매우 엄격하여 황족 및 그 인척이라도 이를 어길 경우에도 예외는 아니었다. 그 대표적인 예로 태조 주원장의 부마駙馬였던 구양윤歐陽倫은 이를 대수롭지 않게 여기고 법을 어기고 몰래 차 거래를 하다가

---

24 明·張縉彦, 『菉居封事』 卷2, 「馬政疏第四(復金牌)」, 42~43面

발각되어 사형에 처해졌다.[25]
그리고 금패신부의 명문銘文과
문헌의 부연敷衍 설명 속에서 우
리는 명나라가 차茶를 이용하여
티베트를 자신들의 통치권 아
래로 완전히 귀속시켜 군신君臣
의 관계를 확립하려는 철저한
정치적 의도와 목적을 다시 한
번 엿볼 수 있을 것이다.

명대의 차마무역 중에서 또
하나의 특이할 만한 점은 바로
'조공호시朝貢互市'인데, 그 실체實
體는 바로 조공의 형식을 빌려
한·장漢藏 간에 이루어진 또 하
나의 차마무역茶馬貿易이었던 것
이다. 당시 명나라는 티베트 각
지에 흩어져 있는 티베트의 종
교 지도자 및 각 부족의 수령들
에게 봉작封爵을 내리는 '분봉정

차마고도 상의 鄕村

책分封政策'을 실시하여, 한편으론 그들을 회유하고, 또 한편으론 티베트지
역에 정책기구를 설치하여 중앙에서 관리駐藏大臣를 파견하거나 그들을 임
명하여 티베트를 직·간접으로 감시하고 통치하는 정책을 병행하였다.

---

25 『明太祖實錄』 卷235, (洪武30年6月己酉條)

명조明朝의 분봉정책分封政策에 의해 작위爵位를 받은 티베트의 각 부족 수령들과 승려들은 해마다 줄을 이어 명나라 조정朝廷으로 조공을 오거나 혹은 사신使臣을 파견하여 조공함으로써 명明왕조에 대해 신하의 예를 표명表明하였다. 이때 그들이 바친 조공품의 대부분은 말馬이었고, 명나라 조정에서 하사한 회사품回賜品의 대부분은 중국 내지內地에서 생산되는 차茶였다. 아울러 조공의 대가로 돌아오는 회사품은 차발마제도에 의한 불평등한 대가와는 전혀 다른 조공의 삼배에 달하는 후厚한 대가였다. 이 때문에 그들의 조공회수와 조공 인원은 나날이 증가하는 추세를 보였으며, 티베트인들의 목적 또한 조공을 구실로 차茶를 얻어가는 데 있었다. 그러므로 납공納貢과 상사賞賜로 이루어지는 조공호시朝貢互市는 티베트에 있어서 중요한 경제교류였던 것이다.

이때 명나라가 조공을 오는 티베트 수령과 승려들에게 주는 사차賜茶의 규모는 실로 가관可觀이었다. 명·헌종明憲宗의 성화成化 18년1482년에 총 412명이 조공朝貢을 왔고, 일인당 받은 사차賜茶는 50근씩이었다. 티베트의 수령들과 승려들이 받아간 사차賜茶의 총수량은 약 2만 6백 근이었다.[26]

명무종明武宗의 정덕正德 13년1518년에는 조공을 온 티베트 승려들에게 내린 사차賜茶의 총수량이 무려 8만 9천근에 달했다.[27] 이는 성화成化 연간의 사차賜茶 양의 4배로써 조공의 인원과 회수가 얼마나 많이 증가했나를 잘 입증해 준 것이라 하겠다. 이때 티베트인들이 바친 공마貢馬의 대부분은 열등마劣等馬로서 전투에는 전혀 쓸모가 없는 화물 운반용에 불과했으니 그들의 조공의 의도가 어디에 있는지 가히 짐작하고도 남을 것이다.

---

26 『明憲宗實錄』卷223,(成化18年正月丙子條)
27 『明武宗實錄』卷162,(正德13年5月乙丑條)

즉, 조공朝貢은 형식이고 그 실체는 바로 차마무역이었으며 티베트인들은 오직 차茶를 구해 돌아가는 것이 주된 목적이었다.

이러한 목적을 바탕으로 한 티베트인들의 조공의 증가 추세는 명·헌종明憲宗 초기에 이미 나타났으며, 이에 재정財政의 위기감을 느낀 명나라는 마침내 조공에 관한 법을 제정하게 된다. 이 법규는 태조 홍무 연간年間에 제정되었던 삼 년에 한 번만 조공하도록 허락하는 '삼년일공三年一貢'의 구례舊例[28]를 바탕으로 하여 구체적으로 심화 발전시킨 것으로 지역과 신분에 따라 조공의 시기와 회수 그리고 조공사절단의 인원수의 제한에 이르기까지 아주 상세하게 법으로 규정하여 명시하고 있다.[29] 이 법규는 성화成化 연간에 수차례에 걸쳐 강조 실시되지만, 여전히 잘 지켜지지 않았다.

이상에서 서술한 명대의 '차발마제도'와 '조공제도'를 종합적으로 비교해 보면 꽤 흥미로운 사실을 발견할 수 있다. 그것은 차발마제도가 티베트에 대한 명·왕조明王朝의 통치 의지를 구체적으로 실현시켜가는 데 중요한 역할을 했다면, 조공제도는 반대로 티베트인들이 중국에서 대량의 차茶를 구해가려는 목적을 실현하는 데 유리한 작용을 했다는 점이다. 결론적으로 볼 때 명나라는 겉으로는 차발마제도差發馬制度를 통해서 티베트를 명나라의 직·간접의 통치하에 두었고 안으로는 조공호시朝貢互市를 통해 그들을 회유하는 양면성의 정책을 병행하였던 것이다.

---

28 『明憲宗實錄』卷21,(成化元年9月戊辰條)
29 『明憲宗實錄』卷78,(成化6年4月乙丑條)

5) 청대淸代 한장차마무역漢藏茶馬貿易의 쇠락衰落

　명대明代에 이렇게 극도로 발전했던 한장차마무역도 청대淸代에 이르러
서는 그야말로 쇠락의 길로 접어들게 되는데, 그 원인은 대략 두 가지
정도로 나누어 볼 수 있다. 첫째, 청나라는 명나라와는 달리 십전십미十全
十美의 무공武功을 자랑하는 왕조였기 때문에 원元나라처럼 티베트를 중국
의 영토로 복속시킬 수 있는 충분한 무력을 갖추고 있었다. 그러므로
회유懷柔와 통치統治의 목적수단이었던 차마무역茶馬貿易은 그들에게 있어
더 이상 필요치 않았던 것이다. 둘째, 역대 왕조가 티베트와 차마무역을
계속 이어서 발전시켜 온 주된 목적은 중국 내지內地에서 결핍된 군마軍馬
를 충당하기 위함이었다. 그러나 청나라는 이미 만주滿洲에 우수한 전마戰

차마고도를 통해 차를 운반하는 배각(背脚)들

馬를 충분히 보유하고 있었기 때문에 굳이 티베트의 말이 절실히 필요할 까닭이 없었다. 따라서 한장차마무역도 급속히 쇠락의 길로 들어서게 되었다.

차마고도를 통해 차를 운반하는 배각(背脚)들

그러나 청나라 때에 차마교역茶馬交易이 전혀 없었던 것은 아니다. 청나라가 비록 한장차마무역의 쇠락기에 속하긴 하나, 청나라 한 시대를 두고 봤을 때, 청나라도 한때 한장차마무역이 흥성했던 적이 있었다. 중원中原에 막 입성한 청나라 초기에는 명대와 마찬가지로 '차정茶政'과 '마정馬政'을 매우 중요시하였다. 청나라가 자금성紫禁城:北京에 입성한 순치順治 원년서기1644년의 중국은 빈번한 내외전란內外戰亂과 천하를 통일시키려는 전쟁이 격렬히 진행 중인 상태였다. 게다가 전국 각지에서 일어나는 명나라 잔여세력의 반청봉기反淸蜂起 또한 도무지 그칠 기미가 보이지 않던 대혼란의 국면이었다. 초기에 끊임없이 일어나는 전란의 연속으로 청나라는 많은 전마戰馬를 생산, 보유하고 있음에도 불구하고 오히려 전대前代 어느 왕조보다도 더 군마軍馬의 수요가 시급하였다. 이러한 시대적 혼란은 한장차마무역이 청대 초기에 다시 한 번 흥성하게 하는 주요 원인으로 작용하였다.

전체적으로 차마무역의 쇠락기衰落期에 놓인 청대淸代에, 차나무茶樹의 종식種植은 오히려 명대明代보다 더욱 보편화되고 확장되는 추세를 보였다. 이때 차茶의 생산량 증가와 품질의 고급화는 명대보다 훨씬 진보한 것이었으며, 제도방면에 있어서도 명대의 '차정茶政'이나 '차과茶課' 등을 그대로 계승하였다. 이렇게 한장차마무역은 청나라 초기 순치順治 연간에 다시 한 번 급속도로 회복하게 되는데, 전국이 비교적 안정된 강희康熙 초년에 이르러 중국의 대혼란이 끝나고, 강희康熙 57년1718년에 티베트가 청나라 영토의 일부분으로 정식 귀속됨에 따라 일천여 년을 계속되어 온 한장차마무역은 마침내 쇠락의 길로 접어들고 만다. 그러나 그 후에도 한장차마무역은 부흥과 쇠락의 반복을 거듭하는 시흥시파時興時罷의 국면을 맞이하기도 하지만, 마침내 건륭乾隆 연간에 이르러서는 역사의 장에서 완전히 사라지는 최후의 쇠락기衰落期를 맞이하게 된다.

6) 한장차마무역漢藏茶馬貿易의 의의意義와 역할役割의 전환轉換
― 일반물자 경제로의 전환

한장차마무역이 사라지는 청대淸代에 이르러, 한장漢藏 간의 상업무역은 오히려 더 발전하고 번영하게 되는데, 그 이유는 한장차마무역의 본질인 차로써 말을 바꾸는 '이차역마以茶易馬'의 기능이 다른 물자경제의 무역활동으로 대체되어 그 역할이 전환되었기 때문이다. 역대 한장차마무역의 기능과 역할은 분명 '이차역마以茶易馬'였고 주요 품목 또한 티베트의 말馬과 중국의 차茶였다. 그러나 이 때 '차마茶馬'와 함께 부수적으로 교역이 이루어졌던 기타 물품들이 있었는데, 그 수는 비록 극소수이긴 하나 티베트인들은 자신들의 특산품―갓끈, 모포, 후추, 불상佛像, 약재 등―을 가져와 한족漢族의 종이, 비단, 철, 솥, 동기銅器 등의 생활필수품으로 바꾸어 갔다.

특히 청대에는 '이차역마以茶易馬'의 역할과 기능이 약해지면서 기타 경제물자의 교역이 차지하는 비중은 점차 커져, 마침내 한장漢藏 간의 사회, 경제물자 및 문화교류의 활동으로서 그 기능을 대신하게 된다. 이때, 역대 한장차마무역이 이루어졌던 교역의 경로茶馬道와 성시城市는 중국 서북지역의 교통과 도시의 발달을 가져왔는데, 따지옌루打箭爐 : 현, 캉띵康定, 루띵瀘定, 쏭판松潘, 빠탕巴塘, 루휘爐霍, 창뚜昌都 등이 그 대표적인 도시이다. 이들 도시는 차마무역의 교역이 있기 전에는 산골 오지奧地의 작은 마을에 불과했으나 명·청대明·淸代를 거치면서 급속도로 발달하게 되었다. 아울러, 이 도시들을 연결하는 차마茶馬 운반의 경로는 후에 티베트와 중국 내지內地를 연결하는 중요한 교통로가 되었다.

차마무역茶馬貿易으로 인한 서북지역의 도시와 교통의 발달은 동시에 소수민족의 인구증가에도 영향을 미치게 되었다. 청해靑海 일대의 인구가 원대元代 초기에 170호戶에 불과했던 것이 명대 중기에는 약 2천여 호로 늘게 된다. 무려 10배에 이르는 인구의 증가를 보인 것이다.

아울러, 차茶의 국가 전매專賣는 서북 소수민족의 목축업의 발달과 중국 내지內地의 다업茶業 생산의 발전을 촉진시켰으며, 나아가 중국의 천하통일과 소수민족과의 단결을 촉진시키는 등의 유익한 결과를 가져다주게 되었다. 수대에 걸친 왕조의 교체에도 불구하고 이렇게 일관성 있게 전승 발전되어 온 한장차마무역漢藏茶馬貿易은 중국 역대왕조에 있어서 변방의 통치와 안녕을 위해 대단히 중요한 정치, 경제적 수단이었을 뿐만 아니라 국가재정國家財政의 일부를 충당하는 주요한 재원財源이기도 하였던 것이다.

이상의 서술한 내용을 통해 우리는 다음과 같은 사실을 발견할 수가 있다. 일천여 년을 계속되어 온 차마무역茶馬貿易의 발달과정을 거치면서 중국은 점차 세력을 주변으로 확장하고 군주君主의 지위를 더욱 공고히 해 나갔다. 반면, 티베트는 당나라와 대등한 세력을 누렸던 투뽀吐蕃 왕국의 붕괴崩壞 이후, 점차 그 세력을 잃고, 종족種族은 오분사열五分四裂되어 다시는 단합을 이루지 못하였다. 그리고 점차 중국의 세력권 안으로 흡수되기 시작하는데, 명대에 이르러서는 조공朝貢으로 말을 상납하는 것 외에도 차발마제도를 통해 말을 상납함으로써 부세賦稅의 의무까지 지게 되었다. 급기야 청대에 이르러서는 마침내 자신들의 영토마저 온전히 보존치 못하고 중국의 영토로 완전히 복속되고 말았다. 이것이 바로 중국의 역대 왕조들이 수차례의 왕조의 교체에도 불구하고 계속 한장차마무역을 전승·발전시키고 시행해 온 주된 이유이며 정치적 목적이었던 것이다.

『**明代川陝茶馬互市數量表**명대천섬다마호시수량표』[30]

연대年代	지구地區	역마수易馬數 匹	차엽수茶葉數 斤	평균 말馬 1필당 茶數
洪武 9年	秦州, 河州	170		
洪武11年	同上	686		
洪武12年	同上	1,691		
洪武13年	河州	2,050	58,892	37斤
洪武14年	秦州, 河州	181		
洪武14年	洮州	135		
洪武15年	秦,河,洮等	585		
洪武17年	碉門	596馬騾		
洪武18年	河州	782		
洪武18年	川, 陝, 貴州	6,729		
洪武19年	陝西	2,807		
洪武20年	碉門	170駝馬	163,600	96斤
洪武23年	西安左右衛	7,060		

---

30 川陝 : 사천성(四川省)과 섬서성(陝西省)의 간칭(簡稱)

洪武25年	河州	10,340	300,000	29斤
洪武27年	川,陝	240		
洪武30年	西番	1,560		
洪武31年	秦, 河, 洮	13,528	500,000	39斤
永樂 7年	礄門	70	83,050	1,186斤
永樂 8年	河州	7,714		36斤
宣德 7年	河州	6,500		
宣德10年	西寧	2,300		
宣德10年	陝西地區	13,000	1,097,000	84斤
正統12年	西寧	2,946	125,430	42斤
正德 2年	西,河,洮	19,077		
正德 3年	西, 河, 洮	9,000	782,000	87斤
萬曆29年	陝西	11,900		
天啓 6年	陝西	9,724		

출처 : 陳一石＜明代茶馬互市政策硏究＞, 『中國藏學』, 1988年, 第3期 43~44p.

사료출처 : 『명실록明實錄』

3 │ 차가 없이는 하루도 살 수 없다는 십전무공+全武功의 건륭황제

중국 역대 황제 중에서 가장 뛰어난 무예武藝의 고수高手를 꼽으라면 누구나 주저하지 않고 당연히 건륭황제를 꼽을 것이다. 학창시절 누구나 한 번쯤은 읽어 본 무협소설 속에서 우리는 '건륭乾隆'이란 이름을 낯설지 않게 보아 온 까닭이리라.

건륭乾隆, 1711~1799은 문무文武를 겸비한 출중한 황제일 뿐만 아니라, 차茶를 매우 즐겨 마시며 사랑했던 중국 최고의 다인茶人이기도 했다. 그는 차에 매우 심취하여 일찍이 여섯 차례나 항주杭州로 내려가 다원茶園을

살펴보았으며 차농茶農 : 차를 재배하고 만드는 농부들의 채차采茶 : 차를 따는 일와 제차制茶과정을 세심히 관찰하기도 하였다.

건륭은 또 무공武功에 뛰어났을 뿐만 아니라, 평소 시詩를 짓기를 좋아해서 중국 역대 제왕들 중에서 가장 많은 다시茶詩를 남긴 황제이기도 하다. 그는 서호西湖의 용정차龍井茶를 마시고는 그 맛에 매료되어 무려 다섯차례나 붓을 들어 용정차에 대한 애착을 시詩로 읊기도 했다. 『관채다작가觀采茶作歌』·『관채다작가지이觀采茶作歌之二』·『좌용정상팽다우성坐龍井上烹茶偶成』·『하로팽다荷露烹茶』그리고『재유용정작再遊龍井作』등이 바로 그것이다. 건륭의 애다愛茶의 정情이 충분히 반영된 이 시들은 지금까지도 중국의 많은 다인茶人들에 의해 애독되고 있으며, 많은 사람들의 입에 아직도 회자膾炙되고 있다.

건륭은 또 직접 채다采茶 : 찻잎을 따는 것를 했을 정도로 차에 심취하기도 했다. 중국의 서자호반西子湖畔에는 건륭이 직접 채다했다는 열여덟 그루의 차수가 ‘어다원御茶園’이란 이름으로 아직도 잘 보존되어 있어 많은 다인茶人들과 관광객들의 주목을 끌고 있다.

건륭은 일생 동안 차를 사랑하여 각지의 명차名茶를 광범위하게 마셔보았을 뿐만 아니라, 차를 다리기에 마땅한 물에 대한 연구에도 많은 관심을 가졌었다. 그는 어명御命을 내려 은銀으로 되박을 만들게 하였다. 그리고 은되박으로 각지의 유명한 샘물을 떠서 물의 비중을 측량하게 한 뒤, 샘물의 우열을 가리어 다음과 같이 샘물의 서열을 정하였는데, 북경의 옥천玉泉이 ‘천하제일천天下第一泉’이요, 진강鎭江의 금산사천金山寺泉이 ‘천하제이천天下第二泉’이며, 무석無錫의 혜산천惠山泉이 ‘천하제삼천天下第三泉’— 중국의 다선茶仙 육우陸羽는 혜산천을 가리켜 ‘천하제이천天下第二泉’이라고 하였다.—이라하였다.

건릉은 명차名茶, 명수名水에 대한
연구뿐만이 아니라 다기茶器의 감
별鑑別에 있어서도 매우 뛰어난 안
목을 가지고 있었다. 그는 특히 강
소성江蘇省 의흥宜興에서 생산되는
자사紫砂에 많은 애착을 가졌다. 그
가 자사紫砂 다기茶器야말로 차를 우
리는 데 가장 적합하였을 뿐만 아
니라, 자사 차호紫砂茶壺는 그 자체
가 이미 문화적 의의를 아주 잘 함
축하고 있는 공예품으로 뛰어난

미복차림의 건륭황제

가치를 갖고 있다고 생각하였다. 그래서 그는 자사 다기紫砂茶器를 가리켜
"세상 다기 중에서 가장 뛰어난 것이다."라고까지 극찬하였다.

건륭은 중국 역대 황제 중에서 최장수를 누렸던 황제이기도 하다. 전설
에 의하면 그의 나이 85세에 이르러 가경嘉慶,仁宗에게 황위皇位를 양위讓位하
려 하자 원로대신 중의 한 사람이 안타까워하며 나아가 양위를 말리며
"나라에는 하루라도 임금이 없어서는 안 되옵니다.國不可一日無君"라고 아뢰
자, 건륭은 곧 크게 한바탕 웃으며 "임금은 하루도 차가 없이는 살 수가
없소이다.君不可一日無茶"라고 회답하였다. 이는 차茶가 건륭의 마음 속에 얼
마나 많은 비중을 차지하고 있었는가를 잘 보여주는 대목이라 하겠다.
황제로서는 거의 누리기 힘든 88세의 고령으로 천수天壽를 다 누린 보기
드문 황제였다. 그는 양생養生을 중시하는 것 외에도, 일생 동안 차茶를
기호嗜好함으로써 자신의 수신양성修身養性의 근본으로 삼았을 것이다.

1) 엽가전葉嘉傳의 주요내용

중국 송대宋代의 대시인이었던 소동파蘇東坡는 중국문학사에 있어 송대를 대표할 만한 유명한 시인일 뿐만 아니라 중국의 역대시인들 중에서도 유독 차에 관한 다시茶詩를 가장 많이 남긴 시인으로도 유명하다.

소동파는 시詩와 사詞뿐만 아니라 문장에도 능했다. 그가 남긴 차에 관한 여러 가지 문학작품 중에서도 필자의 관심을 끄는 전기傳記 한 편이 있는데, 아마도 다인茶人들의 주목과 관심을 끌기에 충분히 재미있는 이야기인 듯해서 소개하고자 한다. 그것이 바로 『엽가전葉嘉傳』이라는 전기문傳記文인데, 그는 여기에서 엽가葉嘉선생의 주요 공적功績과 덕행德行을 소개하였다.

(1) 황제의 부름을 받은 엽가선생

당시 황제는 평소에 경서와 역사서를 읽기를 매우 좋아하였다. 그러던 어느 날 건안建安 사람이 바친 육우의 책을 읽고서 자신의 나라에 아직도 엽가선생 같은 은사隱士가 있다는 사실에 기뻐서 어쩔 줄을 몰라 했다. 엽가葉嘉선생은 복건 사람이다. 그의 조상은 상곡上谷에 살았으며, 품격이 청고淸高하고 버슬하기를 원하지 않아 오직 명산名山을 찾아 유력遊歷하기를 좋아하였다. 그러던 중 경치가 빼어나기로 유명한 무이산武夷山에 이르자, 그곳에서 터를 잡고 정착하게 되었다. 엽가선생은 본래 성품이 물욕이 없고 무사태평하며 또한 청백하여 선조들의 품격을 그대로 닮았다. 그는 비록 세상을 구제할 재능과 능력을 갖추었지만 나서기를 좋아하지 않아 늘 깊은 산속에 은거隱居하였다. 당시에 차로써 명성을 떨치고 있던 육우陸羽는 탁월한 재능을 갖추고 있으면서도 초연하게 깊은 산속에 은거하고 있는 엽가선생의 풍격에 반한 나머지 이내 곧 붓을 들어 그에 관한 모든 행적을 세 권의 책으로 써서 후세에 전하였다.

황제는 곧 건안建安태수에게 엽가葉嘉를 상경上京시켜 황제를 알현토록 하라고 명하였다. 그러나 엽가선생은 산중을 떠날 생각이 전혀 없었다. 황제가 재차 재촉하자 건안태수가 직접 엽가선생을 찾아가 사정을 하자 마침내 엽가선생은 태수의 권유를 수락하고 황제를 만나기 위해 상경 길에 올랐다. 상경하는 도중에 우연히 관상쟁이를 만나게 되었는데, 그 관상쟁이가 엽가선생의 모습을 살펴보고는 "엽선생의 용모가 비범한 것이 정말 '용봉龍鳳의 자태'를 갖추고 계십니다. 후일에 반드시 크게 귀하게 될 것입니다"라고 말하였다.

(2) 총애를 받아 황제의 대변인이 된 엽가선생

상경한 후, 궁전에 들어가 대전에 도착하자 천자天子는 엽가선생의 자태와 풍모를 한참동안 자세히 살펴보고는 좌우 대신들을 향해 말하기를 "엽가의 용모는 쇠처럼 검고, 자태와 풍격이 굳세고 강직하구나. 야성이 아직 남아있어 곧 바로 기용하기는 어렵지만, 좀 다듬으면 겨우 중책을 맡길 만하겠구나." 그리고는 엽가에게 위협하며 말하기를 "도끼를 네 면전에 걸어놓고, 큰 가마솥을 네 뒤에 놓고 너를 삶아 죽이려고 한다면,

너는 어떡할 것이냐?" 엽가는 조금도 두려워함이 없이 황제를 향해 가슴 속의 말을 거침없이 쏟아냈다. "저는 본래가 산골촌놈이지만, 오늘 운 좋게 폐하의 부름으로 이곳까지 오게 되었습니다. 오직 생명을 이롭게만 할 수 있다면 제 한 몸 부스러져 가루가 된다 해도 결코 사양치 않겠습니다." 황제는 이에 크게 감동하고, 그를 총애하게 되었으며 비교적 긴 시간의 접촉을 통해 그를 더욱 깊이 이해하게 되었다. 그래서 황제는 주위 신하들에게 그를 칭찬하여 "엽가는 참으로 청렴한 선비요, 그의 기백은 표연하게 떠있는 구름과도 같도다. 짐朕이 그와 처음 접촉했기 때문에 그에게 또 어떤 장점이 있는지 아직은 잘 모르지만, 그의 말을 자세히 헤아려 보니 분명히 나의 정신과 혼을 일깨워 줌을 느낄 수가 있구나. 참으로 사랑스럽기 그지없도다."고 말하고는 엽가를 '거합후鉅合侯'에 봉하고, 상서의 벼슬을 내려 주었다. 그리고 엽가를 향해 매우 의기양양하게 말하였다. "상서의 자리는 짐의 입이나 마찬가지인 벼슬이다." 이후, 황제는 거의 매일 엽가를 불러서 모든 정사에 대한 직언을 물었다.

(3) 고언苦言도 마지않는 강직한 성품의 엽가선생

한번은 엽가가 후궁연회에 참가하였는데, 황제가 너무 주지육림에 빠져있음을 못마땅하게 여기고는 여러 차례나 연회를 절제하도록 진언하였다. 이에 황제는 매우 언짢아하면서 "너는 나의 입대변인의 벼슬을 맡고 있으면서 어째서 항상 쓴말로 나를 거슬리게 하느냐?"하고 말하고는 곧 시위들에게 엽가를 땅바닥에 때려 엎도록 하였다. 엽가는 시위들에 의해 강제로 바닥에 엎어진 상태에서도 의연하게 황제를 향해 말했다. "폐하는 감언이설로 아첨하는 말만 사랑스럽다고 생각하십니까? 신은 비록 듣기에 쓴말을 하지만 시간이 좀 지나면 오히려 저의 쓴 말의 효능이 나타날 것입니다. 폐하께서 이미 제가 한 쓴 말의 좋은 효능을 맛보시지 않으셨습니까? 설마 벌써 잊으셨나이까?" 엽가의 말을 듣고 난 황제는 손가락으로 엽가를 가리키며 동시에 연회에 참석한 좌우 대신들을 바라보며 "내가 지난번에 말한 적이 있지! 엽가는 강성剛性이라서 쓰기가 어렵다고! 오늘 드디어 내말이 들어맞았잖아!" 하고 말하고는 엽가를 관대히 용서하여 주었다. 그러나 이후부터 점점 그를 멀리하게 되었다. 엽가는 뜻을 이루지 못한 울적함에 깊이 상심한 나머지 다시 복건성 고향으로 돌아가 은거하였다.

한편 황제는 1개월쯤이 지나서야 엽가가 보이지 않음을 느끼게 되었다. 그러자 황제는 문득 엽가가 그리워졌다. 게다가 나라의 온갖 정사를 처리하며 심신이 다 지쳐있었다. 황제는 다시 엽가를 불러오도록 명령하였다. 엽가가 황궁으로 다시 돌아오자 황제는 너무나 기쁜 나머지 손으로 엽가를 어루만지면서 말하였다. "나는 오랫동안 너를 만나길 갈망하였노라." 이후로 황제는 다시 엽가를 예전과 같이 예우하게 되었다.

당시 전쟁이 빈번하여 국고가 텅 비었다. 황제는 엽가에게 무슨 계책이 없겠냐고 묻자, 이에 엽가는 3가지 책략을 고하였다. 그중 하나가 바로 전국의 산해山海특산품을 국가에서 전매하여 시행할 것을 건의한 것이다. 실시한 지 1년이 되자 과연 국가재정이 풍족해졌고, 전쟁에 나간 군대 또한 전공을 세우고 모두 귀환하게 되자 황제는 크게 기뻐하였다. 이후, 전매법은 계속해서 철저히 시행되었다.

(4) 후대에도 이어진 엽가 가문의 품격

일 년 후, 엽가는 고향으로 돌아왔고, 황제는 엽가의 진충보국盡忠報國의 정신을 장려하기 위해 그 지방 군수에게 특명을 내려 매년 엽씨 가문의 후손 중에서 우수한 인재를 선발하여 조정으로 입공入貢하게 하였다. 엽가의 후손들은 그와 마찬가지로 의기가 고상할 뿐만 아니라 욕심이 없고 마음이 담담하여 심지가 분명하였다.

마을에 어떤 곤란이 닥치면 그들은 늘 가지고 있는 재물을 아끼지 않고 사람들을 구제하였다. 이로 인해 그 지방사람들은 모두 그들의 미덕을 추앙하게 되었으며, 매년 봄이 되면 사람들은 산중에 모여 엽씨의 자손들을 찾아 방문하게 되었다.

소동파는 『엽가전』후미 부분에서 엽가葉嘉 가문에 대해 다음과 같이 예찬하였다. "엽葉씨의 후손은 현재 천하에 흩어져 살고 있으며, 그들은 도시에 살기를 좋아하지 않고 산을 즐겨 산에 거처하고 있다. 그 중에서도 복건에 적籍을 둔 엽씨들은 바로 엽가의 적자 후손들이며 가문의 명예를 더욱 빛내고 있다.

엽가는 평민 출신으로 비록 황제에게 특별한 예우를 받긴 했지만 그는 한시도 본분을 적이 망각하지 않고 정색한 채 황제에게 고언苦言을 하며 나라를 위해 몸을 바치는 등 자신의 이해득실은 조금도 따지지 않았다. 이는 실제로 마땅히 취할 만한 매우 고귀한 품격이다. 특히 산해山海의 이익을 국가에서 전매하는 정책에 대해서 어떤 이는 한나라 무제武帝 때 상홍양桑弘羊에 의해서 시작되었다고 말하고 있지만, 엽가의 건의는 당시에 실제로 채택되지 않았다. 당대에 이르러 조찬趙贊에 의해서 비로소 엽가의 뜻이 관철되어 시행되었다."

　　이상이 소동파가 쓴 『엽가전』의 주요 내용이다. 이 글을 읽고 난 뒤 글의 내용이 이해가 가지 않다거나 혹은 좀 이상하다고 느낄 수도 있을 것이다. 더구나 차에 대해 잘 모르거나 혹은 글의 내용이 좀 이상하다고 생각할 수도 있을 것이다. 그러나 아래에서 계속 이어지는 '<엽가전葉嘉傳>에 대한 해설'을 읽고 나면 이상한 느낌은 이내 곧 사라지고 소동파의 『엽가전』이 더욱 흥미로워 질 것이다.

2) 『엽가전葉嘉傳』에 대한 해설

　　여기서 소동파가 주인공으로 등장시킨 엽가葉嘉는 사람이 아니라 '차茶'이다. 즉 차를 의인화하여 전기를 쓴 것이다. 소동파의 문학적 면모를 잘 엿볼 수 있는 작품이라 하겠다. 소동파가 주인공의 이름을 엽가라 하게 된 까닭은 다름 아닌 육우陸羽의 『다경茶經』에서 기인한 것이다.

　　『다경茶經』의 첫 장인 <일지원一之源>의 첫 문구가 "차는 남방의 가목嘉木이다."[31]로 시작된다. 가목嘉木은 차나무를 가리키는 말이니, 거기에서 생겨나는 잎은 당연히 '가엽嘉葉'이라 아니할 수 없다. 그러나 '가목'에서 나는 잎을 곧바로 '가엽'이라고 명명하는 것은 너무나 직설적인 표현이다. 그렇게 쓴다는 것은 당연히 송대宋代 최고의 문호인 소동파답지 않은 표현이다. 그래서 그는 문학적 기질을 발휘하여 '가엽'이란 두 글자를 살짝 도치시켜 '엽가葉嘉'라고 명명하여 의인화시킨 후, 『엽가전』의 주인공으로 등장시킨 것이다. 제목에서부터 이미 소동파의 문학적 재질이

---

31 "南方之嘉木也" 『다경(茶經)』 <일지원(一之源)>

잘 발휘되고 있는 것이다.

고대부터 '차茶'의 의미로 통용되던 글자로 '도荼'·'타詫'·'가檟'·'천荈'·'설蔎'·'명茗'·'고로皐蘆'·'차茶' 등이 있었다는 사실은 이미 본서의 제1장 '4. 각종 문헌에 나타난 차茶자의 명칭과 유래에 대하여'에서 이미 자세히 언급된 바가 있다.

그러나 이상의 여덟 가지 별명 외에 또 다른 '엽가葉嘉선생'이라는 아호雅號가 있다는 사실에 대해서 아는 이는 아마도 별로 많지 않을 것이다. 『엽가전』은 소동파가 차에 관한 일들과 차의 역사적 사건들을 의인화하여 작품의 소재로 삼아 쓴 걸출한 문학작품이다. 눈치가 빠른 이라면 앞에 소개한 『엽가전』을 보고 대략 감을 잡았을 것이다.

지금부터 『엽가전』의 내용에서 주요 몇 대목을 하나씩 짚어가면서 그 내용들이 차와 어떻게 관련되어 있는지를 살펴보기로 하겠다.

"엽가 선생은 복건성福建省 사람이다."라고 한 것은 당시 복건성에서 생산된 차가 그만큼 세상에 널리 유명했었다는 역사적·시대적 사실을 반영하는 것이다.

"명산名山만을 찾아다니기를 좋아한다."는 것은 예부터 중국의 명산에서 좋은 명차가 많이 생산되고 있음을 암시하는 말이다. "

"무이산武夷山에 정착했다."는 것 또한 명산名山 중의 기산奇山으로 유명한 '무이산'에서 중국 최고의 차가 생산됨을 의미하는 것이다. 이로 미루어 보아 당시 중국의 여러 명산에서 차를 심고, 재배하는 일들이 대대적으로 확산·보급되었음은 물론 우수한 품질의 명차들이 대량으로 개발·생산되고 있음을 짐작하게 한다.

"육우가 엽가선생의 풍격에 반해 그의 행적을 세 권의 전기로 썼다."는 말은 다성茶聖 육우가 차에 반해 최초의 다서인 『다경茶經』3권상·중·하을 저술하였다는 것이다. 『다경』은 세계 최초의 다서이기도 하지만 차의 종합백과사전 같은 것이기 때문에 동서고금을 막론하고 차를 공부하거나 연구하는 이들에게 있어 반드시 읽지 않으면 안 될 필독서이다.

"엽씨의 자손들이 천하에 두루 흩어져 살고 있다."는 것은 당시에 이미 차의 생산지와 음용飮用이 이미 세상에 널리 보급되고, 또 보편화되었음을 의미한다.

"엽가 선생이 산에 기거하기를 좋아한다."는 것은 차의 습성과 생장 환경이 산에서 재배하기에 적합함을 설명하는 것이다.

"엽가의 용모가 마치 쇠처럼 검고 자질이 강경强勁하다."는 것은 차가 정성스런 마음으로 제작된 후의 모습을 묘사한 말로써 그만큼 온갖 정성을 기울여야 비로소 좋은 차가 만들어짐을 강조한 것이다.

"엽가 선생의 언사가 본래 고삽苦澁하고, 또 신하로서 황제에게 쓴 말苦言만 하기를 좋아한다."는 것은 차의 쓰고 떫은맛을 의미하며 이는 바로 거짓 없이 깨끗하고 정직하며 강직한 차의 본래의 품성을 의미한다.

"너를 삶겠다."라고 황제가 엽가에게 한 말은 차를 달이는 자다법煮茶法을 상징한다.

"이 몸 뼈가 으스러지더라도…"라고 엽가가 황제에게 대답한 말은 가루차末茶 혹은 抹茶의 음용 방법을 의미하는데, 이는 차茶가 제 한 몸 다 바쳐 사람의 몸을 이롭게 한다는 뜻이니 사람이 차를 마심에 그 고마움을 어찌 잊을 수 있으랴.

"매년 엽가의 후손들을 선발하여 조정에 입공入貢시키도록 하라."는 말은 당나라 때 비정기적으로 행하여 내려오던 차법茶法을 정식제도로 정착시킨 것을 의미한다. 실지로 송나라 때에는 차의 전매를 국가의 법으로 제정하여 국가의 재정을 충당하는 데 가장 중요한 역할을 담당하기도 했다. 이것이 바로 그 유명한 송대의 '각다법権茶法'이다. 이 법은 송나라의 매우 중요한 국가시책으로 일관되게 실시되었다.

그리고 "산해山海특산물을 국가가 전매한다."는 말은 각 지방의 특산물을 조정에 조공으로 바칠 때 차와 함께 같이 포함해서 바치게 하는 공차貢茶법을 예로 들어 그 당시의 차정茶政을 밝히고자 한 것이다.

"마을에 재난이 닥치면 그들엽가의 후손은 언제나 재물을 아끼지 않고 사람들을 구제하였다."는 대목은 그 당시 차가 귀족들만의 전리품이 아니라 하층 서민들에게까지 널리 음용되고 있었음을 알 수가 있다. 이는 바로 차의 검소하고 소박함을 의미한다.

우리나라에서도 가끔씩 차의 본질을 떠나 고급 차와 고급 다기만을 갈망하며 그것이 마치 자신의 신분과 지위의 상승을 대변하는 양 으스대고, 또 그러한 몰지각한 행위가 자신의 인격까지 고매하게 할 수 있는 것처럼 착각하고 있는 일부 부유층의 사치스러운 차茶생활을 보다 보면 문득 '육우나 소동파는 이를 보고 어찌 생각할까?'라는 생각이 들 때가 많다. 어쨌든 『엽가전』을 차와 연관지어 가며 꼼꼼히 살펴보면 송나라 때의 다풍茶風이 어떠했는지, 차생활의 올바른 자세가 무엇인지를 잘 엿볼 수가 있을 것이다.

『엽가전』은 소동파의 차에 대한 사랑과 열정이 얼마나 깊었는지를 알 수 있을 뿐만 아니라 우리는 이 작품을 통해 차가 훌륭한 문학작품의 소재가 될 수 있다는 점도 확인할 수 있다. 만약에 차와 더불어 다도문화와 차의 일반적 풍속 등이 문학작품의 훌륭한 소재로 대중들에게 쉽게 다가갈 수 있다면 우리의 차문화도 이웃 중국이나 일본처럼 그 저변이 확대되어 한층 더 두텁게 형성 · 발전되어 갈 것이다.

차茶를 알고 마시면 건강이 보인다

1 | 건강한 음차생활을 위해 피해야 할 '음차팔기飲茶八忌'

차는 일반인들이 단순하게 인식하고 있는 범주를 벗어나 의외로 그 종류가 다양할 뿐만 아니라 그 영역 또한 대단히 광범위하다. 처음엔 조그마한 차의 동굴을 발견하고는 쉽게 접근하기가 일쑤이다. 그러나 그 동굴로 들어서는 순간 끝도 한도 없이 깊어지고, 또 그 갈래가 천 갈래 만 갈래로 갈라지는 차학茶學의 심오함과 그 웅장함 앞에서 많은 다인들이 아연실색함과 동시에 절로 고개 숙여 겸손해지지 않을 수 없다.

차를 즐김에 있어 어떻게 마시고 어떻게 공부하나 하는 것은 차를 기호하는 사람들 각자의 자유이다. 그러나 차에 대한 잘못된 인식으로 자신의 건강을 해치는 것은 아무도 원하지 않을 것이다. 차를 사이다나 콜라를 마시는 정도의 음료로써 조금씩 어쩌다 마실 경우에는 별 문제가 없겠으나, 그 기호하는 정도가 깊어 일상생활 중의 습관으로 오랜 세월을 마실

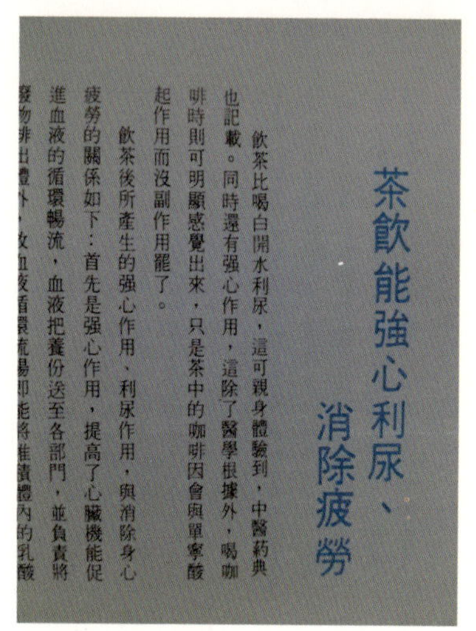

강심, 이뇨, 피로회복

경우는 약과 같이 신체에 지대한 영향을 미치게 됨으로 꼼꼼히 살피고 따져서 마시지 않으면 안 될 것이다.

간단하게 자신의 체질 분석이나 기호를 통해 질 좋은 차를 잘 선택해서 마신다면 자신의 건강을 유지하는 데 더할 나위 없이 좋은 건강음료가 될 것이고, 그렇지 못하고 무분별하게 겉으로만 비치는 멋스러움에만 빠져 과도하게 음차생활을 한다면 그야말로 끝내는 몸을 상하게 하는 독약으로 작용할 수 있기 때문이다.

대만의 역사학자이자 차학茶學 연구가인 오지화吳智和교수는 대만 유학 시절의 필자에게 늘 이렇게 충고하였다. "좋은 차를 잘 선택하여 마신다면, 아무리 마시더라도 위胃를 상하게 하는 일은 없을 것이나, 자칫 나쁜 차茶를 잘못 선택하여 마시면 오히려 위를 상하게 할 우려가 있다."그리고 또 "차를 마실 때 많은 양을 한꺼번에 마시기보다는 조금씩 수차례로 나누어 마시는 것이 건강에 좋다."는 조언도 함께 일러 주었다. 나중에 안 사실이지만 오지화교수의 충고는 바로 중국인들이 보편적으로 알고 있는 '음차팔기飮茶八忌'—건강한 음차생활을 위해 피해야 할 여덟 가지 금기사항—에 바탕을 두고 있었다. 중국의 다인들이 지키는 음차팔기飮茶八忌는 다음과 같다.

- **음차팔기**飮茶八忌

① 일기一忌 : 지나치게 뜨거운 차를 마시지 않는다. 차를 마실 때의 온도가 60도가 넘는 것은 마시기에 마땅치 않다.물론 이것은 녹차의 경우일 것이다. 중국의 75퍼센트 이상이 녹차를 즐기고 있기 때문이다.

② 이기二忌 : 차가운 차를 마시지 않는다. 10도 이하의 차가운 차를 마시면 구강口腔, 인후咽喉, 위장胃腸 등에 부작용이 발생하므로 따뜻한 차를 마시는 것이 좋다.

③ 삼기三忌 : 진한 차를 마시지 않는다. 진한 차농차:濃茶는 자극성이 지나치게 강렬하여 인체의 신진대사의 조절 기능을 해치기 쉽다. 심한 경우는 두통과, 악한 마음, 불면증, 초조함 등의 증상을 불러일으키게 된다.이것을 일반적으로 차의 毒性이라고 한다.

④ 사기四忌 : 빈속空腹에 차를 마시지 않는다. 옛 다인들은 "빈속에 마시는 차는 사람의 마음을 황량하게 한다. 공복에 차를 마시면 위벽에 자극을 주거나 위 점막을 파괴하기 쉽고, 또 허기감배고픔을 불러일으키며, 심한 경우는 저혈당의 상태에 이르게 하여 인체에 이롭지 않다."고 충고한다.

⑤ 오기五忌 : 식사 후에 즉시 진한 차를 마시지 않는다. 식사 후에 차를 마시면 소화와 기름기 제거에 도움을 준다. 그러나 차탕茶湯 중에 함유되어 있는 폴리페놀茶多酚 : Tea polyphenols : 카테킨,탄닌 등류의 성분은 음식물 중의 철분, 단백질 등과 섞이게 되면 쉽게 응고凝固 작용을 일으키게 되어, 음식물을 통한 영양섭취를 저해하는 요인이 된다. 고로 식사 후, 30분 후에 마시는 것이 좋다.이는 커피나 과일에도 해당되는 사항이다.

⑥ 육기六忌 : 식사 전에 많은 양의 차를 마시지 않는다. 식전에 차를 마시게 되면, 타액을 희석묽게할 뿐만 아니라, 또한 위산분비에 악영향을 미치게 된다.

⑦ 칠기七忌 : 이미 여러 차례수차례 우려낸 차는 마시지 않는다. 너무 지나치게 여러 차례 우려낸 차는 향과 맛도 없을 뿐만 아니라 인체에 유해한 일부 미량의 원소가 침출되기 쉽기 때문에 건강에 이롭지 않다.

⑧ 팔기八忌 : 차를 우려낸 후, 시간이 오래 경과되었거나, 하루를 지난 차는 마시지 않는다. 이러한 까닭은 차를 우려낸 차탕茶湯 속의 폴리페놀茶多酚 : Tea polyphenols : 카테킨, 탄닌 등, 비타민, 단백질 등의 성분이 변질될 뿐만 아니라, 공기 중의 미생물이 차탕 속에서 자생하여 사람을 병들게 하기 쉽기 때문이다.

좀 더 정확한 근거를 위해 다음 단원에서 여러 가지 문헌을 통해 차가 인체 건강에 어떠한 영향을 미치는지에 대해 좀 더 살펴보도록 하겠다.

2 | '음차십덕飮茶十德'과 옛 문헌 상에 보이는 차의 효능과 유해성

한漢나라 때의 『신농본초神農本草』에는 무려 365종류의 약물藥物에 대한 기록이 있다. 그 중에서 차茶에 대해 다음과 같이 기록하고 있다. "차 맛은 쓰나, 그것을 마시면 사람으로 하여금 유익한 생각을 하게 하고, 적게 누우며, 몸을 가볍게 함은 물론 눈을 밝게 한다." 또한, 『신농식경神農食經』엔 "차를 오래 복용하면, 사람으로 하여금 힘이 생기게 하고 뜻을 즐겁게 한다."고 기록하고 있다.

그 외에도 차의 일반적인 효능을 거론한 문헌적 기록은 매우 많은데, 그 중 몇 가지만 더 예를 들어 보면 다음과 같다. "쓴 차는 몸을 가볍게 하고 범골凡骨을 선골仙骨로 바꾼다."『잡록雜錄』/ "명茗은 쓴 차이다. 명茗의

강심, 이뇨, 피로회복

맛은 달고 쓰며, 추위를 덜며, 독이 없고, 부스럼이나 종기 등에 주요하며, 소변에 이롭다. 그리고 가래를 삭혀주고去痰 갈증을 해소하며 사람으로 하여금 잠을 적게 하여 준다."『당본초唐本草』

이상의 문헌적 기록을 통해 우리는 차茶가 사람의 몸에 어떠한 영향을 미치며, 또 어떠한 이로움을 주는가에 대한 차의 기본적이고 일반적인 효능에 대해 개념적으로 쉽게 이해할 수 있을 것이다. 물론 이러한 효능들이 '서양의 과학이론'으로 완전히 전부 입증된 것은 아니다. 일부는 이미 그 효능이 입증되었고, 일부는 실험연구 진행 중에 있으며, 또 일부는 '차의 새로운 효능 발견'이라는 기치 아래 각종 학술연구단체 등에 의해 끊임없는 학술적 보고가 이뤄질 것이다.

육우陸羽는 자신이 저술한 세계 최초의 다서茶書인 『다경茶經』에서 음차飮茶의 '건강효능'과 '과학적 음차방법'에 대해 상세히 소개하고 있다. 『다경』의 "일지원一之源"에서는 차茶가 사람의 건강에 어떠한 영향을 미치고 있는지에 대해 다음과 같은 몇 가지를 지적하여 상세히 서술하고 있다.

"차茶의 쓰임은 그 맛이 찬寒 데 이르니卽,茶는 涼性에 속하니 품성이 우량하고 '검덕儉德'을 갖춘 자가 마시기에 가장 적합하다. 만약, 신체에 열熱이 나고 갈증이 나거나 가슴이 답답하고, 두통이 있으며 눈이 침침하고, 사지四肢

가 아프고 무기력하거나 관절이 펴지지 않을 때, 차 네다섯 잔만 마셔도 그 효과가 결코 제호醍醐나 감로甘露만 못하지는 않을 것이다. ”

육우는 『다경』의 「칠지사七之事」 중에서 각종의 경전을 근거하고 인용하여 차茶가 해독작용은 물론 여러 가지 병을 치료하고 숙취를 제거하며 흥분을 가라앉히고 갈증을 해소하는 데 효력이 있음을 설명했다.

그 밖에도 당대唐代의 환관宦官이었던 유정량劉貞亮같은 이는 차를 마심으로써 얻는 장점을 '십덕十德'으로 간략하게 함축하여 개괄하였는데, 그 내용을 보면 다음과 같다.

- 음차십덕飲茶十德 ─ 차를 마심으로써 얻는 열 가지 덕목
  一. 以茶散郁氣이차산욱기 ─ 차茶로써 우울한 기운을 흩어지게 하고,
  二. 以茶驅睡氣이차구수기 ─ 차茶로써 졸음睡眠을 쫓고,
  三. 以茶養生氣이차양생기 ─ 차茶로써 생기生氣를 기르고,
  四. 以茶除病氣이차제병기 ─ 차茶로써 병病의 기운을 제거除去하고,
  五. 以茶利禮仁이차이예인 ─ 차茶로써 예禮와 인仁을 이롭게 하고,
  六. 以茶表敬意이차표경의 ─ 차茶로써 경의敬意를 표하고,
  七. 以茶嘗滋味이차상자미 ─ 차茶로써 맛을 음미吟味하고
  八. 以茶養身體이차양신체 ─ 차茶로써 신체身體를 기르고,
  九. 以茶可行道이차가행도 ─ 차茶로써 가히 도道를 행하고,
  十. 以茶可雅志이차가아지 ─ 차茶로써 가히 뜻을 우아優雅하게 한다.

이상의 '음차의 십덕十德'은 음차의 건강과 수신修身의 도道에 대하여 가장 잘 묘사한 것이라 하겠다.

이어, 송宋나라 때 오숙吳淑의 「차부茶賦」에도 차의 공능功能과 효능에 대

해 다음과 같이 기록하고 있다. "대저 그것茶은 번뇌를 씻고 갈증을 해소하며, 범골凡骨을 선골仙骨로 바꾸어 몸을 가볍게 하니, 차茶의 이로움이여, 그 효능이 마치 신神과 같구나." 이와 같이 옛날 사람들은 차茶의 공능功能과 효능效能의 과학적인 이치를 이해하지 못하고, 차茶를 신선이 내린 선약仙藥과도 같다고 확신했던 것이다.

먹고 남은 찻잎을 우린 물에 발을 씻으면 냄새가 제거된다.

건강과 차의 효능에 대해 명대明代의 고원경顧元慶이 저술한 『다보茶譜』에는 더욱 더 전면적으로 서술하여 놓았는데 다음과 같다. "사람이 진짜 차茶를 마시면 능히 갈증이 그치고, 식사를 소화하고, 가래를 제거하며, 잠을 적게 자고, 수도水道 : 이뇨작용에 이롭고, 눈이 밝아지며, 생각에 이롭고, 잡념을 제거하고, 기름기를 제거하니 사람은 본래 차茶가 없어서는 불가不可하노라."

이 밖에도 명나라 때의 이시진李時珍의 『본초강목本草綱目』에서는 역대 차茶의 의약적인 지식에 대해 전면적으로 총결하여 차의 약리藥理 공능과 효능을 변증적으로 상세히 서술하였는데 다음과 같다.

"차는 쓰고 찬 것으로 열을 내리는 데는 최고이다. 화기火氣는 만병의 근원이니 화기를 내리면 곧 위上가 맑아진다. 따뜻한 것을 마시면 곧 한기寒氣로 인해 화기는 내리고, 뜨거운 것을 마시면 곧 차茶는 화기를 빌어 상승하여 흩어지게 하며, 또한 술과 음식의 독을 해독하는 작용까지도 겸하게 되니, 사람으로 하여금 기분이 상쾌하게 하며, 혼수昏睡하지 않게

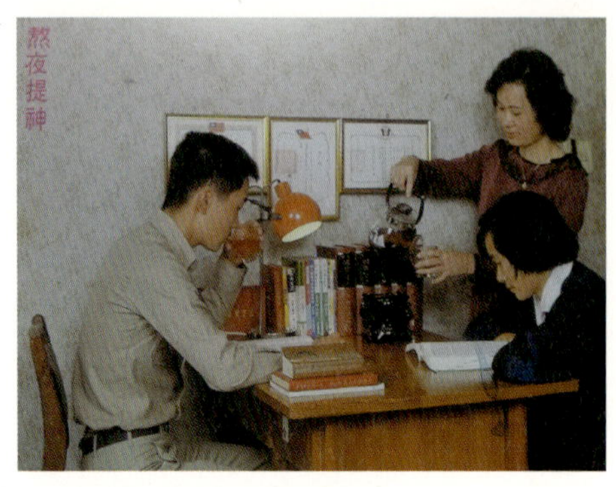

밤샘공부에 정신을 맑게 해준다.

하니 이것이 바로 차茶의 공능功能이다.”

　뿐만 아니라, 이시진은『본초강목』에서 차를 마시는 대상에 따라 주의해야 할 점도 잊지 않고 지적하여 놓고 있다.

　“만약에 기氣가 허虛하고 차寒며 혈압血壓이 약한 사람이 이미 차茶를 마신 지가 오래면, 비위脾胃에 오한惡寒이 나며, 원기元氣는 자신도 모르는 사이에 손상된다.”

　필자가 생각하기에, 이시진의 이러한 주장은 “혈압이 낮거나 기가 허약한 사람이 차를 절대 마셔서는 안 된다.”는 경고나, 차가 사람의 몸에 해롭다는 것을 말하려는 것이 아니라, 이러한 대상자들, 즉 저혈압이나 기가 허약한 사람들이 지나치게 차茶를 과다하게 마심으로써 오히려 부작용을 불러일으킬 수 있다는 점을 주의해야 한다고 지적한 것이다. 청나라 때에 와서도 이와 유사한 주장이 있었다. 황궁수黃宮綉가 저술한『본초구진 本草求眞』에도 ‘차의 약리적 효능’과 동시에 ‘차를 오용誤用하거나 남용함에서 오는 부작용’ 등도 덧붙여 상세하게 설명한 다음과 같은 기록을 남기고 있다.

　“차茶는 천지天地로부터 지극히 맑은 기운을 부여받은 것으로, 봄 이슬을 얻어 배양되니, 생기生氣가 충족되어, 미세한 찌꺼기에도 영향을 받지 않으며, 맛이 감미롭고 기운이 차寒다. 고故로 폐肺에 들어가 담痰을 맑게 하고 화火를 이롭게 하며, 심장에 들어가서는 열을 맑게 하여 독성을 해독한다. 이로써 몸에 노폐물을 능히 제거하고, 화상火傷을 능히 해독하며,

무릇 모든 식체불화食滯不化 체하여 소화가 불량함와 머리가 맑지 않고, 가래가 삭지 않으며, 대소변이 불편하고, 갈증이 그치지 않으며 피血를 토吐하거나 혈변血便 등에 차를 복용하면 모두 효과가 있다. 단, 뜨겁게 복용해야 곧 마땅하다. 차를 차갑게 해서 마시면 담痰이 생겨나고, 많이 마시면 수면이 적고, 오래 마시게 되면 몸이 마르고, 공복空腹에 차를 마시면 그 찬 기운이 신장腎臟으로 들어가 화火를 삭이며, 다시 비위脾胃로 들어가 한기寒氣가 생겨나니, 차를 차게 마시는 것은 결코 바람직하지 못하다."

이상의 각종 문헌을 통해 간단히 살펴 본 차의 공능과 효능을 독자들의 이해를 쉽게 하기 위해 간단하게 아래의 도표로 요약해 보았다.

각종 문헌상에 나타난 차의 효능

구분	차茶의 효능效能	출전문헌出典文獻
1	눈을 밝게 한다.	『신농본초神農本草』, 『다경茶經』
2	몸을 가볍게 한다.	『신농본초』, 宋나라 吳淑의 「차부茶賦」
3	범골凡骨을 선골仙骨로 바꾼다.	『잡록雜錄』, 「차부茶賦」
4	힘이 생기게 하고 뜻을 즐겁게 한다.	『신농식경神農食經』
5	유익한 생각을 하게 한다.	『신농본초神農本草』, 『다보茶譜』
6	잠을 적게 하고 눕는 일이 적어진다.	『신농본초』, 『다보』, 『당본초』, 「십덕」
7	추위를 덜 느낀다.	『당본초唐本草』
8	부스럼이나 종기 등에 주효한다.	『당본초唐本草』
9	소변에 이롭다.	『당본초唐本草』
10	거담去痰에 효과가 있다.	『당본초唐本草』, 『다보』
11	갈증渴症을 해소한다.	『당본초唐本草』, 『다보』, 『本草求眞』
12	신열身熱을 가라앉힌다.	『다경』, 『본초강목』, 『본초구진』
13	두통을 제거한다.	『다경』, 『본초구진』
14	사지四肢가 아프고 무기력함에 유효하다.	『다경』
15	관절이 잘 펴지지 않을 때도 효과가 있다.	『다경』

16	우울함을 흩어지게 한다.**우울증 제거 생기**	당나라 유정량劉貞亮의 「십덕十德」
17	생기生氣를 길러준다.	「십덕十德」
18	병의 기운을 제거한다.	「십덕十德」
19	예禮와 인仁에 이롭다.	「십덕十德」
20	몸을 길러준다.**養身體**	「십덕十德」
21	음식을 소화시키고 소화불량을 해소한다.	『다보』, 『본초구진本草求眞』
22	잡념을 제거하고 번뇌를 씻어준다.	『차부』, 『다보』
23	기름기를 제거한다.	『다보』
24	독소毒素를 제거한다.**술과 음식의 독성**	『본초강목本草綱目』
25	화상火傷을 능히 해독한다.	『본초구진』
26	변비便秘를 해소한다.	『본초구진』
28	각혈咯血이나 혈변血便에 유효하다.	『본초구진』

　　이상의 문헌에서 차의 약리적 효능 외에, 공통적으로 우려하여 지적하고 있는 음차飮茶 시의 주의사항이나, 과다음용에서 발생하는 부작용 등의 문제는 근자에 방송이나 신문 등의 언론매체를 통해 심심찮게 보도되고 있는 우리나라 사람들의 무분별한 해외海外 보신관광으로 인한 유해성有害性에 대한 지적과 같은 맥락에서 이해하면 될 것이다.

　　그것은 사람들이 차에 대한 기초적인 지식도 없는 상태에서 각종의 언론매체를 통해 보도된 '차茶가 건강에 좋다.' 혹은 '차가 감비減肥에 효과가 있다'라는 등의 광고성 기사만을 맹신하여 자신의 체질이나 건강상태를 따져보지도 않고, 또는 그 차의 진위여부眞僞與否도 가리지 않은 채, 무조건적으로 아무 차茶나 마구 음용飮用하는 행위라든가, 또는 다도茶道를 즐긴답시고 과다하게 음용한다든가 하여 발생하는 부작용으로 고생하는 경우인 것이다.

　　필자는 이러한 형태를 '과유불급過猶不及 : 지나치면 모자람과 같다.'의 정도가 아니라, 아예 '과불여불급(過不如不及 : 지나치면 모자람만 못하다)'이라고 말하고 싶다. 그렇다. 무엇이든 적당히 하는 것이(中庸) 좋지 않을까? 지나치면 모자람만 못한 것이다.

아무리 좋은 약일지라도 항상 부작용이 있기 마련이다. 환자 체질에 따라 적절하게 조절·배합하여 쓰면 양약(良藥)이 될 것이고, 과다하게 복용하면 오히려 독약(毒藥)으로 작용할 수 있다는 점을 강조하고 싶다. 그렇다고 해서 차를 마시는 데 있어 지나친 경계심을 가질 필요는 없다. 일반적으로 차는 사람의 건강에 유익하다는 사실은 이미 각종 연구단체에서 숱하게 실험 입증되었고, 또 현재도 연구가 심도 있게 진행되고 있으며, 새로운 약리적 효능이 입증되고 있기 때문이다. 단지 몇 가지 주의해야 할 점만 이해하고 차를 즐긴다면 누구든 연년익수(延年益壽) 할 수 있으리라 생각한다.

음차는 구취를 제거하고 입안을 상쾌하게 한다

음차는 변비에 좋다.

　　최근 들어 세계 각국에서는 '차茶'와 '커피'가 인체 건강에 서로 각기 다르게 미치는 영향 — 특히 심장, 혈관성 등의 질병에 관한 이로움과 폐해 — 에 대한 연구 결과가 심심찮게 보도되고 있어 많은 이들의 주목을 받고 있다. 한 식품 혹은 몇 가지의 식품의 영양요소가 일반인들의 건강에 어떻게 작용하는가를 평가하는 것은 결코 쉽지 않을뿐더러 매우 복잡한 일이다. 그러나 일상생활 속에서 체득한 여러 가지 경험과 이미 기존에 널리 알려진 지식 및 이미 발표된 여러 연구기관의 분석 자료를 토대로 살펴본다면 그리 어려운 것만은 아닐 것이다. 차와 커피가 우리 인체의 건강에 어떠한 영향을 미치는가를 알기 위해서는 우선 양자兩者가 공히 함유하고 있는 카페인의 분석에서부터 시작하여 문제의 핵심에 접근해야 할 것이다.

1) 카페인에 관한 분석연구

　　카페인의 분자식分子式은 $C_8H_{10}N_4O_2$인데, 이것은 바로 쓴 맛의 결정체로서 커피와 찻잎茶葉 그리고 코코아 속에 공히 존재하고 있다. 이 결정화합물은 비록 단일同一의 분자구성이긴 하지만, 그러나 이것이 차와 커피·코코아 등의 각기 다른 작물 속에서는 제각기 서로 다른 유전자를 갖게 된다. 그러기 때문에 차와 커피·코코아 속에 각기 함유된 카페인의 단일 분자구성이 과연 이렇게 서로 다른 품종 속에도 완전히 똑같은 분자구성 요소로 존재한다는 것은 결코 명확明確한 답변이 될 수 없다.

일상생활의 경험으로 볼 때, 찻물茶水 속의 카페인 성분이 어떤 때는 커피 속의 카페인 성분보다 훨씬 높게 나타난다. 그러나 차를 마실 때 일어나는 일련의 현상심장이 심하게 박동하거나 숨이 가빠오는 현상 등은 오히려 커피를 마실 때 보다 훨씬 적게 나타난다. 이것은 단일분자식을 구성하는 카페인일지라도 커피 속에 들어 있느냐, 녹차 속에 들어 있느냐에 따라 그 카페인이 인체에 미치는 영향은

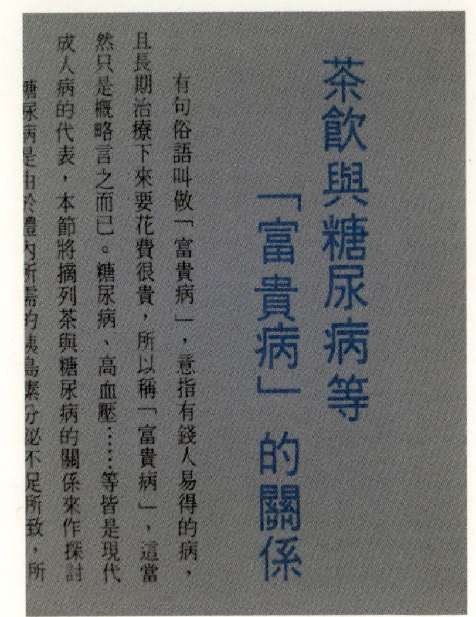

음차와 당뇨병과 주부습진의 관계

달리 나타난다는 것을 잘 설명해 주고 있다. 그러므로 우리는 단일의 카페인의 양을 가지고 판단하는 것과 실제로 마시는 결과는 결코 다르다는 것을 알 수가 있다. 이렇게 다른 이유는 서로 다른 품종커피와 차의 유전인자가 제각기 다른 카페인의 구성요소를 조성하기 때문이다. 이로 인해 그것차와 커피의 카페인이 인체에 작용하는 결과 또한 다르게 나타나게 된다. 그러나 이러한 현상에 대해서는 앞으로 더 많은 이론과 실천이 수반되어야 함은 물론 더 나아가 많은 실험과 통계학적인 분석이 절실히 요구되는 부분이기도 하다.

2) 가공온도加工溫度가 식품의 성분에 미치는 영향

또 하나의 흥미로운 연구 과제는 바로 식품을 가공하는 온도이다. 그렇

다면 가공온도는 과연 식품의 구성요소나 성분에 도대체 어떠한 영향을 미치게 되는가? 이 문제에 대해 연구 분석한 중국 북경시 식품연구소 연구원으로 있는 손시중孫時中씨의 보고서에 의하면, 식품의 가공온도는 가히 단백질의 성질을 변화시키고, 유지油脂의 휘발성분을 발산시키며, 나아가 기타 탄수화합물의 분자구조의 변화 등을 야기惹起시킴과 동시에 '생물활성生物活性의 변화'를 일으킨다고 한다.

예를 들어 사과나 야채를 날것으로 먹는 것과 익혀서 먹는 것과는 그 효과가 사뭇 다를 것이다. 즉 날로 먹는 것은 생물의 활성적 효과를 유지하는 것이 되지만, 그러나 익혀서 먹게 되면 생물의 활성적인 영양營養보건保健적 작용은 곧 파괴될 것이다. 실제로 그는 임상실험을 통해 이와 같은 사실을 확인할 수 있었다. 한 사람에게는 하루에 구기자枸杞子 10알粒을 뜨거운 물에 익혀서 우려먹게 하고, 또 한 사람에게는 매일 저녁에 구기자 10알을 날로 잘게 씹어 먹게 하였다. 일주일 후, 그 결과를 비교하여 보았더니 날로 먹었던 사람이 익혀 먹은 사람보다 밤에 소변을 자주 보는 빈도가 현격히 감소하게 되었음을 알게 되었다. 즉, 구기자를 날로 씹어 먹은 사람이 익혀 먹은 사람에 비해 훨씬 좋은 이뇨利尿의 반응을 보였다. 이것은 생활물성生活物性의 물질이 신체 건강에 유익하다는 것을 잘 설명해 준 것이다.

그러나 육류일 경우에는 이와 반대로 익혀서 먹는 것이 날로 먹는 것보다 소화흡수가 훨씬 더 쉬워지는데, 이것은 고온高溫이 영양흡수에 오히려 더 유리한 측면이 있음을 보여주는 한 단면이라 할 수 있다.

어쨌든, 식품의 가공온도 측면에 근거해 볼 때, 커피의 가공온도는 찻잎의 가공온도에 비해 훨씬 높게 나타난다. 단백질의 변성과 침포浸泡 : 찻잎이 물을 흡수하여 가라앉는 현상효과로 볼 때, 차茶는 당연히 매우 많은 '활성活性

성분'을 함유하게 되며, 특히 녹차綠茶는 차 중에서도 가공온도가 가장 낮고 적어서 가공온도가 비교적 높은 기타 품종에 비해 그 침포효과가 매우 빠르다. 그러나 커피는 원두의 가공과 숙성을 필요로 하기 때문에 가공온도가 아주 높을 뿐만 아니라 그 시간도 매우 길다. 뿐만 아니라 단백질의 변성變性을 철저히 요구해야만 비로소 좋은 커피를 만들 수가 있으니, 그 가공방법이 차茶와는 현저히 다를 수밖에 없다. 그러므로 커피는 활성성분을 함유함에 있어서는 차와는 감히 비교도 안 될 정도로 훨씬 뒤떨어지는 것이다.

3) 음료로서의 차茶와 커피

차와 커피는 인류 음식문화역사에 있어 오랜 세월을 두고 가장 대표적인 음료로서 그 자리매김을 해왔다. 음용飮用의 역사나 음용 인구로 볼 때 차는 커피보다 더욱 유구한 세월을 갖고 있으며, 음용 인구 면에 있어서도 대단히 광범위한 음용역사를 자랑하고 있는 반면, 커피는 신흥음료 그룹에 속한다고 할 수 있겠다.

커피에서 추출한 카페인에는 중추신경을 흥분시키는 약리적 작용이 있으며, 설사 커피에서 추출된 카페인을 약품으로 사용한다 하여도 거기에는 반드시 유익함과 유해함이

음차와 무병장수

음차의 생활화는 비만을 방지한다

함께 따르는 법이다. 그러므로 커피를 장기적으로 음용 시에는 분명히 심장의 장기적인 자극으로 인해 몸에는 반드시 부작용이 일어나게 된다. 그러나 차茶에서 추출한 카페인에는 커피에서 나타나는 부작용은 전혀 보이지 않고 있다. 차를 마시고 심장 기능에 이상이 생겼다는 보도報道는 아직까지 어디에도 보고된 적이 없다. 오히려 심장병 환자들에게 차가 유익하다는 보고는 이미 여러 연구단체의 실험을 통해서 보고된 바가 있다.

물론 커피가 인체의 건강에 미치는 영향이 "절대적으로 유익하다." 또는 "절대적으로 유해하다."고는 단정지을 수는 없다. 왜냐하면 독약도 잘 쓰면 양약良藥이 될 수 있으니 말이다. 갖가지 종류의 종합영양성분을 섭취하는 것이 어쩌면 단일 영양성분만을 섭취하는 것보다 오히려 나을 수도 있을 것이다. 그런 측면에서 본다면 음료로서의 차와 커피의 병용은

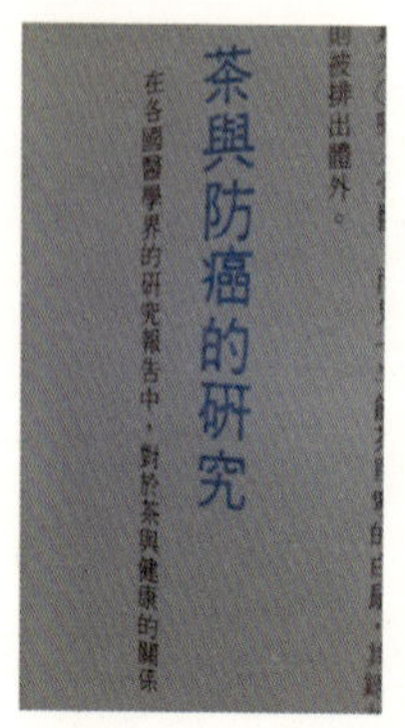

茶與防癌的研究

在各國醫學界的研究報告中，對於茶與健康的關係

차는 암 예방에도 좋다.

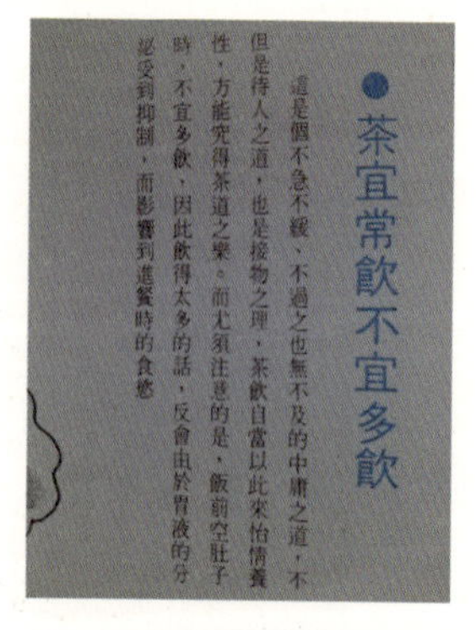

●茶宜常飲不宜多飲

這是個不急不緩，不過之也無不及的中庸之道，不但是待人之道，也是接物之理，茶飲自當以此來怡情養性，方能究得茶道之樂。而尤須注意的是，飯前空肚子時，不宜多飲，因此飲得太多的話，反會由於胃液的分泌受到抑制，而影響到進餐時的食慾

차는 자주 마셔야지 한번에 많이 마시면 좋지 않다.

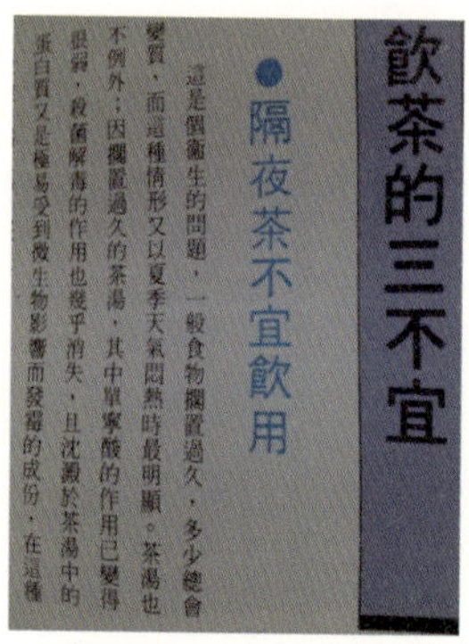

飲茶的三不宜

●隔夜茶不宜飲用

這是個衛生的問題，一般食物擱置過久，多少總會變質，而這種情形又以夏季天氣悶熱時最明顯。茶湯也不例外：因擱置過久的茶湯，其中單寧酸的作用已變得很弱，殺菌解毒的作用也幾乎消失，且沈澱於茶湯中的蛋白質又是極易受到微生物影響而發霉的成份，在這種

하룻밤 지난 차는 마셔서는 안 된다.

각종 음료의 종합영양적인 공능功能이 인체 건강에 대해 촉진작용을 할
수 있다는 면에서 매우 편리할 수는 있겠다. 굳이 커피를 마시겠다는
사람들에게 굳이 차茶를 권하는 것도 어떻게 보면 지나친 강요가 될 수
있다. 그러나 객관적인 안목을 갖고 인체건강과 보건적인 측면을 비추어
볼 때, 가급적 커피는 적게 마시고 차를 많이 마시는 것이 인체 건강에
훨씬 유익하다는 것을 알려주고 싶다.

中國과 臺灣 가다다 순배열

高英姿 選注,『紫砂名陶典籍』, 杭州 : 浙江攝影出版社

關劍平,『茶与中國文化』, 北京 : 人民出版社

廖義榮 編著,『品味普洱TEA』, 昆明 : 云南科技出版社

雷平陽 編著,『普洱茶記』, 昆明 : 云南民族出版社

徐秀棠『中國紫砂』, 上海 : 上海古籍出版社

徐傳宏 · 駱芃芃 編著,『中國茶館』, 山東科學技術出版社

舒玉杰 編著,『中國茶文化今古大觀』, 北京出版社

余 悅 編著,『問俗』, 杭州 : 浙江攝影出版社

叶羽晴川,『普洱茶尋源』, 北京 : 中國輕工業出版社

叶羽晴川 主編,『中華茶書選輯 · 注釋本』全四卷, 北京 : 中國輕工業出版社

吳智和,『中國茶藝』, 臺北 : 正中書局

吳智和『中國茶藝論叢』 上 · 下卷, 臺北 : 大立出版社

姚國坤 · 陳佩芳 編著,『飮茶健身全典』, 上海 : 上海文化出版社

姚國坤 · 王存禮 · 程啓坤 編著,『中國茶文化』, 上海 : 上海文化出版社

劉勤晋 著,『中國普洱茶科學讀本』, 廣州 : 廣東旅游出版社

阮浩耕 · 王建榮 · 吳胜天 編著,『中國茶藝』, 濟南 : 山東科學技術出版社

阮浩耕 · 沈冬梅 · 于良子 点校注釋,『中國茶藝』 濟南 : 山東科學技術出版社

阮逸明 編著,『世界茶文化大觀』, 厦門 : 國際華文出版社

王鎭恒 · 王广智 主編,『中國名茶志』, 北京 : 中國農業出版社

劉昭瑞 著,『中國古代飮茶藝術』, 臺北 : 文津出版社

子 茶,「孟臣壺與盧仝詩」,『中國茶藝』, 臺灣 : 培琳出版社

張科 編著,『說泉』, 杭州 : 浙江攝影出版社

張宏庸 編纂,『茶的禮俗』, 臺灣 桃園縣 : 茶學文學出版社

張迅齊 編譯,『茶話與茶經』, 臺灣 新店市 : 常春樹書坊

張永哲 · 陳金林 · 顧炳權 主編,『中國茶酒辭典』, 長沙 : 湖南出版社

庄 昭,『茶詩三百首』, 廣州 : 南方日報出版社

程啓坤 外 3人,『飮茶的科學』, 上海 : 上海科學技術出版社

朱家驥 ・ 阮浩耕, 『西湖龍井茶』, 杭州 : 杭州出版社

朱世英 外 2人 主編, 『中國茶文化大辭典』, 上海 : 漢語大詞典出版社

朱小明 編著, 『茶事茶典』, 臺北 : 世界文物出版社

朱自振 ・ 沈漢, 『中國茶酒文化史』, 臺北 : 文津出版有限公司

周重林 主編, 『天下普洱』, 云南大學出版社

趙方任 輯注, 『唐宋茶詩輯注』, 北京 : 中國致公出版社

陳文懷, 『茶的品飮藝術』, 臺北 : 時事文化出版企業有限公司

陳琿 ・ 呂國利, 『中華文化尋踪』, 北京 : 中國城市出版社

陳宗懋 主編, 『中國茶經』, 上海, 海人民出版社

陳宗懋 主編, 『中國茶葉大辭典』, 北京 : 中國輕工業出版社

鄒家駒, 『漫話普洱茶』, 云南民族出版社

許賢瑤 編譯, 『中國古代喫茶史』, 臺北 : 博遠出版有限公司

許賢瑤 編譯, 『中國茶書提要』, 臺北 : 博遠出版有限公司

黃墩岩, 『中國茶道』, 臺北 : 暢文出版社

黃健亮 發行, 『唐人工藝』 盈記 唐人工藝出版社, 「陶都宜興的地理與歷史」

袁 旃, 「宜興名壺家及款式」, 『中國茶藝』, 臺灣 : 培琳出版社

사료史料

『讀史方輿紀要 ・ 江南 ・ 常州府』, 影印本, 出版社 未詳

明 ・ 周高起, 『陽羨名壺系』, 杭州 : 浙江攝影出版社

宋 ・ 李石 撰, 李之亮 交點 『續博物志』, 成都 : 巴蜀書社

『二十五史』 『舊唐書』, 『新唐書』, 『宋史』, 『明史』, 『淸史稿』, 上海 : 上海古
　　籍出版社

日本 ・ 奧玄寶, 『名壺圖錄』, 杭州, 浙江攝影出版社

晋 ・ 常璩 撰, 任乃强 校注, 『華陽國志校補圖注』 上海 : 上海古籍出版社

請 ・ 顧炎武, 『日知彔』, 長沙 : 岳麓出版社

淸 ・ 吳騫, 『陽羨名陶錄』, 杭州 : 浙江攝影出版社

淸 ・ 畢沅 撰, 『續資治通鑒』 全三卷, 長沙 : 岳麓出版社

한국

金明培 編譯, 『韓國의 茶書』, 서울 : 探求堂

金明培 譯著,『中國의 茶道』, 서울 : 明 文堂
鄭相九 譯著,『中國茶文化學』, 서울 : 海東文化社

저자 촌안(村顔) 박 영 환(朴永煥)

- 대만 동해대학(東海大學) 역사연구소 석사
- 중국 사천대학(四川大學) 역사문화학원(歷史文化大學) 박사
- 박사학위논문 : 「漢藏茶馬貿易對明淸時代漢藏關係發展的影響」(2003)
- 부산여대 부설 한국다도협회 다도대학원에서 수년간 〈중국차문화(中國茶文化)사〉 특강
- 성신여대(석·박사과정)와 동국대(경주) 불교문화대학원(다도학과) 등에서 〈중국차문화사〉, 〈중국차산업(中國茶産業)〉, 〈한장다마무역(漢藏茶馬貿易)〉 등을 강의
- 2007년 동국대학(경주) 교양학부 고전세미나 겸임교수 역임
- 현) 사단법인〈인산학연구원〉 연구실상임연구위원(中國茶學)
- 현) 중국사천대학(四川大學) 객좌교수(客座敎授)
- 현) 한국전통문화대학교 등에 출강 중, 성균관대학교 다도예절학과(겸임교수)에 출강(2017년 2학기)

경력

1998년부터 현재까지 계간 〈다담茶談〉에 차茶 논고 수십 편을 발표

2003년 2월 중국 서남민족대학에서 한국문화와 역사에 대해 중국어로 초청강연

2004년 3월 중국 서남민족대학에서 한국민족의 문화보호와 관광정책에 대해 중국어로 강연

2003~2006년 부산여대부설 〈한국다도협회〉 다도대학원에서 〈중국차문화사〉 특강.
　　　　　부산대학교와 가야대학사회교육원에서 〈한장차마무역漢藏茶馬貿易〉 특강

2007년 3월~2008년 7월 성신여자대학교 가족문화소비자학과 석박사과정에서 〈중국차문화사론〉, 〈중국차산업사〉 등을 강의

2006년 2월~2009년 1월 월간 〈선원禪苑〉에서 〈중국차문화기행〉을 연재

2008년 1월~2011년 2월 월간 『다도茶道』 〈차와 문화〉 연재

2009년 1월 중국 사천성서남민족대학에서 〈한중차문화 비교연구〉 중국어원어 특강

2011년 1월 5일 저술 『명산·명사에서 명차가 난다』, 도서출판 문현

2011년 1월 전북대학교 중문학과 〈명산명사에서 명차가 난다〉 저자초청특강

2011년 1월~현재 〈중국차문화사〉 연재

2012년 3월~2012년 12월 남서울대학에서 〈중국문화와 역사의 이해〉, 〈중국근현대사, 〈中國視點〉 등을 강의

2013년 3월~현재 한국전통문화대학에서 중국어 강의

2002~현재 동국대학교 경주에서 초급 중국어, 중급 중국어, 관광 중국어, 중국 문학개론, 중국문화사, 중국문학사, 고전세미나, 문언문연습 등을 강의

2007~현재 동국대학교 경주 불교문화대학원 다도과에서 〈중국차고전〉 및 〈중국차문화사〉 등을 강의

중국의 차문화

2013년 9월 30일 초판발행
2017년 8월 30일 2쇄 발행

저 자 촌안(村顔) 박 영 환
펴낸이 한 신 규
편집자 김 영 이
발행처 **문현**출판
주 소 05827 서울특별시 송파구 동남로 11길 19(가락동)
전 화 Tel.02-433-0211 Fax.02-443-0212
E-mail mun2009@naver.com
등 록 2009년 2월 24일(제2009-000014호)

ⓒ 박영환, 2017
ⓒ 문현, 2017, printed in Korea

ISBN 978-89-94131-78-8 93820 **정가** 20,000원